1_ 제18회 현대문학 신인문학상 시상식(1973년, 서울대 교수회관).

2_ 『화산도』를 쓴 김석범 소설가와 5·18묘역에서(1990년경).

3_ 암태도사건의 유일한 생존인물 서동오 옹과(1979년).

4_ 경남 하동 섬진강변 마을에서 동학농민전쟁 현지조사(1987년).

5_ 민족문학작가회의 회장 자격으로 일본 토오꾜오를 방문한 자리에서 영화감독 이장호와(1994년).

6_ 전남 장흥 동학농민전쟁기념탑에서 동학농민전쟁 당시 석대들 전투에 대해 설명하며(2004년경).

사진 제공
송기숙 가족, 장흥별곡문학동인회

백의민족

송기숙 중단편전집

1

백의민족

조은숙 엮음

창비

2009년 10월 1일 송기숙 선생은 선암사 해천당 앞에 있었다. 당시 그는 건강이 어느정도 회복되어 『송기숙의 삶과 문학』(역락 2009)을 집필하고 있던 필자의 궁금증을 해소해주기 위해 인터뷰에 응하거나 직접 작품 속 장소를 찾아 작품의 배경 등을 설명해주곤 했는데, 이날은 그의 소설 『녹두장군』을 집필했던 선암사 해천당을 찾은 것이다. 이처럼 당시 필자는 작가와의 만남이 잦아지면서 자연스럽게 그의 중단편 작품 대부분이 절판 또는 품절 상태여서 연구에 어려운 점이 많다는 점과 중단편전집을 발간해야 할 필요성을 말씀드렸다. 이에 선생은 "작가 살아생전에 전집을 낸다는 것은 최고의 선물이지. 근디, 나 좋자고 출판사 힘들게 하면 안 되지"라고 하면서 전집 발간을 미뤘다.

이후 필자는 2010년 스승의날을 맞아 선생을 모시고 선운사를 방문했다. 그때 선생은 도솔암 미륵불 앞에서 불현듯 곧 출판사에서 중단편전집에 대한 연락이 올 것이라고 하면서 함께 전집 작업을 하자고 했다. 그러나 곧 연락이 올 것이라고 한 출판사는 끝내 연락이 없었고, 그사이 선생의 건강도 악화되었다. 그로부터 6년이라는 시간이 속절없이 흘러갔고, 이제는 더이상 기다릴 수 없다는 생각에 필자는 몇몇 출판사에 선생의 중단편전집 출간을 제안했다. 그리고 다행스럽게도 2016년 5월 선생과 굳건한 신의 관계를 유지해오던 창비에서 중단편전집 출간 의사를 밝혀왔다.

선생은 1965년 문단에 데뷔한 이래 「백포동자」「부르는 소리」「우투리 ─ 산 자여 따르라 1」「고향 사람들」「길 아래서」 등의 단편뿐 아니라, 『자랏골의 비가』『암태도』『이야기 동학농민전쟁』『녹두장군』(전12권)『은내골 기행』『오월의 미소』 등 장편과 대하소설을 모두 창비에서 발표했다. 선생은 평생토록 한국사회의 모순과 진실을 문학이라는 장르를 통해 독자들과 공유하고자 했는데, 이러한 그의 바람이 창비의 이념과도 상통했기 때문이었다. 이에 독자들도 그의 이러한 작가정신과 올곧고 용기있는 비판의 목소리에 호응하며 그의 작품이 다시 발간되기를 고대하고 있었다. 그런데 이번에 절판 또는 품절 상태인 그의 중단편전집까지 창비에서 발간되면서 명실상부 당대의 모순과 싸워온 행동하는 지식인이자 작가로서의 궤적이 담긴 작품들이 모두 한 출판사에서 엮어지게 되었다. 따라서 이번 중단편전집의 발간은 송기숙 소설의 전체적 모습과 그의 인간적 면모를 이해하는 데 밑거름이 될 것으로 확신한다.

이 전집에는 이미 출간된 여덟권의 단편소설집 『백의민족』(형설출판사 1972), 『도깨비 잔치』(백제출판사 1978), 『재수 없는 금의환향』(시인사 1979), 『개는 왜 짖는가』(한진출판사 1984), 『테러리스트』(흐겨레출판사 1986), 『어머니의 깃발』(심지 1988), 『파랑새』(전예원 1988), 『들국화 송이송이』(문학과경계 2003) 등에 실려 있던 작품 가운데 꽁뜨 열네편을 제외하고, 위의 작품집에 누락된 「백포동자」 「신 농가월령가」 「우투리 ─ 산 자여 따르라 1」 「제7공화국」 등의 네편을 새로 추가하여 송기숙의 중단편을 모두 수록했다. 전집의 편집 체제는 기존 작품집에 실린 순서를 따르지 않고 작가가 발표한 순서대로 재구성했다.

선생은 지난 몇년간 새로운 작품을 쓰기보다는 기존 발표작을 마음에 들 때까지 끊임없이 수정했다. 이 때문에 작품의 정본은 가장 최근에 실었던 작품집의 것으로 결정하고, 전남대학교 국어국문학과 박사수료 또는 과정에 있는 연구자들의 도움을 받아 기초작업을 완료했다. 다만 이 과정에서 사투리를 표준어로 고친 경우가 많아 선생만이 가지고 있었던 사투리의 구수함도 함께 사라져버렸다. 그래서 다시 연구자들의 도움을 받아 작품마다 기존 발표본과 대조하는 작업을 거쳤다. 일이 거의 완성될 무렵, 2009년 10월 선암사에서 작가가 "기존에 썼던 작품 중에서 마음에 안 든 부분을 다시 손봤어"라고 한 말이 떠올랐다. 이미 개고(改稿)되었을 가능성이 있다고 보고 가족에게 급히 연락을 취하니, 다행히 노트북에 개고한 자료가 남아 있었다. 이러한 우여곡절을 거친 뒤, 정본은 가장 최근 작품집에 실었던 작품과 작가가 최근에 개고한 작품을 일일이 대조하여 확정했다. 정본으로 확정된 작품은 다시 발표한 시기에 따라 다섯권으로 분류한 뒤 교감(校勘)을 시작했다. 이로써 전집 작업에서 가장 험난했던 산을 하나 넘을 수 있었다.

하지만 다섯권의 체제를 일치시키는 과정은 더 험난했다. 선생은 2003년 이후 개고하는 과정에서 국민학교를 초등학교로, 「재수 없는 금의환향」을 「김복만 사장님 금의환향」으로, 「북소리 둥둥」에서 '김명수'를 '김명호'로, '유상수'를 '유기수'로 바꿨다. 그뿐 아니라 문장을 삭제하거나 문단을 삭제하면서 의미가 불분명해진 경우가 발생하기도 하고, 새로운 단어와 문장, 문단을 덧붙이기도 했다. 아마도 작가가 중단편전집 작업을 하면서 한번 더 검토하려고 했다가 갑자기 건강이 악화되어 미처 손을 대지 못한 것으로 보인다. 이처럼 의미가 불분명해진 경우에는 최근의 작품집 및 『송기숙 소설어 사전』(민충환 편저, 보고사 2002)을 참조하여 수정했다.

송기숙 중단편전집 작업은 그의 전체 작품을 한데 묶음으로써 독자나 연구자에게 그의 작품세계에 쉽게 접근할 수 있는 기회를 제공하는 데 그 의도가 있다. 연구자에게 무엇보다 필요하고 소중한 것은 온전한 전집을 구비하는 일이다. 이제 송기숙 연구의 기초자료가 확보된 만큼 연구자들의 다양한 연구도 가능해질 것으로 생각된다. 또한 송기숙 소설이 독자층에 따라 다채로운 재미를 줄 것을 확신한다. 그의 소설을 읽으면서 독자들은 '도끼'처럼 가슴을 후벼 파는 문장과 만나게 될 것이다.

전집 작업은 송기숙을 사랑하는 이들의 도움이 있었기에 가능한 일이었다. 이미 단행본으로 출간한 출판사 측의 양해가 없었다면 전 작품을 한자리에 싣기가 어려웠을 것이다. 이를 흔쾌히 허락해 주신 출판사 대표들께 다시 한번 깊은 감사를 드린다. 아울러 누구보다 전집 간행을 축하하며 기꺼이 전집의 의의를 짚어주신 염무웅 선생님, 강의 때문에 바쁘신데도 정성껏 작품 해설을 써주신 공종구 임규찬 임환모 김형중 교수, 작업 시작부터 끝날 때까지 애정을 가지고 지켜봐주신 이미란 교수께 감사드린다.

그리고 어려운 여건에서도 전집 작업을 기꺼이 맡아주신 창비의 강일우 대표, 편집과 교정 등 세세한 부분에 신경을 써준 박주용 편집자께도 감사드린다. 한결같은 마음으로 사랑과 격려를 아끼지 않았던 송기숙 선생의 가족들께도 고마움을 전한다. 마지막으로 이 전집을 최고의 선물이라고 웃어주실 송기숙 선생께 바친다.

2018년 1월
엮은이 조은숙

민중적 인간상의 다채로운 소설화

송기숙의 소설세계

염무웅(문학평론가·영남대 명예교수)

1

내가 송기숙 선생을 처음 만난 것은 1975년 여름방학 때였다. 이렇게 똑똑히 기억하는 데는 사연이 있다. 당시 나는 덕성여대 국문과에 전임으로 재직하고 있었는데, 그해에도 학생들을 데리고 전남 구례 쪽으로 학술답사를 나갔다. 민요반 설화반 방언반 따위로 팀을 꾸려 주로 할머니, 할아버지 들을 면담하고 자료를 채록하는 것이 일이었다. 하지만 학생들은 '학술'보다 '여흥'에 더 관심이 많았고, 인솔교수들도 그 점을 묵인해주었다. 이렇게 시늉뿐인 답사를 끝내고 마지막 날엔 쌍계사 입구에 이르러 여관에 짐을 풀었다. 잠시 앞마당 평상에 앉아 쉬고 있는데, 한 학생이 와서 나를 찾는

분이 있다고 알린다. 이런 곳에 나를 아는 사람이 있을 리 없는데, 하면서 그 학생을 따라 여관 뒤꼍으로 돌아서자 거무스레하게 생긴 40대 사나이가 얼굴 가득히 함박웃음을 지으며 덥석 내게 손을 내민다. "염 선생이오? 나 전남대 있는 송기숙이오."

사실 나는 그때까지 송기숙에 대해 아는 바가 많지 않았다. 여자가 아닌 남자라는 것, 술이 들어가면 자못 요란해진다는 것, 『현대문학』 출신의 소설가라는 것…… 이런 정보도 아마 '문단의 마당발'인 이문구(李文求)를 통해 얻어들었을 것이다. 그러고 보니 그 몇 해 전 소설집 『백의민족』을 받았던 기억도 났다. 하지만 한두편 읽고서 매력을 못 느껴 밀쳐둔 터였다. '송기숙'이란 말을 듣자 대뜸 그런 점들이 떠올라 찜찜했지만, 그가 하도 반가워하는 바람에 나도 곧 친근감이 생겨 그가 이끄는 대로 가까운 냇가로 나갔다. 그리고 갓 낚은 은어회를 안주로 송 선생의 동료교수들과 소주잔을 나누었다. 그들은 대학에서 쓸 교과서 원고를 집필하느라고 방학 동안 거기서 장기투숙 중이었다.

이렇게 안면을 튼 뒤로 그는 서울 올 때마다 창비 사무실을 찾았고, 사무실에서 한바탕 떠들고 나면 으레 나를 끌고 근처 술집을 향했다. 어떤 때는 평론가 김병걸(金炳傑) 선생과 함께 오는 수도 있었다. 사실 두분은 함께 다니는 것이 의아해 보일 만큼 서로 다른 개성의 소유자였다. 김병걸 선생은 키도 작고 약골에다 술도 전혀 못하는 샌님 같은 함경도 출신인 데 비해 송 선생은 강인한 체력에 애주가요 와자지껄 활기에 넘치는 왈짜 같은 전라도 출신이었다. 그런데도 무슨 인연이 어떻게 맺어졌는지 아주 가깝고 서로를 존중하며 깊이 통하는 데가 있는 듯했다. 이런 신변사를 이야기하는 것은 다름 아니고 송기숙 문학의 이해와 무관치 않다고 생각되기 때문이다.

원래 송기숙은 평론가 조연현(趙演鉉)의 추천으로 『현대문학』에 문학평론을 추천받고 문단에 나왔다. 그가 쓴 평론이 이상(李箱)과 손창섭(孫昌涉)에 관한 것이라는 점은 '소설가 송기숙'을 생각하면 뜻밖이다. 알다시피 이상은 1930년대 전위문학의 대표자라 할 수 있고 손창섭은 1950~60년대 전후문학의 상징적 존재라 할 수 있는 데, 송기숙의 소설은 이상이나 손창섭의 세계와는 완전히 대조적인 것이기 때문이다. 어쨌든 그는 더이상 평론을 발표하지 않고 소설가로 변신했다. 별다른 추천절차 없이 1966년 단편소설 「대리복무」를 『현대문학』에 발표했고, 1972년 간행된 소설집 『백의민족』으로는 이듬해 제18회 『현대문학』 소설부문 신인문학상을 받았으며, 이어서 1974~75년에는 첫 장편소설 『자랏골의 비가』를 『현대문학』에 연재할 수 있었다. 이것은 『현대문학』 주간이자 문단 실력자의 한 사람인 조연현의 특별배려가 아닐 수 없었다.

그런데 송기숙의 경우 평론가에서 소설가로의 변신은 단순히 장르 선택의 문제가 아니었다. 짐작건대 그것은 송기숙의 삶과 문학 전체가 걸린 일대 전환이라 할 만했다. 고백하거니와 나는 송기숙의 평론 「창작과정을 통해 본 손창섭」도 「이상 서설」도 읽어보지 못했다. 하지만 그럼에도 확신할 수 있는 것은 이 평론들과 단편 「대리복무」 이후 그의 수많은 소설들 사이에는 단순한 장르의 차이로 설명할 수 없는 거대한 세계관·문학관의 격차가 존재할 것이라는 점이다. 송기숙의 경우와 같은 극적인 전환은 아니라 해도 완만하지만 비슷한 변화가 김병걸에게서도 일어났을 터인데, 1970년대 접어들어 점점 죄어오는 박정희 유신독재의 압박은 김병걸·송기숙 같은 분들의 문학적 발상뿐 아니라 그들의 일상적 발걸음도 '현대문학사'에서 '창비'로 향하게 하지 않았을까 하는 것이 내 짐작이다.

2

글이 곧 사람이라는 말을 흔히 듣지만, 송기숙의 문학이야말로 그의 사람됨의 직접적 반영이 아닐까 생각한다. 만나면 만날수록 그는 요즘 세상에 드문 '진국'이라고 느껴지는 분이었다. 때로 그의 얼굴이 험상궂어 보이는 수도 있었지만, 그건 그가 용서 못할 불의와 부정에 화를 내고 있다는 뜻일 뿐이었다. 하지만 마음 맞는 사람들과 즐겁게 농담을 주고받을 때의 그의 얼굴은 하회탈처럼 온통 웃음으로 덮인다. 이런 웃음은 경쟁과 타산이 지배하는 자본주의 사회에서는 원천적으로 존재하기 어려운 것이다. 왜냐하면 경쟁사회에서는 누구나 타인과의 사회적 관계에 따라 표정과 웃음을 적절하게 관리해야 하기 때문이다. 그런데 하회탈 같은 데서 우리가 보는 것은 그런 계산된 표정이 아니다. 그것은 봉건적 억압과 질곡에도 굴하지 않고 거리낌 없이 대들며 웃음을 터뜨릴 수 있었던 농민적 낙천성의 자기발현과도 같은 것인데, 송기숙의 얼굴에 나타나는 해학과 낙천성은 잠재된 형태로 전승되던 바로 그 민중정서의 자연발생적 표출인 것이다. 단편 「불패자」가 발표된 잡지 『문학사상』 1976년 9월호에서 이문구는 송기숙을 평하여 "나라에 천연기념물 보호법은 있으면서 왜 이런 천연인간 보호법은 없는지, 다시 생각게 해주는 사람이다"라고 말한 바 있거니와, 이문구의 '천연인간'이 가리키는 것도 송기숙의 이런 천의무봉일 것이다.

송기숙의 소설에 등장하는 주요 인물들은 대체로 작가의 혈연적 동지들이다. 가령, 「도깨비 잔치」 주인공의 시선에 비친 할아버지는 이렇게 묘사된다. "할아버지는 평소에는 더없이 인자하신 분이었지만, 비위에 한번 거슬렸다 하면 타협이나 양보가 없었다. 커엄하고 돌아앉아버리면 그것으로 그만이었다. 거기서 더 뭐라고 주접을 떨면 그때는 입에서 말이 아니라 불이 쏟아졌다." 이런 강인하고 비타협적인 인간형은 장편 『자랏골의 비가』에 등장하는 용골영감과 곰영감을 비롯하여 「가남약전」 「만복이」 「불패자」 「추적」 등 작품의 주인공들에 모두 일맥상통하는 공통성으로 제시되고 있다. 그들은 평소에는 말이 없고 세상사에 둔감한 듯이 보이지만, 비위에 안 맞고 사리에 어긋난다 싶은 일이 닥치면 물불 가리지 않고 나서서 나름의 원칙을 완강하게 밀고나간다. 그렇게 하는 것이 설사 개인적 불이익을 초래한다 하더라도 그것이 그들의 고집을 꺾을 수는 없다.

여기서 우리가 주목할 것은 그들이 높은 교육을 받았다거나 많은 재산을 가진 인물들이 아니라는 점이다. 즉 그들의 행동은 그 어떤 관념이나 이론의 산물이 아닌 것이다. 그들은 대체로 육신을 움직여 노동으로 먹고사는 존재들이며, 그들의 행동도 인간 본연의 심성에서 우러난 자연발생적 표현이라고 여겨지는 것이다. 물론 인간 심성의 본래적 바탕에 대한 관념적 예찬 자체에 머물렀다면 그것은 단순한 이상주의거나 추상적 인성예찬론일 수 있다. 그러나 송기숙 문학의 진정으로 뛰어난 점은 그가 인간 심성의 원초적 바탕에 대해 단지 낙관과 신뢰를 가지는 데 그치는 것이 아니라 그것이 어떻게 실제의 역사적 상황 속에서 당면한 사회적 조건들과 부딪치면서 구체화되어왔는가를 끊임없이 소설적으로 묻고 있다는 사실이다. 다른 말로 부연하면 송기숙 소설의 인물들은 전통적 농촌공동체 안에서 힘겹게 생존을 이어온 전형적으로 구시대적인 인간들이기는 하지만, 그들의 삶이 뿌리내리고 있는 민중적 전통과 그들 인간성 간의 불가피한 밀착에 근거하여 근현대의 엄혹한 역사를 거치는 동안 일본제국주의의 침략과 그뒤를 이은 동족간의 전쟁 및 군사독재의 폭력에 대한 저항의 주력부대 또는 지원의 후방세력으로 나서지 않을 수 없는 존재들이었다고 할 수 있다. 1978년 6월의 '교육지표 사건'과 1980년 5월의 저 광주항쟁에서 보여준 송기숙 자신의 치열한 삶 자체가 그러했듯이, 『자랏골의 비가』『암태도』『녹두장군』『은내골 기행』 등으로 이어지는 장편소설은 물론이고 그의 주요 중단편들도 위에서 서술한 것과 같은 민중적 내지 농민적 인간상이 불의와 억압 속에서 겪는 좌절과 고통의 기록이자 권력과 금력에 맞선 저항과 투쟁의 역사인 것이다. 이런 점에서 그의 문학은 일제강점기부터 분단과 전쟁을 거쳐 민주화투쟁의 시기에 이르는 한국 근현대문학사에 있어 가장 빛나는 성취에 해당한다고 말하지 않을 수 없다.

3

송기숙이 소설창작에 몰두하던 시기, 즉 1970~90년대도 어느덧 20여년의 세월이 흘러 이제 젊은 독자들 중에는 그의 이름을 기억하지 못하는 사람도 적지 않을 것이고, 설사 그의 소설책을 잡는다 하더라도 많은 독자들은 거기에서 '시대를 관통하는' 살아 있는 문제의식을 발견하기보다 시대에 뒤처진 '감각적 낙후'만을 느낄 가능성도 있다. 그런데 이런 점을 다만 시대가 변했다는 사실로만 설명하는 것은 일면적이다. 가령, 그가 1964년에 석사학위논문의 주제로 다루었던 이상(李箱)의 문장이나 이상의 동시대 작가 박태원(朴泰遠)의 소설은 감각의 세련성 측면에서 지금도 결코 낡았다고 할 수 없기 때문이다. 문학에서 정치적 올바름의 추구가 때때로 미학적 완성도의 부실이라는 결과로 이어지는 수가 많은 것, 요컨대 한 예술가의 내부세계에서 발생하는 정치와 미학의 괴리를 어떻게 설명할 것인가.

최근 나는 이 글을 쓰기 위해 송기숙의 첫 소설집 『백의민족』(형설출판사 1972)을 서가에서 꺼내들었다. 그러자 뜻밖에도 책갈피에서 딱 엽서만 한 크기의 종이 한장이 떨어졌다. 그것은 저자가 기증본을 보내면서 책에 끼워넣은 인사장이었다. 앞뒤의 형식적 인사말을 자르고 몸통을 그대로 옮기면 다음과 같다.

　여태 발표했던 단편을 모았기에 새해 인사를 곁들여 보내오니 하감(下鑑)하시고 지도편달 바랍니다. 더러 구성이 허술하고 문장이 뜨는 외(外)에 여러 면으로 자괴불금(自愧不禁)이오나 제재를 고루 손대본 것만은 공부였다면 공부였다고 할 수 있어 어렴풋이나마 물정이 잡히는 것도 같고 방향을 잡아설 수도 있을 듯하여 후일을 약속하오니 배전의 격려를 바랍니다.

　요컨대 이 단편들의 구성과 문장에 모자람이 많지만 작품을 쓰는 동안 창작의 방향을 잡았으니 앞으로 주목해달라는 것이다. 아주 솔직한 편지인데, 실제로 송기숙의 초기소설은 작가가 인사장에서 자인한 대로, 그리고 이 인사장의 문장 자체가 실증하는 대로 인물과 사건을 전달하는 서사의 구조가 어설프고 디테일을 연결하는 감성적 짜임새가 거칠다. 배경이 주로 구시대의 농촌이므로 등장인물들의 감정이 섬세하지 않은 건 당연하지만, 그것의 소설적 처리 즉 작가의 솜씨는 더 주도면밀해야 하는 것 아닌가. 그런데 송기숙 초기소설에서는 묘사의 대상과 묘사의 주체가 충분히 분리되어 있지 않다고 여겨지는 것이다.
　그러나 이러한 기술적 결함이 그의 문학을 평가함에 있어 무시해도 좋은 약점은 아니지만 근본적 한계일 수도 없다고 나는 생각한다. 도리어 오늘의 독자들이 송기숙처럼 낡아 보이는 소설세계에 더 적극적으로 다가섬으로써 현재 통용되는 당대문학의 역사적 위상에 대한 더 깊은 성찰의 원근법을 얻을 수 있다고 믿어지는 것이다. 문학사를 살펴보면 송기숙의 경우와 반대로 미학적으로 세련된 외관의 작품 속에 반동적·퇴폐적 세계관이 은밀하게 또는 공공연하게 내장되어 있을 수도 있다. 지난날의 일부 친일문학이나 어용작품이 대표적인 사례가 될 것이다. 예술가의 정치적 입장과 그의 창작적 결과 사이에 있는 이와 같은 모순의 양상들을 생각해보면 예술작품은 작가의 사상의 단순한 기계적 반영물이 아니고 작가와 사회의 복잡한 변증법적 연관으로부터 태어난 그 자체 하나의 역사적 생성물임을 깨달을 수 있다. 따라서 송기숙과 같은 진지한 작가의 경우 표면적으로 드러나는 일부 미학적 불완전은 1960~90년대 한국 농촌사회 자체의 낙후성의 불가피한 증거로서, 그리고 그러한 낙후성과의 힘겨운 투쟁의 문학적 잔재로서 적극적 의의를 인정하게 된다.

차례

대리복무

곁에 누운 보충병 양덕수가 으응 앓는 소리를 하며 몸뚱이를 뒤쳤다. 양현호는 덕수의 엉덩이가 아랫배에 가해오는 뿌듯한 압박감을 느꼈다. 아랫배뿐만 아니라 가슴팍은 더 답답했다. 통나무를 재어놓은 것처럼 빼곡히 누워 있는 몸뚱이들 사이에 현호 몸뚱이도 그렇게 끼여 있었다. 누웠다기보다 차라리 쌀가마니나 통나무처럼 재여 있는 꼴이었다. 몸뚱이 위에 사람이 눕지 않았을 뿐 모로 누운 몸뚱이가 이렇게 답답할 지경이면, 이것은 물건을 재어놓은 것과 다를 것이 없었다. 말하자면, 위로 재여 있는 것이 아니라 옆으로 재여 있는 꼴이다. 저쪽으로 머리를 두른 양덕수와 김 상병의 전봇대 같은 다리 토막이 양쪽에서 현호의 가슴팍과 등덜미를 짓눌렀다.w

내무반이 비좁아, 사병들은 6자와 9자를 늘어놓은 것처럼 머리를 양쪽으로 하고 누웠다. 어깨판이 차지하는 공간을 절약하자는 취침법이다. 그러고도 비좁아 모로 누웠다. 거기다가 오늘은 보충병이 하나 더 늘었다. 보충병 양덕수 발바닥은 바로 현호 코앞에 있다. 발 고린내가 콧속으로 솔솔 들어왔다. 방한화 속에서 땀에 절었던 양말이 말라지며 내는 이 냄새는 처음에 맡으면 이만저만 독한 게 아니다. 머리를 옆으로 젖힐 수도 없고, 위로 올릴 수도 없다. 머리 위는 바로 통로다.

현호는 그냥 그 고린내를 들이마시기로 했다. 붕어가 어항바닥에 깔린 오물을 들이마시는 꼴이다. 자신의 말간 의식을 이런 냄새로 한번 휘저어보고 싶었다. 물거품처럼 하잘것없는 사념들만 명멸하는 의식은 그냥 휘저어버리고 싶은 것이었다. 색깔로 치면, 검붉은 황토색 같은, 아니 청동빛 시궁창 색깔 같은 양덕수 발 고린내를 내 의식 위에 좍 끼얹어보는 것이다. 냉수 그릇에 떨어진 잉크 방울처럼 이 고린내는 의식 속에 싹 번져, 지금의 먹먹한 상태에 무슨 변화를 가져올지도 모른다.

그런데 이 녀석 발 고린내는 좀 독특했다. 시궁창 썩은 냄새에 약간 고소한 냄새가 섞인 것 같았다. 아까 검붉다고 느껴진 것은 이 고소한 냄새 때문이었을까? 숨을 천천히, 그리고 깊이 들이마셨다. 그 고소한 냄새는 느껴지지 않았다. 콧속에 신경을 모으고 다시 마셔보았다. 그 냄새가 느껴지는 것도 같고 고린내 속에 묻혀버린 것도 같다. 곁에 누워 있는 김 상병 냄새는 어쨌던가? 아버지의 냄새는? 그러고 보니 모두 조금씩 달랐던 것 같았다.

관상이란 건 얼굴 생김새로 보아 그 사람의 개성이며 운명 등, 어떤 인간적인 내막을 알아낼 수 있다는 것인데, 이런 냄새도 그 사람의 내막과 무관하지 않을 것 같았다. 도리어 인간의 어떤 핵심과 통하는 비밀스런 통로가 엉뚱하게 이런 곳에 있는 건 아닐까? 그럼 양덕수 발에서 나는 이 고소한 냄새에 해당하는 인간적인 내막은 어떤 것일까? 그 구체적인 내용은 알 수 없다 하더라도, 이렇게 들이마셔보면 양덕수의 어떤 인간적인 핵심과 서로 내밀한 교감이 이루어질지도 모른다는 생각이 들었다. 콧속에 다시 신경을 모으고, 체로 거르듯 서서히 냄새를 들이켰다. 겨자처럼 쏘는 것도 아니고, 그 청동빛 고린내에서 이렇다 할 무슨 단서가 붙잡혀 오는 건 아니었다. 현호는 그냥 고린내를 깊숙이 들이켰다. 그것은 기도 같은 것이고 그 기도의 밑바닥에는 양덕수라는 인간을 가슴에 끌어안고 싶은 간절한 갈구가 있었다.

오늘 낮에 보충 온 양덕수를 처음 보았을 때, 그 이름이 바로 현호 자기 아버지 이름인 양덕수여서 갑자기 일어났던 적개심과는 전혀 다른 감정이었다.

현호는 오늘 낮에 온 보충병 양덕수 이름을 보자 깜짝 놀랐다. 양덕수는 바로 자기 아버지 이름이었다. 순간 적개심이 치솟아 현호는 그 얼굴을 빤히 보고 있었다. 실없이 숨이 가빠지고 있었다.

그런데 이런 감정의 변화가 어떻게 일어났는지 알 수 없었다. 아버지의 이름을 달고 온 그가, 무슨 잡귀처럼 자기의 생애에 끼어들어, 자기의 운명에 큰 변화를 가져올 것만 같은 막연한 공포 뒤에 일어난 변화인 것만은 확실했다. 그의 출현은 애써 외면하고 있는 자기의 현실에 억지로 고개를 돌려놓은 것이나 마찬가지였다. 중학교 운동장 조회시간 때 교장선생의 훈화 소리를 듣지 않고 한눈파는 자기 머리통을, 느닷없이 나타난 담임선생이 두 손으로 꽉 붙잡아서 휙 돌려놓았듯이.

붙잡혀 온 날짐승처럼, 둥그런 눈을 해가지고 선임하사의 뒤를 따라 들어와 신고를 한 그에게, 모포를 정돈하고 있던 강 병장이 농을 걸었다.

"갱상도 문둥이가?"

"넷!"

그를 보고 있던 사병들이 와 웃었다. 이런 농조면 그냥 웃어넘겨도 좋을 텐데 꼿꼿한 자세로 대답하는 게 우스웠다.

"관등성명은?"

"이병 양덕숩니닷!"

현호는 섬뜩했다. 양덕수의 얼굴을 물끄러미 쳐다보고 있다가 성큼 일어섰다. 닦고 있던 엠원 대검을 손에 쥔 채, 가까이 가서 명찰을 들여다보았다. 서투른 글씨였으나 또렷하게 '양덕수'라 쓰여 있었다.

"무슨 자, 무슨 자지?"

"큰 덕 자, 물가 숫잡니다."

현호는 그 얼굴을 또 빤히 건너다보았다. 양덕수는 무슨 잘못이라도 저지른 것처럼 겁먹은 눈알을 굴리고 있었다.

"창호 너 꼭 찌를 자세다. 무슨 유감 있어?"

누군가가 지껄이는 소리에 현호는 후딱 정신을 차렸다. 엠원 대검을 꼬나쥐고 있는 자기 자세가 정말 그를 찌를 모양이 되어 있었다. 사병들이 또 까르르 웃었다. 현호는 멋쩍게 입가에 웃음을 흘리며 제자리로 돌아왔다. 그렇게 웃어버려야 자리에 어울리겠다 싶기도 하고, 괜한 것에 신경을 썼다고 자신을 달래고 싶기도 했다.

자리에 앉아 수입포에 기름을 듬뿍 묻혀 칼날을 막 문지르려는 참이었다.

"창호, 편지!"

중대본부에 갔던 분대장이 소리를 질렀다. 얼결에 기름 묻은 손으로 받았다. 형한테서 온 편지였다. 의식 한 귀퉁이에 쇳덩어리가 퐁당 구멍을 뚫는 것 같은 충격을 느꼈다. 현호의 표정은 싹 굳어버렸다. 우연이라 하기에는 너무도 정연하게 아귀가 맞았다. 아버지의 이름, 그다음 순간 형의 편지.

현호는 입대하고 나서 지금까지 집에 편지한 적이 없는데, 중대장이 무더기로 보내는 편지에서 소속을 알았을 것이다. 훈련소에서도 그랬다.

현호는 고등고시를 준비하고 있는 형 창호를 대신해서, 아버지한테 등을 떼밀려서 두번째 군대에 왔다. 그래서 지금 현호 이름은 양창호다. 방금 온 그 편지도 실은 형 양창호가 보낸 것인데, '양창호 앞'으로 되어 있고, 발신인은 양필승이란 가명이다. 고등고시 합격을 필승이란 이름으로까지 다짐하고 있지만, 형이 고등고시에 합격하는 따위의 '필승'은 절대로 있을 수 없는 일이라고 확신하는 현호는 이제 이따위 수다는 진저리가 쳐질 만큼 지겨웠다. 언어의 공허한 의미에 맥이 풀렸다. 이쪽에서 아무리 정연한 논리로 힘들여 말을 해도 '그러나' 따위의 간단한 부정으로 이쪽 말을 뒤집고 나올 때 느끼는, 그런 갑갑증과 허탈감이었다.

"집안에 사람이 하나 나야 한다. 사람이 나야 우리가 사람 구실을 한다. 나도 그렇고 너도 그렇고, 네가 자식을 낳아도, 그 자식들까지 사람 구실을 하려면 집안에 사람이 나야 해, 사람이!"

형이 고시 공부 하고 있는 절에 닭을 고아가지고 다녀오신 아버지 말이었다. 형 대신 입대하라는 것이다. 제대한 지 닷새, 미처 숨도 제대로 돌리지 못한 현호에게 이건 간밤의 홍두깨였다. 병역기피자 명단에 오른 형을 돈으로 막아오기 사년, 밑 터진 항아리에 물 붓기도 아니고, 돈 싸쥐고 병무청이야 경찰이야 그 작자들 쫓아다니기도 신물이 난다는 것이다.

현호는 고개를 돌려 벽만 보고 있었다. 너무도 부당한 일이었다. 지난 삼년 동안 살아온 군대 생활은 군대에 가기 전 자기가 살아온 기간 전부를 합친 것보다 더 답답하고 지겨운 나날이었다. 어렸을 때 동무들이 막대기를 휘두르며 병정놀이 할 때도 돌담 밑에 쭈그리고 앉아 구경이나 했던 현호는 군대 생활이란 도무지 자기 같은 사람에게는 맞지 않는 일인 것 같았다. 사람의 적성을 정확히 알아내는 무슨 정밀한 기계가 있다면 체중이나 신장 따위가 아니라, 자기 같은 사람부터 맨 먼저 가려낼 것 같았다. 그렇지만 이것은 어차피 내 한사람 몫의 홍역이 아니냐고, 그 지겨운 나날을 끈끈이에 붙은 파리처럼 허우적거리며 헤쳐왔다. 그렇게 지내온 자기에게 형님 몫의 삼년을 다시 살라고 하는 아버지의 요구는 자기 팔이나 다리를 떼어서 형에게 붙여주라는 것보다 더 부당한 말이었다.

형의 고등고시 합격에 전 생애적인 의미를 걸고 있는 아버지의 그 무서운 집념을 너무도 잘 알고 있다. 구두쇠로 소문난 아버지가 꼬박 칠년 동안 형의 뒷바라지에 논밭을 파는 것도 아까워하지 않았다. 식구들에게는 멸치꼬리 하나 구경시키는 법이 없지만, 형의 책상 밑에는 항상 꿀이며 인삼 따위 보약이 떨어지지 않았고, 열흘이 멀다 하게 통닭을 고아 형이 공부하는 절간을 드나들었다. 현호는 아버지가 남기고 간 닭다리나 구워 먹으며, 형이 고시에 합격한다는 것은 하늘에서 별 따기보다 더 어렵다고 혼자 중얼거렸다. 그러나 아버지 앞에서는 그런 말은 엄두도 못 냈다. 집안에 사람이 없어 사람대접을 못 받는다고 탄식을 할 때마다, 아버지가 바라는 그런 훌륭한 사람이 될 수 없다고 처음부터 포기해버린 자기는 무슨 죄라도 짓고 있는 것 같았고, 형은 그런대로 무슨 구실을 하고 있는 것 같기도 했다.

형은 고등학교 때부터 법학통론이니 헌법총론 따위 법률서적을 옆구리에 끼고 다녔다. 아버지는 그런 형만 대견스럽게 바라보았고, 현호 따위는 안중에도 없었다. 시골 중학교 시험에도 두번이나 떨어진 형이, 고시에 합격해서 판검사나 경찰서장이 될 것이라고는 상상도 할 수 없는 일이었지만, 현호는 알은체하지 않았다. 형이 여섯번째 떨어진 뒤부터는 '양고시'라는 별명이 나돌았다.

"형은 절대로 고시에 합격 못합니다."

'절대로'에 힘을 주어 처음으로 입을 열었다.

"뭣이? 어디서 그런 주둥아릴 함부로 놀리느냐? 작년에는 꼭 한 과목에서 실패했다. 금년에는 틀림없어!"

28

아버지는 너무 모질게 나무라서는 안 되겠다 싶었던지 거세게 나왔던 말꼬리를 수그리며 담배를 태워 물었다.

"모두가 미신이라 믿을 것이 못 되지만……"

허두를 떼놓고 담배연기를 훅 뿜으며 잠깐 뜸을 들였다. 사주나 관상을 봐도 그렇고, 심지어는 토정비결을 보아도 금년에는 틀림없이 합격할 수라는 것이다. 거기다가 꿈도 예사 꿈이 아닌데, 십년 가까이 해온 공부를 섣불리 작파할 수 있겠느냐? 너는 기왕 중도에서 공부를 그만두었지만, 저렇게 밤낮을 모르고 파고 있는 형의 소원은 풀어주고 봐야 하지 않겠느냐? 이럴 때 형제지간에 돕지 않으면 누가 도우며, 또 낸들 누구는 자식 아니라고 이런 말을 하겠느냐는 것이다.

평소 아버지답지 않게, 사뭇 애소 조로 나오는 바람에 현호는 정면으로 두었던 눈길을 수그리지 않을 수 없었다. 그러나 아무리 생각해도 군대만은 다시 갈 수 없었다. 현호는 독하게 마음을 가다듬고 형의 중학교와 고등학교 성적을 낱낱이 예로 들며, 형 같은 머리로는 도저히 합격하지 못한다는 사실을 설명했다. 아버지는 합격못한다는 말에 무슨 모욕이라도 당한 것처럼 또 발끈 화를 냈다.

근래에 없던 풍파였다. 고등학교 입학할 무렵, 진학보다는 집에서 돼지나 닭을 기르겠다고 넌지시 말을 꺼냈다가 불호령을 맞고 집을 쫓겨난 뒤로 처음이었다. 될성부른 나무는 떡잎부터 알아본다고, 사내자식이 닭 똥구멍이나 들여다보겠다면, 싹수가 이미 노란 게 아니냐고 문지방이 쩡쩡 울리도록 고함을 질렀다. 나중에는 죄 없는 어머니한테까지 호통을 치자 현호는 큰 잘못을 저질렀다고 후회했다.

그렇지만 군대는 절대로 다시 갈 수 없었다. 이건 처음부터 도무지 부당한 일이었다. 형의 고시 합격이라면 자기 따위는 논밭 두어 마지기 떼어내는 것으로밖에 여기지 않는 것 같아 다시 울화가 치밀었다.

"저는 절대로 군대는 다시 안 갑니다."

새벽까지 실랑이를 치다가 '절대'라는 말로 '안 간다'는 말을 메어꼰지듯, 아버지 앞에 던져놓고 방문을 쾅 닫고 뛰쳐나와버렸다. 뿌리치듯 홱 닫아버린 방문에서 쾅 소리가 자기도 깜짝 놀랄 만큼 크게 울렸다. 뜻밖에 너무 요란스런 쾅 소리는 자기와 아버지 사이 혈연의 끈이 우지직 끊어지는 소리 같았다. 살인을 하고 났을 때나 느낌직한 싸늘한 감정이 얼음장처럼 가슴을 덮쳤다. 손발이 떨리고 있었다.

그다음 날 현호는 중 절 떠나듯, 새벽같이 집을 나와 양창호란 이름으로 자원입대를 해버렸다. 방을 뛰쳐나올 때 뜻밖에도 커버린 문소리에 자기의 결의가 파삭 금이 갔는지도 모른다. 어쩌면 그 이전부터 별수 없다는 자포적인 생각이 마음 한구석에 자리잡고 있었던 것 같기도 했다. 아버지에게 그토록 거세게 대든 것도 자포자기에 따른 비명이나 마찬가지였다. 정말 할 수 없는 일이었다.

기어코 안 가고 버텼다가 만약 형이 병역기피자로 경찰에 덜컥 붙잡히기라도 하면, 형이 십년 공부를 작파한 책임은 말할 것도 없고, 고시에 합격 못한 책임까지 돌돌 말려 온통 자기에게 덧씌워질 판이었다. 그렇게 되는 날에는 아버지의 매운 눈길에 치여 밥이 제대로 목구멍을 넘어가지 못할 것 같았다.

고향 사람들 눈을 피하자니 돈을 쓰고 남의 지역에 끼어들어 입대했고, 그러다보니 아는 사람 하나 없는 외톨이가 되었다. 새로 머리를 깎고, 새로 군번을 받고, 예전과 똑같은 훈련이 시작되었다. 총 파지법이며, 철조망 꿰어 가기며, 뻔한 것을 모른 척 배워야 하는, 싱겁기 짝이 없는 훈련이 고되고 지겹기는 배나 더했다. 이따금 일등병이나 상등병들이 빳다를 휘두르며 을러댈 때는, 불과 며칠 전에 떼어버린 하사 계급장이 향수처럼 눈앞에 어른거렸다.

그렇지만 그 지겨운 훈련을 마칠 무렵에는 엊그제까지 '야, 인마' 했던 일등병, 상등병 계급장이 위로 쳐다보였다. 현호는 삼년이라는 시간을 생각해보았다. 도무지 수학적인 계산으로는 그 길이가 실감나지 않는 삼년간이란 시간을 앞에 놓고, 지난 삼년 사이에 계급과 직책으로 형성되었다가 부서져버린 관념의 부스러기들을, 덧없이 어루만지며 앞뒤를 돌아보았다. 그러나 그런 시간 위에 놓인 자기 위치도, 시간의 길이도 도무지 가늠할 수 없었다. 교묘한 건 시간의 원근법이었다.

현호가 훈련소에서 맨 처음 형의 편지를 받은 것은 최루가스실에 들어가 눈물을 흘리는 날이었다. 가스를 쏘이자 눈물 콧물이 걷잡을 수 없이 흘러나왔다. 눈물이 쏟아지자 슬픔이 복받쳤다. 슬퍼서 눈물을 흘린 기억이 까마득하고 자기에게도 이런 감정이 있었던가 의심스러웠다. 현호는 이런 감정을 거부라도 하듯, 가스실 문을 나올 때는 눈물을 말끔히 닦았다. 이렇게 울어버려서는 안 될 것 같았다. 그다음부터는 형의 편지를 받으면 바로 찢어버렸다. 눈물이 나올까 싶어서가 아니라 아버지 앞에서 방문을 닫을 때와 같은 기분으로 찢었다. 그때 마음을 누그렸던 게 가장 후회될 때는 형의 편지를 받을 때였다. 그 편지에 혹시 어머니가 병환이라거나 돌아가셨다는 말이 적혀 있을지도 모른다 생각하면서도 찢었다.

그런데 이번에는 형의 편지에 묘한 긴장을 느끼며 봉투를 뜯었다. 그 속에서 무슨 도발적인 내용이 자기를 향하여 뛰쳐나올 것만 같았다. 그러나 '살을 에는 추위'로 시작된 편지는 언제나 그렇듯 수다스러운 말뿐 무슨 사연은 없었다. 이번에도 실패했으나 다음에는 틀림없이 합격하여 너의 고생에 보답하겠다는 말이, '결초보은(結草報恩)' 따위 요란스런 수식으로 쓰여 있었다. 거기다가 이름까지 '필승(必勝)'이었다. 훈련소에서는 양대성(梁大成), 양보은(梁報恩)이더니 이번에는 필승이었다.

덕수가 몸뚱이를 뒤쳤다. 이번에는 반듯하게 누우며 다리를 쭉 뻗었다. 우두둑 뼈마디 튀는 소리가 났다. 그런데 현호는 그동안 덕수 발 고린내를 전혀 고리다고 느끼지 못하며 숨을 쉬고 있었다. 몸뚱이 속에 고린내가 가득 차버렸기 때문일까?

덕수는 발로 현호 얼굴과 목 언저리를 허비적거리며 발을 쑤셔 넣으려 했다. 발이 시린 모양이다. 측은한 생각이 들었다. 아까 두 달 동안이나 자기가 누웠던 맨 윗목을 그에게 물려줄 때도 미안한 생각이었다. 지금 덕수가 누운 자리는 몸뚱이가 벽과 방바닥 두군데에 닿기 때문에 더 추웠다. 불기가 없는 방바닥과 흙벽의 냉기가 방한복으로 스며들었다. 그런 자리를 물려주고 나니 무슨 못할 짓을 한 것 같았다. 덕수는 무릎을 바짝 오그려 고린내와 함께 발을 모아갔다. 현호는 마치 무슨 소중한 것이 떨어져 나가는 것처럼 허전했다. 사단 보충대에서 장 하사가 자기를 몰라보았을 때도 이런 심정이었다. 현호는 그때 기억을 도무지 잊을 수가 없다.

신병훈련소에서 두번째 훈련을 마치고 사단 보충중대에서 부대 배속을 기다리고 있을 때였다. 자기 몫으로 군대 생활을 할 때 함께 근무했던 장 하사를 만났다. 그는 만기가 되어 제대를 하고 귀향하는 참이었다. 두사람은 앞을 까고 나란히 소변을 보다가 눈이 마주쳤다.

"현호 너 도대체 이게 웬일이냐?"

장 하사는 눈이 주발만 해지며 평소에 경솔했던 대로, 의구와 탄성이 엇갈리는 비명 같은 소리를 지르며 다가왔다. 곁에서 소변을 보던 병사들 눈이 쏠렸다.

현호는 깜짝 놀랐다. 그렇지만 아무 표정 없이 그를 건너다보며 그대로 소변을 볼 수 있었다. 욱하려는 감정의 격발을 누르고 사람을 잘못 본 게 아니냐는 표정을 지은 것이다. 자기방어의 동물적인 본능이랄 수밖에 없었다.

"혹시 우리 형으로 잘못 보신 거 아닙니까? 쌍둥이라서……"

이럴 때를 대비해서 미리 준비해둔 말이고 표정이기는 했지만, 그렇게 태연하게 연출하고 있는 자신에게서 여태 자기도 모르고 있던, 새로운 일면을 발견한 것 같았다. 실상 이렇게 시치미를 뗄 대상 속에 장 하사까지 포함시킬 필요는 없었다. 곁에 다른 사병들만 없었고, 또 그렇게 크게 소리만 지르지 않았더라도 쌍둥이란 말까지는 안 했을 것이다. 장 하사는 장기복무를 지원하고 나서, 신세 따분하게 되었다고 술만 마시면 넋두리를 늘어놓더니, 후방으로 전속이 된 모양이었다. 현호는 현호대로 그를 만난 감개가 각별했다.

"그럼 양현호의 동생입니까?"

"네."

장 하사는 '양창호'라는 명찰과, 옛날의 현호보다 훨씬 낮은 군번을 자세히 들여다보고서야 손을 덥석 끌어 쥐었다.

"야아, 정말 닮았다. 정말 닮았다. 아무리 쌍둥이라고 목소리까지 닮는 기가? 참말로 놀랬다. 놀랬어!"

군대 말 속에 섞여버렸던 경상도 사투리가 유난히 원색으로 튀어나왔다. 장 하사는 현호와 절친한 사이였다고 자기소개를 하며, 대뜸 한잔하자고 주보로 끌었다.

"그 녀석 제대하면 가축벌일 하겠다카더니 시작했습니까?"

"네. 재미가 한창입니다."

현호는 씁쓸하게 웃으며 대답했다.

"내 그럴 줄 알았심더. 틈만 있으면 양계백과니 가축대전카는 책을 읽었지요."

현호는 술을 홀짝거리며 사람을 이렇게 몰라볼 수 있는지 의심스러웠다. 그러나 장 하사는 술이 거나해지자 현호와 지냈던 일을 늘어놨다.

어떤 일은 적당히 과장하고 어떤 일은 터무니없는 일이었다. 특히, 작년 겨울에 술을 마시고 밤늦게 돌아오다 깡패들한테 얻어맞은 일은, 도리어 이쪽에서 죽사발이 되게 두들겨 팼다고 뒤집어서 말했다. 곁에서 마시고 있는 병사들 보라는 듯이, 치는 시늉까지 하며 은근히 제 주먹을 과시했다. 현호는 계속 웃어주며 장 하사의 잔에 술을 따랐다. 그는 이야기 중간 중간에 아무리 쌍둥이라고 이렇게 닮을 수가 있느냐며, 무슨 신기한 발견이라도 한 듯 자못 감탄해 마지않았다. 현호는 '닮았다'와 '이다' 사이에 놓인 거리를 느끼며 장 하사가 내미는 술잔을 거푸 들이켰다.

"근데, 그 녀석 참 엉큼하데이. 형이 하나 있다카는 말은 했어도 동생이 있다카는 말은 하지 않았는데, 쌍둥이라고 창피해서 그랬던 기가? 창피할 게 뭐노? 아 참, 그 형이 고등고시 공불 한다고 했는데, 어이 됐습니까? 합격했습니까?"

"예. 금년에는 틀림없이 합격할 것입니다."

"금년에는 틀림없이 합격한다꼬? 하하하."

장 하사는 한참 웃었다. 말을 해놓고 보니 현호도 우스워 실없이 큰 소리로 웃었다. 그때, 일석점호 종이 울렸다. 점호가 끝나자 각기 다른 내무반으로 들어가 취침했다.

다음 날 장 하사는 특명이 났다며 수다스럽게 작별 인사를 남기고 떠났다. 현호는 장 하사가 탄 트럭이 산굽이를 돌아갈 때까지 손을 흔들어주었다. 장 하사를 그렇게 보내고 나자, 마치 자기 일부가 떨어져 나가버린 것같이 허전했다.

정말 자기는 이제 현호 아닌 다른 사람이 된 것 같기도 했다. 달라진 것은 계급과 군번, 그리고 이름뿐인데, 장 하사가 몰라보았듯이 현호라는 인간도 달라져버린 것 같았다.

10×56738 하사 양현호

10×71356 이병 양창호

두사람 몫의 군번과 계급과 이름을 손바닥 내밀듯 나란히 놓고 생각해보았다. 자기는 그 어느 쪽도 아닌 것 같았다.

현호는 술잔을 앞에 놓고 담배연기로 동그라미를 여럿 굴려 올렸다. 장 하사가 몇번이나 흉내 내다가 끝내 못 냈던 장난이었다. 장 하사하고 술이 취했을 때는 모두 털어놓고 싶은 충동을 느꼈었다. 그렇지만 말하지 않은 게 잘 한 것 같았다.

그뒤부터 현호는 자리에 누우면 엉뚱한 생각에 사로잡혔다. 자기는 지금 창호의 이름을 달고 있지만 실제로는 창호의 동생인데, 장 하사한테 말한 걸로 치면 현호의 유령 동생 창호였다. 실제의 창호는 어느 절간에 있는데 군대에 와 있는 셈이고, 실제의 현호는 군대에 와 있지만 집에 있는 꼴이며, 장 하사한테 말한 걸로 치면 현호의 유령 동생이 군대에 와 있는 셈이다. 이름으로만 치면 맏형은 양보은, 그다음이 양현호, 그다음이 양창호, 이렇게 삼 형제이지만, 지금 제 이름을 달고 행세하는 사람은 하나도 없으니 모두 유령들인 셈이다. 그리고 현호는 지금 창호 행세를 하고 있으니까 창호이며, 실제로는 현호니까 현호도 되고, 실제로는 이 세상에 없는 쌍둥이 동생도 된다. 이렇게 자기는 한꺼번에 세사람이 되기도 하고, 장 하사한테 말한 걸로 하면 실제로 없는 현호의 동생이니까 유령이기도 했다. 경우에 따라 세사람 행세를 하다 보면 자기는 없어져버린 것이다.

아무리 생각해보아도 다람쥐 쳇바퀴 돌듯 가닥이 잡히지 않았다. 간단하게 생각하면 지극히 간단하지만, 꼬치꼬치 따지면 따질수록 헝클어진 실패처럼 뒤엉켰다.

그런데 오늘 온 보충병은 또 공교롭게도 아버지 이름을 달고 와서 자기 곁에 누워 있다. 어찌 생각해보면, 아버지는 정말 유령을 포함한, 묘한 관계를 가진 세명의 아들이 있고, 오늘은 보충병으로 환신해서 아들인 자기를 찾아온 것 같았다. 양덕수의 숨소리에 귀를 모아보았다. 아버지 숨소리 같기도 하고, 무슨 유령의 숨소리 같기도 했다. 아까 자기가 그랬듯이, 지금은 그가 이쪽의 발 고린내를 들이마시고 있다는 데 생각이 미치자 갑자기 발길이 간지러웠다.

현호는 이런 망상을 털어버리기라도 하듯, 눈을 크게 떴다가 질끈 감고, 혓바닥으로 까칠한 입안을 내둘러 침을 삼켰다. 목을 움츠렸다. 삭신이 뻐근하고 머릿속이 먹먹했다. 빠삭 말라버린 박 속 같은 머리는 담배연기라도 가득 찬 것 같다. 그 속에서 벌이 부웅 날개를 울리고 있는 것 같다.

자자! 내일 아침에는 또 새벽같이 일어나야 한다. 벌써 셋째번 불침번이 교대했다. 하나, 둘, 셋…… 열다섯, 열여섯…… 느닷없는 생각이 고개를 들었다. 전쟁이 터진다. 총알이 뺑 가슴을 뚫는다. 하얀 보자기로 싼 상자에 유골이 담겨지고, 거기에 양창호란 이름이 쓰여 집으로 보내진다. 어렸을 때 구경했던 대로 동네 사람들이 모두 나와 눈물을 흘린다. 여자들은 엉엉 운다. 현호가 아니라 엉뚱한 양창호가 죽었다고 우는 것이다. 죽어서도 형을 대신하게 되는 것이다. 껌껌한 어둠속에서 실없이 눈을 크게 떴다. 생각하면 그것뿐만 아니다. 호적에 이름이 지워진 형이야 알 바 아니지만, 자기가 대리 입대한 사실이 밝혀지면, 죽음 값으로 나오던 연금 같은 것도 취소되고 죽어서도 죄인이 될 것이다. 영광스런 죽음은 고사하고 죄까지 짓고 죽는 것이다. 어디 크게 부상을 당해도 사정은 마찬가지다.

그때 양덕수가 한쪽 발을 현호 배에 척 걸쳤다. 현호는 발을 조심스레 들어 제자리로 옮겼다. 양말이 뚫어져 있었다. 불을 쪼이다 태운 것 같았다. 그러고 보니, 아까 나던 그 고소한 냄새는 이 양말이 탄 자리에서 났던 것 같다.

현호는 마음을 가다듬고, 다시 하나 둘을 셌다. 어느새 잡념이 떠오른다. 아무 생각도 떠오르지 못하게 하자. 그러면 잠이 올 것이다. 의식이 둘로 갈라진다. 한쪽 의식은 다른 쪽 의식 위에 잡념이 떠오르지 못하도록 지키는 것이다.

양덕수는 발끝으로 현호 가슴 밑을 후비적거리며, 마치 병아리 새끼들이 어미 닭의 날개 속으로 비집고 들어가듯 발을 쑤셔넣었다. 발이 시린 모양이다. 정돈대 선반에 모포가 한장 뭉뚱그려 올려져 있었다는 기억이 어슴푸레 떠올랐다. 정돈대에 정돈해놓은 모포는 손을 대지 못하게 했다. 규격대로 개려면 시간이 걸리기 때문이다. 그러나 뭉뚱그려놓은 것은 그대로 뭉뚱그려놓으면 될 것이다. 현호는 가만히 몸을 일으켰다. 몸을 받친 팔목에서 뚝 하고 뼈마디가 꺾이는 소리가 났다. 쌕쌕, 숨소리뿐 방 안은 휘저어버리고 싶도록 조용하다.

모포는 바로 양덕수 머리 위게 있었던 것 같다. 정돈대 선반은 한참 높았다. 현호는 발돋움을 하고 팔을 뻗쳤다. 짐작했던 자리에서 모포가 잡혔다. 아침에 '기상' 소리가 나면 후다닥 뭉뚱그려 그 자리에 올려놓으면 될 것이다. 모포 한 자락을 잡고 끌어당겼다. 따라오지 않는다. 힘을 주어 당겼다. 그 순간이었다.

"와크르."

둔탁한 금속성을 내며 모포 속에서 쇳덩어리가 쏟아졌다. 대검들이었다.

"아이구, 아이구."

"뭐야? 뭐야? 기상, 기사앙!"

죽은 듯이 조용하던 내무반이 삽시간에 소동이 벌어졌다. 현호는 그 자리에 풀썩 주저앉았다. 선임하사 라이터에 불이 켜졌다.

"저 피! 얼른 처매라!"

양덕수 얼굴은 피투성이였다. 상처를 누르고 있는 손가락 사이로 흘러내리고 있었다. 그 곁에 누웠던 김 상병은 다행히 다치지 않았던지 잽싸게 모포자락을 찢어 양덕수의 상처를 싸맸다. 양덕수 곁에는 하얗게 닦은 열댓자루 대검이 불빛을 받아 번득이고 있었다.

"누구야? 모포를 끌어낸 새끼가!"

선임하사가 소리를 질렀다. 탁 가라앉은 목소리는 단번에 요절을 낼 것 같은 독기가 이글거리고 있었다. 양덕수의 상처를 처매고 있는 상병 말고는, 모두 겁먹은 눈알을 굴리고 있었다.

"어느 놈의 새끼야? 빨리 못 나서?"

현호는 선임하사의 얼굴만 쳐다보고 있었다. 아까 뭉청한 무게가 느껴졌을 때, 그게 대검이라는 것을 직감하면서도 그대로 모포를 끌어당겨버린 것도 같고, 그러지 않은 것도 같았다. 또 어찌 생각해보면, 도무지 이렇게 어마어마한 사건을 자기가 저질렀을 것 같지 않았다.

선임하사는 성큼 통로로 내려서더니, 야전곡괭이를 집어 자루를 빼 들었다. 단단히 꼬나쥐며 꼬리가 치켜 올라간 눈을 한껏 험하게 부라렸다.

"야, 이 개새끼들, 모두 한번 죽어보갔어?"

험하게 일그러진 상판은, 발발 떨고 있는 사병들을 한꺼번에 작살을 내버릴 것 같았다. 병사들은 겁먹은 눈을 한층 다급하게 내둘렀다. 어서 나서지 않느냐는 재촉과 공포가 뒤얽힌 수십개 눈알이 사납게 번득이고 있었다.

그 눈알들이 하나둘 현호한테로 쏠리기 시작했다. 칼날처럼 내질러 오는 수많은 눈을 얼굴에 받으며 현호는 조금씩 뒤로 물러앉았다. 갑자기 자기 몸뚱이가 무슨 모래자루처럼 주체할 수 없이 거추장스러웠다. 어디로 없어져버려야 하는 몸뚱이가 걷잡을 수 없이 커다란 부피로 병사들 눈앞에 덩실하게 솟아오른 것 같았다.

"야, 이 새끼 창호 너지?"

선임하사가 곡괭이 자루로 현호를 가리키며 한걸음 다가섰다.

"아닙니다. 나는 창호가 아닙니다."

생각하지도 않은 말이 튀어나왔다.

"이 새끼 봐라. 네가 창호가 아니라고?"

엉뚱한 소리에 선임하사가 멍청한 표정으로 물었다.

"예. 나는 창호가 아닙니다."

"이 새끼가 돈 거 아냐?"

현호는 입을 다물었다. 눈앞에 형님과 아버지를 비롯한 몇사람의 얼굴이 스쳐갔다. 딱 하고 곡괭이 자루가 현호 어깨에 떨어졌다.

곡괭이 자루가 연거푸 들어왔다. 볼따구니에 주먹이 들어왔다. 잇몸이 부서지는 것 같았다.

　며칠 뒤, 연대로 가는 중대 일보(日報)에는 현재원 난에 한명이 줄고 '이병 10×71356 양창호 후송'이라고 적혀 있었다.

『현대문학』1966년 11월호(통권 143호); 2006년 8월 개고

어떤
완충지대

쏴아.

말을 뚝 끊었다. 배가 물을 가르는 소리였다. 가슴이 덜컥 내려앉았다.

"벌써 오는가?"

몸뚱이가 얼어붙고 심장이 멎는 것 같다. 여인의 동정을 살폈다. 여인도 숨을 죽이고 있는 것 같다. 그도 들은 모양이다. 호송선이 바닷가에 닿을 때는 소리를 죽이려고 먼 데서부터 엔진을 끌 것이고, 그러면 물 가르는 소리만 날 것이다. 바로 그 소리였다. 숨을 죽인 채 한참 귀를 기울이고 있다. 다시 들려오지 않는다. 귀를 동굴 입구 쪽으로 내밀고 귓바퀴에 손을 댔다. 한참 있어도 들리지 않는다. 점점 가까이 들려야 할 텐데 이상하다. 속력을 아주 죽여버렸을까?

한쪽 귀를 바다 쪽으로 더 내밀었다. 숨을 멈추고 오관의 신경을 귀로 모았다. 몸뚱이는 그대로 신경의 큰 덩어리고, 그 덩어리에 귀만 하나 뚫려 있는 꼴이었다. 이 동굴의 큰 바윗덩어리까지 이쪽 몸뚱이에 한덩어리로 굳어, 내 귀에 들려오는 소리는 그대로 바위까지 전해질 것 같았다. 귀에 몰린 신경은 달팽이 촉수처럼 예민하게 소리를 더듬었다. 어지럽게 부서지는 파도소리뿐 이렇다 할 무슨 소리는 들려오지 않았다. 횡 뚫린 귓구멍으로 바람이 드나들듯, 파도소리만 어지럽게 몰려왔다. 가슴이 몹시 뛰고 있었다.

파도소리가 한순간씩 그치는 사이로 호송선이 오는 소리가 들릴 법하다고 생각되는 순간이 몇번 지나갔다. 그렇지만 아까 들렸던 소리는 다시 들려오지 않는다. 손으로 수풀을 헤치듯 파도소리를 헤치고 그 속에서 뱃소리만 들을 수 없는 귀의 기능이 안타까웠다. 껌껌한 하늘 아래는 바다가 별빛을 받아 어지럽게 반짝거리고 파도소리만 은은하게 들려왔다. 가슴이 몹시 뛰고 있었다.

환청이었을까? 파도소리를 잘못 들었을까? 귀에 남아 있을 것 같은 아까 그 소리의 여운을 되살려보았다. 배의 기관소리였던 것도 같고 환청 같기도 했다.

이십삼시 사십분. 지정된 시간의 이십분 전이다. 환청이었을 것이다. 생명을 건 첩보작전에서 이십분의 착오란 엄청난 사건이다. 더구나 이쪽에서 신호를 보내기로 되어 있지 않은가? 참았던 숨을 소리 죽여 내쉬었다. 여인도 숨을 쉬는 것 같았다. 바스락, 옷자락 스치는 소리가 났다. 긴장이 풀린 모양이다.

여인에게 겁먹은 꼴을 보인 게 멋쩍었다. 담배를 피우고 싶다. 그렇지만 없다. 아까 숲속에 버린 게 후회되었다. 왜 그따위 미련한 짓을 했을까? 입안이 뻑뻑하다. 실없이 호주머니에 손을 넣어 뒤져 보았다. 없다.

빛을 발하고 있는 손목시계 문자판이 유난히 환했다. 이십삼시 사십이분, 아까 라디오에 맞췄으니 틀림없을 것이다. 태엽을 감아 보았다. 더 돌아가지 않는다. 귀에 대보았다. 찰랑찰랑, 연한 쇳소리가 참새 가슴처럼 뛰고 있다.

여인은 무엇을 생각하고 있을까? 남쪽에 두고 가는 남편을, 북쪽에 두고 왔던 아들을, 당 간부를, 배신을…… 이십분. 아니 십칠분 뒤에 북쪽의 호송선을 타는 순간부터 자신과 여인의 위치는 손바닥 뒤집듯 뒤바뀐다. 내 목숨은 통째로 여인의 손아귀에 들어가고, 만약 당 간부 앞에 그 손바닥을 펴는 날이면 일은 그것으로 깨끗이 끝장이다. 토끼가 용궁에서 정말 간이 없었던 게 아니었다. 예의 냉랭한 웃음을 입가에 머금고 싹 돌아서는 여인의 모습이 떠오르며 다시 가슴이 뛰었다.

아까 하다 그친 이야기가 차가운 목소리와 함께 살아왔다. 퍼렇게 날이 섰다가 누그러진 감정의 진폭이며, 또 신을 모독하는 그 당돌한 태도는 어떻게 생각해야 할 것인가?

"모든 점을 과학적으로 면밀히 분석 검토한 결과, 이 여인이 이 계획에 적극적으로 협력할 것이라는 결론을 얻었습니다."

첩보대의 김 소령 목소리가 살아나는 것 같았다.

'과학적'으로, 이 말은 거의 횡포에 가까운 독선으로 백퍼센트의 신뢰를 강요하고 있었다. 그렇지만 그것은 여인에 대한 불안을 씻어내는 데는 아무 소용도 되지 않았다.

저쪽 간첩이었던 이 여인이, 이쪽의 간첩으로 움직여주리라는 데는 몇가지 근거가 있었다. 그렇지만 그것은 그래주었으면 싶은 희망이 더 큰 비중을 차지하고 있는 것 같았다. 그 과학적이라는 분석부터가 이쪽의 희망 위에 세운 몇가지 가정과 추측을 내놓고는 별달리 신통한 무엇이 있을 까닭이 없었다. 목구멍으로 위경을 넣어 위를 샅샅이 살펴보듯, 마음속을 그렇게 비춰보는 재주가 없고서야 무엇으로 그 신뢰를 보증할 수 있단 말인가?

"하나님을 믿습니까?"

아까 불쑥 던졌던 이 질문은 뚱딴지같은 소리였지만, 오히려 여기에는 그럴 만한 근거가 있었다. 며칠 전이었다. '오 주여!' 하는 기구의 가벼운 탄성이 여인의 입에서 새어 나오는 걸 우연히 들었던 것이다. 그것은 절해고도를 헤매다가 누가 자기 이름을 부르는 것만큼 반가운 소리였다. 여태 쇳가루처럼 까칠한 광물성의 미립자로 피부에 따갑도록 감촉되어오던 불안의 먹구름 속에서 그것은 한줄기 신선한 바람이었다. 생명의 잔물결을 일으키며 싱싱하게 울려오는 무슨 신의 목소리 같았다.

그것을 마치 하나님의 신임장이라도 된 듯 마음속 깊숙이 간직해오다가 마지막 떠나는 자리에서, 남몰래 간직한 보물을 꺼내 보듯 둘이만 아는 비밀로 은근하게 통정하고 싶었던 것이다.

"신이요?"

"네."

"왜 그런 걸 묻습니까?"

"확인하고 싶어서입니다."

"확인이라뇨?"

"알고 싶습니다."

반문들이 거느리는 어감이 불안했으나 솔직하게 대답했다. 너무 주변머리 없이 물어서 여인이 비위를 상한 게 아닐까 겁이 나기도 했다.

"신 따위는 믿지 않습니다."

사뭇 모멸적인 대답이었다. 웃으며 내민 손을 탁 때려버리는 냉혹이었다. 의식 한쪽이 횡 소리를 내며 무너지는 것 같았다. 지탱해 오던 마지막 거점이 무너지는 허망이었다. 어둠속에서 이쪽을 흘겨보며 내쏘았을 그 소리는 표독스런 독기마저 품고 있었다.

"신을 구체적으로 하나님이라도 해도 말씀입니까?"

낭떠러지를 눈앞에 보며, 기왕 내친김에 막바지까지 닥뜨려버리는 자포적인 심정으로 따지듯 다그쳤다. 여인은 잠시 말이 없었다.

"운명, 운명이라고나 해야 할까요?"

이쪽을 향해 하는 말이라기보다 독백에 가까운 소리였다. 목소리도 그만큼 누그러져 있었다. 모든 것을 체념해버린 듯 아무렇게나 생각하라고 내맡기는 투였다. 굳이 매달리면 뿌리치지는 않을 것 같은 한가닥 희망이 느껴졌다. 그러나 이날 넘은 감정이 언제 또 발작할 것인지 살얼음을 디딘 것처럼 불안했다.

"운명의 주재자라고 할까, 그런 존재를 구체화해서 그것을 가령 하나님이라고 할 때 말입니다."

은근한 목소리로 달래듯 말했다. 여인은 또 말이 없다.

"성경 읽어보셨나요?"

"네, 조금."

얼른 받았다. 또 잠깐 사이를 두고 있다가 이내 차근한 목소리로
말했다.

"거기에 쓰여 있는 인간에 대한 그 낙관에는 저 같은 사람은 포
함되어 있지 않은 것 같더군요. 누군가가 외친 신은 죽었다는 말도
그 한계를 말한 게 아닐까요? 적어도 저는 지금 신이 관할하는 영
토에서 버림을 받은 사람입니다. 지금 제 경우를 생각해보세요. 어
떤가?"

"그렇지만……"

"그렇지만 어떻단 말씀입니까?"

따지듯 다그쳤다. 자칫하다가는 아까 수그러졌던 감정이 다시
고개를 쳐들 것 같아 겁이 났다. 그러지 않아도 막혔던 말이 영 꼬
리를 사려버렸다. 사실, 선뜻 '그렇지만' 하고 반론의 허두는 뗐지
만, 거기에 대처할 말이 있었던 건 아니었다. 그것은 여인이 신을
믿어주었으면 하는 소망의 표현일 뿐이었다.

"사령부에서 전홥니다."

당번병이 전화기를 넘겨주었을 때 강 대위는 아내 편지를 읽고
있었다. 검열 관계 전화일 것 같아 가벼운 마음으로 전화기를 받았
다. 그런데 엉뚱하게 정보처라는 것이다. 낯모르는 장교의 카랑카
랑한 목소리는 무슨 말인지 얼른 대중을 잡을 수 없었다.

"뭐라고요? 거기가 첩보대 아닙니까? 거기서 나를 부른다고요?

용건이 뭡니까?"

가보면 알 거라는 것이다. 방첩대도 아니고 첩보대였다. 대번에 불길한 예감이 짚여왔다. 엄마 품에 안긴 세살 난 딸이 방실방실 웃고 있었다. 다른 사람에게 갈 전화를 잘못 받은 것 같았다. 그러나 틀림없이 제 곳을 찾아온 전화였고, 금방 낯선 넘버를 단 지프가 왔다. 며칠 전, 가족과 친분관계를 중심으로 세밀한 신상조사를 해 갔던 일과 함께, 불길한 예감은 차츰 구체성을 띠며 육박해왔다.

지프는 닭 챈 독수리처럼 가로수 사이를 기세 좋게 질주했다. 그럴 리 없다고 고개를 저었지만, 차가 부대에 가까워질수록 의혹의 그림자는 차츰 그 폭을 넓혀갔고, 정작 부대 정문을 들어설 때는 여기서 영영 빠져나오지 못할 것 같은 두려움에 싸였다.

"궁금하실 테니 용건부터 말하지요."

사무실에 들어가 자리에 앉자마자 김 아무개란 명찰을 단 소령이 시원스럽게 운을 떼며 담배를 권하고 불을 붙여주었다. 얼굴에 포근한 웃음이 배어 있는 김 소령은, 귀공자같이 온화하고 여유 있는 풍모였다.

"나는 직책상 강 대위 신상을 아주 소상하게 알고 있습니다. 그런데 우리 부대에 강 대위가 아니면 할 수 없는 일이 하나 생겼습니다."

그는 가지런하게 여문 하얀 이를 내보이며 조용히 웃었다.

"미인과 함께 멋진 여행을 한번 하고 오는 일입니다."

아까 웃었던 웃음의 뒷자락을 그대로 깔고 있었다. 담뱃불을 붙여준 호의며, 자기의 은근한 태도가 이쪽의 긴장을 조금도 풀어주지 못하고 있다는 것을 의식하고 웃는, 그런 웃음이었다.

"북쪽에서 내려온 간첩을 하나 잡았습니다. 여잡니다. 공작 임무는 이쪽에 있는 남편을 포섭해서 월북하는 일입니다. 분석 결과 상당한 첩보가치가 있는데, 그 남편의 용모나 나이가 강 대위와 비슷하고, 대학의 전공도 같으며 공교롭게도 중학교 교사였다는 점까지 같습니다."

이 여인은 6·25 때, 뱃속에 어린애를 가진 채 남편과 남북으로 헤어졌다는 것, 그 어린애가 지금은 여덟살인데, 놈들은 그 어린애를 미끼로 여인을 여기에 보냈다는 것, 여기 있던 남편은 군 장교로 요직에 있다가 얼마 전에 제대했는데, 다시 했던 결혼까지 실패했다는 것, 놈들의 조건은 남편을 포섭해 오면 함께 살게 해주겠다고 한다지만 이건 놈들의 상투적인 수작이고, 열이면 열 밀봉교육을 시켜 잔뜩 이용하다가 이용가치가 없어지면 없앤다는 것, 여인은 대학을 중퇴한 인텔리로 남편을 몹시 사랑하고 있으며, 언젠가 통일이 되면 함께 살 수 있을 거라 기대하고 있다는 것, 그것은 여태까지 재혼을 하지 않은 게 증명한다는 것, 이 모든 사실을 과학적으로 면밀하게 분석 검토한 결과 이 여인이 이 계획에 적극적으로 협력할 것이라는 결론을 얻었다는 것이다.

"북쪽에는 이 여인 남편이나 강 대위를 아는 사람이 아무도 없기 때문에 이 작전이 탄로날 염려는 없습니다."

설사 만약의 경우가 생기더라도 용모를 비롯해서 모든 조건이 비슷하기 때문에 팔년간의 시간을 요령 있게 이용하면 될 것이고, 저쪽에 가면 마치 무슨 공식처럼 밀봉교육을 시켜서 남파할 것이므로, 빠르면 보름이고 늦어도 한달이면 돌아오게 될 것이라는 것이다. 그리고 이 계획은 현행법상 이 여인을 그냥 용서할 수 없기 때문에, 그에게 죄과를 씻을 기회를 주는 것이라 할 수 있고, 또 이 여인은 북에 있는 아들과 남에 있는 남편 가운데서 자식을 선택하고 있기 때문에 이 계획은 바로 거기서 출발한다는 것이다.

"이런 멋있는 여행은 아무리 돈이 있어도 강 대위 같은 행운이 아니면 꿈도 꿀 수 없습니다. 어떻습니까? 하하하."

김 소령은 걸쭉하게 웃으며 의자에 등을 기댔다. 말을 듣고 나자 강 대위는 다시 맥이 빠졌다. 이 계획을 처음 들었을 때는 두말할 것도 없이 한마디로 거절하겠다고, 거절할 배짱만 두번 세번 다져 오고 있었다. 그런데 그게 아니었다. 자신도 모르게 진행되어온 자신의 생애가, 어떤 힘으로도 돌이킬 수 없는 내리막길에 있었다. 이럴 때 군소리는 한풀 더 지는 못난 짓이었다. 창밖에는 흰 구름을 띄운 초가을 하늘이 유난히 푸르렀다.

이십삼시 오십분.

크게 벌린 동굴 아가리는 하늘과 바다가 반반씩 몰려 있었다. 하늘에는 수많은 별들이 물먹은 듯 싱싱하게 반짝이고, 바위에 부서지는 파도소리는 길게 꼬리를 끌었다. 파도소리는 바닷물이 내는 소리라기보다 하늘의 별들이 구슬처럼 그렇게 몰려와, 바위에 와 크르 쏟아지며 내는 소리 같았다. 싱싱하고 아름다웠다. 하늘과 바다와 땅덩어리는 그렇게 살아 내밀하게 숨을 쉬며 속삭이는 것 같았다. 밤의 적요 속에서 이토록 충만한 생명의 범람을 경험해본 적

52

이 없었다.

──쏴아. 쏴아.

형언할 수 없는 고독이 지금까지와는 다른 질량으로 가슴속을 후볐다. 강 대위는 지그시 눈을 감았다. 심장이 몹시 뛰고 있었다. 여인은 그대로 말이 없다. 이대로 바위처럼 영원히 굳어버렸으면 싶은 몽상적인 갈구가 밀려왔다. 형체도 남기지 말고 없어져, 이 밤의 적요 속에 깡그리 흩어져버리고 싶었다. 전쟁터의 피 마르는 긴장 속에서 간혹 느끼는 나태였다. 이것은 현실도피의 단순한 망상이 아니고 자기방기의 파괴적인 유혹을 구체적으로 내포하고 있었다. 거기에 육신의 피로가 곁들일 때 무슨 엉뚱한 행동이 유발될 것 같은 위태로운 지경에까지 발전하기도 했다.

높은 낭떠러지에 올라갔을 때도 이와 비슷한 경험을 한 적이 있었다. 순간적인 어떤 충동에 밀려 느닷없이 밑으로 뛰어내려버릴 것 같은 찔끔한 불안에 빠지는 경우였다. 마음 한쪽 어느 어두운 구석에서 튀어나온, 정체 모를 악마적인 충동이 자신을 지탱하고 있는 의지를 밀치고 몸뚱이를 날려버릴 것 같은 불안이었다. 그런 자각을 하고 나면 이번에는 사뭇 다리까지 떨리고, 그럴 때면 나무라도 단단히 붙잡아야 안심이 되었다.

몇겹으로 조여드는 감시망, 창 사이로 다가오는 눈초리, 격의 없는 것 같은 친절, 태연한 웃음, 그리고 동무, 미 제국주의, 당, 간부, 부르주아지 근성, 조국, 성분, 경애하는 수령, 충혈된 눈, 눈, 눈, 눈…… 손들어, 반동, 배신자!

내 앞에는 그저 시커먼 절망과 죽음이 있을 뿐이다. 악착스럽고 끈질긴 삶에 대한 집념만이 목숨을 지탱해줄 것 같았다. 그 악착스러움은 양쪽 껍질을 안으로 끌어당겨 입을 앙다무는 조개의 폐각근처럼 억세고 끈질겨야 할 것 같았다.

그렇지만 여기 오기까지의 자신을 돌아보면 도무지 어처구니없는 맹신에 빠져 엉뚱한 요행수에 엉거주춤 기대고 있었다. 이 계획은 처음부터 자기와는 무관한 일이므로 필경 무슨 엉뚱한 사건으로 이 계획이 취소되어버릴 것 같다는 생각이다. 아무 근거도 없는 생각이지만, 시간이 갈수록 꼭 그렇게 될 것 같은 확신으로 굳어가고 있었다. 저쪽에 가서 부딪칠 생활에 대한 자각이 동반하는 긴장이 심각하면 할수록 이 맹신은 더했다. 그래서 지금까지 저쪽에 가서 어떻게 처신할 것인지 그런 것은 한번도 생각해본 적이 없다.

그러다가 막상 이 동굴에 오자 새삼스럽게 겁이 났고 소름이 끼쳤다. 그렇다고 적지에 가서 민활하게 활동할 준비보다는 그 요행수가 나타나주기만을 바라고 있었다. 여태 자신의 생애를 파란 없이 이끌어온 커다란 힘이 작용하여, 호송선이 느닷없이 고장이라도 나버리는 구체적인 소망으로 마음이 조여지고 있었다.

전쟁터에서 비 오듯 쏟아지는 포탄 속에서 그야말로 천운이랄밖에 없는 요행으로 살아난 일이 있었다. 일개 중대 가운데서 겨우 십여명이 살아남았는데, 귓불에 파편 하나 맞았을 뿐이었다. 포탄 속에서 토끼처럼 무작정 뛰어다니기만 했었다. 무슨 낌새를 느껴서 장소를 옮긴 게 아니고, 잠깐 엎드렸다가 뛰어나가면 바로 그자리에서 포탄이 터졌다. 불과 이삼초 간격으로 사지를 튀어나온 꼴이었다. 한두번이 아니고 대여섯번이어서 이건 우연일 수 없다는 생각이 머리를 스쳤다. 신이거나 그에 방불한 어떤 영감의 계시에 따라 움직였던 것 같았다.

경황 중에도 또렷하게 그런 생각을 했는데, 이런 자각을 하고 나자 이번에는 도무지 어느 쪽으로 어느만치 피해야 할 것인지 아뜩했다. 자신을 그렇게 피하게 해준 무슨 계시 같은 게 없이 움직였다가는 순식간에 몸뚱이가 박살이 날 것 같았다. 그렇지만 초롱초롱한 의식에는 도무지 무슨 계시 같은 게 엉겨오지 않았다. 여태 어디 허공에 매달렸던 끈이 뚝 끊어진 것 같은 단절감이 엄습해오며 와락 겁이 났다. 어디로 피해도, 그대로 있어도 박살이 날 것 같아 손가락 하나 까닥할 수 없었다. 그때 쇳덩이가 찢어지는 듯한 파열음에 의식을 잃었다. 이제 영락없이 죽는구나 하는 생각이 번쩍했는데, 정신을 차리고 보니 포탄이 터졌던 구덩이에 멀쩡하게 살아 있었다.

그때부터 자신을 보호하고 있는 것 같은 어떤 힘에 의지하는 버릇이 생겼다. 더러 딱한 처지에 놓이면 일의 진행을 이 힘에 내맡겨버리는 지극히 무책임한 짓을 하는 버릇이 생겼다. 그런데 가만히 생각해보면 그때마다 자신에게 유리한 쪽으로 일이 해결되는 것 같았다.

김 소령과 처음 대면했을 때, 마음속에 다져놓았던 '노'라는 결의를 실천하지 못한 것도, 실은 이 요행수에 엉거주춤 기대고 코앞의 실랑이를 피해버렸던 것이다. 그런데 일판은 김 소령 계획대로 진행되어 결국 이 동굴에까지 와버렸고, 호송선 도착 시간은 덤프 트럭에 얹힌 바윗덩어리처럼 감당할 수 없이 큰 힘으로 육박해오고 있는 것 같았다. 기도라도 하고 싶은 심정이었지만, 기도할 대상도 내용도 막연했다. 여인에게 신을 믿느냐고 물었던 것은 여인의 신에 엉거주춤 의탁하고 싶어서였다.

　—부웅

그때 호송선 엔진 소리가 들려왔다. 그 엔진 소리는 모든 것을 깡그리 쓸어가버리는 악마의 발자국 소리 같았다. 그것은 놀라움이 아니었다. 가슴 저 밑바닥에서 무엇이 폭삭 으깨지는 절망이었다. 설마 했던 적의 총부리가 뻥 하고 불을 토해버릴 때 느낄 법한 혼겁이었다.

이십삼시 오십오분.

끼룩끼룩, 기러기가 남쪽 하늘로 날아간다. 기러기 소리는 항상 안온한 분위기를 거느리고 있었다. 할머니의 목소리 같은, 질화로의 온기 같은 분위기였다. 숨을 죽이고 멀리 사라져가는 기러기 소리를 한참 따라갔다.

자신의 인간을 형성하고 있는 모든 것들이 하나씩 하나씩 떨어져 나갔고 기러기 소리도 그 하나였다. 아내도, 친구도, 고향도, 꿈도, 인생의 알맹이라 할 것들이 어미 떠나는 거미 새끼들처럼 솔솔 빠져나가고 있는 것 같았다.

담배가 몹시 피우고 싶었다. 실없이 또 포켓을 뒤졌다. 없다. 발끝에 있는 가방으로 손이 갔다. 그 위에 얹어놓은 플래시가 손에 닿았다. 플래시 주둥이를 손바닥에 꽉 대고 스위치를 밀었다. 뜻밖에도 불이 켜졌다. 기다렸다는 듯이 단박 켜지는 불은 희열에 차 있는 것 같았다. 모든 것이 이렇게 자기들을 저쪽으로 몰고 있었다.

여인은 가볍게 숨을 몰아쉬었다. 아까 기러기 소리는 여인의 마음속에도 복잡한 상념을 몰아왔을 것이다.

"실례했습니다. 여기 와서 처음 울었습니다. 제게서 울음이 나오다니 이제 그만큼 여유가 생긴 모양이지요."

여인이 웃었다. 남편의 이야기 가운데서 재혼했다가 실패했다는 이야기를 듣고 눈물을 흘렸던 것이다.

"술을 한잔 들어보십시오. 더 여유가 생길 것입니다."

"아닙니다. 저는 한모금도 못 합니다. 선생님이나 드세요."

여인은 손을 저었다.

"선생님이라고요? 또 좌표를 혼동하고 있습니다. 나는 절대로 선생님이나 강 대위가 아닙니다. '당신'입니다. 명심하십시오. 아니, 명심만 가지고는 안 됩니다. 마음속에서부터 저를 남편인 '당신'이라 생각해야 합니다. 연극이나 영화 배우들이 눈물을 흘릴 때는 실제로 그 사정을 자기 것으로 철저하게 실감해야 눈물이 제대로 나온다더군요. 이 연극은 실패하면 죽는 연극입니다."

강 대위는 김 소령이 했던 말을 되새기는 것 같았다.

"앞으로 명심해야 할 게 두가지 있습니다. 첫째는 저 여인의 육체를 범해서는 절대로 안 됩니다. 또 하나는 어떤 곤경에 처하더라도 최후까지 되새겨야 할 것은 '조국'입니다. 결코 사사로운 감정에 빠져서는 안 됩니다."

여인을 범하지 말라. 여인과 사이에 엄격한 거리를 유지시키려는 작전상의 명령일 것이다. 척후를 내보낼 때도 사이가 나쁜 녀석들끼리 보낸다. 그러나 그것은 아무래도 좋다. 어차피 저 여인을 범하지 않겠다는 것은 어떤 신(神)인가에 이쪽을 보호해달라는 댓가로 지불하는 고행으로 정했으니까.

시계를 봤다. 바늘이 거의 하나로 모아지고 있었다. 귀에 대보았다. 찰랑찰랑, 금속성이 불안하나 정확하게 시간을 쪼개가고 있었다. 라디오를 집어들었다. 볼륨을 확인하고 스위치를 넣었다. 다이얼은 아까 맞춰두었다. 음악이 흘러나왔다. 귀에 익은 멜로디였다. 그러나 귀에 엉겨오지 않았다. 지금은 그 노래의 끝부분이라 금방 끝날 것이라는 생각뿐이었다. 노래가 아주 긴 것 같았다. 한참만에 노래가 끝났다. 카랑카랑한 여자 아나운서 목소리가 흘러나왔다.

"이것으로 오늘 저녁 방송을 마치겠습니다. 안녕히 주무십시오."

'안녕히? 아, 안녕히!'

자정을 알리는 종이 울리고 애국가가 흘러나왔다. 강 대위는 심장이 거칠게 뛰고 있었다. 라디오를 놓고 플래시를 집어 들었다. 손발의 동작 하나하나를 확실하게 의식하며 굴 문 앞에 섰다.

'신호는 짧은 간격으로 두번씩 세번.'

플래시 주둥이를 바다 쪽으로 향했다. 손이 떨렸다. 스위치 일단을 넣었다. 자신을 향해 방아쇠를 당기듯 스위치를 눌렀다.

'?'

불이 켜지지 않았다. 다시 눌렀다. 역시 켜지지 않았다. 플래시 주둥이를 손바닥에 토닥거렸다. 다시 스위치를 넣었다.

"켜지지 않을 거예요."

여인이었다.

"뭐라고요?"

말이 없다.

"어쩐다고요?"

"그만 들어오세요."

"그게 무슨 말씀입니까?"

"전구를 빼버렸습니다."

"뭐요?"

바보처럼 같은 질문만 되풀이했다. 전혀 예기치 못한 사태의 돌변에 머리가 떵했다.

"어쩌자는 것입니까?"

어둠속에서 붙잡히는 대로 여인의 상체를 잡고 흔들었다.

"배는 내일 한번 더 옵니다."

"뭐라고요? 한번 더 온다고요?"

"그렇습니다. 하루쯤 우리 두사람만의 시간을 가져보는 것입니다."

여인의 침착한 목소리는 아무리 안달해도 꿈적도 않을 것 같은 확고한 결의에 차 있었다. '우리 둘이만의 시간?' 이제야 마음의 문을 열어주는 것 같았지만, 이래도 되는지 겁이 났다.

"그렇지만."

"염려할 것 없습니다. 이것은 이쪽 시간도 저쪽 시간도 아니고, 우리 두사람의 시간입니다. 이 때문에 무슨 일이 생기더라도 그 책임은 모두 제가 지겠습니다. 김 소령도 그 사실을 알고 있습니다."

여인은 달래듯 말했다.

"책임이 문젭니까?"

속셈과는 달리 엉뚱한 소리가 나왔다.

"언제나 책임이 문제지요."

여인은 무슨 말을 하려다 한숨 밑에 깔아버렸다. 두사람은 잠시 말이 없었다.

"굴 밖에는 지금 김 소령이나 다른 사람이 감시하고 있을 것입니다. 그렇지만 여기에 나타나지는 않을 것입니다."

여인은 차근하게 말했다. 강 대위는 '감시'란 말에 머리끝이 곤두섰다. 그도 예상했던 일이지만, 여인이 거기까지 내다보리라고는 생각하지 못했다. 어디까지나 두사람의 자유의사에 맡기는 것 같은 기교를 부리리라는 것쯤은 짐작했지만, 여인은 그런 걸 눈치채지 못했으면 하는 생각에서 자신도 그런 사실 자체를 막연하게 부정하고 있었다.

여태 순박하게만 보였던 여인은 겉으로 드러났던 태도와는 달리 모든 사태를 예상하고, 이쪽 첩보기구를 조종하고 있었던 것 같았다. 김 소령과 강 대위를 포함한 이쪽의 첩보기구가 이 여인에게 조롱당하고 있다는 생각에 불시에 빠듯 적개심이 들며 이래서는 안 될 것 같은 긴장을 느꼈다. 이 작전에 끼어들어 처음 느껴보는 주체적인 의지였다. 여태 남의 일처럼 피동적으로만 움직여왔고, 무슨 일로 이 계획이 중간에서 깨지기만을 바라왔다. 그런데 정작 결정적인 대목에서 엉뚱한 일이 벌어지자 지금까지와는 다른 긴장에 휩싸였다.

　김 소령을 의식해서도 아니고 의무감 때문도 아니었다. 자신의 의사가 개입할 여지가 전혀 없었던 이 계획은 처음부터 군인으로서 져야 할 의무를 벗어난 일이었고, 그 점 어디다 대고 소리라도 지르고 싶은 심정이었다. 그러니까 자기가 책임질 일이 아닌 이런 사태의 돌변은 되레 다행스런 일인데, 지금까지와는 전혀 달리 이러다가는 이 일이 실패할지 모르는 긴장을 느꼈다. 이것은 스스로도 의심스러울 만큼 분명한 감정이었다. 너무도 자신 있고 여유만만한 여인의 태도에 조롱당하고 있다는 생각이 들면서 일어난 감정이었다.

　"저쪽으로 가더라도 좀 차근하게 정리하고 가야 할 것이 있습니다. 강 대위님은 아내와 세살 난 딸이 있다죠? 양친도 계시고요. 국가는 국가대로 우리에게 요구가 있지만, 우리 개개인은 그에 앞서 그보다 더 소중한 개인의 사정이 있습니다. 더구나 이쪽 체제에서는 그것이 바탕이 되어 있지 않습니까?"

　여인의 잔잔한 목소리는 바위 속까지 파동쳐 들어갈 듯 낭랑했다. 벌써 여인은 강 대위를 손아귀에 넣고 꼼짝 못하게 압도하고 있었다. 더구나 이런 이야기는 강 대위의 약한 감정을 격발시키기에 충분해서, 저 말 속에 무슨 음모가 도사리고 있지 않을까 하는 생각이나, 아까 그 적개심은 이미 맥을 추지 못했다. 여우한테 홀려가는 사람은 홀려간다는 사실을 알면서도 따라간다는데 꼭 그 꼴이었다. 굴 밖 사람들의 동정에 잠시 신경이 쏠렸다. 그들은 지금도 사태의 진전을 숨가쁘게 지켜보고 있을 것이다.

"지금 내 처지에서 강 대위님 가족의 눈물을 생각하는 것은 어울리지 않을 것입니다. 그렇지만 따지고 보면 격에 안 어울리는 것은 간첩이라는 이 답답한 제 처지입니다. 올바른 세상을 건설하려고 생명을 던지는 투사들의 행동은 누구든지 존경합니다. 그렇지만 여자들은 가정을 갖게 되면 그런 일은 남자들한테 맡기고 가정만 생각하기 마련입니다. 저도 강 대위님의 부인처럼 그런 평범한 가정주부입니다."

여인은 잠시 말을 끊었다. 낭랑한 목소리는 이쪽의 가슴속을 파고들어 알알이 어떤 미립자로 폐부에 박히는 것 같았고, 그때마다 핏속에 찬 물방울이 떨어지는 신선한 감동으로 다가왔다.

"저는 여기 와서 사전에 붙잡혀버린 것이나, 이렇게 다시 돌아갈 수 있는 길이 열린 것을, 모두 주님의 은총으로 감사하게 생각하고 있습니다. 제가 남편을 만나기 전에 붙잡힌 것은 결과적으로 남편을 살린 것이고, 또 지금 이런 계획을 맡은 것은 제 자식한테 돌아가 옛날대로 살 수 있는 유일한 길입니다. 그런데 여기서 준 각본대로 하자면 저는 강 대위님을 제 자식 앞에 아버지라고 내놓아야 합니다. 뱃속에서 헤어져 팔년 동안이나 아버지를 그려온 아이 앞에 얼굴을 모르는 약점을 이용해서 이게 너의 아빠라고 엉뚱한 사람을 내놓는다는 것은 차마 못할 일입니다."

강 대위는 숨을 죽이고 듣고 있었다.

"비록 잠시 동안이라 하더라도 강 대위님과 저는 호칭에서부터 잠자리까지 부부 노릇을 해야 할 것이고, 감시를 의식하면 그만큼 철저해야 할 것입니다. 자식 앞에서 그럴 수가 있으며, 언젠가 실제의 아버지가 나타날 때 어떻게 변명할 수 있겠습니까? 내가 지키려고 지금까지 발버둥친 가정은 거기서 무참하게 파괴될 것입니다. 김 소령도 그 점이 켕겼던지 잠시란 말을 여러번 강조했고, 나도 처음에는 가볍게 생각했습니다. 그런데 여기까지는 이 각본의 성공 여부에 앞서는 문제이고 더 심각한 문제는 그다음입니다."

긴장이 지나치면 허탈한 법인가, 파도소리가 어디 꿈속에서처럼 아스라하게 들려오는 것 같았다. 물먹은 듯한 별들은 서릿발처럼 번득이며 푸들푸들 떨고 있는 것 같았다.

"만약 강 대위님의 본색이 드러난다고 합시다. 저나 강 대위가 죽는 것은 말할 것도 없고, 죄 없는 제 자식까지 반동의 자식으로 낙인이 찍힐 것입니다. 그때 그 아이 장래가 어떻게 되리라는 것은 상상만 해도 끔찍합니다."

저쪽에 강 대위를 아는 사람이 없다지만, 자기 남편을 아는 사람이 없으리란 법이 없고, 또 이만한 노력을 들여 데려온 인물의 진부를 가려내지 못할 만큼 저쪽의 첩보기구가 어수룩할 것 같지도 않다는 것이다.

"이런 실오라기 같은 요행에다 우리 두사람의 생명과 제 자식의 장래까지 걸고 모험을 해야 합니다. 기왕 목숨을 걸 운명이라면 저쪽의 지시대로 움직이는 것이 죽더라도 제 자식의 장래만은 보장해놓고 죽는 것입니다. 영웅의 아들을 만드는 것이지요. 그러면 이제 남은 길은 두가집니다."

하나는 저쪽에 가서 강 대위의 정체를 폭로해버리는 것이고, 다른 하나는 여기서 못 가겠다고 버티는 것이라 했다. 앞 방법은 가장 손쉬운 방법이며 이 계획이 실패한 보상을 받고 그대로 성분을 인정받아 옛날대로 살아갈 수 있을 것이다. 그러나 김 소령의 말이 아니더라도, 자기는 다른 임무를 띠고 다시 밀파되어 종내 간첩으로 어두운 생활을 하다가 비참한 최후를 마칠 게 뻔하다. 그들의 신임은 엉뚱하게 더 두터워져서 더 어려운 임무를 줄지도 모른다. 하여간 밀봉교육에 들인 비용을 그저 흐지부지하고 말 것 같지는 않다는 것이다. 그러면 강 대위를 배반했기 때문에 여기 와서 자수할 수도 없고, 나중에 통일이 되더라도 발붙일 땅을 잃고 말 것이라 했다.

처음에는 여기 각본대로 움직여볼까 하다가, 그래도 이 길이 우선은 살 수 있는 길 같아 북쪽에 가서 강 대위를 희생시키자 생각하고 나니, 또 새로운 마음의 동요가 일어났다는 것이다.

"그렇게 한사람을 제물로 바치고 나면 나는 도무지 헤어날 수 없는 정신적 파탄에 빠지고 말 것 같았습니다. 크리스찬으로서의 인간애도 아니고 감상도 아닙니다. 강 대위님과 함께 밥 먹고 날마다 얼굴을 맞대고 이야기하고, 그런 하루하루가 그렇게 만든 것 같습니다. 아까 강 대위님의 아내와 딸을 들먹였지만, 그보다 훨씬 크고 깊은 무엇이 나를 번민 속으로 몰아넣어버렸습니다. 아까 그 실오라기만 한 생존의 희망과 이 번민을 놓고 저울질하다가 저도 모르게 주님을 불렀던 것인데, 그 소리를 강 대위님이 들으셨던 것 같습니다."

여인의 말은 강 대위 자신과는 전혀 무관한 소리로 들려오고 있었다. 어디 햇빛 쏟아지는 벌판의 찬란한 경관 속에서 꿈을 꾸고 있는 것같이 얼얼한 감정의 일렁거림뿐이었다. 자기의 생명이 왔다갔다하고 있었지만, 이미 자기 일로 실감되지 않았다. 이따금 부딪치는 현실적인 자각은 자기가 아니고 되레 여인이었다. 호흡 한 번, 손놀림 하나까지 아껴서 살고 있는 것 같은 여인은 더할 나위 없이 소중하고 숭고하게 느껴졌으며, 그런 모습이 자기를 압도하고 있었다.

"남은 길은 여기서 못 가겠다고 버티는 것인데, 일이 여기까지 진행된 지금에 와서는 그걸 납득시킬 만한 구실이 없군요. 따지고 보면 이렇게 강 대위님을 대동하고 올라가는 계획은 저도 암암리에 유도했던 셈이라, 이제 와서 못 가겠다고 하면 저쪽의 작전을 유리하게 하려고 시간을 얻으려는 앙큼한 수작으로 여길 것입니다. 여기에서 버티며 사형만이라도 면해볼 여지까지 없어진 것입니다."

이 계획의 유도에 동원된 자기의 교활성은, 저쪽에서 거의 십여 년토록 재혼을 않고도 성분을 인정받기까지 했던 노력보다 더 철저하고 치밀했다는 것이다. 여자가 가정을 지키려는 지혜는 뱀보다 더한 것이라고 했다.

"결국, 세 길 가운데 하나도 택할 수가 없습니다. 제 생명만이라면 모르겠는데, 모두 다른 사람들의 생명이 줄레줄레 매달려 있습니다. 하나는 강 대위와 제가 희생될 위험에 제 자식의 장래가 걸려 있고, 두번째는 강 대위님은 두말할 것도 없이 희생되고 저는 같은 운명에 빠지며, 세번째는 저와 저를 데리러 오는 호송선의 선원들까지 희생될 것입니다. 호송선 선원까지 관심 갖는 건 용서할 수 없겠지만, 저는 어느 깃발 아래도 끌어넣지 말고, 한사람 평범한 주부로 봐달라는 간절한 소망이 그렇게 만든 것 같습니다. 모든 것을 거부하고 그것을 소리 높여 어디다 외치고라도 싶습니다."

아까도 여인은 이런 감정의 혼란에 빠져 있었다. 그러다가 강 대위가 플래시를 점검하는 불빛을 보자 다시 고문처럼 괴로운 현실감이 느껴졌다. 처음에는 별로 이렇다 할 생각 없이 강 대위가 놔둔 플래시로 손이 갔다. 소리나지 않게 주둥이를 틀었다. 전구를 뺐다. 이 커다란 일의 결정적인 순간이, 이 작은 전구알 하나에 집약되어 있다는 데 생각이 미치자 야릇한 흥분을 느꼈다. 자신의 목숨뿐만 아니라, 이 우주를 손안에 넣은 것 같은 위태로운 절박감에 흥분이 고조되고 있었다. 손가락 한 매듭만 한 전구에 이 일이 얹혀 있다는 게 좀 허망하다는 생각이 들었다. 전구를 발밑에 세워 넣고 힘을 주었다. 깨지지 않았다. 더 힘을 주었다. 파삭, 가벼운 파열음을 내며 깨졌다. 한동안 멍했다. 그러나 그것으로 모든 것은 끝장이 나 있었다.

"마지막 남은 길이 하나 있습니다. 자살입니다. 사실 나는 저쪽에서 준 자살용 특수제품의 머리핀을 지금도 그대로 간직하고 있습니다. 그런데 성경에는 자살이 금지되어 있습니다. 자살을 한다면, 살아서 발붙일 땅을 잃은 저는 죽어서 영혼을 안주시킬 마지막 거점마저 상실하는 것입니다."

—따글따글

그때 굴의 위쪽에서 돌멩이 구르는 소리가 났다. 강 대위는 머리 끝이 곤두섰다. 더 무슨 기척이 없었다. 굴 밖에서 신경을 거둬들여 여인을 향했다. 그러나 그것은 한낱 타성이었을 뿐 의식도 감정도 이미 탄력을 잃고 있었다. 굴 밖의 사내들과 이 여인과 세상을 연결시켜 그 속에서 자기를 추슬러야 하는데, 지금은 더 엄청나게 커져버려서 얼른 실감마저 안 되는 여인의 부피에 깔려버린 것 같았다.

"제가 드릴 말씀은 다했습니다. 마지막 한가지, 호송선이 내일 다시 온다는 것은 사실이 아닙니다."

"뭐요? 호송선이 다시 오지 않는다고요?"

강 대위는 멍청하게 물었다.

"그렇습니다."

강 대위는 먹먹한 기분이었다. 그럼 어쩌자는 것인가? 굴속은 그대로 어둠뿐이었다. 말을 그친 여인은 그 말과 함께 소멸되어버린 것 같았다. 여인의 입은 다시 열리지 않았다. 파도는 그대로 쏴쏴 소리를 내고 별빛도 그대로 반짝이고 있었다.

강 대위는 뜬눈으로 날을 샜다. 동쪽 수평선에서 해가 솟았다. 핏발 같은 햇살이 굴속 저 안까지 비쳤다. 두사람 몸뚱이가 그대로 드러났다. 여인은 그대로 잠들어 있었다.

강 대위는 폭풍이라도 지나간 느낌이었다. 어제저녁 이야기들이 다시 괴로운 현실감으로 비집고 들었다. 또 실없이 담배를 찾아 호주머니를 뒤지며 잠든 여인을 찬찬히 보았다. 잠들어 있는 자세가 좀 불안해 보였다.

"어라."

여인의 얼굴이 유난히 희다. 볼에 손을 댔다. 차다. 등골이 오싹했다. 코에 손을 대려다 흠칫 물러앉았다. 맹수한테 쫓기다 막바지

에 다다른 사람처럼 겁에 질린 눈을 여인의 얼굴에 꽂은 채 행동을
잃었다.

『현대문학』1968년 12월호(통권 168호); 2007년 7월 개고

백의민족
·1968년

맹수한테 엉덩이라도 물린 짐승처럼 째지는 기적 소리를 지르며 기차가 역 구내로 쏠려들었다. 수은등마저 조는 것 같던 구내가 대번에 잠이 깬 듯 역무원들과 지쳐빠진 승객들이 술렁거렸다. 기적 소리는 구내를 날려버릴 듯 요란스럽고, 기관차의 씩씩 소리는 목구멍에 꺽꺽 막히는 것 같았다.

"두시간이나 늦은 주제에 허겁은 되게 떠네."

가슴팍에 휑 구멍이라도 뚫은 것 같은 기적 소리에 자리에서 일어서던 사내가 누구 들으라는 듯 뇌까렸다. 나는 그를 보며 웃어주었다. 아까 대합실에서도 이 사람 저 사람에게 말을 걸며 실없는 농담으로 지친 손님들을 웃겼던 사내였다.

기차는 텅텅 비어 있었다. 너무 썰렁해서 다음 칸으로 갔으나 거기도 마찬가지였다. 한칸에 승객이 여남은 정도였다. 그 귀했던 자리가 너무 지천으로 널려 있었다. 여기서 탔던 사람들은 괜히 자리를 기웃거리고 다닐 뿐, 얼른 앉을 생각을 하지 않았다. 아무리 골라보아야 삼등 완행, 더구나 험하기로 소문난 호남선 야간열차에 별나게 알뜰한 자리가 있을 턱이 없겠는데 승객들은 실없이 서성거리고 다녔다.

승객들은 대부분 잠이 들어 있었다. 잠들어 있는 모양도 가지가지였다. 새우등을 하고 자는 사내, 입을 벌리고 드르렁드르렁 코를 고는 젊은이, 젖무덤을 내놓고 누운 아낙네. 그의 가슴팍에는 어린애가 개구리처럼 엎어져 있고, 그 건너편에는 또 올망졸망한 어린애들이 강아지들처럼 서로 껴안고 있었다.

사내들은 신 신은 발을 그대로 건너편 의자에 던져놓기도 했고, 더 극성스런 친구들은 다른 자리 시트를 두세장씩 뜯어다가 숫제 침대를 만들어 눕기도 했다. 이렇게 극성스런 친구들은, 되도록 편히 눕자는 게 아니라, 이렇게 지천으로 비어 있는 자리를 한꺼번에 전부 차지 못해 속이 상한다는 본새였다. 예사 때 콩나물시루처럼 서서 두시간, 세시간 끙끙거렸던 걸 분풀이하고 싶은 것 같았다.

나도 조금 서성거리다가 자리를 잡아 앉았다. 바로 그때였다. 갑자기 내 앞자리에 한복으로 성장(盛裝)한 젊은 여자가 앉았다. 아까 대합실에서 함께 차를 기다렸던 여자였다. 이런 완행열차 승객으로는 보기 드문, 말하자면 고급 손님이었다. 다른 곳에도 빈자리가 많은데 이 여자가 이리 온 게 좀 부담스럽고, 내 시야에 사람이 하나 끼어든 것도 귀찮았다. 그러고 보면, 나도 시트로 침대를 만들어

누운 사람들만큼이나 많은 자리를 차지하고 싶었던 셈이다. 이 자리가 마음에 들었던 것은 이 근처에 빈자리가 그만큼 많았기 때문이었다.

이 여인은 아까 여러사람 눈을 끌었을 만큼 여간 품위가 있어 보이는 게 아니었다. 방금 자리에 앉는 자태도 꼭 무논에 내려앉는 학 모습이었다. 자리를 정하자 조심스레 주위를 한번 둘러본 다음 치맛자락을 한쪽으로 쓸며 살포시 몸을 내려앉았다. 학이 앉을 자리를 잡아놓고 허공을 한바퀴 돌며 주위를 살핀 다음 날개를 몇번 퍼덕여 몸무게를 질근 치올리며 두 다리를 모포기 사이에 사뿐 내려놓는 모습 같았다.

기차는 들이닥쳤던 기세와는 달리 한번 멈추더니 얼른 떠날 기미가 보이지 않았다. 열한시 정각, 제대로 달려도 종착역인 목포까지는 두시간 반, 그러니까 새벽 한시 반에야 도착할 판이다.

건너편 유리창 곁에 또 누가 자리를 잡아 앉았다. 통로 저편 두 자리 건너 대각선으로 나와 마주보는 자리다. 아까 대합실에서 함께 차를 기다렸던 사십대의 건장한 사내였다. 요사이는 좀 구경하기 어려운 염색한 미군잠바를 입었고, 또 허름한 잠바에 어울리게 땟국이 반들거리는 운동모를 쓰고 있었다. 그가 내 시야에 끼어든 게 달갑지 않았으나, 그는 아까 대합실에서 그랬던 것처럼 제 편에서 먼저 시야를 가려버렸다. 의자에 등을 기대고 운동모를 벗어 그걸 무슨 뚜껑처럼 얼굴에 씌우고 잠잘 차비를 한 것이다. 자는 것인지 그냥 그러고만 있는 것인지 팔짱을 끼고 다소곳이 앉아 있었다. 하여간 제 편에서 먼저 시선을 가려주니 적이 안심이었다.

──찌익 찌이익

　기차가 한참 만에야 움직이기 시작했다.

　"제밀헐 놈의 새끼들!"

　건너편 사내였다. 얼굴에 얹었던 운동모를 뚜껑처럼 벗어 들고, 기관차 쪽을 잔뜩 흘기며 혼잣소리로 욕설을 퍼부었다. 기관사라도 곁에 있다면 한대 쥐어박을 듯, 속힘이 꼬인 소리였다. 그는 흘겼던 눈을 거둬들이고 다시 운동모를 뚜껑처럼 얹으며 '으응' 신음하듯 화를 삭였다. 그러니까, 그는 아까도 자는 게 아니라 그 뚜껑 아래서 울화가 끓고 있었던가?

　사실은 나도 그 몽둥이를 휘두르는 것처럼 무뚝뚝한 욕설에 속이 후련했다. 그러나 그는 누구를 의식하고 공감을 청한 표정은 아니었다. 아까 대합실에서도 자고 있는 것이 아니고 저렇게 모자 밑에서 혼자였던 것 같았고, 주위 사람들은 아예 안중에도 없는 것 같았다.

　나는 그 태도가 마음에 들었다. 그는 내 시야에 있어도 좋은, 말하자면 동료의식 같은 것이었다. 이 세상에 떳떳하게 한자리를 차지할 만한 자격을 지녔고, 그래서 어떤 때는 나 같은 사람들은 엄두도 못 낼 일을 가로맡아 아주 쉽게 해줄 것 같은 그런 신뢰까지 느껴졌다.

　나는 그의 사람값을 매기기 시작했다. 백원, 이백원, 오백원, 얼른 값이 나지 않았으나 백원 단위라는 어림은 잡혔다.

　나는 걸핏하면 사람을 놓고 그 값을 매겨보는 버릇이 있다. 이것은 좋지 않은 버릇이었으나, 이제는 고칠 수 없는 고질이 되다시피 했다. 사람값이라는 것 또한 어처구니없고 황당해서 지금까지 누구한테도 그걸 이야기해본 적이 없다. 사람값이란 어떤 사람이 지금 무슨 일로 억울하게 죽게 되었을 때, 내가 아무도 모르게 돈 얼마만 치러주면 그가 살아난다고 할 경우, 내가 선뜻 내놓을 수 있는 금액이다. 그 당사자뿐만 아니라 이 세상 어느 누구도 모르게 말이다.

그 액수는 일원에서 몇십원, 더러는 몇십만원. 내 가족이나 어떤 사람은 내 전 재산. 전 재산이라야 사십만원짜리 오막살이 집 한채뿐이지만. 하여간 전 재산에다 내 직업까지도 내놓을 때가 있다.

내 친구나 존경하는 사람, 세계적인 과학자나 예술가, 그리고 얼굴도 모르는 불량배, 억울한 죄수, 혹은 아프리카 흑인이나, 북극의 에스키모, 이런 수많은 사람들을 앞에 놓고 나는 그 값을 매기기에 고심한다. 낯모르는 사람은 십원이나 백원, 그도 한둘이 아니고 한꺼번에 몇만명이 죽는다면 십원도 벅찼다. 그 수에 따라 합계가 만원, 십만원, 이십만원이었다. 때문에 내가 어째서 그들의 생명에 이토록 무거운 짐을 짊어져야 하느냐고 짜증이 나기도 했다. 그러다가 거리에라도 나가면 그 수많은 사람들이 나를 비난하고 흘겨보는 것 같아 견딜 수가 없다.

심지어는 그들이 꿈속에 나타나 나를 쫓아오기도 했다. 강도한테 칼을 맞은 사람, 총 맞고 신음하는 병사, 억울한 누명의 사형수, 공사판 바위 밑에 깔린 노동자, 차에 치인 어린애, 호랑이한테 덜미를 물려가는 사람, 물에 빠진 사람, 문둥이, 거지, 미국사람, 소련사람, 수많은 사람들이 팔다리가 부러지고 피가 낭자한 모습으로 고함을 치고 애걸하며 쫓아오고, 나는 죽을힘을 다해서 도망치다가 땀을 뻘뻘 흘리며 잠에서 깬다.

언제부터 생긴 버릇인지 모르겠지만, 나는 이 사람값 때문에 어처구니없이 심각할 때가 있다. 요사이는 생활이 쪼들리다보니 그 액수는 차츰 내려가기만 하는데, 내 친구가 자기에게 매겨진 액수를 안다면 당장 눈을 흘기며 절교를 하고 말 것이다.

깜깜한 들판을 달리는 차창에다 눈을 대고 있는데, 누가 내 앞자리에 털썩 주저앉았다.

"거지 같은 새끼들!"

그는 앉자마자 책을 펴 들며 욕부터 했다. 나에 대한 무례를 그런 식으로 변명하는 모양이었다. 한눈에 예쁘고 교양이 있어 보이는 아가씨였다. 왜 저렇게 예쁜 아가씨가 이 험한 야간차를 탔을까? 하여간 나는 모처럼 혼자 가는가 했더니, 운동모와 이 여자가 끼어들었다. 그리고 묘하게 그 두사람 다 첫마디가 욕설이었다.

금방 온 아가씨는 불안한 듯 뒤를 돌아봤다. 그 거지 같다는 작자들이 따라올 모양인가? 나는 더럭 겁이 났다. 이 아가씨가 내 곁에 끼어든 게 아니라, 잘못했다가는 거꾸로 내가 이 아가씨 사정에 끼어들 것 같았다. 그 '거지 같은 새끼들'이 쫓아와서 아가씨에게 수작을 걸면 나는 어떻게 해야 할까? 이 험한 야간열차에서 이 밤중까지 숫기를 피우며 건들거리는 녀석들이라면, 아가씨 말이 아니더라도 거지같이 지저분한 녀석들이거나, 아니면 촌티를 설 벗은 휴가병들일 것 같았다. 그러나 그런 녀석들이라면 나는 제지할 위세도 배짱도 없다.

그는 남자의 그늘이라고 찾아든 것 같은데, 그런 그늘로는 당초에 아가씨가 사람을 잘못 본 것이다. 아무래도 암담한 일이었다. 저 운동모처럼 얼굴에 씌워버릴 뚜껑도 없고, 녀석들이 이 아가씨에게 호기를 보일 배짱으로 괜히 나한테 찍자를 붙이고 나오면, 그러지 않아도 후줄근한 내 몰골은 도무지 참담할 수밖에 없다. 사실 처음에는 이 아가씨를 두고, 이런 찻간에서 있음직한 신파조의 상상에 긴장을 느끼기도 했다. 그러나 거꾸로 그 녀석들 억센 주먹에 팔다리를 허우적거리며 나가떨어지는 모습이 눈앞에 어른거리자, 갑자기 아가씨가 무슨 요물처럼 보였다. 건너편 운동모의 우람한 어깨판이 부러웠다.

— 쌍놈의 새끼들, 이것들은 사회의 독충이다. 돈을 채워서 된다면 그저 당장 천원, 아니 오백원, 그렇다, 지금 당장 탁 죽어진다면 천원이다 천원!

나는 주먹까지 쥐며 속으로 으르다가 인기척에 고개를 돌렸다. 순간, 가슴이 철렁했다. 죽기는커녕 그들이 이쪽으로 오고 있지 않은가? 여기저기 두리번거리며 오는 게 틀림없이 그 녀석들이다. 나는 차창으로 고개를 돌려버렸다.

"아가씨, 여기 계셨군요? 오해 마십시오. 우리는 절대로 깡패들이 아닙니다. 우리 얘길 한번 들어보세요."

키가 작고 뚱뚱한 녀석이 넉살 좋게 씨부렁거리며 내 옆자리에 앉았다. 나는 가만히 눈을 돌려, 혹 흘겨보는 눈이 되지 않도록 신경을 쓰며 그들을 살폈다. 넥타이랑 맨 것이 얼핏 건달 같은 인상은 아니었다. 스물두셋, 술기가 있는 것이 좀 불안했으나 그들 말대로 깡패는 아닐 것 같았다.

"아저씨, 저기 좀 앉읍시다."

키 큰 녀석이었다. 나는 우선 이만하기 다행이다 싶어 적이 안심이 된 다음이라 고개까지 주억거리며 자리를 넓게 내주었다. 아가씨는 새침한 표정 그대로 책에다 눈만 대고 있었다.

"우리는 지금 중요한 테마로 연구를 하나 하고 있는 중입니다. 그래서 이 차에 탄 손님들을 상대로 개별 인터뷰를 하고 다니는 참인데, 그만 이 아가씨가 오핼 했어요."

뚱뚱한 녀석이 아가씨 눈치를 살피며 변명하듯 말했다.

"한잔 드세요."

내 곁에 앉은 녀석이 여행가방에서 소주병을 꺼내 나에게 잔을 내밀었다.

"이거 아닌 밤중에 술이라니 내가 오늘 재수가 좋은 날이구면."

"우리 연구에 협조만 해주신다면 술은 얼마든지 있습니다."

뚱뚱한 녀석이 오징어 발을 찢어 내밀었다. 나는 출출하던 참이라 단숨에 잔을 비웠다. 잔을 건네려 했으나 마저 한잔 더 들라고 했다.

"첫 잔은 우리를 여기서 내쫓지 말아달라는 잔이고, 이 잔은 우리 연구에 협조를 구하는 잔입니다."

뚱뚱한 녀석이 껄껄 웃으며 아가씨 쪽을 살피고 제 패거리들을 보며 눈을 찡긋했다. 그저 틈만 보이면 넉살 좋게 말을 걸고 들어갈 눈치였다. 어지간히 무안을 당해도 어디 한군데 구겨질 구석이 없을 것 같은 녀석이었다.

"무슨 연굽니까?"

"좀 괴상스런 연굽니다. 명년에 대학을 졸업하는데, 졸업논문 주제가 '한국인의 해학적 발상'입니다. 간단히 말하면 우리나라 사람의 우스갯소리 방법이나 소재가 어떤 것이냐 이겁니다."

"야아. 그거 기발한 착상입니다그려."

나는 잔을 들고 턱없이 큰 소리로 말했다. 그들은 연구방법을 설명했다. 우선 속담, 음담패설, 소설 등 자료를 뒤지다가, 오늘은 야간열차 승객들을 상대로 자료를 구해보자고 나섰다는 것이다.

"서울서부터 가능한 모든 승객을 상대로 일생 동안 직접 겪은 일이나, 남한테 들은 이야기 가운데서 가장 우스웠던 게 무어냐 이건데, 막상 맞닥뜨리고 보니 남의 입 벌리기가 이렇게 어려운 줄은 미처 몰랐습니다."

나는 그럴 거라고 고개를 끄덕여주었다.

"저 녀석이 어지간히 비위가 좋고, 능청스러워 망정이지, 이건 도무지 문전축객이 아니라 자칫하다가는 빰 맞기 알맞겠어요."

키 큰 친구도 말을 하며 아가씨 눈치를 살폈다. 그들은 나에게 말하지만 아가씨한테 하는 것 같았다. 뚱뚱한 친구가 가방을 부스럭거리더니 과자를 한움큼 꺼냈다.

"아까는 미안했습니다. 이것 좀 드세요."

"생각 없어요."

아가씨는 적이 누그러진 눈치였으나 눈살은 그대로 내리깐 채였다. 얼른 감정을 풀어놓기가 좀 쑥스러운 모양이었다.

"이거 손이 부끄럽지 않습니까?"

젊은이는 손을 내밀고 벋댔다. 나는 사태의 진전이 좀 위태로워 눈을 피하느라 남은 술을 꿀꺽 들이켰다.

"어디 수집한 얘기나 한번 들어봅시다. 재미있는 걸로."

그때 아가씨한테 수작을 걸던 키 큰 친구 입이 벌어졌다. 아가씨가 조금 웃으며 손을 내민 것이다.

"허허. 우리도 비싸게 수집한 이야긴데 함부로 합니까?"

"그럼 아가씨가 사과를 받은 걸 축하할 겸 해서 하나 해라. 그 부처님 삼봉 친 이야기 말이야."

키 큰 친구 말에 그들은 자지러지게 웃었다. 내용이 우스운 모양이었다.

"여보시오. 부처님이 삼봉을 쳐요?"

내 말에 건너편 창가에 앉았던 여자도 빙그레 웃었다.

"그래요. 삼봉을 쳤어요. 아저씨도 이따 하나 해야 합니다. 아가씨도 마찬가지예요."

이렇게 다짐을 두고 나서 뚱뚱한 친구가 이야기를 시작했다.

"절간에 부처님 계시지 않습니까? 어째서 한 손은 이렇게 무얼 퉁기는 시늉을 하고 있고, 또 한 손은 무얼 내놓으라는 듯이 이렇게 내밀고 계시는 줄 아세요?"

두 손을 내밀어 부처님이 하고 있는 손 모양을 했다.

"천상천하유아독존이란 모두 옛말입니다. 하루는 예수님이 심심해서 절간으로 부처님한테 놀러갔어요."

"뭐요? 예수님이 절간으로 놀러갔어요?"

모두 와르르 웃었다.

"이 사람이 여전하시군. 만날 그렇게 근엄해보았자 별수 없네. 요새 세상 놈들이란 원체 약아빠져서 도무지 말이 먹혀들지 않으니 자네나 내나 장사하기가 점점 어렵게 생겼네. 우리도 스트레스 풀 겸 여가 이용 삼아서 이마빡 맞기 삼봉이나 한번 치세. 이러고 화투를 치기 시작했습니다."

와, 웃음이 터졌다. 아가씨는 손수건으로 입을 가리고 웃었다. 나는 어찌나 웃었던지 눈물이 날 지경이었다.

"하! 저 아저씨도 안 주무셨군!"

저 건너편 운동모가 뚜껑을 벗어 머리에 얹고 담배를 피우고 있었다. 키 큰 친구가 술잔을 들고 가서 몇마디 건네자 운동모는 벙긋 웃더니 기다렸다는 듯 술을 마시고 잔을 건네며 한마디 했다.

"무슨 이야기가 그렇게 재밌습니까? 누가 삼봉을 쳤다고요? 삼봉이라면 나도 우리 동네서는 둘째가라면 서러워하는 사람입니다."

운동모가 이쪽 자리에 비집고 앉으며 한바탕 자리를 웃겼다. 차가 어느 역에 멈췄을 때라 이야기를 들었던 것 같았다. 잔이 갔다.

"술은 공짭니다만 이야기는 공짜가 아닙니다."

운동모는 후후, 크게 웃으며 사양하는 기색도 없이 술을 받아 단숨에 들이켰다.

"심심해서 부처님과 예수님이 삼봉을 쳤어요."

뚱뚱한 친구 말에 운동모는 또 크게 한번 웃으며 거푸 잔을 받았다.

"열전이 벌어졌는데, 예수님이 칠띠로 간단히 이겨버렸습니다. 그래서 예수님이 부처님 이마빼기를 사정없이 퉁겨버렸어요. 부처님 이마에 콩알만 한 검은 점이 있잖아요? 그게 그래서 생긴 거예요."

와, 웃었다.

"이번에는 부처님도 화가 나서 정신 똑바로 차리고 쳤습니다. 열전 끝에 이번에는 부처님이 사광으로 이겼습니다."

"옳지!"

운동모가 오징어 발을 뜯으며 장단을 맞췄다.

"아까 나를 사정없이 퉁겼겠다! 이제 맛 한번 봐라. 이렇게 어르며 손톱에 호호 독을 넣어가지고 덤비니까, 예수님이 겁이 나서 도망을 치려고 했습니다. 가만있어. 그러지 말고 신사적으로 하자. 그럼 이마빼기를 맞겠나? 그 대신 돈을 내겠나? 둘 중에서 하나를 택해라. 그래서 부처님께서 한 손은 앞으로 이렇게 내밀고 또 한 손은 이마빡 퉁기려는 모양을 하고 계시는 겁니다."

폭소가 터졌다. 몸을 주체하지 못하고 웃었다.

"그러니까 부처님이 빙그레 웃는 것도 다 속이 있구나!"

내 말에 또 한바탕 웃었다.

"거 참, 누가 잘 지어냈다!"

운동모가 감탄을 했다.

"하나 더 하슈. 재미있습니다."

내가 또 청했다.

"이건 다 아는 이야기겠지만, 예수님께서 십자가에 못 박혀 돌아가셨다가 사흘 만에 다시 살아나지 않았습니까?"

젊은이는 운동모가 알아듣도록 '부활'이란 말을 쓰지 않았다.

"제자들한테 가서 한 첫마디가 뭔 줄 아십니까?"

"뭡니까?"

"놀랐지? 으응. 놀랐을 거다!"

와, 웃었다.

"그러니까 제자 한사람이 '웃기네!' 또 한사람은 '놀란 것 사랑하네.'"

나는 배가 아플 지경이었다.

"이건 한 예순살쯤 되어 보이는 노인 경험담입니다."

잔이 오가고 아가씨는 과자를 하나씩 돌렸다.

"감사합니다. 이거 한잔?"

뚱뚱한 친구가 과자에 사례한다는 식으로 아가씨에게 잔을 내밀며 장난스레 웃었다.

"싫어요."

그동안 기차는 역을 여럿 지나 밤 들판을 부지런히 달리고 있었다. 사내들은 모두 발그레 술기가 돌았고, 분위기도 그 술기처럼 훈훈했다.

"이 노인이 이북서 피난 올 때 이야긴데, 피난민 수용소에서 담배를 피우려고 부싯돌을 찰칵찰칵 켜고 있었습니다. 그때 키가 껑충한 미군 한녀석이 다가오더래요. 무슨 잘못이라도 있나 싶어 부싯돌을 슬그머니 감추며 겁먹은 얼굴로 멀뚱거리고 있는데 미군 녀석이 잠바 호주머니에서 첫눈에도 썩 값져 보이는 라이터를 불쑥 내밀며 부싯돌과 바꾸자는 시늉을 하더랍니다. 도무지 믿기지 않아서 그냥 멀뚱거리고 있으려니까 이번에는 만년필까지 쑥 빼서 덤으로 얹으며 사뭇 은근하게 나오는 겁니다. 그래 슬그머니 부싯돌을 내밀었더니 땡큐를 연발하며 무슨 보물이라도 얻은 듯이 그걸 쳐보며 좋아하더라는 겁니다. 그 노인은 나중에 그걸 처분해서 쌀을 두말이나 팔았다는 횡재담인데, 이 노인 다음 말이 걸작입니다."

그는 노인의 말투를 흉내 내며 말을 이었다.

"그 녀석들 키만 떨렁 컸지, 생판 빙충이들이라. 그래 온전한 놈 치고서야, 보면 그 부싯돌을 모를 거여? 나도 그때 미국 놈들 상대로 장사나 한번 했더라면 톡톡히 한밑천 잡는 건데……"

이러면서 사뭇 애석해하니까 같이 앉았던 다른 노인이 받았다.

"그놈들 생기기도 미련하게 생겼잖아? 제까짓 놈들이 부싯돌에서 불이 나는 이치를 알았을 것이여? 그놈들 우리 짚신을 찬찬히 보더니 이걸 어디서 시작해서 어디서 마무리를 했느냐고 고개를 갸웃거리더랴. 그놈들 머리로야 귀신이 곡할 노릇이제."

이렇게 득의에 찬 표정이자, 부싯돌 노인이 또 받았다.

"우리 수숫대 빗자루 있잖아? 그걸 묶어놓은 끈을 보고 조선사람은 기운도 세다고 혓바닥을 널름거리드라여. 하하하."

"그, 그럴 거라."

소주잔에 거나해진 노인들의 한국인 우월론은 끝이 없었던 모양이다.

"이제 선생님 하나 하세요."

내 차례가 된 것이다. 나는 오징어 발을 씹으며 잠깐 망설였다. 한두가지가 있었으나 얼른 내키지가 않았다.

하나는, 우리 동네서 있었던 일로, 딸 시집보내는 혼수 빚으로 쌀 석섬 색갈이 진 게, 삼년을 돌려 앉히다보니 열가마니가 넘어버렸다. 산골 논 서너마지기 수확은 다섯 식구 목구멍 깜냥에도 못 당하는 판이라 그저 한숨만 쉬고 있었다. 그러다가 결국 양잿물을 마시고 자살해버린 내동양반이란 영감 이야기인데, 그가 양잿물을 마실 때, 거기다가 사카린을 타서 마셨다는 것이다. 원체 가난해서 여름이면 냉수에다 사카린을 조금씩 타서 시원하게 한사발씩 마셔 보기가 소원이었다는데, 그 소원이던 사카린을 죽을 때 양잿물에 다 타서 마신 그 역설적인 감각적 호사에 짜릿한 맛이 있었으나 별로 우습지 않을 것 같았다.

또 하나는 왜정 때, 징병에 끌려가서 폭격에 한 눈을 잃고 온, 초등학교 사학년 때 나의 담임선생 이야기인데, 그것은 그분한테 좀 미안했다. 그분은 체조 시간이면 옆으로 팔 펴기 할 때 늘 말썽이었다. 자기는 팔을 평평하게 편다고 펴는 모양인데, 어찌 된 일인지 한쪽 팔은 훨씬 위로, 한쪽 팔은 훨씬 아래로 처졌다. 우리도 그렇게 따라 하면, 이렇게 반듯하게 펴지 못하느냐고, 그 삐딱하게 편 팔에 한껏 힘을 주어 다시 펴며 호령이었다. 눈을 부라리며 사뭇 호령을 하는 바람에 제대로 폈던 녀석들도 급회전하는 비행기 날개 모양으로 한쪽을 삐딱하게 고쳐 폈다. 지금 생각하면, 징병에 끌려가서 부상을 당하며 어디 신경을 한군데 크게 다쳐 평형감각에 문제가 생겼던 것 같았는데, 그때 우리들은 그게 늘 심심찮은 우스갯거리였고, 그 선생의 아들까지 놀려주었다.

"빨리 하세요."

"네."

'다방논쟁' 이야기를 할까 했으나, 아까 이들을 깡패로 오인했던 일이 퍼뜩 떠올랐다. 그래 '다방논쟁'은 뒤로 미루기로 했다. 이 다방논쟁은 어느 해 추석 역시 고향에 가서 겪은 일이다. 열예닐곱 살짜리들이 서울로 돈벌이를 갔다 와서 저마다 서울 자랑이 시퍼랬다. 잘해야 변두리 이발소 견습으로나 지내던 녀석들이 그래도 서울 물을 좀 먹었다고 우선 말씨부터 숫제 서울말로 아는 체였다. 그러다가 제 녀석들끼리 맹랑한 논쟁이 벌어져 내가 그 심판관이 됐던 일이 있었다.

"야, 인마! 다방이 × 누는 변소라고? 웃기지 마. 변소는 화장실이라고 하는 거야. 다방은 전화하는 데지 뭐 × 누는 데? 짜식 정말 웃기네."

"저런 깡통, 전화 좋아하네! 전화는 공중전화 있잖아? 종로에서 말야, 어떤 신사가 변소에 가고 싶다고 한께 저기 다방 있지 않아, 이러던걸."

이런 식으로 논쟁이 치열했던지 이 녀석들이 나한테 우 몰려와, 다방이 용변 보는 데냐, 전화하는 데냐고 심판을 청해왔던 것이다. 그 가운데는 서울서 이삼년씩이나 굴러먹은 녀석도 있었다.

"다방에는 전화도 있고 변소도 있기 때문에 누구든지 그걸 사용할 수는 있지만, 다방은 차를 마시며 이야기를 하는 곳이야."

"차가 뭐지요?"

"차라고 하는 것은 일테면 숭늉과도 비슷하고 술과도 비슷한 것인데, 옳지, 저 길가에 냉차 장수 있지? 바로 그런 것이다."

그러자 또 한녀석이 나더러 서울에 가봤냐고 했다. 서울에 가보지도 않았으면서 어떻게 그토록 잘 아느냐고 신용이 안 간다는 투였다.

"이놈아! 다방은 읍내만 가도 셋이나 있다."

놈들은 멋쩍은 듯 뒤통수를 긁으며 물러갔다.

"뭘 하고 계십니까?"

"네, 이것은 아직 아무한테도 하지 않은 이야긴데, 나는 묘한 버릇이 하나 있습니다."

먼저 사람값을 돈으로 매겨보는 버릇을 대충 설명하고, 아까 이 아가씨가 쫓겨 왔을 때 잘못하다가는 그 깡패들한테 큰 봉변을 당할 것 같아 암담했었다는 이야기부터 털어놓았다.

"그래서 그런 깡패들이 돈을 채워서 된다면 오백원? 아니 지금 당장 탁 없어진다면 천원이다 하고 천원을 걸었습니다."

"우하하."

모두 허리를 쥐고 웃었다. 유독 아가씨가 웃음을 걷잡지 못했다.

"잘못했더라면 우리들이 몽땅 골로 갈 뻔했구나!"

"그렇지 않습니다. 오백원을 걸까, 천원을 걸까 하다가 막 천원으로 결정을 했는데, 바로 그때 그 깡패들이 나타났어요. 솔직히 말해서 간이 덜렁합디다."

폭소가 터졌다.

"내 속마음이 들킨 것 같아 더 겁이 났습니다. 그래서 얼른 얼굴을 돌리며 마음속으로 그 걸었던 돈을 슬쩍 취소해버렸지요. 그래서 지금 모두 이렇게 살아 있는 겁니다."

또 한바탕 웃음이 터졌다. 아가씨는 몸을 비꼬며 웃었다. 한참 웃고 나서 뚱뚱한 친구가 한마디 했다.

"그럼 이번에는 우리가 아까 말씀대로 억울하게 죽게 된다면 얼마쯤 치러주시겠습니까?"

자못 흥미를 느끼는 모양이었다.

"아직 값을 매겨보지 않았습니다."

"아니, 대충?"

"그럼 반대로 내가 죽는다면 얼마 내주시겠어요?"

그는 잠깐 생각하더니 '글쎄요' 하며 뒤통수를 긁적였다.

"하여간, 한잔 더 드시고 우리한테는 값을 좀 높이 매겨주시오."

키 큰 친구가 또 술을 한병 꺼내 내 앞에 잔을 내밀었다.

"허허, 와이로를 쓰는구나."

운동모의 시새운 듯한 말에 모두 또 웃었다.

"아가씨도 아가씨 값에 흥미를 느끼는 것 같군요."

"그야, 당연하지요."

모두 웃었다. 나는 그들의 목숨을 내 손아귀에 쥔 것 같은 득의를 느끼며 술잔을 기울이고 나서 엉뚱한 열변을 토했다.

"도대체 나는 인류애니 동포애니 하는 말에 신용이 안 갑니다. 남 앞에서 그따위 무슨 애 찾는 사람치고, 그것으로 세상이 다 좋아진다고 해도 남이 안 보는 데서는, 제 잔털 하나 안 뽑을 사람들 같아요. 또 자선냄비에 돈을 넣는 구두닦이는 무엇입니까? 자선냄비 단골 적선가는 구두닦이들이에요. 그들 가운데는 제 녀석은 변변히 먹지도 못하면서 이천원 삼천원을 무슨 의연금으로 내는 녀석도 있어요. 저도 남을 도와주는 위치에 놓고 싶은 눈물겨운 허영이 아니면, 무슨 진실을 행하고 있다는 감상적 허위입니다. 썩어빠진 매스컴은 또 그런 허영을 조장하지요. 솔직히 말해서 나는 내 아는 사람이 죽어간다 하더라도, 아까 말한 대로 아무도 모른다면, 그의 결혼식에 냈을 축하금 정도도 안 내질 것 같은 경우가 많습니다. 내가 다른 사람과 관계를 돈으로 계산해보는 것은 그 인류애니 우정이니 하는 것을 구체적으로 생각해보자는 것입니다."

기차가 어느 시골 역에 멈췄다. 기차 소리가 그치자 그 속에서 내 말소리만 유난히 크게 튀어나왔다. 나는 그제야 놀라 달팽이가 몸뚱이를 웅크리듯 말꼬리를 숙이며 서투른 연기를 하고 난 배우처럼 혼자 얼굴을 붉혔다. 뚱뚱한 친구가 잔을 내밀며 일리 있는 말씀이라고 고개를 끄덕여주는 바람에 겨우 거기다 마음을 기댈 수 있었다.

앞에 앉았던 아까 그 한복으로 성장한 여인은 짐을 챙겨 들고 내리고 있었다.

"이제 얼마나 남았지요?"

"한시간 남았습니다."

키 큰 친구의 물음에 아가씨가 대답했다.

"목포는 처음입니까?"

"네."

그사이 운동모는 내리는 여인의 뒷모습을 유심히 지켜보더니 그가 밖으로 사라지자 차창에 서린 성에를 쓱쓱 문지르고 바짝 눈을 댔다. 우리들의 눈도 밖으로 쏠렸다. 두세사람이 출찰구를 빠져나가고 그 여인의 가족인 듯한 사람들이 반갑게 맞았다.

"무얼 그렇게 보십니까?"

뚱뚱한 친구가 핀잔을 주듯 물었다. 운동모는 멋쩍게 웃으며 자리에 앉았다.

"혹시 오십만원짜리가 아닌가 싶어 아까부터 감시를 했더니 허탕이구먼!"

그는 좀 비굴하게 웃으며 운동모를 벗어서 모표 붙이는 부분을 가리켰다. 거기에 새끼손가락이 드나들 구멍이 뚫려 있었다. 그는 아까 의자에 고개를 기대고 누워 있을 때처럼 모자를 얼굴에 얹어보이며, 그 구멍으로 환히 보인다는 시늉을 했다. 그는 무슨 신기한 요술이라도 가르쳐주는 표정이었다.

"에끼, 여보슈! 그럼 끝까지 따라가보시지?"

뚱뚱한 친구가 눈을 흘기며 핀잔을 주었다.

"식구들이 마중 나왔지 않습니까?"

"어떤 점이 수상하게 보였습니까?"

"저런 멋진 여자가 이렇게 지저분한 야간차를 탄 게 수상했지라."

그는 좀 헤프게 웃었다.

"그럼 이 아가씨도?"

아가씨가 운동모를 노려봤다. 곱지 않은 눈초리였다. 운동모는 헤헤 어색하게 웃었다.

"이분은 아무도 모르게 돈을 치러서 사람을 살리려고 고민인데, 아저씨는 거꾸로 사람을 잡아서 돈을 벌 궁리입니다그려."

키 큰 친구 말에 모두 가볍게 웃었다.

"내가 잡는 것은 간첩인걸요?"

"하긴 그렇지만……"

아가씨는 좀 시무룩한 표정이었다. 손수건 네 귀를 가지런히 맞추어 반듯하게 접어 무릎 위에서 다지고 있었다.

"아가씨 차렙니다."

키 큰 친구가 심상찮은 아가씨 눈치를 보며 조심스럽게 말했다.

"제가 어째서 이 지저분한 야간열차를 탔는지 아세요? 까닭이 있어요. 이 이야기는 아까 그 연구테마에도 맞지 않고 우습지도 않아요. 그리고 내가 이런 열차를 탄 변명을 하자는 것도 아니에요."

아가씨는 눈을 밑으로 깐 채 말을 이었다. 그때 열차 공안원 두 사람이 바삐 저쪽으로 갔다.

"대학 입학하고 얼마 안 돼서 좀 앓았어요. 집에서 요양을 하려고 내려오게 되었는데 그때는 태극호를 탔었지요."

졸다가 목이 말라 사이다를 한병 사서 마시고 무심결에 빈 병을 차창 밖으로 내던져버렸다는 것이다. 막 던지고 나서야 아차 하고 고개를 내밀었다. 한여름이라 혹시 논매는 사람들이 맞지 않았나 싶어서였다. 다행히 농부들은 없었지만 병이 하필 논 귀퉁이에 있는 바위에 맞아 파삭 깨지더라는 것이다.

"순간 저는 아찔했어요. 농부들이 맨발로 논을 맬 게 아니에요. 유리조각이 있는 줄도 모르고 손으로 논바닥을 마구 휘저을 것인데, 그러면 물에 불은 손발이 어떻게 되겠어요? 저는 식은땀이 났어요."

그는 몸서리를 쳤다.

집에 오자 병이 더쳐 오래도록 앓다가 자리에서 일어나자마자 곧장 기차를 타고 병 깨진 곳을 찾아 나섰다는 것이다. 그러나 그 때는 이미 벼가 키대로 자라 누렇게 익은 다음이라 그 조그마한 바위는 벼 속에 묻혀 찾을 수가 없었다. 아무리 기억을 더듬어도 거기가 어디쯤이었던가, 심지어는 어느 역과 어느 역 사이였던지도 알 수가 없더라는 것이다. 어림잡아 강경과 정읍 사이를 다시 한번 왔다갔다했지만 도무지 찾을 수가 없었다는 것이다.

"그런데 바로 오늘 그 바위를 찾았어요."

"그 바위를 찾아요?"

키 큰 친구가 큰 소리로 되물었다.

"네. 강경 근방이 아니고 훨씬 아래 장성역 조금 지나서였어요. 되올라가서 논임자를 찾았더니 아주 조그마한 오막살이에서 늙은 할머니가 나오셨어요."

그는 속죄하듯 차근한 목소리로 말을 이었다.

"그 할머니 내외는 자식도 없이 살다가 할아버지는 바로 지난달에 세상을 뜨고 지금은 할머니 혼자 사신다더군요."

"그 유리병 상처로 죽었나요?"

키 큰 친구 성급하게 물었다.

"그걸 물을 용기는 나지 않았어요. 그래서 돈만 조금 주고 돌아섰어요."

잦아들어가는 소리였다.

"정말 여자다운 미담입니다."

키 큰 친구가 감탄을 했다.

"뭐라구요? 그럼 남자들이라면 어쩐단 말씀이에요."

아가씨가 발끈했다.

"아, 아닙니다. 그런 뜻이 아닙니다."

키 큰 친구가 깜짝 놀라 손을 저었다.

"이제 내 차롑니다. 내 이야기는 아주 신나는 이야깁니다."

운동모는 이제야 제 차례가 되었다는 듯이 벙그레 웃었다. 아가씨의 이야기에는 처음부터 흥미가 없었든지, 자기 차례를 그만큼 기다리고 있었든지, 아가씨의 날카로운 감정 따위는 아랑곳없다는 태도였다.

"이걸 보십시오."

잠바 지퍼를 지익 풀어 잠바 옷섶을 크게 벌리며 득의의 미소를 지었다. 잠바 뒷섶 포켓 부분에 큼직한 훈장이 하나 매달려 있었다. 아가씨의 이야기로 좀 숙연했던 눈들이 둥그레졌다. 비닐봉지로 한겹 소중하게 싼 훈장을 조심스럽게 따냈다. 그걸 손바닥 위에 얹어 일일이 눈앞에 갖다 댔다. 아가씨 눈앞에도 들이댔다. 아가씨는 건성으로 눈길을 스쳤다.

"이것이 보통 훈장인 줄 아쇼? 이래 봬도 화랑무공훈장입니다. 지리산 공비토벌 작전 때 한꺼번에 빨갱이 열놈을 생포하고 두놈을 드르륵한 무공으로 탄 것입니다. 꼭 두사람이 열두놈을 잡았지라."

그는 훈장 꼬투리를 쳐들어 보이다가, 두놈을 사살했다고 할 때는 손가락으로 방아쇠까지 당기며 총 쏘는 시늉을 했다. 그때였다. 손가락 총을 얼른 거둬들이며 이야기를 딱 멈췄다. 모두 운동모의 놀란 눈길을 따라갔다. 아까 몰려갔던 공안원들이 웬 사람들을 세 명이나 묶어가지고 왔다. 뒤에는 묶이지 않은 사람이 따라오며 공안원에게 무얼 열심히 설명하고 있었다. 아까 송정리역에서 기차 보고 허겁떤다고 하던 친구였다.

"저 새끼들 결국 걸려들었구나."

운동모가 비양조로 뇌까렸다.

"뭡니까?"

"사기도박단입니다. 저 뒤에 따라간 새끼가 털린 모양입니다. 개 새끼 시원하다."

"아는 사람입니까?"

내가 물었다.

"저 새끼는 형제들이 군대 가서 죽는 바람에 먹고 사는 새낍니다. 6·25 때 죽은 두 형님 연금으로 먹고살다가 이번에는 동생까지 월남 가서 죽었지요. 쌍놈의 새끼가 동생이 죽어서 나온 돈은 노름 판에서 홀랑 날렸는데, 인자 노름 않는다고 손가락까지 잘랐다더 니 또 지랄했구먼. 끌끌."

그들이 사라진 쪽을 흘겨보고 나서, 술을 한모금 꼴깍 마셨다.

"조심하쇼!"

훈장을 만지고 있는 뚱뚱한 친구에게 그게 무슨 부서질 물건이 나 된 듯 한마디 주의를 주었다. 그는 다시 벙그레 웃으며 그쳤던 이야기를 했다.

"지리산 전투가 치열할 땝니다. 둘이 척후를 나갔어요. 하나는 경상도 놈인데 그 새끼도 되게 날쌘 새끼였지라. 살금살금 기어서 쬐깐한 능선을 한나 넘어선께······"

눈을 부릅뜨고, 술잔 든 손까지 놀려 살금살금 기는 시늉을 했다.

"하, 요놈의 새끼들이 그 아래 골짜기에 여남은명이 우글우글 모여 있습디다. 무슨 지시를 하고 있는 것 같습디다. 나는 저 새끼들을 우리 두사람이 생포하자고 제일 포복으로 기어서 옆으로 뽀짝 붙었지라. 그래갖고는 번개같이 일어나서 에무왕을 콱. 어어!"

'에무왕을 콱' 하다가 들고 있던 종이 잔을 폭삭 쥐어버렸다. 쏟아지는 술을 손바닥으로 받으며 종이 잔을 냉큼 입에 털어 넣었다. 구겨진 잔을 거북하게 들고 우리를 건너다보았다.

"버리시오. 여기 또 있습니다."

뚱뚱한 친구가 가방에서 새 잔을 꺼내 다시 술을 채워주었다. 그는 다시 입을 앙다물고 그들을 향해 총을 들이대는 시늉을 하며 이야기를 계속했다. 나는 아무래도 또 종이 잔이 위태로워 조마조마했다.

"꼼짝하먼 쏜다잉, 이라고 총을 겨눈께 새끼들이 모두 손을 들고 야코가 팩 죽읍디다. 나는 총을 대고 있고 갱상도 치가 전선줄로 요놈의 새끼들을 괴기두름 엮으끼, 한놈씩 한놈씩 꽝꽝 때려 뭉 껐지라."

사투리는 완전히 원색으로 변했다.

"거지반 뭉꺼간디, 언뜻 본께 한놈의 새끼가 손을 한나 내리고 있잖소? 겁 짐에 빵 해부렀지라우. 권총을 뺄지 알았단 말이요. 그란디, 허허 나 참."

작자는 어이없다는 듯 혼자 웃고 나서 말을 이었다.

"이 새끼가 그 주제에 대장인디, 그 새끼는 첨부터 손이 한나밖에 없는 외팔이더란 말이요, 외팔이! 하하하."

그는 우스워 죽겠다는 듯 크게 웃었다. 그러나 모두 웃지 않고 그만 보고 있었다.

"그란디, 문끄다가 본께 전선줄은 다 되았는디, 한놈의 새끼가 남았드란 말이요. 그냥 데리고 갈 수는 없고, 마음은 급하고, 에라 너도 한방 묵어라, 콱 지져대부렀지라. 허어엉."

그의 허겁스런 웃음소리에 아가씨의 '어머' 소리가 깔려버렸다.

내가 다시 그 운동모를 만난 것은 그때부터 두어주일 뒤였다. 방학 중이라 집에 박혀 있다가 모처럼 시내에 나갔다.

"아이고, 선상님! 선상님 아니십니까? 나를 모르겠습니까?"

"아, 네, 네."

실은 나는 그와 눈이 마주치는 순간, 슬그머니 눈길을 피하려다가 고삐를 낚아채이듯 눈길이 붙잡힌 다음이라 멋쩍게 웃으며 엉거주춤 손을 내밀었다. 그는 내 손을 잡고 위아래로 사뭇 요란스럽게 흔들며, 선상님을 이렇게 만날 줄은 몰랐다고 반가워 못 견뎠다.

"저기 가서 한잔합시다."

그는 내 사정 같은 것은 묻지도 않고 내 팔을, 그게 무슨 강아지 목줄이라도 된 듯 잡아끌고 곁에 있는 대폿집으로 들어갔다. 그는 이미 한잔 걸쳤는지 상당히 술기가 있었다. 나는 그에게 술을 얻어먹게 된다는 게 미안했다. 사실, 아까 그에게서 눈을 피해버렸던 건, 그날 저녁 집에 와서 그에게 매긴 사람값이 너무 적었기 때문이었다.

"저희들 사람값이나 많이 매겨주십시오."

그날 저녁, 감명 깊은 영화라도 보고 나온 기분으로 출찰구를 빠져나오며 그런 부탁을 했던 것이고, 나는 정말 집에 가며 그들이 무고하게 죽어갈 때 얼마쯤 치러줄 것인가 생각했었다. 아가씨와 두 청년은 선뜻 천원대를 넘어갔으나, 운동모는 백원대에서 오르락내리락했다. 그런데 오늘 이 운동모한테서, 내가 그에게 매겼던 사람값 이상으로 술을 얻어 마시게 된다면, 그가 나에게 베푼 술 한자리만큼의 호의도 못 가진 셈이 될 것 같아 혼자 웃었다.

술청 안은 자욱한 담배연기 속에 술손이 가득했다. 잠깐 어물어물거리자 나가는 사람들이 있어 긴 테이블 한쪽 끝에 마주보고 앉았다.

"아주머니!"

운동모가 큰 소리로 불렀다. 주문을 받고 있던 주모가 고개를 돌려 알았다는 눈짓을 해놓고는, 다시 그들과 이야기를 하려 했다.

"아주머니! 아, 아주머니!"

너무 큰 소리에 나는 주위 사람들에게 미안했으나, 그는 기어코 여인의 주목을 가로챘다.

"여기 막걸리 한되하고, 문저리 있소?"

주모가 고개를 저었다.

"그럼 모치는? 응, 그것 듬뿍 한접시!"

그는 담배를 꺼내서 나한테 한개비 권하고 성냥을 직 그어 불을 붙였다.

"선생님, 여기가 공산당 세상이요? 민주주의 세상이요?"

홍두깨 같은 소리를 들이대며 흥분부터 했다.

"지난번에 지리산에서 빨갱이 잡았다는 이야기 했었지라."

그는 잠바 지퍼를 칙 그어 옷섶을 펼쳤다. 그 훈장이 비닐봉지에 싸여 매달려 있었다. 곁에 앉은 사람들도 다 보라는 듯이 옷섶을 크게 펴고 양쪽으로 내둘렀다.

"이것이 그래 보통 훈장인지 아시요? 국가와 민족을 위해서 생명을 걸고 싸운 무공으로 탄 훈장이라 이겁니다."

마치 내가 그렇지 않다고나 했던 것처럼 나를 노려보며 큰 소리로 말했다. 그때 술이 왔다. 내 잔에 술을 따르고 자기 잔에도 따랐다. 술을 벌컥벌컥 들이켠 다음, 모치 대가리에다 된장을 듬뿍 찍어 와삭와삭 씹었다.

"허허. 그런디 세상이 이런 환장할 일이 있소? 그때 내가 잡은 빨갱이 한놈의 새끼가 시방 시퍼렇게 살아서 활개를 치고 있소. 나는 그때 그 새끼들을 대번에 드르륵드르륵 해분 줄만 알았지라."

그는 이를 앙다물고 양쪽 두 손가락으로 드르륵 갈기는 시늉을 했다. 여러놈을 한꺼번에 갈기느라 손가락총의 반원을 너무 크게 그리는 바람에, 나는 말할 것도 없고 저쪽 테이블에 앉은 사람들까지 사정없이 난사를 해버렸다. 그쪽 술손들은 윗몸을 젖혀 총부리를 피하며 눈살을 찌푸렸다. 그러나 모두 그의 부릅뜬 눈과 부딪치자 얼른 눈길을 거뒀다.

"그런디, 그 가운데 한놈의 새끼를 어제 길바닥에서 만났소. 그 새끼 이쪽 볼딱지에 이만한 붉은 점이 있는께 대번에 알겠습디다."

엄지손가락 한 매듭을 쥐어 보였다. 나는 우리 학교 양 선생처럼 붉은 점이 있었던 모양이라고 생각했다.

처음에는 깜짝 놀랐으나 번쩍 이런 생각이 들더라는 것이다. 저 새끼가 그때 도망쳐서 월북했다가 간첩으로 내려온 게 아닐까? 그렇다. 틀림없다. 저 새끼도 나를 알아보고 놀라는 것을 봐라. 오냐, 너는 죽었다.

"오십만원짜리다 생각한께 위매 두 다리가 달달달 떨립디다. 솔직히 오십만원이면 얼마요, 웅? 한밑천 아니요? 정말 눈에 뵈는 것이 없습디다."

신고할 것도 없이 혼자 때려잡기로 작정했다. 살금살금 뒤를 밟다가 생각하니, 요놈의 새끼가 틀림없이 칼이나 권총을 가졌을 것 같아 겁이 났다. 몽둥이로 댓바람에 대갈통을 까버릴까? 그렇지만 시내 한복판이라 얼른 마땅한 몽둥이도 없고, 또 그러다가 영 뻗어버리면 안 될 것 같았다.

"그래서 골목을 돌아갈 때 바짝 뒤로 붙었지라. 그래갖고는 사정없이 왁 양쪽 어깨를 챘지라."

두 손을 벌리고 왁 하며 느닷없이 술상 너머로 달려드는 바람에, 나는 찔끔 상체를 젖히다가 하마터면 뒤로 나가떨어질 뻔했다.

"그래갖고는 요놈의 새끼를 뽈깡 치켜들었습니다. 그래갖고 땅바닥에다 거꾸로 콱 박아분께, 위매 함시로 깨구락지같이 찍 뻗읍디다. 대가리를 땅바닥에 한번 더 쥐어박고 물팍으로 등짝을 콱 제게분께 영 맥을 못 춥디다. 파출소로 끌고 갔지라."

그는 메어꼰지는 시늉이며 등짝을 제기는 시늉을 입을 앙다물고 실연했다. '콱' 할 때는 입에서 씹던 생선조각이 튀어나와 내 이마에 붙었다. 다시 술을 벌컥벌컥 들이켰다.

"요 새끼, 여기가 어딘지 알고 내려왔어?"

간첩은 깨진 이마에 피를 흘리며, 왜 이러냐고 고함을 질렀다. 그렇지만 그따위 수작에는 안 속는다고, 의기양양하게 파출소로 끌고 가서 간첩이라고 소리를 질렀다. 순경들은 한동안 멍했다가 우르르 달려들어 수갑을 채운다, 몸수색을 한다, 한바탕 법석을 떨었다. 간첩은 무어라 변명을 하고 한쪽에서는 전화를 걸고 소동이 벌어졌다. 그러다가 순경들은 어이없다는 듯이 허허 웃으며, 수갑을 풀어주었다.

"허허, 이런 환장할 일이 있소? 그 새끼가 간첩이 아니고 시내 무슨 중학교 선생이라고 안 하요?"

순간 나는 깜짝 놀랐다. 그게 무슨 중학교냐고 물으려다 말았다. 틀림없이 우리 학교 양 선생일 것 같은데, 내가 그와 같은 학교에 근무한다면 이번에는 대번에 운동모 주먹이 나한테로 날아올 것 같았다. 설마 양 선생이야 아니겠지. 그가 그런 경력이야 가지고 있을라고? 나는 운동모가 벌컥벌컥 술을 들이켜는 걸 건너다보며 이렇게 생각하고 있었다.

"뭐 중학교 선생? 당신들 지금 장난하고 있소? 아니, 이 새끼는 분명 내가 지리산 공비토벌 작전에서 잡은 빨갱인디 뭣이 어쩌고 어째?"

수갑이 풀린 간첩이 도망칠까봐 문을 막아서며 소리를 질렀다.

"이 훈장을 보시요, 이 훈장을, 엉! 내가 이 새끼들을 잡아서 탄 훈장이란 말이여!"

이렇게 대드니까 자수했다는 것이다.

"자수라니? 아니 내가 저 새끼를 이 두 손으로 잡았는디 그것이 자수여?"

그놈한테 속지 말라고 꽝꽝 고함을 지르며 쥐어박을 듯이 대들 었다. 그때 탈출했다가 자수했다는 것이다. 그사이 그 학교 교장이 달려오고 야단이 났다.

"허허. 그때 그 병신들이 잡다가 준 괴기도 못 지키고 놓쳤던 것 이요. 그 때려죽일 놈의 새끼들이!"

이를 악물며 술상이 그 병신들 대가리인 듯 그때마다 주먹으로 꽝꽝 내리쳤다. 그때 그 학교 교장이 이렇게 생사람을 조져놨으니 치료비를 내야 할 것 아니냐고, 사뭇 근엄하게 따지고 나섰다.

"뭐야? 치료비? 이 훈장을 봐라, 내가 치료비를 내?"

그렇지 않아도 억울한 판에 속을 쑤셔오니 환장할 지경이었다. 아나 치료비? 의자를 들어서 교장이란 자를 사정없이 갈겨버리고, 말리는 순경들까지 닥치는 대로 갈겨버렸다. 그래도 화가 풀리지 않아 한쪽에 멍하니 서 있는 가짜 간첩까지 몇대 더 갈겨버렸다. 가짜 간첩은 날벼락을 맞고 정신이 나갔는지 갈기는 대로 펑펑 맞 기만 하고 있었다.

한바탕 소동이 벌어지고 나자 이번에는 거꾸로 운동모 손에 수 갑이 채워져 본서까지 넘어갔다. 그러나 그 투철한 반공정신이 좋 다고 곧 풀려나왔다고 했다. 실은, 말과는 다른지 그 부분은 말꼬리 를 흐리며 또 벌컥벌컥 술을 들이켰다.

"도대체 이놈의 대한민국이라는 나라는 틀려먹어도 크게 틀려먹었습니다. 그런 숭악한 빨갱이 새끼들을 살려준 것만도 어딘디, 중학교 선생을 시켜요, 선생을?"

그는 다시 주먹으로 술상을 쳤다. 그런 빨갱이한테 교육을 맡기면 그런 교육을 받은 학생들은 무엇이 되고, 나라 꼴은 뭐가 되겠느냐고 우국론 일석을 피력한 다음, 그 교장 놈이 틀림없이 그 작자 돈을 처먹고 선생으로 썼을 거라고 단정했다.

"뭐? 대한민국의 따뜻한 품 안으로 돌아왔은께 용서했다고?"

그는 욕설을 퍼부으며 코를 씩씩거렸다.

"그 쌍놈의 새끼가 간첩이기만 했더라면……"

오십만원의 화려했던 꿈이 깨진 게 지금도 애석한지 남은 술을 벌컥벌컥 들이켰다.

예상했던 대로 운동모한테 봉변당한 사람은 우리 학교 양 선생이었다. 나는 다음날 전근하는 선생 송별회가 있어 양 선생을 만났다. 그는 이마에 큼직한 반창고를 붙이고 나왔다.

"어쩌다가 그렇게 다쳤습니까? 많이 다친 것 같은데요?"

선생들 시선이 양 선생한테 쏠렸다.

"네, 조금."

그는 대수롭지 않다는 듯 빙긋 웃으며 상처로 잠깐 손이 갔다. 가볍게 입 언저리를 스쳐가는 미소에는 전혀 이렇다 할 감정이 나타나지 않았다. 그런 미소 밑에 담기기 쉬운 감정의 굴곡을 전혀 느낄 수가 없었다. 다른 선생들은 양 선생 상처에 더 관심을 갖지 않는 게 아무도 그 사건을 모르는 것 같았다. 술이 여러 순배 돌자 목소리들이 커졌다. 양 선생은 항상 웃는 얼굴 그대로 웃고 마실 뿐 분위기에 조금도 층이 지지 않았다.

나는 양 선생 마음의 어느 가닥에선가 한번쯤 희뜩일 것 같은 감정의 음예(陰翳)를 붙잡으려 했으나 허사였다. 조금도 감정을 조작하려는 눈치도 아니었고, 아무리 보아도 마음속 감정은 얼굴에 나타난 꼭 그만치뿐인 것 같았다. 연기라면 완벽에 가까운 연기였으나 그렇게까지 철저하게 감정을 숨길 이유는 없었다. 여기 있는 선생들은 아무도 그 사건을 모르는 것 같기 때문이다. 교장의 술잔이 두어번 양 선생에게 갔을 뿐, 양 선생 눈치를 살피고 있는 사람은 나뿐이었다.

나는 야릇한 혼란에 빠지고 말았다. 그의 불행을 가로맡아, 돈을 치르려고 했던 내 호의가 멋없게 된 것이다. 그의 표정은 담담하게 내 호의를 거부하고 있었다. 여태 그의 표정을 살핀 것은, 말하자면 돈을 들고 그가 손을 내밀어주기를 기다렸던 셈인데, 불과 닷새밖에 안 된 일을 그는 깡그리 잊어버리고 있는 것 같았다. 봉변당한 장본인이 그가 아닐지도 모른다는 의심이 갈 지경이었다. 그러나 저 희귀한 붉은 반점과 상처는 의문의 여지가 없었다.

나는 여태까지 돈을 가지고 제법 만인을 구하는 것 같은 비장한 감개를 느끼고 있었는데, 양 선생은 그런 나를 비웃고 있는 것 같았다. 남의 불행에 지레 눈물을 흘리다가 왜 이러느냐고 저편에서 되레 껄껄 웃고 나올 때나 느낌직한 무안을 느꼈다.

양 선생과 나는 돌아가는 길이 잠깐 같은 방향이었다.

"양 선생, 어디서 그런 훈장을 달았소?"

술이 곤드레가 된 친구가 농조로 물었다.

"하하. 맞았어, 맞아! 훈장이야, 훈장! 하하."

양 선생은 한참 웃었다. 그만큼 유쾌한 것도 같고 공허한 것 같기도 했다. 그는 우리와도 길이 갈려 혼자 갔다. 희뜩희뜩 눈발이 휘날리는 거리에는 플래카드가 유난히 거칠게 휘딱거렸다. 그 플래카드 밑으로 조그맣게 웅크리고 가는 양 선생 뒷모습이 유난히 초라하게 보이고, 그 플래카드에 쓰여 있는 글씨가 오늘따라 너무 살벌하게 보였다.

'이웃에 오신 손님 간첩인가 다시 보자.'

『현대문학』1969년 7월호(통권 175호); 2006년 8월 개고

영감은
불속으로

나는 오늘 아침에도 별수 없이 그 영감과 눈길을 맞닥뜨리고 말았다. 정말 견딜 수 없는 일이다. 대문을 열고 조금 나와 골목을 꺾으면 영감은 맞바로 보이는 쪽마루에 쭈그려 앉아 이쪽을 노려보고 있다. 그렇게 노려보고 있는 영감의 눈길을 도무지 피할 방법이 없다. 노려본다고 했지만, 그렇게 강렬한 시력이 느껴지는 것도 아니고, 얼핏 보면 조는 것처럼 희부연 눈이었다. 쾡하게 꺼진 눈두덩 밑에 움푹 들어앉은 눈은 되레 시선이 안으로 잦아들어가는 것 같기도 했다. 그런 눈으로 골목을 보고 있다가 내가 나타나기만 하면 마치 고양이가 쥐라도 발견한 것처럼 눈에 살기가 올랐다.

　정말 견딜 수 없는 일이다. 벌써 일주일째 이 꼴이다. 고개를 푹 숙이고 그 앞을 지나가지만, 어쩔 때는 나도 모르는 사이에 영감한테로 힐끔 눈길이 가고 만다. 퇴근 때도 마찬가지다. 그때는 영감을 마주보지 않고 가니까 눈초리를 피할 수가 있다. 그렇지만 그때는 영감이 내 뒤통수를 노려보고 있다 생각하면 목덜미에 스멀스멀 벌레가 기는 것 같았다. 오늘 아침에는 설마 하고 뒤를 돌아보다가 깜짝 놀라 눈초리를 낚아챘다. 당황한 꼴까지 보이고 나자 배나 참담한 기분이었다.

영감은 폭이 한자쯤 되는 쪽마루에 한쪽 다리를 끌어다 발등 위에 얹고 항상 그 모양으로 쭈그려 앉아 있다. 꼭 그렇게 깎아서 앉혀놓은 석상처럼 언제나 그 모양으로 손끝 하나 까딱하지 않고 앉아 있다. 그러고 있다가 내가 나타나기만 하면, 마치 그 순간을 위해서 살고 있기라도 하는 것처럼 눈에 독기가 피어오른다.

요 며칠 사이에는 알아보게 초췌해진 얼굴에 음침한 귀기마저 풍겼다. 어찌 보면, 이 세상에 잔뜩 원한을 품고 죽은 원귀가 금방 무덤에서 나와 저렇게 굳어버린 게 아닌가 싶을 지경이었다. 그런 원귀의 시퍼런 눈으로 날마다 나를 노려보고 있으니, 하루 이틀도 아니고 이건 정말 미칠 지경이다. 아무리 생각해봐도 영감이 저토록 나한테 원한을 품을 까닭이 없다. 굳이 따지자면 저 영감한테 좀 켕기는 일이 있기는 하지만, 저토록 험하게 노려볼 만한 잘못은 아니다.

그것은 K전문대학 부지 분규사건 때문이다. 그 대학 학장은 저쪽 들판에다 전문대학 건물을 덩실하게 세운 다음, '여기서 여기까지는 대학 운동장'이라고 깡깡 말뚝을 박았다. 그러고 나서 사무직원들에게 그 안통 땅을 전부 사들이겠다며 땅임자들하고 흥정을 하라고 했다.

"우리들이 무주 구천동 땔나무꾼들인 줄 아시요?"

학장이 내세운 땅값을 들은 땅임자들은 대번에 허허 웃었다. 그러자 학장은 엉뚱한 짓을 했다. 이 안통의 들판은 대학이 들어설 부지라고 큼직큼직한 말뚝을 꽝꽝 박아놓고, 잘난 놈 있으면 나와보라는 본새로 대문짝만한 판자에다 공고문을 써 붙였다. 땅임자들에게 예의 국가백년대계의 몽둥이를 들이댄 것이다. 그렇지만, 땅임자들은 어느 개가 짖느냐는 본새로 농사지을 사람은 땅을 갈고 집 지을 사람들은 집을 지었다.

"이놈들이 아주 배짱으로 나오는구먼. 어디 두고 보자!"

학장은 그 대학 학생들을 동원해서 논밭 곡식을 짓이겨버리고, 거기 짓고 있는 집까지 서너채나 부숴버렸다.

나는 그 부속고등학교 선생이라 하는 수 없이 다른 선생들과 함께 거기 나가 있었다. 그때 우리 골목 그 영감도 나왔다. 나는 그냥 구경 나온 줄 알았더니 알고 보니 영감도 그곳에 논이 있었다. 나는 그때 영감 논이 거기에 있다는 걸 처음 알았고, 영감도 그때 내가 그 전문대학 부속고 선생이라는 걸 알고, 그때부터 영감은 내가 골목을 나올 때마다 저렇게 나를 노려보고 있다.

학장은 이 일뿐만 아니라 무슨 일이든지 불도저처럼 밀어붙이는 사람이라 나는 내심 영감을 무척 동정했다. 그래서 처음 얼마 동안은 영감이 저렇게 나를 쏘아보아도 그러겠다 싶어 좀 억울한 대로 그 앞을 지나다녔다. 그렇지만 골목을 드나들 때마다 저 꼴이라 울화가 치밀기 시작했다. 따지자면 열달 가까이 월급이 밀려 있는 나도 학장의 피해자라면 피해자다.

하여간 학장은 보통 사람이 아니었다. 작년에는 꼭 여덟달 동안 이나 선생들 봉급을 주지 않았다. 그러다가 아홉달째에야 그나마 한달치만 주면서, 선생들을 전부 강당에다 군인들 사열하듯 줄을 지어 세워놓고, 국가백년대계, 민족중흥, 역사적 사명 따위 큼직큼 직한 말만 골라 고래고래 악을 썼다.

그때 학장이 한 말을 요약하면, 국가와 민족을 위해서는 이쯤 고 생은 응당 참아야 한다는 것이다. 그런 말이라면 조용조용히 해도 알아들을 것인데, 그러잖아도 생활고에 찌들어 비 맞은 장닭 꼴인 선생들을 죽 훔쳐 먹은 개 욱대기듯 조져놨다.

그는 무슨 말을 하든지 '국가백년대계' '신성한 육영사업' 따위 그럴싸한 말들만 골라 나 말고 애국하는 놈 누가 있느냐는 본새로 고래고래 악을 썼다. 그러나 땅임자들은 땅임자들대로 바글바글 끓었다.

"어린애들 땅따먹기에도 규칙이 있고, 아이들 고누에도 규칙이 있는데, 이게 말이 되는 일이야? 6·25 직후에 놓았던 값이 십년 뒤 에도 그대로라니, 이건 처음부터 숫제 그냥 뺏자는 배짱이 아니고 뭐야?"

"그려. 제나 내나 맨손 들고 들어온 작자가 오년 만에 오층, 육층 건물 올린 걸 눈 빤히 뜨고 보고 있는데, 신성한 육영사업? 흥, 열 녀전 끼고 서방질도 유분수지, 우리들을 모두 핫바지로 아나?"

그러나 학장은, 되레 자기 쪽에서 팔 테면 팔고 말 테면 말라는 배짱으로 나왔다.

"여기에 대학이 서니까, 땅 몇뙈기 가지고 한몫 보겠다는 네놈들 배짱에 넘어갈 내가 아니다. 여기가 예전에는 개가 똥도 안 누던 비력박토였다. 국가백년대계를 내다보는 육영사업을 기화로 돈벌이하려는 네놈들은 빨갱이보다 더 악질이다. 어디 한번 나서봐라. 이 가운데는 틀림없이 빨갱이들 사주를 받은 김일성이 간첩이 있다. 내 결단코 추려내서 처넣고 말겠다."

학장은 고래고래 악을 쓰며 대여섯대나 되는 불도저를 땅임자들의 시퍼런 서슬 앞에 들이대고 논둑 밭둑을 툭툭 깔아뭉개버렸다. 땅임자들은 발을 구르며, 날 죽이라고 불도저 앞에 뒹구는 사람도 있었지만 인부들은 그들의 멱살을 잡아 패대기치며 기어코 그 논밭을 뭉개버렸다.

그렇지만 땅임자들도 만만치 않았다. 눈 뻔히 뜨고 생땅을 빼앗길 수 없다며, 뭉개진 경계를 짐작하여 논밭에 씨앗을 뿌렸다. 그러나 학장은 한동안 말이 없었다. 누그러졌는가 했더니 웬걸, 날벼락이 이번에는 느닷없이 부속고등학교에 떨어졌다.

선생들이 점심을 먹고 있을 때였다. 꽝 하는 문소리에 깜짝 놀라 돌아보자 거기 호랑이 상판으로 앙상해진 학장이 선생들을 노려보고 있었다. 선생들은 영사기가 고장 난 영화의 한 장면 같았다. 밥덩어리를 넣으려고 벌렸던 입이 그대로 굳어버리고, 밥덩이를 입에 넣고 젓가락을 그대로 입에 문 채 굳어버리고, 밥을 우물거리다가 멈춰버리고, 목구멍으로 반쯤 넘어가던 밥덩이도 그대로 멈춘 것 같았다.

"이놈들! 네놈들은 어느 나라 백성들이며 뉘 밥을 먹고 사는 놈

들이냐? 날강도들이 신성한 학교 운동장에다 콩 심고 팥 심고 날뛰
는데, 그걸 보고만 있는 네놈들은 도대체, 어느 학교 선생이며, 어
느 나라 백성이냐, 이 말이야!"

학장 서슬은 정말 날강도들이 쳐들어와서 학교라도 떼메 가는
게 아닌가 싶을 지경이었다.

"눈알이 제대로 박혔으면 저것이 안 보이냐 말이야?"

악을 쓰며 유리창 밖으로 손가락질을 했다. 놀란 토끼 벼락바위
쳐다보듯 눈알만 말뚱거리고 있던 선생들은, 실에 매인 인형 머리
처럼 일제히 학장 손끝을 따라 고개가 돌아갔다.

"저래도 저 날강도들 하는 짓이 안 보이냐 말이다. 저놈들이 땅
뙈기 몇평 가지고 저렇게 횡포를 부리는 게 안 보이냐 이 말이야?
나는 여태 쓸개 있는 놈 하나나 있는가 하고 기다렸다. 개인의 소
유권을 보장한 민주국가의 신성한 법률을 악용해서 치부하려 드는
저놈들이야말로 빨갱이보다 더 악질이다. 저런 꼴을 보고도 공분
을 느끼지 않는다면 그게 사람이야?"

학장은 교탁을 땅땅 치며 고함을 질렀다. 학장은 한참 동안 입에
게거품을 물고 고래고래 악을 쓴 후, 벼락 치듯 문을 세게 닫으며
밖으로 나가버렸다. 선생들은 학장이 나간 한참 뒤에야 겨우 입에
물고 있던 밥을 우물거렸다.

그때 학생주임이 시퍼렇게 질린 얼굴로 들어왔다.

"우리들이 나갑시다. 지금 당장 학생들을 데리고 나갑니다. 도시
락은 그대로 싸놓고 나갑니다. 빨리 빨리."

선생들은 학생주임 지시에 따라 씹던 밥만 삼키고 교실을 뛰쳐

나갔다. 선생들은 자기 반 학생들을 데리고 뛰쳐나갔다. 학생들은 논밭으로 나가자 성난 멧돼지가 되어버렸다. 학생들은 고함을 지르며 논밭의 곡식을 깡그리 짓이겨버렸다.

나는 멀찍이 서서 학생들이 환성을 지르며 날뛰는 꼴을 지켜보고 있었다. 그러다가 무심결에 한쪽으로 고개를 돌리다가 깜짝 놀랐다.

"어라, 저 영감이? 어째서 여기에?"

나는 몹시 놀라 영감을 빤히 건너다보고 있었다. 영감도 그대로 나를 노려보고 있었다. 그이는 이미 내가 이 학생들을 몰고 나온 선생 가운데 한사람이라는 것을 알고, 나를 그렇게 노려보고 있었던 것 같았다. 나는 한참 동안 넋 나간 사람처럼 영감을 바라보고 있다가 죄지은 사람처럼 눈길을 돌렸다.

그 일주일쯤 뒤에 4·19가 터졌다. 이를 갈고 있던 땅임자들은 얼씨구나 하고 논밭에 씨를 들이고 집을 짓고, 날파람이 났다. 알고 보니 골목 영감은 거기 자기 땅에다 진즉부터 집을 짓고 있었던 것 같았다. 그이 땅은 교문 근처 요지였는데, 그 자리를 처음부터 집터로 샀던 것 같았다. 네댓채 들어서는 가운데 한채였다. 시골 영감이라 싼 맛에 말썽난 땅을 샀던 것 같은데, 아무튼 이제 집을 짓게 되었으니 다행이었다. 나는 출퇴근을 하며 집 짓는 데서 서성거리는 영감을 멀찍이 보고 다녔다.

그 며칠 뒤 K대학에서는 4·19의 폭풍이 안으로 터져 학교가 한동안 부글부글 끓었다. 교수와 학생들이 학장의 독재와 횡포를 규탄하고 나선 것이다. 학장은 갈데없이 쫓겨날 것 같았다. 그러나 그게 아니었다. 느닷없이 험상스런 젊은이들이 삼십여명이나 몰려왔다. 학장은 체육과 학생들을 내세워 시내 깡패들을 몽땅 매수하여 몰고 온 것이다.

데모의 열기가 한물 가시기를 기다렸다가 이열치열, 그들을 풀어 농성하는 학생들을 개 패듯 두들겨서 몰아내고, 학생들을 지지하는 교수들까지 쫓아다니며 몽둥이를 휘둘렀다. 몽둥이로 승리한 학장은 교수 십여명을 빨갱이로 몰아 이사회의 결의도 없이 파면시키고, 학생들도 수십명 제적시켰다.

조작한 민의에 맛을 들인 학장은 거기서 그치지 않았다. 그 성난 학생들을 운동장 땅 뺏기에 몰아붙였다. 여태까지 시달렸던 본전을 여기서 뽑자는 배짱 같았다. 처음부터 얼치기 사자들이라 앞뒤를 몰랐고, 거칠기는 배나 거칠었다. 그들한테 덩달아 나선 고등학생들은 무엇이든 짓부수고 싶은 나이인데다, 선생들이 앞에 나서자 물불을 가리지 않았다. 논밭을 짓이긴 것은 두말할 것도 없고, 짓고 있는 집까지 순식간에 박살을 내버렸다.

그때 나도 선생인 죄로 거기 나가 구경하다가 또 영감과 눈길이 마주치고 말았다. 이번에도 영감은 지난번처럼 나를 먼저 발견하고 싸늘한 눈초리로 나를 노려보고 있었다. 나는 슬그머니 선생들 뒤로 몸을 숨겼다. 한참 만에 사람들 틈으로 영감을 건너다보았다. 영감은 다른 사람들처럼 몽둥이를 휘두르며 악을 쓰는 것도 아니고, 저만치 서서 꼼짝 않고 집이 부서지는 꼴만 보고 있었다. 비통한 표정도 성난 표정도 아니었다. 그냥 남의 일 보듯 덤덤하게 보고 있는 것 같았다. 턱밑에 한움큼 달라붙은 염소수염이 조금 떠는 것 같았을 뿐이다.

그 영감 집은 우리 동네서 내가 초등학교 다니는 길목에 있었다. 그 때문에 그때는 거의 날마다 그이 집 앞을 지나다녔다. 우리 동네서 학교는 오리쯤 되었는데, 그 영감 집은 우리 동네하고 학교의 중간쯤 되는 산자락에 외따로 있는 오막살이였다. 그이 집은 아랫마을과 조금 가까워 그 마을에 속했지만, 영감은 그 동네 사람들과 그렇듯이 아랫동네 사람들하고도 별로 가까이 지내는 것 같지 않았다. 산 밑에 웅크리고 있는 영감 오막살이집처럼 항상 호젓한 분위기를 거느리고 있었다. 몇년 전에 고향에 갔더니 그 집이 뜯기고 없었기에 그런가보다 했는데 그사이 이리 이사 와서 살았던 것 같았다.

나는 이 영감에게 고향에서 피해를 준 일이 있었다. 내 본의는 아니었지만 험상스런 피해를 두번이나 준 것이다. 6·25 때 인민군이 북쪽으로 후퇴한 뒤였다. 우리 면사무소 소재지에 있는 경찰지서를 지키는 야경을 나갔더니 이 영감도 야경을 나와 있었다. 환갑이 넘은 연세였으나 슬하에 나이 찬 사내가 없어 그 나이에 야경을 나왔던 것이다.

중학교 이학년이던 나는 학도대(學徒隊) 대열에 끼여 있었고, 영감은 자기 동네 사람들 맨 꽁무니에서 서 있었다. 장작 두개비를 새끼에 묶어 어깨에 메고, 두 손을 양쪽 소매에 깊숙이 찌른 채, 한쪽 팔에는 끝이 뭉툭한 대창을 들고 있었다. 옷은 두툼하게 입었지만 아래턱에 붙은 염소수염이 조금 떠는 것 같았다. 담당 순경이

주의사항을 말해주느라 꽥꽥 악을 썼지만, 들으나 마나 한 소리여서 나는 자꾸 영감의 초췌한 모습으로만 눈이 갔다.

그날밤, 영감과 나는 같은 밤중 번이었는데, 공교롭게 나는 육초소고 영감은 바로 그다음인 칠초소였다. 북한 인민군은 진즉 물러갔지만, 산으로 들어간 빨치산들이 걸핏하면 마을에 나타나 곡식을 가져가고, 지서를 습격하는 판이라 야경은 규율이 여간 엄하지 않았다. 더구나 후퇴했다 돌아오는 순경들 눈에는 핏발이 서 있었다.

경찰서 지서와 면사무소가 있는 면 소재지 동네를 빙 둘러서 이 킬로미터나 되는 대울타리를 막아놓았지만, 경찰은 그것만으로는 안심이 안 되는지 밤마다 동네 사람들을 불러다가 야경을 서게 했다.

대울타리라 했지만 예사로 막은 울타리가 아니었다. 칠팔 미터쯤 긴 기둥나무를 오 미터 간격으로 단단히 박고, 그 기둥나무와 기둥나무 사이에는 또 그만큼 긴 나무를 세단으로 가로질러 철사로 단단히 묶었다. 그래놓고 팔목 굵기의 통대를 베어다가 세단으로 묶어놓은 나무에다 엇질러 울타리를 만들었다. 이 대울타리에 꽂힌 대가 몇만주인지 모르지만, 빨치산의 공격을 막기에는 돌로 쌓은 성벽에 비겨도 손색이 없을 것 같았다. 나무에 총을 쏘면 나무가 뚫리지만 대에다 쏘면 미끄러운 피질에 실탄이 튕겨버린다고 했다. 그러니까 총격 방어로는 대울타리만 한 것이 없을 것 같았다.

전체 길이 이 킬로나 되는 대울타리의 안쪽에 일정한 간격으로 야경 초소가 열여덟개 있었다. 본부초소는 물론 지서 정문 곁에 있었고 거기에는 의용경찰이 있었으며, 동네서 간 야경꾼들은 그 열일곱개 초소에 서 있었는데, 두시간 간격으로 날 샐 때까지 오교대를 했다. 그러니까 하룻밤에 동네 사람 팔십명이 지서를 지킨 것이다.

북풍이 대울타리에서 휘파람 소리를 내는 추위 속에서 야경꾼들은 빨치산들의 공격을 지킨다기보다, 저쪽에서 들려오는 '전달' 소리에만 귀를 기울이고 있었다. 전달이란 무슨 중요한 내용을 전달하는 것이 아니고, 그저 잠을 못 자게 하느라고 전체 초소를 빙 둘러서 말을 시키는 소리였다. 지서 본부초소에서 '일번' 하고 불러서 대답하면, '잠자지 말라고 전달', '야경 잘 하라고 전달' 따위 맹물 같은 소리였다. 본부에서 보낸 전달은 이렇게 각 초소를 한바퀴 돌아서 다시 본부로 간다.

그렇게 전달이 여러번 돌아가고 나서였다. 나는 추위에 몸뚱이가 오그라드는 것 같아 일정한 간격으로 제자리 뜀뛰기를 했다. 한참 뛰는 사이 발끝에서 무엇이 홱 뒤집히며 불꽃이 튀었다. 깨진 옹기조각에 불이 묻혀 있었던 것이다. 바로 내 앞 번을 섰던 사람이 야경꾼들이 자는 방의 아궁이에서 불을 담아다가 쪼였던 것 같았다. '이걸 몰랐구나.' 나는 옹기 쪼가리를 챙겼다. 조그마한 옹기그릇이 깨진 것이라 옴팍하게 들어간 게 제법 화로 구실을 한 것 같았다. 야경꾼들이 자는 방 아궁이에는 야경꾼들이 집에서 두세개비씩 가져온 장작을 아궁이가 미어지게 지폈다. 밤중이라 아궁이에는 불이 사그라졌겠지만, 아직도 덜 사그라진 숯불이 묻혀 있을 것 같았다. 나는 전달이 오기를 기다렸다.

"육버언!"

"예에!"

"잠을 자도 눈은 뜨고 자라고 전달!"

"예에!"

나는 얼른 칠번인 영감한테 전달을 보내놓고, 보리밭을 무질러 야경꾼들 숙사로 달렸다. 아궁이가 화끈한 게 재 속에 불잉걸이 있을 것 같았다. 부지깽이로 후비자 부지깽이 끝에 물컹한 감촉이 느껴져왔다. 다시 가만가만 후볐다.

'하! 이게 뭐야?'

환하게 뒤집힌 숯불 속에서 고구마가 덜렁 뒤집혔다. 아닌 밤중에 홍두깨가 아니라 큼직한 고구마가 두개나 되었다. 나는 혼자 킬킬거리며 고구마를 끌어냈다. 주위를 한번 돌아봤지만 어둠속에 누가 있을 리 없었다. 방에서는 코 고는 소리뿐이었다. 불속에서 금방 꺼낸 고구마를 검부나무에 얹고 초소를 향해 뛰었다. 다음에 와서 부지깽이로 아궁이를 휘저을 고구마 임자 상판이 떠올라 절로 웃음이 나왔다. 껍질을 벗기고 후후 불어 한입 베물었다.

"어쿠"

너무 뜨거웠다. 그때 전달이 오고 있었다. 우물우물해서 꿀꺽 삼켰다. 목구멍이 째지는 것처럼 뜨거웠다. 저쪽에서 전달이 오고 있었다.

"육버언!"

나는 대답할 수가 없었다.

"유욱버언!"

"유우욱버어언!"

그동안 나를 부르는 전달 소리는 목이 찢어지고 있었다. 세번째 불러서야 겨우 대답했다. 전달을 받아 다음번에게 보내놓고 숨을 돌렸다. 나는 고구마를 먹으며 혼자 킬킬거렸다. 고구마 임자를 생각하면 웃음을 참을 수가 없었다. 집에서 여기까지 소중하게 가지고 와서 자라가 모래밭에 알 묻어놓듯 묻어놨을 게 아닌가? 그런데 군침을 삼키며 달려와서 뒤져보니, '어? 이런 어떤 쌍!' 나는 또 혼자 킥킥거렸다.

큼직한 고구마를 두개나 먹고 나니 미상불 배가 두둑하고, 허리띠에 빠듯이 힘이 찼다. 배가 부르니 어느새 추위도 가시고, 지겹던 야경이 되레 휘파람이 나올 것 같았다.

"육버언"

"예엣!"

"모레가 섣달 금날이라고 전달!"

나는 본부에 앉아 있는 의경 녀석이 떡 생각이 난 것 같아 혼자 웃고 나서 칠번을 불렀다. 대답이 없다.

"칠버언!"

역시 대답이 없다.

── 저 영감이 잠자나?

"치일버언!"

"예!"

대답소리가 엉뚱한 데서 났다. 아까 내가 다녀온 야경꾼 숙사 쪽이었다.

— 변소에 갔던가? 보리밭을 파고 적당히 봐버리지. 고지식하긴.

"모레가 섣달 금날이라고 전달!"

뭘 꾸물거리고 다니느냐는 듯 나무라는 조로 소리를 질렀다.

"예!"

영감은 바삐 뛰었던지 대답소리가 자기 초소에서 났다. 그때 얼핏 스치는 게 있었다. '가만있자. 아까 그 고구마가 저 영감 것이 아니었을까? 어라!' 틀림없이 영감 것 같았다. 아무리 고지식한 영감이라도 넓은 밭 놔두고 용변을 보러 숙사까지 갔을 리가 없다. '그럼 하나는 남겨둘걸.'

그 고구마 임자가 영감이란 건 전혀 뜻밖이었다. 고구마는 으레 우리 같은 아이들이나 구워 먹는다고 생각했기 때문이다. 아까 그 유난히 춥고 초췌해 보이던 영감 모습이 떠오르며 정말 못할 짓을 한 것 같았다. 영감은 배고픈 것도 고픈 것이지만 우선 그것으로 추위를 녹이려고 묻어놨을 것 같았다. 더구나 이렇게 꽥꽥 고함을 지르면 젊은 녀석들보다 훨씬 더 허기가 질 게 아닌가?

나는 고구마 껍질을 어둠속에서 모아 멀리 팽개쳐버렸다. 영감에게 들킬까 싶어서가 아니라, 고구마를 훔쳐 먹은 사실을 그렇게 부정하고 싶었는지 몰랐다. 어느새 또 전달이 왔다. 나는 얼른 대답했다.

"가운뎃다리가 떨린다고 전달!"

— 뭐 가운뎃다리? 킬킬킬.

나는 그 기발한 표현에 한참 웃었다. 마침 사춘기에 접어들 무렵이라 그런 말이라면 배꼽을 쥘 때였다. 웃고 나서 영감을 부르려다 멈칫했다. 나이 많은 영감한테 그런 상스런 소리를 그대로 전해주기가 거북했기 때문이다. 영감이 내 부름에 깍듯이 "예, 예" 하는 것도 좀 안됐다 싶었는데, 아무리 이런 야경이라 하지만 이건 좀 심한 것 같았다. 잠시 심란해 있다가 옳지, 했다.

"팔버언!"

칠번인 영감을 건너뛰어 팔번을 불렀다. 크게 부르지 않아도 들린다.

"예에."

영감이 대답을 했다.

──저런 눈치 없는 영감!

"파알버언!"

다시 목청이 찢어져라 또 팔번을 불렀다.

"예에."

또 영감이 대답했다. 육번인 내가 부르니까 으레 칠번인 자기를 잘못 부른 거라고만 생각하는 것 같았다. 저쪽 팔번도 듣고 있겠지만 같은 생각인지 대답하지 않았다. 나는 다시 한번 '팔' 자에 힘을 주어 악을 썼다.

"아, 예에!"

대답을 해도 왜 자꾸 부르기만 하느냐는 역정이 섞인 대답이었다. 번호마저 틀리게 부르는 주제에, 악은 또 무슨 쥐뿔 났다고 꽥꽥이냐는 핀잔도 섞인 것 같았다. 고구마까지 도적맞고 가뜩이나 속이 상한 판이라 역정이 날 법도 했다. 할 수 없었다.

"가운뎃다리가 떨린다고 전달!"

나는 던지듯 내뱉었다. 고구마를 훔쳐 먹은 죄가 있어 한껏 호의를 베푼 것인데, 눈치 없이 대답만 하니 도리가 없었다.

영감은 잠시 조용했다. 다음번을 부르지 않았다. 기가 막혀 있는 모양이었다. 도적까지 맞고 가뜩이나 속이 상해 있는 판에 손자 같은 녀석한테서 엉뚱한 '고구마'를 받아냈으니 기가 막힌 것 같았다. 그렇지만, 그걸 혼자 어물어물해버릴 수도 없는 판이라 하는 수 없이 팔번을 불렀다. 나는 키들거리며 귀를 기울였다.

"떨린다고 전달!"

——하!

방정맞은 부분은 떼어버리고 꼬리 부분만 전한 것이다. 나는 또 한참 킬킬거렸다. 그런데, 그다음에는 더 험한 전달이 오고 있었다. 조용한 밤중이라 서너번의 저쪽에서 보내는 전달 소리가 그대로 들린다.

"가운뎃다리는 어떤 개새끼가 잘라먹었느냐고 전달!"

본부초소의 의경 녀석이 심통을 부린 것이다. 제 깐에는 농담을 한 것인데 가운데 다리가 잘려 오자 심술이 난 모양이었다. 나는 저 영감이 괜히 저 녀석 심통을 건드리지 않나, 은근히 겁이 나기도 했다. 그러나 나도 하는 수 없이 영감을 불러 그대로 전해주었다. 영감도 찔끔했던지 이번에는 제대로 전했다.

그때 본부에는 제 녀석 말대로 '어떤 개새끼'가 앉았던지, 교대할 때까지 계속 그런 상소리로 심술을 부렸다. 아까 그 정도는 약과고, 도무지 입에 담을 수 없는 상소리를, 정신을 차릴 수 없을 만큼 퍼부어댔다. 그러나 6·25 뒤의 서슬이 시퍼런 순경들한테 따지고 나설 사람은 아무도 없었다.

나는 그날 저녁 일이 오래도록 잊혀지지 않았다. 우리 고장은 다른 데 비해서 6·25의 피해가 별로 없었고, 유독 우리 동네는 좌익이든 우익이든 죽이고 죽을 만큼 잘난 사람도 없고, 큰 부자도 없어서 그 엄청난 난리판에도 사상 문제로 죽이고 죽은 사람은 하나도 없었다. 그래서 나는 6·25라면 기껏 그 대울타리와 거기서 야경하던 일이 떠오르고, 특히 그날 저녁 고구마와 그 상스러운 '전달'로 위신이 엉망이 되어버렸던 그 영감님 기억이 오래 남아 있었다.

하여간 본의도 아니고 내 탓도 아니었지만, 할아버지도 한참 위 할아버지뻘인 영감에게 몹쓸 짓을 하고 말았는데, 그다음에는 더 험한 짓으로 그 영감에게 두번째 피해를 주었다.

고등학교 이학년 때던가, 하여간 훨씬 철이 들어서였다. 하루는 군대 갔다가 휴가 온 사촌 형과 함께 모처럼 동네 사랑방에 나갔다. 한참 웃고 떠들다보니 어쩐지 좀 싱거운 것 같아 나는 불쑥 엉뚱한 말을 했다.

"야, 우리 닭서리 한번 하자!"

"닭서리? 하, 좋지!"

모두 그걸 몰랐다는 듯이 손뼉을 쳤다. 나는 이야기만 들었지 유독 겁이 많아서 그런 일이라면 꽁무니를 빼는 편이었는데, 그날 저녁에는 형이 모처럼 휴가를 왔기 때문에 뭔가 좀 신나는 일이 있어야겠다는 생각에 그런 엉뚱한 제안을 했던 것이다.

"장산리로 가자! 지난번에 우리 닭 잡아간 놈들도 틀림없이 그 동네 놈들이다."

모두 좋다고 주먹을 쥐고 일어섰다. 우리 동네가 그들한테 당했기 때문에 복수한다는 명분까지 생기자 전쟁터에라도 가는 녀석들처럼 들떠버렸다. 사태가 급진전해버리자 되레 내 편에서 겁이 났다. 제법 배짱이 있는 것처럼 큰소리를 쳤지만, 나는 남의 집에 들어가 닭을 잡아낼 만한 배짱은 없었다. 먼저 제안을 해놓고 꽁무니를 뺄 수도 없어 따라가기는 하면서도 찜찜했다. 패거리들은 복수전을 한다는 그럴싸한 명분이 있다보니 호젓한 데서는 '전우의 시체' 따위 군가까지 부르며 의기양양하게 아랫동네로 향했다.

그렇지만 웬걸, 첫 집에 들어갔다가 산통이 깨지고 말았다. 닭장에서 닭을 서툴게 잡았던지 닭이 푸드덕거리며 악을 쓴 것이다. 주인이 고함을 지르며 뛰어나왔다.

"이놈들이 또 왔구나. 이런 나쁜 놈들."

사립문께서 망을 보고 있던 나는 오금아 날 살려라 뛰었다. 주인은 고래고래 고함을 지르며 쫓아왔다.

우리는 한참 도망치다가 약속 장소에서 모였다. 다른 집을 털자는 축도 있었지만, 그 고함소리에 동네 사람들이 죄다 잠을 깼을 것 같아 그냥 돌아가기로 했다. 올 때의 기세와는 달리 패잔병 꼴로 터덜터덜 길을 되짚었다. 산모퉁이를 돌아서자 스무 며칠 조각달 달빛 아래 그 영감 외딴집이 나타났다.

"저 영감네 닭을 잡자. 저 영감 닭 우리는 마루 밑이다."

어둠속에서 누가 속삭였다. 발걸음을 멈췄지만 모두 키들키들 웃을 뿐이었다. 그 영감은 한동네 사람처럼 모두 얼굴을 잘 아는데다가, 항상 혼자 쓸쓸하게 사는 게 좀 불쌍했기 때문에 모두 비실 비실 웃기만 할 뿐 얼른 동조하는 사람이 없었다.

"괜찮아. 가자!"

한녀석이 결단을 내렸다. 속힘이 잔뜩 꼬인 목소리였다. 그 단호한 결단은 대번에 엉거주춤하고 있는 패거리들 등을 밀어붙이고 말았다. 어둠속에서 새로운 흥분이 감돌았다. 아까 잠깐 느꼈던 영감에 대한 동정은 그 단호한 결단에 금방 뭉개져버린 것 같았다. 그러나 나는 저 영감 닭만은 그래서는 안 된다는 생각이었다. 혼자 외롭고 가난하게 사는 저런 늙은이 닭을 훔쳐오는 것은, 반칙을 하고 들어가는 게임 같았다.

그렇지만 새벽 호랑이 쥐나 개나 하는 판에, 더구나 새로 붙은 불길을 끌 재간이 없을 것 같았다. 하는 대로 따를 수밖에 없었다. 결단을 내렸던 녀석이 아까 마을에 들어갈 때처럼 작전지시를 했다. 들켰을 경우 도망치다가 모일 장소는, 아까도 그랬듯이 우리 동네 반대쪽으로 한참 도망치다가 길가 큰 소나무 아래였다. 허물을 남의 동네로 뒤집어씌우자는 수작이다. 집에 들어갈 때는 변소 동정부터 살펴야 한다는 것이며, 닭을 소리나지 않게 잡는 법 등을 자세히 설명했다.

나는 아까처럼 사립문께 서 있었다. 한밤중에 누가 올 까닭이 없지만, 내가 겁쟁이인 줄 알기 때문에 그렇게 뒤에 세워놓은 것이다. 안으로 들어갔던 녀석들이 다시 나와 자기들끼리 뭐라고 한참 동안 수군거리다가 다시 들어갔다. 나는 닭서리 하자고 했던 걸 뉘우치며, 제발 영감이 자지 말고 있다가 뛰쳐나왔으면 했다.

"이놈들!"

아니나 다를까 영감 고함소리가 터졌다. 어이쿠, 나는 목표인 소나무를 향해 뛰었다.

"이 도적놈들!"

영감은 고래고래 악을 썼다. 나는 선불 맞은 멧돼지처럼 약속한 장소로 뛰었다. 영감은 계속 고함을 질렀다. 한참 뛰다 돌아보니 영감 고함소리만 들릴 뿐, 아무도 뒤따라오지 않았다.

'어라. 모두 붙잡힌 것인가?'

그렇지만 영감 고함소리는 사람을 붙잡은 소리가 아니었다. 짐승소리 같기도 하고, 절망적인 울부짖음 같기도 했다. 한참 만에 녀석들이 키들거리며 뛰어왔다. 닭을 안고 있었다. 두마리였다.

"이 도적놈들아!"

영감은 고함을 지르며 쫓아오다가 한참 만에야 그쳤다. 맨 앞에 달려온 녀석이 나한테 닭을 홀쩍 던지고, 다른 녀석도 기다리고 있던 녀석들한테 닭을 넘겼다. 이 감격을 너도 맛보라는 것이라기보다, 너희들은 이런 것이나 들고 다녀야 할 게 아니냐는 본새였다. 그런 모욕을 그대로 받아들일 수밖에 없었다.

"야야, 정말 닭 잡아오기가 이렇게 어려운 줄 몰랐다."

그들은 닭을 잡아온 이야기를 늘어놨다. 그 영감 집 닭집은 낮은 마루 밑인데, 마루 밑이 넓어 한참 들어가지 않고는 닭을 잡아낼 재주가 없더란 것이다. 그렇지만 닭을 붙잡으면 닭이 꽥꽥하고 푸닥거릴 것인데, 닭을 잡다가 닭이 소리를 지르면 영락없이 독 안에 든 쥐 꼴이 되고 말겠더라는 것이다. 그래서 비상수단을 쓰기로 했다는 것이다. 영감이 방에서 나오지 못하게 앞문과 뒷문을 밖에서 꽉 누르고, 그 틈에 한녀석이 마루 밑으로 들어가 마음대로 닭을 잡아오기로 했다는 것이다. 킬킬거리며 하는 말을 듣고 보니 아까 노인의 그 짐승소리 같던 절망적인 고함소리는 영감이 방 안에 갇혀서 지른 소리였다.

나는 참담한 기분으로 밤길을 타박거렸다. 그러다가 안고 가던 닭이 크게 푸드덕거리는 바람에 하마터면 닭을 놓칠 뻔했다. 푸드덕거리는 닭을 간신히 거머쥐고 나자 퍼뜩 후회가 스쳤다. 닭을 그냥 놓아버릴걸 하는 생각이 든 것이다. 거기는 그 영감의 밭머리라 날이 새면 집을 찾아갈 것 같았던 것이다. 이놈이 다시 한번만 더 푸드덕거리면 놔주려고 했지만, 가만있는 게 푸드덕거릴 것 같지 않았다.

전에 야경할 때 저 영감이 묻어놓은 고구마를 가져다 먹고 하나는 남겨줄걸 하고 후회했던 일이 생각나기도 했다. 이번에도 닭이 두마리이므로 이놈 하나는 놔줘도 될 것 같았다. 닭 주둥이를 꽉 쥐었다. 예상대로 푸드덕거렸다. 슬쩍 놔버렸다. 모두 깜짝 놀라 돌아섰다. 그런데 이건 또 뭔가? 이놈의 닭이 도망치지 않고 어둠속이라 그런지 그 자리에 그대로 서 있었다.

이번 대학 운동장 부지 사건 때문에 영감에게 준 피해는, 그러니까 나로서는 세번째였다. 두번은 본의는 아니었지만 어떤 방식으로든 영감에게 험상스런 피해를 주는 곳에 내가 끼여 있었다. 옛날 일이 이번 일과 다른 점이 있다면, 옛날에는 내가 가해자였다는 것을 영감이 모르고 있다는 것뿐이다.

그러나 영감에 대한 옛날 일은 얼마 전까지만 하더라도 그저 한 번 그런 일이 있었다는 정도의 추억거리라 할 수 있는데, 영감이 요즘 날카로운 눈으로 나를 노려보는 것을 보자, 옛날 일들까지 그 눈으로 환히 꿰뚫어보고 있는 것 같아 영감을 볼 때마다 가슴이 철렁했다.

　이 골목으로 이사 온 다음 날 그 골목을 나오다가 우뚝 걸음을 멈추었다. 그 영감이 쪽마루에 앉아 있었던 것이다. 나는 가슴이 찌르르 하는 절망감을 느끼며 그 자리에서 발걸음을 멈췄다. 대학 부지 때문에 그 영감 집을 부순 다음이라 그 충격이 더 컸다. 그렇지만 어제 이사 온 집을 다시 옮길 수도 없고, 하는 수 없이 그 골목을 드나들 수밖에 없었다. 그 영감 앞을 지나면 살쾡이 콧김 쏘인 닭처럼 도무지 맥을 추지 못했다.

　골목을 드나들 때만 그런 게 아니었다. 날이 갈수록 반송장이 되어가는 영감의 그 음침한 눈이 떠오르면 도무지 견딜 수가 없었다. 더구나 얼마 전부터는 옛날 닭을 잡아올 때 그 절망적인 비명소리까지 들리는 것 같았다. 영감이 저러다가 죽으면 틀림없이 원귀가 될 것 같았고, 그 원귀는 나를 따라다닐 것 같았다.

　그래서 요 며칠 동안은 진창 술이었다. 어제저녁에는 몸을 가누지 못할 만큼 취했다. 그러자 그 영감한테 한바탕 따지고 싶은 배짱이 생겼다. 정말 야무지게 따져야겠다고, 호기 있게 골목으로 들어갔다.

　"으흠!"

　그 판잣집 가까이 이르자 헛기침으로 배짱을 가다듬었다. 그러나 배짱이 가다듬어지기는커녕 취했던 술기까지 싹 달아나버렸다. 더구나 집에 불이 꺼져 있는 것을 보자 더럭 겁이 났다.

"커음!"

술기운을 되살리듯 매듭 힘을 쓰며 아까보다 더 크게 헛기침을 했다. 그렇지만 정신만 더 말똥말똥해지며 그제야 통금이 지났다는 생각이 들었다. 근처에는 가로등도 없다. 갑자기 어디 공동묘지에라도 혼자 와 있는 것 같고, 그 음침한 판잣집에서 그 영감이 귀신처럼 뛰쳐나올 것 같았다. 등줄기에 소름이 찌르르 끼쳤다. 가만가만 옆걸음으로 우리 집을 향해 발걸음을 옮겼다. 목덜미에 선득선득한 간지러움을 느끼며 정신없이 골목으로 들어갔다. 우리 집 대문에 붙어 안에서 비쳐오는 외등 불빛에 겨우 숨을 돌렸다. 그러고 나니 너무 놀란 것에 울화가 치밀었다. 홧김에 다시 한발 나가 영감 판잣집을 노려봤다.

"망할 놈의 영감태기 칵 뒈져버려라!"

앞에 있는 돌멩이를 사정없이 그쪽으로 걷어찼다.

"어쿠!"

순간 땅속에서 무엇이 내 발목을 확 낚아채는 것 같은 충격을 느끼며 길바닥에 발랑 나동그라졌다. 벌떡 일어났다. 희미한 외등 불빛에 땅에 박힌 돌부리가 보였다. 꼭 귀신의 시커먼 손끝 같았다.

아침에 눈을 뜨자 아내는 웬 주정을 그렇게 하느냐고 깔깔거렸다. 속이 메스꺼워 얼굴을 찡그리면서도 짚이는 게 있어 뭐라 하더냐고 물었다. 아내는 처음 보는 내 술주정이 재미있었던지 내 목소리까지 흉내 내며, 내가 했다는 말을 했다.

"음, 영감! 내가 말이지요, 이래 뵈도 내가 시시한 놈이 아니요. 그게 어디 학장 윤××이 잘못이지 내가 무슨 죄가 있단 말이요, 엉? 내가 아무리 당신네 고구마하고, 닭을 훔쳐다 먹었지만 그게 언제 일이라고 날마다 그렇게 노려보냐 이거요. 그까짓 것 언제든지 갚아주고 말겠어. 틀림없이 갚겠어요. 고구마 두개하고 닭 두마리쯤 문제없습니다. 그리고 말이지요, 나도 내일은 사표를 써가지고 말이지요, 그 윤××이 책상에다 꽝, 던져버리겠어요. 으음 두고보라고요. 내가 사표를 꽝 내는지 안 내는지 두고 봐요!"

아내는 말을 하면서도 웃느라 자꾸 말이 끊겼고, 나는 소한테 물린 놈처럼 뻥하게 웃고 있었다.

그런데 다음 날 끝내 끔찍한 일이 벌어지고 말았다. 나는 어제 술주정하면서 했다는 사표 문제를 생각하며, 학교 앞 대폿집에서 두어잔 걸치고 자리를 옮기려는 참이었다. 느닷없이 밖에서 '불이야!' 소리가 났다. 밖으로 나가다가 나는 그 자리에 굳어버렸다. 지난번 망가뜨려놓은 집 나무에 불이 붙은 것이다. 한군데가 아니고 부서진 네채에서 모두 불길이 오르고 있었다. 휘발유를 끼얹었는지 불길은 엄청났다.

'철저하구나.'

나는 구경꾼들에 밀리다시피 불타는 근처에까지 갔다. 멀리서 소방차 싸이렌 소리가 울려왔다. 그때였다.

"이 도적놈들아!"

갑자기 째지는 소리가 났다. 그 영감이었다. 영감이 구르듯 달려왔다. 어디서 저런 힘이 나올까 싶게 달려왔다. 영감은 고함을 지르며 아차 할 새도 없이 집이 타는 불속으로 휙 뛰어들었다. 몸뚱이가 불속에서 한바탕 푸닥거리며 잠시 그 부분 불길이 조금 헷갈리다 말았다. 구경하고 있던 사람들은 모두 그대로 멍청하게 서 있었다.

소방차가 그 영감이 뛰어든 곳에다 집중적으로 물을 뿜었다. 시커먼 시체가 나타났다.

나는 사표를 내기로 마음을 굳혔다. 까짓것, 하다 못하면 연탄 수레를 끌겠다는 생각으로 용단을 내린 것이다. 무엇에 잔뜩 눌렸다 빠져나온 것 같았다. 나는 경리과로 가서 월급을 가불받았다. 우선 영감의 조문부터 해야 할 것 같아 이렇게 굽실거리는 것도 이것이 마지막이다 생각하며 이천환을 가불했다.

'영감 조의금은 이것이면 되겠지. 옛날 닭 값을 갚는다고 주정을 했다는데, 이게 닭 두마리 값 푼수는 더 되겠지. 모르겠다. 못 되면 영감더러 손해를 보라지. 참, 야경할 때 고구마 값도 있지. 가만있자 옳지, 마침 이백환이 있었구나. 허, 이거 고구마 한알에 백환이라. 비싼 고구마 먹었는걸.'

기분이 풀린 다음이라, 이런 익살스런 생각까지 하며 잉크병에 철필을 찍었다. 젊은 사람치고는 달필이라고 칭찬받는 글씨였다.

'어? 이건 또 뭐야?'

엉뚱하게 '축(祝)' 자를 썼다. 쓴웃음을 웃으며 구겨버리고 다시 '근표조의(謹表弔意)'를 정중하게 썼다. 내친김에 사표도 써버렸다. 사표와 조의금 봉투를 안 포켓에 넣고 나왔다.

영감 집 가까이 가자 저만치 상여가 보였다. 상여를 보는 순간 가슴이 덜컥하며 갑자기 발걸음이 더뎌졌다. 절을 하고 어쩌고 하면 번거로울 것 같고, 또 상여 곁에서 머물기가 꺼림칙했다. 상여가 나가고 아직 영호가 마련되지 않은 틈에 슬쩍 조의금만 밀어넣고 바로 나올 작정이었는데 낭패였다.

한참 머뭇거리다가 마음을 다져먹고 다시 발걸음을 옮겼다. 이렇게 된 바에는 제대로 조문을 하자고 생각한 것이다. 그러나 몇발짝 못 가서 다시 발걸음이 멎어졌다. 차일 밑에 내놓인 관을 보자 끔찍해서 가까이 가고 싶지 않았다. 그 앞에 엎드리면, 관 속에서 영감이 벌떡 일어나 나를 노려볼 것만 같았다. 불에 타서 시커멓게 된 시체가 눈만 허옇게 뜨고 나를 노려볼 것 같은 환상에 오싹 소름이 끼쳤다. 바로 돌아서서 저만치 걷다가 다시 돌아보았다. 실없이 가슴이 심하게 뛰고 있었다. 길가 술집으로 들어갔다. 술을 마시며 상여가 나가기를 기다리기로 했다.

오늘은 마침 토요일이라 이삿짐을 정리하려 했는데 별수 없이 늦어지겠다. 영감이 죽고 난 다음에는 그 골목이 더 끔찍할 것 같아 부리나케 서둘러 셋방부터 옮겼다. 정종을 맥주 컵으로 한잔 단숨에 들이켰다. 술기가 오르면 담도 생길 것 같았다. 다시 한잔을 시켜놓고 잠시 생각에 잠겼다.

조문보다 사표를 내고 났을 때의 일이 다시 암담했다. 아내 얼굴이 어른거렸다. 갓 결혼한 남편이 실직을 하면 아내의 실망은 얼마나 클 것인가? 흔들리는 마음을 추스르듯 마지막 잔을 비우고 일어서다가 그 자리에 굳어 서고 말았다. 술값이 없다는 생각이 그때야 머리를 쳤다.

"여기 얼마죠?"

"팔백환입니다."

어느새 넉잔이나 마셨다. 잠시 암담한 꼴로 거기 서 있었다. 할수 없었다. 조의금에서 지폐 여덟장을 뽑아 주었다. 그러자 부의지를 새로 써야 했다. 떫은 감 먹은 기분으로 문방구를 찾아 한참 서성거렸으나 문방구는 없고 깨끗한 술집이 하나 있었다.

"아주머니 정종 대포로 한잔!"

"안주는 안 하세요?"

"안주요? 필요 없습니다. 지금 통닭을 한마리 먹고 있는 중입니다."

"통닭을 자시고 계셔요? 깔깔."

"하하. 거의 다 먹고 다리 하나쯤 남아서 마저 먹으러 왔습니다."

"깔깔."

"하! 이렇게 예쁜 아가씨도 있었나? 이리 와!"

"저도 한잔 주시겠어요?"

"가만있자. 그건 안 되겠는걸. 이걸 나눠 마시자!"

"아이, 시시해. 그런 술을 누가 마셔요?"

"이거 난처한걸. 응, 됐다. 좋아. 넌 고구마를 먹어라! 아주머니 여기도 한잔!"

"뭐, 고구마? 어이구 주책."

"아야야. 꼬집지 마라. 진짜 고구마다. 정말 넌 고구마를 먹고 난 닭을 먹는 거야. 하하."

"깔깔. 닭은 자꾸 무슨 닭이지요?"

"응, 지금 어떤 맹꽁이 같은 영감한테 닭값 외상을 갚으러 가다가 그걸로 술 마시는 중이야. 하하. 한마리 값은 남기자니 내가 쪼다가 되는구나. 헌데, 너 말이야 쏘크라테스란 사람 아나?"

"몰라요. 미국사람인가요?"

"하하. 맞았어. 미국사람인데 천하에 맹꽁이 같은 작자야."

"깔깔. 왜 그래요?"

"이 친구가 어떤 농부한테 닭을 한마리 외상 졌거든. 그런데, 죽을 때 제자들이 마지막 하실 말씀이 없느냐니까, 그 닭 값을 갚아 달라고 부탁을 했다는 거야. 하하."

"그런 사람만 살면 세상이 얼마나 좋겠어요?"

"뭐라고? 애개 이런 맹추. 인마, 세상은 좋지만 제 놈은 처자식 굶겨 죽이기에 알맞지 뭐야. 그런 맹꽁이니까 미국 같은 나라에서도 계집 하나 감당 못하고 천하에 없는 공처가가 된 거야. 만약에 그 친구가 한국에서 났어봐라. 공처가가 아니고, 놀랄 경(驚) 자 경처가가 되고 말았을 게다. 하하."

"깔깔. 경처가?"

"하하. 이런 맹꽁이 같은 친구들을 우리말로 풀어서 하면 뭔 줄 아냐? 아내무섭장이가 아니고 아내놀람장이야. 하하."

"깔깔. 이제 술은 그만하시겠어요?"

"응. 가만있자. 허 참. 조문을 가야 하는데……"

"이렇게 술이 취해가지고 어디로 조문을 가요."

"그래. 내가 취했나? 어어. 벌써 밖이 어두워졌군. 이거 곤란한데, 엣다 모르겠다. 아주머니 여기 또 한잔! 몽땅 외상이다."

"어머. 외상은 안 돼요!"

"뭐라고? 으음, 술값 말이군요. 건 외상 안 해. 닭값이야 닭값. 하하."

"닭은 자꾸 무슨 닭이에요. 깔깔. 어머머 조심하세요."

"염려 놓으셔. 내가 요까짓 것 마시고 자빠질 것 같아? 너 그러고 보니 사람을 막 우습게 보는구나. 근데, 넌 왜 안 마시지? 마셔! 술 값일랑 염려 탁 놓고 마셔. 닭 한마리 값을 또 헐었으니 염려 탁 놓고 마셔라, 이거야."

"깔깔. 그런데, 아까 그 제자들은 닭값을 갚아줬나요?"

"응, 그 닭값 말이지. 그 제자 놈들이 닭값을 갚아줬느냐 이거지? 가만있자. 응 그 작자들도 선생 앞에서는 예예 해놓고 말이지, 갚으러 가다가 그걸로 술 처먹고 말았을 거야. 하하하."

"깔깔깔."

『월간문학』 1971년 3월호(통권 4권 3호): 2007년 7월 개고*

* '영감님 빠이빠이'→'영감은 불속으로' 작품명 변경.

사모곡
A단조

이 괴상스런 사건을 나 혼자 마음속에 간직해두고는 견딜 수 없다. 지난번 ××광산 낙반사고로 사흘 동안이나 땅속에 파묻혔다가 가까스로 구출된 내 친구가, 이번에는 뜻밖에도 여관집 오층 옥상에서 떨어져 죽어버렸다. 그런데 그 죽음 뒤에 숨어 있는 사실을 어떻게 보아야 할 지 알 수 없다.

　우선 그게 자살이냐, 실족이냐부터 의견이 엇갈렸다. 경찰은 자살로 단정하지만, 건너편 길가에서 그가 떨어지는 것을 똑똑히 보았다는 사과 장수는 틀림없이 실족이라고 우겼다. 옥상에서 갑자기 노랫소리가 나서 쳐다봤더니 잠바 호주머니에 한 손을 찌른 채 앞으로 넘어지더라는 것이다. 사과 장수는 그게 자살이라면 죽을 사람이 무슨 산보라도 가듯 천연덕스럽게 호주머니에 손을 찌르고 떨어지겠느냐고 흥분했다.

그러나 경찰은 달랐다. 우선 그날 써놓은 일기를 보더라도 그렇고, 호주머니에 손을 찌르고 떨어진 것이 좀 이상하기는 하지만, 그게 실족이라면 발이 삐뚝 하는 순간부터 두 손을 허공에 허우적거릴 것이므로, 그게 되레 자살의 뒷받침이 되었으면 되었지 실족의 증거로 볼 수는 없다는 것이다. 그러나 어느 쪽으로 보든 포켓에 손을 찌르고 떨어졌다는 것은 상식으로는 이치에 맞지 않았다.

그는 친척이라고는 아무도 없는 고아로 자랐기 때문에, 그가 일했던 광산 직원이자 그를 광산에 소개한 내가 시체 처리에 필요한 수속서류에 도장을 찍고, 일기 등속의 소지품 몇가지를 연고자가 나타나면 돌려준다는 조건으로 인수해 왔다. 그런데 그 일기를 읽다가 그의 과거 속에 도사리고 있는 처참한 사건에 몸서리를 쳤다. 더구나 나를 사로잡은 것은 지난번 그가 굴속에 갇혔던 낙반사고가 우연이 아니고, 그가 저지른 폭파가 아니었나 하는 의혹이었다.

그 낙반사고는 처음부터 석연치 않은 구석이 있었다. 그가 무엇 때문에 폐갱(廢坑) 속을 그토록 깊숙이, 더구나 혼자 들어갔느냐는 것도 그렇지만, 낙반치고는 너무 큰 소리가 울렸다는 점이다. 그래서 누가 일부터 폭파한 게 아닐까 의심하는 사람도 있는 것 같았다. 그렇지만 그게 폐갱이므로 누가 폭파했든 회사에 손해를 끼칠 목적보다, 그 친구에 원한이 있는 사람의 소행일 가능성이 많아 회사는 쉬쉬해버렸다. 그러지 않아도 그 친구 구조에 회사는 적지 않은 손해를 보았는데, 폭파 여부의 확실한 증거를 찾자면 위아래로 얽히고설킨 갱도를 말짱 파헤쳐야 할 판이라, 위험도 위험이지만 비용 또한 적지 않았다. 그를 구조할 때는 옆 갱에서 굴을 뚫었기 때문에 낙반 부분은 전혀 손을 대지 않았다.

그런데 죽으려면 이번처럼 어디 높은 데서 뛰어내리든지, 독약을 먹으면 간단할 것인데, 왜 하필 그 어둡고 답답한 갱 속에서, 또 제 몸뚱이까지 폭파시켜 폭삭 파묻히는 것도 아니고, 거기 유폐만 되었던 게 의문이었다. 도대체 알 수 없는 일이었다.

나는 그가 죽기 직전에 써놓은 일기부터 읽기 시작했다.

눈을 뜨자 찬란한 아침 햇살이 창에 가득했다. 방을 옮기기를 얼마나 잘한 일이냐? 나는 탄성을 지르듯 자리를 박차고 일어나 활짝 창문을 열었다. 서울 시가지가 눈앞에 가득 펼쳐졌다. 그러나 나는 금방 실망하고 말았다. 창호지에 비쳤던 햇살과는 너무도 다르게, 시가는 희부연 안개로 덮여 있는 게 아닌가? 햇빛 쏟아지는 봄 들판의 그 화창한 광경을 상상하며 창문을 열었는데, 온 시가지가 안개 낀 듯 우중충하다. 지난번 나를 짓눌렀던 고뇌와 우울이 희부연 안개로 서울을 덮고 있는 것 같았다. 어머니에게 환성을 치며 달려들었다가, 뜻밖에 무색을 당한 어린아이의 떨떠름한 얼굴로 나는 문을 닫았다. 다시 이불 속으로 기어들었다. 작년에 이 서울을 등지고 광산의 땅굴 속으로 기어들었듯이, 이불 속에 깊숙이 파고들어 몸을 웅크렸다.

나는 이제 어떻게 해야 하는가? 휴가는 오늘로 끝난다. 광산에는 죽어도 다시 가고 싶지 않다. 그 어둡고 답답한 굴속은 생각만 해도 지겹다. 서울? 이 삭막한 서울의 어디에 또 몸뚱이를 부비고 들어간단 말인가? 나는 이십오년 동안, 광산 갱구를 파고 들어가듯이 답답한 시간을 헤치며 무언가를 찾아 열심히 내 인생의 갱구를 파 들어왔다. 그러나 그 속에서 나는 무엇을 얻었는가? 내 인생은 처음부터 광맥이 없는 흙벽이었을까?

창밖에는 사람들이 살고 있는 세상이 있다. 그들은 저마다 무엇인가를 향해서 부산스럽고 악착스럽고 그리고 즐거운 것 같다. 시간이란 것이 나에게는 이렇게 닝닝한 맹물인데 저 많은 사람들에게는 뜀박질을 하고, 종종걸음을 쳐야 할 만큼 소중한 것 같다. 지금 나에게는 목구멍을 연장시켜주는 의미밖에 없는 돈이란 것을 위해서 저 사람들은 치고 박고, 악다구니를 쓴다. 그들은 저마다 한몫씩의 소중한 생활이란 광구를 가지고 그렇게 바쁘고 악착스럽다.

나는 꼬박 열흘 동안 이렇게 뒹굴며, 내 곁으로 스쳐가는 시간을 답답하게 견디고 있었다. 오늘까지는 그래도 휴가라는 한정된 시간의 의미가 있다. 이 시간 밖으로 밀려나면 나는 어떻게 되는가? 거리의 저 사람들 속에 무작정 뛰어들어 한번 비벼볼까? 그러면 나에게도 그럴듯한 생활을 붙잡지는 못하더라도 무슨 단서가 붙잡힐지 모른다.

나는 밥을 먹고 오랜만에 밖으로 나갔다. 오늘은 일요일이라 소풍객이 많았다. 어린아이 손을 잡은 부부가 가고, 륙색을 짊어진 젊은이들은 어느 대학 산악반 학생들인 것 같다. 버스를 전세 낸 사람들은 어느 돈 많은 회사 사원들이겠지. 나도 저들이 가는 유원지에나 한번 가볼까? 그렇다. 유원지가 좋겠다.

빈 차가 하나 왔다. 손을 들었다. 어느새 곁에 있던 사람이 가로

채버렸다. 젊은 부인이었다. 또 하나가 왔다. 손을 들었다. 이번엔 젊은 남녀들이 인도에서 뛰어내려 낚아챘다. 또 왔다. 손을 들었다. 어느 고등학생 녀석이 튀어나와 문을 잡고 매달렸다. 또 왔다. 이번에는 뺏기지 말아야지. 날쌔게 쫓아갔다. 한발 늦었다. 또 왔다. 누가 내 소매를 잡아 홱 제쳤다. 건장한 중년 사내였다. 나를 잔뜩 흘겨보며 차 속으로 들어간다. 염치없는 녀석이란 눈초리다. 그러다가 겨우 차를 탔다.

"어디로 갈까요?"

"곧장 갑시다."

나는 눈을 감으며 쿠션에 등을 기댔다. 택시 잡는 데 삼십여분 동안이나 실랑이를 쳤다. 아니, 그것은 실랑이가 아니고 싸움이었다. 사람과 싸움이고, 염치와 싸움이었다.

"어디로 가시죠?"

"곧장!"

곧장 가면 어느 쪽이든 도심을 빠져나가게 될 것이다. 그리고 거기 유원지가 있겠지. 그보다 오래 이 택시 속에서 혼자만의 시간을 갖고 싶었다. 머릿속은 서울의 소음처럼, 벌이 부웅 날개를 떠는 소리로 가득 차 있다. 여남은번 손을 든 가운데서 적어도 다섯대는 내 차례였다. 우선 그들은 거기에 나보다 뒤에 왔던 것이다. 그들은 모두 내 것을 빼앗아 갔다. 나에게 눈을 흘겼던 사내, 그는 다가오는 택시에 나보다 먼저 손을 들었어야 나에게 눈을 흘길 수 있을 게 아닌가? 그렇지만, 그는 내 뒤에 왔고 차가 오자 내 앞으로 훌쩍 나갔던 것이다. 그 사내처럼 흘기기로 하면 나는 흘길 사람이 얼마나 많았던가?

달리다보니 웬 사람들이 줄을 서 있었다. 창경원이었다.

"스토옵"

택시는 찌지직 타이어를 포도 위에 끌며 급정거를 했다. 운전사는 겁먹은 얼굴로 주위를 두리번거리더니, 기분 나쁜 얼굴로 나를 돌아봤다. 나는 얼굴을 붉혔다. 스톱 소리가 나도 깜짝 놀랄 만큼 컸던 것이다. 운전사 상판이 아까 그 녀석보다 더 험했다. 나는 비참한 표정으로 웃으며, 백원짜리 한장을 던지고 도망치듯 빠져나왔다. 참담한 기분이었다. 너무 경망했던 내 행동에, 운전사에게 흘렸던 비굴한 웃음에 역정이 끓어올랐다. 나는 거기 그대로 서서 한참 울화를 삭였다.

무엇 때문에 그토록 큰 소리가 나와버렸는지 모를 일이었다. 목적 없이 가다가, 갑자기 가고 싶은 곳이 나타났기 때문인 것도 같고, 거기 붐비는 인파 속에 파묻혀 몸뚱이를 부비고 싶은 충동 때문이었던 것 같기도 했다. 그러나 내려놓고 보니, 기분도 기분이지만 줄을 서 있는 인파 속에 들어가기가 끔찍했다. 나는 사람 속에 끼기만 하면 언제나 이렇게 엉망이 되어버린다. 택시를 잡을 때부터 지금까지만 하더라도 이게 뭐란 말인가? 지금 나에게 안정을 주는 곳은 열흘 동안 혼자 처박혔던 여관방이란 공간뿐인 것 같았다. 그렇지만 다시 그 속에 처박힐 수는 없다. 이 사람들 속에 뚫고 들어가야 한다. 나는 항상 이렇게 떨떠름한 기분으로 엉거주춤 서성거리기만 하기 때문에, 무엇 하나 제대로 되는 것 없이 도무지 뒤죽박죽이 아닌가?

매표구 앞 인파 속에 몸뚱이를 디밀었다. 밀치고 닥치는 속에 지그시 몸뚱이를 내맡겼다. 이리저리 밀쳐져 매표구까지 저절로 떠밀려 갔다. 매표소 앞에서만 잠깐 힘을 주어 표를 사 들고, 또 그렇게 떠밀려서 안으로 들어갔다. 안에 들어서자 내 곁에 붙었던 사람들이 뿔뿔이 떨어져 나갔다. 허공에 홀링 혼자인 것 같은 공허감이 느껴지며, 이번에는 어디로 가야 할는지 막연했다.

왼쪽 무슨 우리 곁에 사람들이 많이 달라붙어 있었다. 그쪽으로 갔다. 독수리 따위 맹금류였다. 사람들의 물결을 따라 몇 종류 구경하자 금방 싫증이 났다. 이런 데 가져다 둔 맹금이라면 우선 크기부터 엄청나고, 무섭기도 한눈에 소름이 오싹 끼칠 줄 알았다. 그런데 이건 반쯤 죽여 털을 뜯다 둔 것 같았다. 눈알에서는 표독스런 독기가 아니라, 말기 환자의 퀭한 눈처럼 피로가 느껴졌다.

삼만 인파, 오만 인파 하던 동물원이 기껏 이거냐 싶었다. 그 삼만 오만 하는 세상 사람들의 호기심에 배신을 당한 기분이었다. 그런데 그런 실망보다 다른 사정 때문에 나는 발을 멈췄다. 이제 보니 어느새 사람들이 나하고 반대 방향에서 이쪽으로 거슬러오고 있었다. 내가 거꾸로 거슬러가며 구경하고 있는 것 같았다. 넥타이까지 맨 주제에 저게 뭐냐고 눈을 흘겼을 걸 생각하니 얼굴이 화끈했다. 돌아보니 정문 맞은편 저만치에 사람들이 몰려 있었다. 그쪽으로 갔다. 거기는 호랑이 따위 맹수였다. 실망은 여기서도 마찬가지였다. 영화에서 보았던 것보다 훨씬 맥이 빠져 있었다. 아까처럼 반대편에서 사람들이 오고 있었다. 나하고 같은 방향인 사람들도 있지만, 저쪽에서 훨씬 많은 사람들이 왔다. 잠시 망설이다가 정문

께로 가보았다. 어느 방향으로 구경하라는 안내가 있을 것 같았으나 그런 것은 없었다.

피로가 느껴졌다. 한두개 있는 벤치는 사람들이 차지하고 있었다. 나는 거기 엉거주춤 서서 멍청하게 사람들을 보고 있었다. 시골서 갓 올라온 듯한 늙은 부부와 그를 안내하는 듯싶은 젊은 부인, 공장 직공인 듯 아직 촌티를 설벗은 아가씨들, 조잘대는 꼬마의 손을 잡은 젊은 부부, 혼자인 것은 나뿐이었다. 더구나 넥타이까지 맨 젊은 사람은 하나도 없었다. 모두들 격에 어울리게 와서 격에 어울리게 즐기는데, 나는 지금 쥐구멍에 들어온 벌처럼, 여기서도 엉뚱한 곳에 와서 제자리가 없이 엉거주춤하고 있는 꼴이었다.

내 나이에 더구나 혼자 동물원이나 기웃거린다는 게 어울리지 않는다는 걸 모르지 않는다. 초등학교 때 교과서에서 동물원 사자나 호랑이 같은 맹수를 보며 꼭 한번 구경하고 싶었지만, 시골이라 그건 한갓 꿈이었고, 서울 왔을 때는 벌써 동물원 따위를 기웃거릴 나이가 아니었다. 그래도 어렸을 때 꿈이라면 꿈을 버릴 수가 없어, 기회만 있으면 꼭 한번 가보자고 벼렸지만 그때마다 혼자는 좀처럼 용기가 나지 않았다. 한번은 직장 친구에게 넌지시 동물원 구경을 말했다가, 어른 어린애 하나 있다고 웃는 바람에 얼굴이 붉어졌던 뒤로는 더 용기를 낼 수가 없었다.

그래서 나중에 결혼해서 어린애가 생기고, 그 녀석이 그런 나이가 되면 아내와 함께 의젓하게 구경을 하자고, 먼 훗날로 미뤄왔던 것이다. 그러니까, 그런 이유만으로도 언제든 결혼을 해야 한다고 생각했으나, 결혼이란 것을 생각하면 도무지 아뜩하기만 했다. 나는 아직도 결혼할 용기를 낼 수가 없고, 나에게 결혼을 하자고 덤비는 여자가 있더라도 도무지 받아들일 수 없을 것 같았다. 내 인생이 저 밑바닥에서부터 홀렁 뒤집혀 사람이 툭 틔지 않고는 내 곁에 누구를 가까이할 수가 없을 것 같은 막연한 두려움 때문이다.

나는 마음을 다져먹고 맹수 우리 쪽으로 발길을 돌렸다. 여기서 이대로 나가버리면, 여태 내 하는 짓들이 모두가 그 모양이었듯이 앞으로도 늘 그 꼴일 것 같았다. 나는 다른 사람들이 구경하는 어깨 너머로 우리 안을 기웃거리며, 한참 그렇게 건성으로 기웃거리며 가다가 마침 거기 매점에 빈 의자가 있어 거기 앉았다. 콜라 한 병을 샀다. 내 곁 테이블에는 어린애를 데리고 온 부부가 앉아 있었다.

"물개가 사람하고 싸우면 누가 이기지?"

예닐곱살짜리 사내아이가 종알거렸다. 나는 물개란 말에 귀가 번쩍했다. 건너편에 유독 사람이 많이 모여 있었다. 벌떡 일어서자 마시던 것들이 와크르 쏟아지며 유리컵이 깨졌다. 바삐 값을 치르고 저쪽으로 갔다. 사람들 틈을 비집었다. 거기 물개가 헤엄치고 있었다. 밖에 나와 주둥이를 내두르는 놈도 있었다. 물개가 저렇게 생긴 짐승이던가?

이것이 그날 글의 전부였다. 맨 끝에 지운 곳이 있어 자세히 보니 '아! 어머니!'였다. 무얼 더 쓰려다 말았는지, 지워진 밑에 '그'자가 있고, 다음에 'ㄹ'자가 묘하게 일그러져 있었다. 무슨 그럴싸한 유언을 기다리며 끝까지 긴장을 했다가 너무 싱겁게 끝나버리자 나는 잠시 어리둥절했다.

경찰은 이날 일기의 우울한 분위기만 보고 염세자살이라 단정한 것 같았으나, 일기만 가지고는 그렇게 보는 건 납득이 가지 않았다. 실족이라는 사과 장수 말이 옳을는지 모른다는 생각이 들기도 했다. 사실 사흘 전 내가 그 여관에 들렀을 때만 해도 그는 얼굴이나 표정이 자살 같은 것은 상상할 수 없었다.

창밖을 내다보며 혼자 웃고 앉았기에, 뭐냐니까, 꼭 전에 대학 다닐 때의 익살이 나타났다.

"저기 이야기하고 있는 계집애 예쁘지? 근데 틀렸어. 제가 예쁘단 걸 너무 강하게 의식하고 있어. 더구나 사실 이상으로 예쁜 걸로 착각하고 있어. 저 웃는 걸 좀 봐. 저렇게 웃는 것이 애교 있다고 생각한 모양이야. 거울을 보고 여러번 연습을 했을 것이고. 배우 모집에도 여러번 응모했을걸. 쯔쯔, 너는 평생 네 얼굴에 둘려서 살다가 신세 조지겠다. 결혼 같은 건 생각도 마라. 하루면 싫증날 얼굴인데, 남편한테는 얼굴값만 기대할 테니, 그런 결혼이 온전하겠냐? 요정 접대부가 네 천직이다, 천직! 하하하."

그때는 이층 방에 있었는데, 그 뒷골목을 지나다니는 사람들을 보면서도 이런 식으로 품평을 했다. 나는 그의 익살에 그냥 웃어주었다.

"저게 군의관 뺏지 아냐? 저 나이토록 겨우 중령이면 너무 신세 따분하다."

그의 말이 어떻게 나오나 하고, 이번에는 내가 먼저 운을 뗐다.

"저 작자는 사병들한테 경례 받는 맛에 여태껏 군복을 못 벗었을 거야. 판검사나 경찰서장이 제일인 줄 알았다가, 누구 가까운 친척이 하나 병으로 억울하게 죽는 바람에 갑자기 지망을 의대로 바꿨을걸. 그렇게 의사가 됐으면서도 관료에 대한 집념을 못 버린 거야. 그 둘을 합친 것이 군의관이거든. 제법 근엄하게 지어 가진 저 상통에 그게 훤히 보이잖아? 그러고 보니 아까 그 계집애는 저 녀석 딸 같구먼. 하하."

"아는 사람이냐?"

"그 쌍통들을 비교해보면 모르겠어?"

"닮지 않았는걸!"

"겉이 닮은 것만 보고 어떻게 알아? 어때, 나하고 내기할까? 쫓아가서 물어봐!"

이런 친구가 자살을 하다니 아무래도 믿어지지 않았다. 일기를 처음부터 차근히 읽기 시작했다. 그러다가 그의 과거 속에 그야말로 처절하기 짝이 없는 사건이 도사리고 있다는 사실을 발견했다. 그게 물개에 관련된 사건이었다.

그는 어떤 외딴섬에서 태어난 것 같았다. 아버지는 그가 기억을 못할 만큼 어렸을 때 세상을 뜨고, 어머니마저 할아버지와 사소한 말다툼 끝에 집을 나가버려, 할아버지와 둘이 외롭게 살았다. 그렇게 살다가 일을 당했던 모양인데, 다른 이야기 사이에 간혹 비치는 것을 보면, 그는 어렸을 때 헤어진 어머니를 몹시 그리워했던 것 같기도 하고, 거꾸로 증오에 가까운 경멸을 느끼는 것 같기도 했다. 일테면, 여자 일반을 모멸하는 말 가운데 '짐승이고 사람이고 암내가 나면 제 새끼도 돌보지 않는 법'이라고 하는 말은 간접적으로 자기 어머니를 의식하고 한 말 같았다.

나는 그와 친구가 되었지만 대학에서 처음 만나 겨우 한 학기를 함께 다녔고, 광산에 들어온 뒤에도 서로 자기 일에 쫓겨 자주 만날 기회가 없어 그의 집안 내력까지는 알지 못했다. 처음 그와 금방 가까워졌던 것은 머리가 비상하게 잘 돌고 익살스러웠기 때문이었다.

그가 다음 학기에는 보이지 않아 휴학을 했나 보다 했을 뿐이었다. 그랬던 그가 오년 만에, 그러니까 작년, 그 유명한 구봉광산 낙반사고 때, 내가 낙반에 대한 이야기를 신문에 썼더니 거기서 내 주소를 알았다며, 취직 부탁 편지를 보내왔다. 그를 막일하는 광부로 넣기는 안됐다는 생각에 처음에는 망설였으나, 간절한 편지 문면으로 보아 생활이 퍽 딱한 것 같아, 그럼 차차 사무원으로 기회를 보자는 옹색스런 위로 말을 곁들여 알선을 했던 것이다.

물개 이야기는 읽기 좋게 풀어보면 이렇다.

청명한 어느 봄날. 할아버지는 손자에게 옛날이야기를 들려주며 유리처럼 맑고 잔잔한 바다를 노 저어 가고 있었다. 그들 소유인 조그마한 섬에 미역이며 톳 따위 해초를 지킬 겸 땔나무를 하러 가는 길이었다.

"어어! 저놈 봐라!"

할아버지는 갑자기 노 젓던 손을 멈추며 건너편 섬을 건너다봤다. 자기들 섬에 가는 길목에 있는 밤섬이란 역시 쪼그마한 섬이었다.

"뭐여?"

"됐다. 됐어. 저놈이 굴로 들어갔다."

"야, 그놈 잡읍시다."

할아버지는 그러자며 힘있게 노를 저었다.

"저 녀석이 숫놈만 됐단 봐라. 금덩어리다!"

소년은 물개라는 짐승이 있다는 말은 많이 들었지만, 아직 한번도 보지는 못했다. 그런데 그놈을 잡는다는 바람에 사뭇 눈알을 번득였다.

"물개가 숫놈이면 왜 금덩어리에요?"

소년은 고물 쪽으로 가서 할아버지가 젓고 있는 노를 붙잡고 제법 다부지게 저으며 물었다.

"그놈 '고추'는 부르는 것이 값이다."

"물개 '고추'가 왜?"

"너는 모른다. 존 약이다."

소년은 더 캐묻지 않고, 저도 할아버지처럼 뱃전에 한 발을 버티고, 노를 저었다. 배도 신이 나는지 고개를 사뭇 내두르며 파도를 헤쳐갔다.

할아버지와 손자는 바윗돌을 굴려다가 굴 아가리부터 막았다. 굴은 저만큼 위에도 하나가 더 있었다. 거기는 할아버지가 더 큰 바위를 끙끙 굴려다 막았다. 이제 물개는 독 안에 든 쥐였다. 굴은 아래서 위를 향해 깊이 뚫려 있었다.

"불을 피우자. 연기를 쐬면 이놈이 숨이 막혀 튀어나온다."

할아버지는 낫을 챙겨 들고 산으로 올라갔다. 소년도 따라갔다. 생솔가지를 마구 찍어 내렸다. 소년은 솔가지를 가져다 굴 곁에 쌓왔다. 할아버지는 굴 안을 살피며 돌덩이를 몇개 굴려냈다. 굴 안에 다 생솔가지를 아귀아귀 틀어넣고 불을 붙였다. 생솔가지는 무럭 무럭 연기를 피워 올렸다.

"야!"

소년은 환성을 질렀다. 할아버지는 솔가지를 아가리가 미어지게 자꾸 쑤셔넣었다. 솔가지가 거의 탔다. 그사이 바닷물이 들어와 철 썩철썩 남은 솔가지를 적셨다. 할아버지는 남은 솔가지를 마지막 잔뜩 털어 넣고 나서, 아까보다 더 큰 바위를 굴려다 아가리를 막 았다. 제아무리 힘센 물개라도 이 바윗덩이를 밀치고 나오지는 못 할 것 같았다. 할아버지는 손을 털고 곰방대에 담배를 피웠다. 굴 안에서는 아직 불이 소리를 내며 타고 있었다. 이러다가는 물개가 숨만 막히는 게 아니고, 아주 구워져버리는 게 아닌가 싶기도 했다.

"얼른 잡으세요!"

할아버지는 소년이 서두르는 것을 보고 한번 웃더니, 배에서 끄트 머리에 갈고랑쇠가 달린 삿대를 들고 왔다. 그것으로 끌어낼 모양 이었다. 할아버지는 위로 올라가서 아까 막아놓은 바위틈에 눈을 대고 들여다보았다. 아직도 굴 안에서는 조금씩 연기가 나오고 저 안은 깜깜해서 아무것도 보이지 않았다. 할아버지는 무슨 생각을 하는지 다시 산으로 올라갔다. 마른 솔가지와 관솔을 찍어 왔다.

삿대 끝을 마개바위 틈에 넣어 가만가만 돌을 제쳤다. 움직이지 않았다. 여러번 자리를 옮겨 넣어서야 바위 한쪽이 조금 일그러지 며 움직였다. 할아버지는 조심조심 마개바위 밑에 작은 돌을 끼어 가며, 조금씩 아가리를 벌려 올렸다.

"바위틈에 대가리를 처박고 죽었는지 몰라?"

"어디, 내가 굴속으로 들어가보겠다."

할아버지는 낫을 들고 삿대 위아래를 가늠해보더니, 자르기가 좀 아까운 듯 다시 한번 보고 나서 중등을 찍었다. 갈고랑쇠가 달린 아래 토막과 관솔을 한쪽에 챙겨놓고 마개바위를 마저 일으켜세웠다. 소년도 거들었다. 바위를 붙들고 빠듯 힘을 주다가 둘이는 박치기를 했다. 할아버지와 손자는 한번 웃고 나서 어여차 소리를 지르며 힘을 주었다. 바위 사이가 벌어졌다. 소년은 물개가 금방 튀어나올 것 같아, 아가리를 막아섰다.

할아버지는 굴로 더 들어가 두 발을 조심조심 아래로 넣고 가만히 몸을 내려놓았다. 굴은 깊이가 할아버지 키보다 깊었다. 삿대와 관솔을 받은 손이 겨우 밖으로 나왔다. 할아버지는 관솔에 불을 댕겨 굴 안을 살폈다.

"있어요?"

대답이 없었다. 갈고랑쇠가 바위에 부딪치는 소리만 났다.

"더 들어가봐요!"

소년은 고개를 잔뜩 굴속에 처넣고 소리를 질렀다.

"여기서는 굴이 막혔다. 저쪽 틈새로 들어간 모양이다. 가만있자. 그 삿대 도막이 더 긴가 봐라."

"이것이 더 짧은걸요!"

소년은 마개바위 밑에 한쪽 끝이 물려 있는 삿대 토막을 빼며 소리쳤다. 그러다가, 하마터면 바위를 아가리로 굴려버릴 뻔했다. 굴속에서는 다시 갈고랑쇠 소리가 났다. 소년은 마개바위가 넘어질 것만 같아 다시 그쪽을 봤다. 순간, 근사한 꾀가 하나 퍼뜩 머리를 스쳤다.

소년은 얼른 삿대를 마개바위 밑에 넣었다. 할아버지가 했던 것처럼 돌을 고여가며, 중심이 저울처럼 꼭 한가운데가 잡히도록 했다. 삿대를 적당한 자리에 찔렀다. 물개가 튀어나오기만 하면 삿대를 슬쩍 눌러버릴 작정이었다. 슬쩍 손만 대도 바위가 쿵 넘어질 것이다. 이 큰 바윗덩어리가 손가락 하나로 움직여지다니 도무지 신기하기만 했다. 소년은 한 손으로 바위 몸뚱이를 붙잡고, 손가락 끝으로 한번 실험을 해보았다. 가만히 밀었다. 조금 더 힘을 주었다.

"어마!"

순간 소년은 발이 삐뚝 미끄러졌다.

—픽.

바위가 대굴 굴러 아가리에 픽 주저앉아버렸다. 소년의 발에서 미끄러진 고무신 한 짝이 바닷물에 풍당 소리를 낸 것은 그다음이었다. 어느새 바닷물은 올라와 있었다.

"아이갸! 바위가 뒤집혔구나!"

할아버지는 밑에서 두 손으로 바위를 밀어 올렸다. 소년도 바위를 붙잡고 힘을 썼다. 꿈쩍도 하지 않았다. 소년은 겁이 났다.

"삿대를 바위 틈새에 찌르고 지그시 눌러라."

할아버지는 몹시 당황하는 눈치였으나 목소리를 한껏 낮춰서 차근하게 일렀다. 소년은 할아버지가 시킨 대로 다시 삿대를 끼었다. 할아버지도 밑에서 밀어 올렸지만 꿈쩍도 하지 않았다. 바윗덩어리는 아까보다 더 단단히 물려버려 마치 부러 그렇게 버티고 있는 것 같았다. 굴 아가리가 조개처럼 바윗덩어리를 그렇게 물고 있는 것 같기도 했다. 소년은 맨손으로 바위를 붙안고 씨름을 했다. 그렇지만 꿈쩍도 하지 않았다. 소년은 삿대를 다시 찔러 있는 힘을 다해 굴려보기도 하고, 그냥 붙들고 나대도 바위는 꿈쩍도 하지 않았다. 소년의 손이 바위에 할퀴여 피가 났다. 무릎에도 피가 내뱄다.

"어디 배 가는가 봐라!"

소년은 정말 그렇구나 싶어 바다를 둘러봤다. 가까이는 배가 보이지 않고, 멀리 돛단배 한척이 가고 있었다.

"어어이!"

두 손으로 나팔을 만들어 소리를 질렀다.

"어어이!"

허리가 끊어질 만큼 뒤로 젖혀 숨을 들이켰다가, 또 그렇게 앞으로 굽히며 악을 썼다. 그렇지만 배는 너무나 멀었다. 넓은 바다는 소년의 고함소리를 메아리도 없이 삼켜버렸다. 바다가 이처럼 답답하게 넓은 줄은 몰랐다.

소년은 배가 보이는 쪽으로 한발짝씩 옮겨가며 악을 썼지만 돛단배는 그저 유유히 제 갈 길만 가고 있었다. 소년의 울음 섞인 부름 소리 사이로 바닷물 소리만 한가롭게 철썩거리고 있었다. 바위도, 바다도, 돛단배도 소년의 애타는 마음을 너무나 몰라주는 것 같았다.

소년은 산꼭대기로 뛰어갔다. 벗은 발이 가시에 찔리고 돌부리에 채었으나 아픈 줄을 몰랐다. 산꼭대기 맨 높은 바위에 서서 사방을 훑어보았다. 저쪽으로 더 멀리 배가 한척 보일 뿐, 한없이 넓은 바다에는 아무것도 없었다.

소년은 울면서 다시 할아버지 있는 데로 내려왔다. 물이 벌써 한참 올라와 던져놨던 삿대 토막이 물에 떠 있었다. 조금만 더 있으면 할아버지 가슴까지 물이 차오를 것 같았다.

"배가 없더냐? 그럼 산꼭대기에다 불을 피워라!"

할아버지는 바위틈으로 성냥을 내밀었다. 매듭이 굵은 할아버지의 손끝이 발발 떨리고 있었다. 굴 안에서는 바닷물이 무슨 짐승이 어르듯 꾸굴꾸굴 소리를 냈다. 바닷물은 벌써 할아버지 목까지 찰 것 같았다.

소년은 허겁지겁 나무를 모아다 불을 피웠다. 나무를 더 주워다 놓고 웃통을 벗어 휘둘렀다. 한참 더 멀어진 배를 향해 악을 쓰며, 있는 힘을 다해 웃통을 흔들었다.

"어이 어이!"

소년은 목이 터지게 악을 쓰며 웃통을 휘둘렀다. 마치 멀어가는 배를 그렇게 끌어당기기라도 하듯 있는 힘을 다해 웃통을 내둘렀다.

배에 실려 떠밀려 다니던 소년은 다음 날 마을 사람들에게 발견됐다. 동네 사람들은 우선 피투성이가 된 소년을 보고 놀랐다. 손바닥은 무엇에 잔뜩 할퀴인 것 같고, 양쪽 바지 무릎에는 피가 말라 있었다. 마을 사람들은 할아버지는 어디 있느냐고 물었다. 소년은 넋 나간 듯 말이 없었다. 사람들은 몇번이고 소년을 달래면서 할아버지는 어찌 됐고, 발목은 어쩌다가 이렇게 할퀴였느냐고 어깨를 흔들었지만, 소년의 입은 닫힌 바위처럼 끝내 열리지 않았다.

소년은 몸이 불덩이가 되어 그대로 자리에 눕고 말았다. 마을 사람들은 소년네 섬만 뒤져보고 왔을 뿐, 밤섬은 가보지 않은 것 같았다. 할아버지의 혼을 건진다는 징과 꽹과리 소리가 요란스럽게 들려왔다. 그 소리는 할아버지가 자기를 향해 울부짖는 고함소리도 같고, 수많은 사람들이 자기를 붙잡으러 떼몰려오는 소리 같기도 했다. 소년은 귀를 틀어막으며, 자꾸만 이불 속으로 파고들었다. 물속으로 가물가물 가라앉는 것 같기도 하고, 공중으로 둥실둥실 떠오르는 것 같기도 했다.

며칠 뒤, 소년은 육지에서 왔다는 바디 장수 아주머니를 따라 몰래 마을을 빠져나갔다. 자꾸 발부리에 돌이 채어 눈물을 찔끔거리며 그 처절한 비밀을 안고 산굽이를 돌았고, 동네를 몇번이나 보며 배를 탔다.

이 사건을 일기에 기록한 것은 그가 광산에 들어올 무렵이었다. 그 얼마 전 십여일간의 기록이 또 내 눈을 끌었다. 그 무렵은 양(梁) 아무개라는 광부가 구봉광산 낙반사고로 십여일 동안 굴속에 묻혀 있을 때였다. 그런데 그는 그 사건에 비상한 관심을 보이고 있었다. 그때 일기는 그 사건에 대한 흥분과 감탄으로 일관해 있었다. 그 광부가 구출되기까지 그는 잠시라도 라디오에서 귀를 떼지 않았던 것 같았다. 대형 노트 다섯권 분량의 방대한 일기 가운데서, 이때처럼 감격과 열광으로 차 있는 곳은 없었다.

―정말 흐뭇한 일이다. 이렇게 흐뭇한 일은 처음이다. 사람의 목숨이 천해지고 세상 인심이 막됐다고 하지만, 이번 사건은 사람

들이 생명을 얼마나 아끼고 있는가를 그야말로 웅변으로 보여준 사건이다. 대통령을 비롯해서 온 국민이 밤을 새워가며, 구출에 땀을 쥐고 있다. 무슨 일에 모든 국민이 이처럼 한꺼번에 관심을 모은 일이 있었던가?

모두 이와 비슷한 감탄의 되풀이로 앞의 물개 사건은 이런 감격적인 찬탄 다음에 기록한 것이다. 그러고 보면, 그가 광산에 들어가려는 결심을 한 것은 바로 그 구봉광산 사건이 직접적인 계기가 아니었던가 하는 생각이 들었다. 그 낙반사고에서 할아버지 사건이 연상되어 그토록 비상한 관심을 쏟았던 것 같고, 자기는 할아버지를 구출하지 못한 죄의식으로 고민하다가 자기도 광산에 들어가면 혹시 그 광부처럼 땅속에 묻힐지 모르고, 그렇게 된다면, 그 속에서 그만큼 고생을 하는 것으로 할아버지에 대한 죄를 상쇄하자는 것이 아니었던가 싶었다.

그렇다면 지난번 낙반은 처음부터 석연치 않았던 것과 관련시켜 생각해보면, 이런 개인적인 이유 때문에 그 스스로가 폭파했을 것 같다는 추리가 가능하고, 이번 자살도 물개를 보자 그 충격에서였을 것이라는 생각이 들었다. 이렇게 맞춰놓고 보니 모든 사건들이 아귀가 제대로 들어맞는 것 같았다. 그럴듯한 추리라 싶어 이런 추리를 뒷받침할 만한 일이 더 있지 않을까 하고 일기를 계속 읽어보았으나 그런 일은 없었다. 그가 그런 죄의식 때문에 광산에 들어갔다면, 광산에 있을 때의 일기에 그런 심경이 조금이라도 나타날 것인데, 그런 죄의식은 보이지 않았다.

그의 일기는 앞에 소개한 두 부분을 제외하고는 거의 대부분 개인적인 일이나 사회에 대한 불만과 비판으로 가득 차 있었다. 특히, 광산에 들어간 뒤로는 노사 간의 알력에 거의 전문가적인 이론으로 기업주에게 신랄한 비판과 울분을 터뜨리고 있을 뿐, 폭파나 자살의 뒷받침이 될 만한 말은 찾아볼 수 없었다.

내 상식으로는 도무지 이해할 수가 없어, 심리학 분야에 소양이 있는 내 친구를 찾아갔다. 이야기를 듣자 그도 이 사건에 상당히 흥미를 느꼈다. 잘 읽어보라고 시간을 주었다가 다음 날 갔더니 꼬박 하루 동안 일기를 검토하고 나서, 바로 이 사건이 열쇠일 것 같다며 이 부분부터 읽어보라고 했다.

군대 장교들이 불성실하고 엉터리인 것은 군의관이라 해서 다를 것이 없다. 훈련소에서 내 손가락이 마비되었을 때만 해도 그렇다. 명백한 외과적 원인이 있고, 그 때문에 내 손가락이 마비되었다는 뚜렷한 눈앞의 결과가 있는데도, 그 자식들은 심지어 나더러 돌았다고까지 했다.

총을 쏠 때 개머리판을 어깨와 볼에 밀착시키지 않으면 발사의 반동으로 다친다는 주의를 듣긴 했지만, 총을 처음 쏘는 판이라 그 엄청나게 큰 총소리와, 정곡을 뚫어야 한다는 긴장 때문에, 타깃에만 정신이 쏠려 그 주의를 깜빡했었다. 그래서 총의 반동으로 어깨를 다쳤고, 그게 어떻게 신경을 건드렸던지, 그다음부터는 검지가 소아마비 걸린 것처럼 전혀 말을 듣지 않았다. 그런데 군의관 녀석은 그쯤 다쳐가지고 신경이 상한다면, 세상에 신경 온전한 사람 하나나 있겠느냐고 비웃으며, 나를 잔뜩 경멸하는 눈으로 노려보지 않는가? 능청을 떨어도 그따위로 어리석게 떠느냐는 눈초리였다. 녀석은 난롯가에 버티고 앉아, 내 손을 만져보지도 않고, 군대가 정 싫으면 손가락을 잘라가지고 오라는 것이다. 이번에는 소령이 들어와서 만져보고 몇마디 묻더니, 이 새끼는 한술 더 떠서 정신과로 가보아야겠다는 것이다······

　이 글이 어쨌다는 거냐니까, 심리적인 이유로 손가락이 마비된, 이와 비슷한 예가 로쉬왈트라는 작가의 『제칠지하호』란 소설에도 나온다며, 그는 이 사건 전반에 대해서 명쾌한 해석을 했다.
　"이 전체 사건의 가장 근본적인 뿌리는 어머니에 대한 그의 애정 때문일 거야. 다시 말하면 그는 어머니와 할아버지 사이에서 강한 오이디푸스콤플렉스를 느끼고 있었어. 그래서 할아버지한테 적의를 품고 있었는데, 어머니가 집을 나가버린 것은 할아버지와 입다툼 때문이었으니, 결과적으로 할아버지가 어머니를 쫓아낸 셈이거든. 그래서 그 적의는 더 강해졌어. 물개를 잡을 때 삿대를 밀어버린 것은 그 보복일 거야. 표면적으로는 고무신에 땀이 나서 미끄러졌지만, 거기까지 위태롭게 사태를 발전시킨 것은 그런 무의식적인 심리기제의 작용이었겠지. 지금 와서 옛날이야기를 쓰면서도 섬 둘레의 바위를 여인의 치마에 비유했어. 거기 뚫려 있는 굴과 '물개××' 등 그 콤플렉스가 유발될 정황이 충분했거든. 그런데 할아버지를 그토록 처참하게 죽여버리고 나니, 그에 대한 죄의식이 엄청났겠지. 훈련소에서 손가락이 마비되었던 것은 그 때문일 거야. 할아버지를 죽일 때도 손가락 끝으로 삿대를 건드렸는데,

방아쇠를 당기는 것도 손가락이거든. 그래서 그런 살인연습을 무의식적으로 강렬하게 거부한 결과가 그런 마비사태를 초래했을 거야."

광산 부분은 내가 추측한 대로를 일단 시인해놓고, 일기를 펼쳐 마지막 부분을 가리켰다. '아! 어머니'를 썼다가 지운 곳을 자세히 보라고 했다. 다른 데도 지운 곳이 여러군데 있지만, 유독 이 부분은 심하게 지워, 뒷장까지 자국이 나 있었다.

"그는 할아버지에 대한 죄의식 이상으로 어머니에게도 죄의식이 있었어. 물론 그 콤플렉스 때문이지. 그것은 윤리적인 성격을 띠기 때문에 더 강렬했겠지만, 겉으로는 의식되지 않고 마음속 저 밑바닥에 깊숙이 감춰져 있었을 거야. 마음속에 눌려 감춰졌던 것이, 여기서 물개 부분을 쓰다가 '어머니'란 말로 압축되어 밖으로 튀어나와버리자, 깜짝 놀라 이렇게 박박 지웠다고 볼 수 있어. 그러니까 그때야 비로소 감춰졌던 것이 의식의 표면에 떠올라 머리를 쳤던 것이고, 그것을 억지로 부정하려고 그 글씨를 지웠지만, 그런 것만으로는 어쩔 수가 없는 상태에 있었을 거야. 실은 '아, 할아버지!' 이렇게 쓴다고 썼겠지만 써놓고 보니 어머니였을 것 같아. 이때 그 죄의식에 의한 충격은, 할아버지에 대한 죄의 상징이자, 섹스의 상징인 물개로 자극되었기 때문에 더 강렬했을 테지. 그래서 이번에는 손가락뿐만 아니고 팔 전체가 마비되어버렸을 것 같아. 지운 부분 다음에 쓰다가 만 글씨는 마비과정을 보여주는 것 같아. 이번에도 그 글씨를 손가락으로 썼기 때문이라고 하기는 어렵고, 한번 그런 마비 경력이 있었기 때문에 습관성이라고 하는 편이 옳겠지. 옥상에서 떨어질 때 포켓에 손을 찌르고 있었던 것은, 소아마비에 걸린 것처럼 덜렁덜렁한 오른팔을 왼손으로 잡아 포켓에 쑤셔넣고 올라갔을 것이란 추측은 어렵지 않지."

나는 연신 고개만 끄덕였다. 그는 가볍게 득의의 웃음을 웃고 나서 계속했다.

"그러니까, 그가 자살한 직접적인 충격은 이 팔의 마비야. 창경원에서 물개를 보았을 때 자살할 만한 충격을 받았다면, 벌써 거기서 일이 나버렸지, 돌아와서 이토록 차근하게 그날 일을 정리할 수 있을 것인가 의문이거든. 그런데 그만 '어머니'가 튀어나온 바람에 파국이 났던 것인데, 이 일기를 읽으면서 표면에 기록된 것보다 '어머니' 부분처럼 감춰진 내면을 봐야 할 거야."

구봉광산 사건 때 겉으로는 그토록 그 사건 자체에만 감탄을 하고 있었지만, 내면에서는 할아버지에 대한 죄의식으로 몸부림쳤던 것이고, 그래서 그 물개 사건 전모를 기록함으로써 자기한테 호된 채찍을 가해보았으나, 그것만으로는 안 되자, 내가 추측했던 대로 광산에 들어갈 결심을 했을지 모른다고 했다. 광산에서 기업주에 대한 신랄한 그 비판도, 견딜 수 없이 고된 생활 때문에, 외부에 대한 그런 간접적인 공격을 함으로써 다소 심리적인 균형을 유지하도록 했을 것이라 했다.

그런데 그 폭파는 얼핏 보기에는 내가 추측한 대로 죄의식 때문인 것 같지만, 실은 그것이 직접적인 이유가 아니고, 구조될 것을 예상하고 광산에서 빠져나올 구실을 그렇게 만든 것이라 했다. 광산을 그만두고 나와버리고 싶지만, 그 죄의식의 압박 때문에 그럴 수가 없었으므로 스스로 그 죄의식을 그런 식으로 기만했다는 것이다. 그러니까, 그 속에서 사흘 동안이나 그런 고생을 하고 났어도, 이런 자기기만 때문에 죄의식이 씻어지기는커녕, 되레 광산을 폭파했다는 부담까지 하나 더 짊어지게 됐다고 했다.

"그러니까, 그가 창경원에 간 것은 다른 말로 표현하면 물개로 상징된 그의 운명과 최후의 대결을 시도한 거지. 그는 창경원에는 당연히 물개가 있을 것이라는 사실을 잘 알고 여관을 나설 때부터 실은 창경원이 목적지였고, 그래서 차를 잡을 때도 그 방향으로 잡았어. 그러나 막상 대들자니 두려워서 갈 수가 없었던 거야. 그래서 구경 순서가 어떻고 하며, 자꾸 돌아선 것은 그 때문이겠지. 실은 여관에서 열흘토록 뒹군 것도, 택시를 자꾸 놓친 것도 다 그 때문이었겠지. 그것이 모두 겉으로는 그럴듯하게 합리화되고 있었겠지."

그는 한번 웃어놓고 계속했다.

"그러면 무엇 때문에 그토록 집요하게 물개에 달려드느냐는 것인데, 그것은 그날 일기에서, 결혼이 두려운 이유로 간접적인 설명이 돼 있어. '내 인생이 저 밑바닥에서부터 홀렁 뒤집혀 사람이 툭 튀지 않고는 내 곁에 누구를 가까이할 수가 없을 것 같은 막연한 두려움 때문'이란 부분이야. 하여간 그의 읽기는 대개 이런 위장으로 가득 차 있는데, 훈련소 군의관한테 욕설을 퍼부은 것도 같은 심리현상이겠지. 그 소령이 정신과로 가봐야겠다는 말을 어떻게 했는지 구체적으로 쓰여 있지는 않지만, 그는 일부러 돌았다는 말로 곡해해서 들었을 것 같고, 그것을 일기에다 쓴 것은 그 자신에게 억지로 그 곡해를 곡해가 아닌 것으로 다시 한번 다짐해본 것이라 할 수 있겠지. 그러니까, 창경원에 갔던 이야기도 죽 그런 식으로 합리화해나가는 참이었는데, 그만 의식의 밑바닥에 웅크리고 있던 '어머니'가, 의식의 껍질을 퐁 뚫고 튀어나온 바람에 모든 것이 폭삭 무너져버리는 파국이 왔을 거야. 다시 한번 죽 읽어봐!"

죽기 며칠 전의 명랑했던 이유 등 그는 내 질문에 시원시원한 대답을 했다. 나는 다시 일기를 읽으면서, 이 친구의 해석에 고개가 끄덕여졌다. 그 친구가 광산에 오겠다고 해놓고, 오라는 날짜를 두 번이나 어겼었는데, 이제 생각해보니 그것도 그렇고, 길 가는 군의관을 경멸하던 일 등 모든 이야기가 너무도 신통하게 들어맞았다.

그런데 나는 얼마 뒤 다른 친구의 엉뚱한 해석을 듣고 그만 어리벙벙하고 말았다. 그따위 엉터리 도식주의자의 말이 뭐가 그리 대단하냐고, 그는 버럭 화부터 냈다. 이 친구는 여러 방면에 해박했지만 남의 말이라면 무작정 까놓고 보는 성미라, 또 시작이구나 하고 처음에는 웃었지만, 듣고 보니 그게 아니었다.

"도대체, 사람의 행동이 그렇게 기계처럼 척척 맞아떨어진다면, 무엇 때문에 인간이 복잡하다고 하겠어? 석가나 예수 같은 성인은 제쳐놓고, 인간사를 주름잡아온 그 많은 천재들이 도대체 무엇 때문에 그토록 머리를 싸매고 고심참담했겠느냐 이 말이야. 그 엉터리 자식은 모든 사건을 한 뿌리에다 끌어매고 있는데, 그것이 각각 전혀 다른 뿌리를 가진 우연이 아니라고 어떻게 장담할 수 있겠나 이거야. 옥상에서 떨어진 것만 하더라도 사과 장수가 본 것처럼 전혀 우연한 실족일 가능성은 얼마든지 있어."

"허허허."

그는 담배를 태워 물었다.

"어디 그럴 수가 있느냐 이거지? 제트여객기를 타고 가다가 독사에 물렸어. 어디 그럴 수가 있느냐? 얼마든지 그럴 수가 있어. 함께 탄 인도 마술사가 독사를 잘못 간수했을 수도 있다, 이거야. 세상은 필연적인 것 못지않게 우연한 것도 많아. 어떤 것은 불합리하고, 어떤 것은 합리적인 것처럼 보이지만 우리 눈에 보이지 않는 수많은 마술사가 그 속에 끼어서 장난을 하고 있다 이거야. 우리 인간은 그 마술사의 장난을 거의 모르고 살아간다 이 말이야. 그러니까 아무리 그 녀석 해석이 아귀가 잘 맞는다 하더라도 앞에 말한 내 가정을 배제할 수 없다면, 그 녀석의 해석도 가정에 불과해! 어느 쪽이 가능성이 높으냐의 문제일 뿐이야. 그 친구의 해석은 엉터리일망정 정신분석이라는 논리의 배경이 있기 때문에 더 그럴싸하게 보이지만, 내 가정에도 더러는 논리보다 더 정곡을 찌르는 직관이란 배경이 있어. 사과 장수가 있다 이거야. 그런 높은 데서 사람이 떨어지면 으레 자살이고, 그래서 누구나 그런 광경을 얼핏 자살로 보기가 쉬운 법인데, 사과 장수는 실족으로 봤어. 사과 장수의 이 직관이야말로, 사실의 핵심을 정곡으로 꿰뚫었을지 모른다 이거야."

그는 계속했다.

"물개를 잡을 때 바위를 굴려버린 것도, 손가락이 마비되었던 것도, 탄광 사건도 모두 마술사가 우리 눈에 안 보일 뿐, 모두 마찬가지로 생각할 수 있다 이거야. 그 녀석이 정신분석학이란 논리의, 엉성하기 짝이 없는 그물로 잡아낸 그 콤플렉스라는 것은 엉뚱한 가짜 마술사일지 모른다 이거야. 나도 그런 책을 좀 읽어봤지만, 나는 그중에서 인간은 어머니 뱃속에 있을 때 거의 형성되어버린다는 이론에 가장 공감이 갔어. 그러고 보면, 태교는 모든 것을 논리적으로만 생각하는 서양 놈들의 발명이 아니고, 동양적인 직관의 소산이 아닌지 몰라. 그런데 뭐 여남은살 때의 죄의식 때문에 탄광에 들어가고, 거기서 일년 동안 집요하게 낙반을 기다리다가 뭐가 어쩌고, 어째?"

그는 숨을 씨근거리며 목소리를 높였다.

"그뿐만 아니야. 이 사건을 전혀 엉뚱한 관점에서 볼 수도 있어. 그 친구에게 원한을 가지고 있던 작자가 저지른 완전범죄일지도 모른다 이거야. 그 친구의 필체를 흉내 내서 그런 일기를 조작해놓고 탄광에서 죽이려다 안 되니까, 이번에는 옥상으로 유도해서 밀어버린 타살일지도 모른다 이 말이야. 오층이나 되는 옥상이니까 자신을 숨기고 밀어버릴 방법은 얼마든지 있어. 그렇다면 그 마술사는 이런 엉뚱한 마귀였겠지. 내 말은 이거야. 살인하고 관계가 있는 일을 지극히 한정된 일면만 보고, 거기다 설익은 지식을 적용해서 이러쿵저러쿵한다는 것은 도대체가 위험하기 짝이 없는 짓이다 이거야. 더구나 죽은 사람을 놓고 어머니에 대한 콤플렉스가 어쩌고, 흉학한 치한을 만드는 것은 용서할 수 없는 인간 모독이 아닐 수 없어!"

나는 한대 얻어맞은 것처럼 머리가 먹먹했다. 쇠토막 굴리는 것 같은, 이 친구의 목소리와 함께 오랫동안 뭐가 뭔지 갈피를 잡을 수 없었다.

그런데 지금 내 머릿속에는 이 사건 전체 인상이 하나의 또렷한 영상으로만 남아 있다. 사과 장수 말대로 무슨 노랫소리 같은 비명을 지르며 옥상에서 떨어지는 영상이다. 그 영상은 날이 갈수록 더 선명해지고, 어찌 된 일인지 그 비명소리는 꼭 '어머니'였을 것만 같이 느껴지는 것이다.

『현대문학』 1971년 4월호(통권 196호); 2006년 8월 개고

휴전선
소식

'오늘도 우리 학교에는 빨간 기가 올라 있습니다. 벌써 한달이 넘도록 빨간 기가 깃대 끝에 매달려 있습니다.'

측후소의 경보기 같은 삼각형의 빨간 기였다. 꽃섬 어린이들은 아침에 눈을 뜨기만 하면, 버릇처럼 건너편 섯섬에 있는 학교 깃대를 봤다. 바람이 불어 파도가 심할 때나, 선생님이 볼일이 있어 육지에 갈 때 오지 말라는 걸 저렇게 빨간 기를 올려 알립니다. 그러나 이번에는 한달도 넘게 빨간 기가 나풀거리고 있습니다. 이번에는 선생님이 아주 학교를 그만두고, 섬을 떠나버렸기 때문에 다른 선생님이 오셔야 기가 내려질 것입니다.

'우리들은 오늘도 너럭바위에 모였습니다. 누가 말한 것도 아닌데, 모두 거기 모여 오래도록 진섬 쪽을 바라보고 있습니다. 새로

선생님이 오늘은 꼭 오실 것만 같아, 어제보다 더 오래도록 기다렸습니다.'

목포에서 흑산도로 가는 여객선이 하얀 물줄기를 꼬리에 달고 통통통 섶섬 모퉁이를 지나가면, 어린이들은 더러는 손발에 개펄을 묻힌 채 후닥닥 너럭바위로 뛰었다. 저 연락선이 저쪽 진섬에다 손님을 내려놓고, 섶섬 모퉁이를 지나 흑산도로 가기 때문이다. 면사무소와 지서가 있는 진섬은 여기서 바삐 노를 저어 가면 반시간쯤 걸리는 거리다. 선생님이 오신다면, 진섬에 내려서 작은 전마선을 타고 오신다. 여기서는 진섬마을 선창이 보이지 않아, 아이들은 전마선이 진섬 모퉁이로 고개를 내미는 것만 기다렸다. 한참 동안 말없이 눈을 밝히고 있다가 누군가 입에서 힘없는 말이 떨어진다.

"오늘도 안 오시는 것 같다."

"몰라. 첨 오시니까 장도초등학교에 들르느라고 늦는지?"

"정말!"

아이들은 먼저 말한 아이가 무슨 잘못이라도 저지른 것처럼 보고 나서, 선생님이 거기 학교에 들렀다 나올 만한 시간 동안, 또 가슴을 조이며 기다린다. 발에 묻은 개펄이 하얗게 말라붙을 때까지, 이렇게 한달 동안이나 기다렸다. 꽃섬이나 섶섬은 둘 다 작은 섬이다.

'두 섬은 바다 한가운데 떨어져 형제처럼 나란히 있습니다.'

꽃섬은 산이 조금 높고, 섶섬은 민둥하다. 크고 작기를 비교하면 꽃섬이 조금 커서 형제라면 형인 셈이다. 그래도 집은 똑같이 세 집뿐인데, 섶섬에 학교가 생겼다. 학교라야 '분교장'도 아니고 '분교실'이라, 방 두개에 부엌 하나의 오막살이다. 방 하나는 흙바닥의 교실이고, 하나는 선생님 살림방이다. 선생님도 자격증 있는 정식 초등학교 교사가 아니고, '무교도서 강사', 곧 학교가 없는 섬 강사다.

'학생 수는 모두 일곱입니다. 사학년이 넷이고 이학년이 셋입니다. 삼학년과 일학년은 학생이 없습니다.'

신입생을 한해씩 걸러 뽑기 때문이다.

'우리 꽃섬에서 다니는 어린이는 넷입니다. 사학년은 나하고 김둘례이고, 이학년은 내 동생 준식이와 이삼석입니다. 우리 네사람은 날마다 배를 타고 학교에 다녔습니다. 배는 우리 어머니가 저어다 줄 때도 있고, 둘례 할머니나 삼석이 누나가 저어다 줄 때도 있습니다.'

섶섬까지는 크게 부르면 들릴 만한 거리라, 어린이들을 실어 나르는 데는 별로 품을 버리지는 않는다. 날씨가 좋으면 아침 설거지할 참에 금방 실어다 주고 왔다.

아버지들은 고기잡이 나가면 거의 한철이 지나야 집에 오고, 그나마 한달쯤 머물다가 다시 떠나기 때문에 일년 동안 집에 머무는 날은 얼마 되지 않았다. 집에 와도 잔일은 손대지 않고, 혹시 농사철에 오면 기껏 논밭이나 갈아주고 가는 게 고작이었다. 그들은 거의 목포 사람들 중선배(鮸鰊網魚船)를 타고, 조기 철에는 연평도 근처까지 가서 조기를 잡고, 다른 때는 그때대로 먼바다로 나가 고기를 잡는다.

그렇다고 큰돈을 벌어오는 것도 아니다. 집에 올 때는 아이들 옷가지와 과자 봉지나 하나 들고 오는 게 고작이었다. 여인네들은 여인네들대로 남정네들은 본래 그렇거니 생각하는지, 별로 타박하지 않았다. 미역을 뜯고 소라 같은 조개를 잡는 따위 갯것이나 밭농사 일은, 전부 어머니들이 도맡았다. 작은 섬이라 논은 없고 밭뿐이라, 그런 밭농사는 모두 어머니들 차지였다. 어머니들은 그저 남편들이 일년에 몇번 집에 다녀가주는 것만 고마워, 그들이 다시 집을 떠날 때는 장롱 속 깊숙이 간직해두었던 지폐 몇장을 내놓으며, 객지 생활이 무사하기만 바라는 것 같았다.

그들이 이 섬을 못 떠나는 것은 여기가 조상 전래로 내려오는 보금자리라서가 아니었다. 그런대로 일년 식량은 되는 밭이며, 그들의 연고권이 있는 섬 둘레의 미역이나 톳, 우뭇가사리 등 해초 수입이 어지간했기 때문이다. 더러 신세 한탄을 하며 육지로 나갈 꿈을 꾸어보기도 하지만, 여기 들어와서 살겠다는 사람이 없으니, 논밭이나 집을 그냥 버리고 가야 할 수밖에 없었다.

'학교가 처음 생길 때는 우리 집 사랑방이 학교였습니다. 학교를 세운다고 처음 장학사 선생님들이 장학선을 타고 오셨을 때, 꽃섬 사람들은 무슨 큰일이 또 난 줄 알고 깜짝 놀랐습니다.'

그날도 꽃섬 어린이들은 너럭바위에 나가 있었다. 그들이 거기 나왔던 것은 요즘처럼 꼭 누굴 몫잡아 기다리는 사람이 있어서 그런 것이 아니었다. 조기 철이라 아버지들이 올 까닭도 없고, 그렇다고 어머니들이 해물을 가지고 목포에 간 것도 아니었다. 진달래가 피고 햇발이 두꺼워지자, 산이며 갯가로 쏘다니다가, 그냥 거기 모여서 버릇처럼 진섬 쪽을 바라보고 있었다. 아직 섶섬 모퉁이에 연락선이 나타날 시간도 되지 않았지만, 누군가 올지 모른다는 생각에 그냥 거기서 몰려 있었다.

"저게 뭐야?"

느닷없이 진섬 모퉁이에서 작은 발동선이 하나 나타난 것이다. 누가 먼저랄 것도 없이 모두 같이 봤다. 발동선은 통통통 이쪽으로 머리를 두르고 있었다. 이 거짓말 같은 일에 그들은 깜짝 놀라 서로 눈을 맞댔다. 배가 반쯤 왔을 때, 그들은 한꺼번에 동네로 뛰었다. 손에 들었던 진달래며 할미꽃도 내던지고 토끼처럼 뛰었다. 저런 발동선이 여기 나타난 걸 그들은 처음 본 것이다.

어른들도 놀랐다. 배가 모래사장에 닿자, 어른들은 슬금슬금 집으로 들어가 담 구멍에 눈을 대고 동정을 살폈다. 마당가에 쪄놓은 생솔가지를 뒤란으로 숨기는 사람들도 있었다.

저런 발동선이 여기 올 때마다 이 동네는 큰일이 벌어졌다. 왜정 때는 평식이 할아버지가 저런 발동선을 타고 온 순사한테 끌려 징용에 가서 지금까지 소식이 없고, 6·25 때는 평식이 아버지와 삼석이 큰아버지가 징병에 끌려갔고, 또 삼석이 큰아버지가 하얀 보자기에 싸여 유골로 돌아올 때도, 유골을 싣고 온 것도 저런 발동선이었다. 그러니까 지금 저 발동선은 이 섬이 생기고 네번째 오는 것이다.

발동선에서 양복쟁이들이 내렸다. 우선 순경이 아닌 것이 조금은 안심이었다. 그렇지만 섬 아낙네들은 죄지은 것 없이 죽은 상판이 되어 가슴을 조였다. 양복쟁이들은 동네 사람들을 모아놓고 여기에다 학교를 세운다는 것이다. 아낙네들은 서로 얼굴을 돌아보왔다. 세가호밖에 살지 않는 이 섬에다 학교를 세운다니, 도무지 믿어지지가 않았다. 그들의 말을 한참 듣고 나서야 아낙네들은 정신이 좀 돌아온 것 같았다. 우선 무서운 일이 아닌 것만 다행이었다. 그렇지만 학교를 세운다는 것이 너무 엉뚱한 일이라, 되레 그뒤에 더 무서운 일이 있지 않을까 겁을 먹기도 했다. 그렇지만 아낙네들은 묻는 대로 아이들 이름과 나이를 말해주었다.

그들이 돌아간 뒤, 동네 아낙네들은 암만해도 아이들 이름과 나이를 곧이곧대로 알려준 게 잘못이 아닐까 가슴을 조였다. 그런데 며칠 뒤에 정말 선생님이 한사람 왔다. 스무살이 조금 넘었을까 한 젊은 선생님이었다.

그는 가지고 온 '장도초등학교화도분교실'이란 간판을 평식이 집 사랑방 문설주에다 붙였다. 그 방은 평식이 할아버지가 거처하던 방인데, 학교를 지을 때까지 일년 동안만 쓰기로 지난번에 약속이 됐었다.

선생님은 집집마다 찾아다니며 동네 사람들에게 인사를 하고, 아이들을 모아놓고 교과서며 노트·연필을 공짜로 나눠주었다. 동네 사람들은 그제야 비로소 마음을 놓고, 겁먹었던 만큼이나 이번에는 더 다정하게 선생님을 받들었다. 섶섬 사람들도 마찬가지였다. 선생님을 섶섬에 모시지 못한 게 못내 섭섭한 눈치였지만, 하루도 거르지 않고 아이들을 꽃섬 학교에 실어다 주었다.

'선생님이 처음 오셨을 때 가장 신나는 것은 라디오였습니다. 우리 아이들은 라디오를 처음 봤습니다. 우리 할머니도 마찬가지였습니다.'

어머니들은 이따금 미역이며 홍합이며, 그런 해물을 가지고 목포에 가는 일이 있기 때문에 그런 데서 라디오 같은 것을 구경했지만, 젊었을 때 진섬 몇번 가본 것 말고는 이 섬에서 한발짝도 밖에 나간 일이 없는 평식이 할머니는, 아이들처럼 이 '소리나는 기계'를 보자 질겁했다.

평식이 할머니는 섬사람이면서도 유독 심하게 뱃멀미를 하기 때문에 여태까지 나들이를 모르고 살았다. 젊었을 때 진섬 몇번 다녀온 일이 있었는데, 징용에 끌려간 남편 편지 때문이었다. 평식이 할아버지는 호적이 열다섯살이나 늦게 되어 마흔살이 넘은 나이로 징용에 끌려갔다.

이런 남편이라 서럽기는 배나 서러웠고, 편지가 오면 남편이라도 온 것만큼 반가웠지만, 꽃섬에는 편지를 읽고 답장을 써줄 사람도 없었다. 그래서 죽는 셈 치고 진섬까지 실려 가서, 편지를 읽어달라 해서 눈물을 흘리며 듣고, 답장을 써달래서 부쳤다.

꽃섬 사람들이 진섬에 일이 있어 가면 거기서 열흘이나 보름, 더러는 한달씩이나 묵은 편지를 가져왔는데, 읽을 사람이 없으니, 편지를 들고 진섬으로 갔다. 갈 때부터 올 때까지 눈에서는 눈물을 흘리고, 입에서는 속엣것을 말짱 토했다. 편지가 올 때마다 이렇게 설움과 멀미에 반송장이 된 평식이 할머니를 섬사람들이 떠메 들였다.

그때는 평식이 아버지가 밑 터진 바지를 입었을 때라, 그때는 그때대로 아이들이 너럭바위에 나가 진섬 쪽을 지켜보았다. 평식이 할머니는, 지금 삼석이 어머니인 딸과 아들을 늘 너럭바위로 내쫓

172

왔고, 그때도 흑산도로 가는 연락선이 하얀 물줄기를 꼬리에 끌고, 통통통 섶섬 모퉁이에 머리를 내밀면, 그도 일손을 팽개치고 너럭바위로 뛰쳐나가 아이들을 안고 한참 동안 진섬을 바라보다가 눈물을 짜며 돌아섰다.

해방이 되자, 징용에 끌려갔던 사람들이 죄다 돌아온다는 소문이었다. 그때부터 꽃섬 아이들은 너럭바위에서 살다시피 했고, 평식이 할머니는 눈을 더 밝히고 진섬 쪽을 건너다보았다. 그러나 일년이 지나고 이년이 지났지만 소식이 없었다. 일본으로 끌려간 사람보다 북선(北鮮)으로 끌려간 사람들이 먼저 올 것이란 소문이었는데, 일본 북해도(홋까이도오)에 갔던 진섬 사람들은 돌아온 지가 오래였지만, 평식이 할아버지는 소식이 없었다. 삼팔선에 막혀 그럴 것이라며, 여태까지 못 왔으면 이제는 넘어오기가 어려울 거라고 했다. 할머니는 넋 나간 사람처럼 낮에는 진섬 모퉁이만 바라보았고, 밤에는 뒤란 칠성단에 백번이고 이백번이고 절을 하며 눈물을 흘렸다. 남편이 가고 나서 하루도 거른 적이 없는 치성이었다.

그렇게 몇년이 지났을까? 인민군이 삼팔선을 밀고 내려온다는 소문이었다. 삼팔선이 터졌다면, 그 틈에 남편이 올지도 모르겠다는 생각이 들었다. 칠성단에 정화수를 한결 정갈하게 떠놓고 더 지성스럽게 치성을 드렸다. 그런데, 기다리던 남편은 오지 않고 이번에는 아들이 징병에 끌려갔다.

평식이 할머니는 라디오에 좀 익숙해지자, '선생님한테 할아버지 소식을 물었습니다. 내일 비가 올지 눈이 올지 척척 알아맞추고, 미국 소식까지 알려주는 라디오면 무엇이든 알 것이라 생각한 것

같았습니다.'

"그런께, 함경도 아오지라든가 거그서 석탄을 팠다는디, 해방되기 서너달 전까지도 편지가 왔단게. 그란디, 그 웬수 놈의 삼팔선이 맥혀논께 못 온갑서. 다른 사람은 넘어온 사람도 있다는디, 영감이 하도 내두잔해논께 못 넘게 한다고 안 넘는갑서. 끌끌……"

할머니는 삼팔선이 무슨 울타리 같은 것인 줄 아는 것 같았다.

할머니는 선생님한테뿐만 아니라, 더러 외지에서 사람이 오면 붙잡고 삼팔선 소식을 물었다. 우뭇가사리 사러 오는 사람이나, 무슨 선거가 있어 고무신이나 수건 따위를 가지고 오는 사람한테는 더 꼬치꼬치 캐물었다. 그때마다 그들은 이 사람한테 표를 찍으면 금방 삼팔선이 터질 것같이 말했다. 그래서 선거 날이 되면, 자기는 못 가면서도 작대기 몇개 밑에 찍으라고 며느리한테 당부하기를 잊지 않았다. 그리고 그들이 가져온 수건이나 양말을 남편 몫으로 차곡차곡 간수해놨다.

꺼멓게 손때가 묻은 앞닫이 속에는, 여러벌 헝겊으로 발라 누렇게 바랜 삼합(三盒)이 있고, 그 속에는 옛날 영감한테서 온 편지와 함께 예쁜 양말과 수건들이 가득히 쌓여 있었다. 선거 때마다 하나씩 늘어난 물건들이 삼합을 채운 것이다.

할머니는 그 가운데 편지를 무엇보다 소중히 간직했다. 대단한 문서이기나 한 것처럼 좀체 누구한테도 내보이지 않았다.

"요것이 영감이 보낸 편지구먼. 읽어봐!"

선생님에게 편지를 건넸다. 선생님은 색깔이 누렇게 바랜 편지를 읽고 나서 한참 망설이다가 입을 뗐다.

174

라디오가 신통하기는 하지만, 이북에 있는 사람 소식까지는 모른다는 것이며, 삼팔선을 지금은 휴전선이라 하는데, 양쪽에서 군인들이 여러겹으로 총을 들고 지킨다는 것을 알기 쉽게 설명해주었다.

"그럼 그것이 언제 터질꼬?"

선생님은 멋쩍게 웃고 나서 그건 알 수 없는 일이라 했다. 할머니는 선생님한테서도 이렇다 하게 신통한 말을 얻어듣지 못하자 실망이 큰 듯, 혼자 몇마디 푸념을 하며 눈물을 흘렸다.

'라디오는 신통했습니다. 서울이나 부산서 불난 이야기며, 심지어는 미국에서 하는 말까지 가만히 앉아 들을 수가 있었습니다. 신나는 노래도 나왔습니다. 그래서 동네 사람들은 저녁밥만 먹으면 우리 집으로 모여들었습니다.'

저녁이면 가뜩이나 할 일이 없는 섬사람들이라 숟갈만 놓으면 평식이 집으로 달렸다. 가난한 섬이라 도둑이 배를 타고 올 까닭이 없으니, 집 비우는 것은 염려할 것이 없었다. 며느리 시어머니 할 것 없이 앞을 다투어 모여들었다. 나이 든 남자라고는 몸 한쪽을 못 쓰는 둘레 할아버지뿐이라, 총각 선생님을 둘러싼 사랑방 분위기는 화기가 넘쳤다.

'이따금 둘레 어머니가 고구마를 쪄 오기도 했습니다. 삼석이 누나는 고둥을 삶아다 선생님 방에 몰래 놓고 가기도 했습니다.'

또 그들은 어디 나들이 갈 때나 바르는 '구루무'를 바르기도 했다. 둘레 어머니와 삼석이 누나는 저녁이 되면 서로 시새우듯 얼굴을 가다듬고 옷매무새를 매만졌다. 전복이나 홍합 같은 것을 잡아

오면 것은 으레 선생님 몫이었다.

'선생님은 유독 나를 귀여워했습니다. 너 같은 아이는 도시 학교에 가도 일등을 할 거라며, 열심히 공부하면 틀림없이 훌륭한 사람이 될 거라고 하셨습니다. 그때마다 나는 선생님처럼 공부를 많이 해서 훌륭한 사람이 되겠다고 결심했습니다. 선생님은 우리 교과서보다 훨씬 두꺼운 책이 열권도 더 됐습니다. 그 가운데는 영어책도 있었습니다. 나중에 대학교에 가신다고 하셨습니다.'

선생님은 자기 공부도 열심이었지만, 어린이들 가르치는 데도 열심이었다. 잉크를 처음 보자 '지름(기름)'이라 하던 섬 어린이들 눈을 띄어주고 꿈을 심어주었다. 기차나 자동차는 말할 것도 없고, 꿩이나 노루, 토끼도 구경 못한 섬 어린이들을 가르치는 일은 장님한테 씨름굿 설명하기만큼 답답했다. 멀리서 발동선이나 비행기를 본 것 말고는, 신라나 백제 시대 어린이들보다 더 깜깜했다. 그러니까 문명 비슷한 것을 접한 것은 선생님이 가지고 온 라디오 정도였다.

'그런데 하루는 라디오를 듣다가 무서운 말에 깜짝 놀랐습니다.'

라디오 소리가 어지간히 귀에 익어 그들의 입에서 고(高) 아무개, 구(具) 아무개, 같은 성우나 코미디언들 이름이 오르내릴 무렵이었다. 백령도 근처에서 조기잡이 하는 우리 어선을 이북에서 끌어갔다는 뉴스가 있었다. 네척이나 끌어갔다고 했다. 모두 겁먹은 눈을 맞댔다. 평식이 할머니는 금방 울음을 터뜨렸다.

선생님은 설마 그런 사람들 속에 이곳 사람들이 탄 배가 끼었겠느냐고 했으나, 모두들 근심스런 낯을 얼른 펴지 않았다. 전국에서 모여든 배가 수백척이라고, 수백척에 힘주어 말해도, 그 많은 수가 얼른 실감이 가지 않는 것 같았다. 평식이 할머니는 그때부터 숟갈을 놓다시피 했다.

그날부터 또 꽃섬 아이들은 너럭바위에서 진섬 쪽을 바라보았고, 동네 아낙네들은 전에는 별로 귀여겨듣지 않던 뉴스 시간을 애타게 기다렸다. 낮에 일하다가도 선생님을 만나면, 라디오에서 무슨 소식 없더냐고 물었다. 그러던 얼마 뒤에 이번에는 북쪽으로 작년에 끌려갔던 어부들이 여덟달 만에 풀려 온다는 것이다. 그 말을 듣고 그들은 조금 안심하는 표정이었다. 끌려가더라도 다시 돌아올 수 있다는 희망을 가진 것 같았다.

그러자, 평식이 할머니는 엉뚱한 생각을 하는 것 같았다. 평식이 아버지가 이북으로 끌려갔으면, 자기 아버지를 만날 게 아니냐는 것이다. 잘하면 배 밑창 같은 데 숨겨서 데려올지 모른다고 했다. 할머니는 그때부터 아이들과 함께 너럭바위에 나가 진섬 쪽을 바라보기 시작했다.

"애 아범이 예사 아범이 아녀. 군대 가서도 소나기같이 쏟아지는 탄환에 다른 사람들은 모두 죽었는디, 아범 혼자 탄환을 피해서 살았단께. 워낙 눈치가 싼께 즈그 아범을 만나기만 하면, 별일이 있어도 데리고 올 거여."

석달이 지났다. 아버지들이 돌아왔다. 이북에 끌려갔을 것이란 것은 헛걱정이었다. 할머니는 아들이 무사한 것이 반가우면서도, 남편에게 걸었던 기대가 무너진 것이 서운한 눈치였다. 내색을 않으려 애를 쓰는 것 같았으나 주르르 눈물을 흘렸다.

'나는 우리 섬에 학교가 생기고 선생님이 오신 것부터 우선 아버

지에게 자랑하고 싶었습니다.'

그런데 웬일인지 선생님을 보는 아버지들 눈초리가 별로 곱지 않았다. 다른 아버지들도 마찬가지였다. 수고하신다고 선생님에게 인사를 하면서도 떨떠름한 표정들이었다. 그런데 다음 날 무서운 일이 벌어지고 말았다. 둘레 아버지가 괜히 선생님한테 시비를 걸어 그만 주먹다짐을 했다.

"이 자식아! 누가 우리 애덜 공부 갈쳐주라고 했어? 엉! 우리는 이런 섬에서 산께 공부 같은 것은 필요 없다. 선생이란 작자가 저녁마당 여자들 꽈놓고 지랄이나 쳐? 당장 짐 싸서 짊어지고 꺼져. 당장! 당장 안 꺼지면 다리몽둥이를 콱 분질러놀 것이다."

선생님은 둘레 아버지의 우악스런 주먹에 입술이 터지고 코피를 쏟았다.

'다음 날, 얼굴에 시퍼렇게 멍이 든 선생님은 봇짐을 싸가지고 이 섬을 떠났습니다. 평식이는 아버지가 무서워 선생님께 안녕히 가시란 인사도 못하고, 담 뒤에 숨어서 눈물을 흘렸습니다.'

아버지들이 다시 고깃배를 타러 간 다음, 꽃섬 어린이들은 다시 너럭바위에 나가 진섬 쪽을 건너다보았다. 선생님이 다시 올 것 같지는 않았지만, 그래도 혹시 모른다는 생각에 말없이 진섬 쪽만 바라보고 있었다.

'섶섬 모퉁이에 연락선이 나타나기 훨씬 전부터 우리들은 거기 나와 진섬을 바라보았습니다. 진섬이 저쪽으로 돌아앉아 있는 것이, 마치 우리한테 그렇게 등을 돌리고 있는 것 같아 눈물이 나기도 했습니다.'

그러던 어느날, 진섬 모퉁이에서 작은 배 한척이 나타나더니, 이쪽으로 오고 있었다. 아이들은 가슴을 조이며 보고 있었다. 배가 가까워지자 거기서 손을 흔드는 사람이 있었다. 선생님이었다. 꿈만 같았다. 그러나 꽃섬 아이들은 손을 흔들지 못했다.

'지난번 일이 부끄러워 손도 흔들지 못하고 보고만 있었습니다. 둘레는 그만 엉엉 울음을 터뜨리며, 얼굴을 싸쥐고 집으로 도망쳤습니다.'

선생님은 아이들 머리를 쓰다듬으며 반가워했다. 언제 무슨 일이 있었냐는 듯 지난 일은 까맣게 잊어버린 것 같았다. 선생님은 그러다가 좀 난처한 듯 잠시 머뭇거리더니, 학교를 섶섬으로 옮기게 되었다는 것이다. 전에 섶섬 아이들이 그랬던 것처럼 이제부터는 꽃섬 아이들이 배를 타고 섶섬으로 오라는 것이다.

'학교를 섶섬으로 옮기는 것은 섭섭했지만, 그렇게라도 다시 공부하게 된 것은 다행이었습니다. 선생님은 동네 사람들에게 사정을 말한 다음, 그 길로 평식이 집에서 학교 이름이 써진 간판을 떼가지고 섶섬으로 가버렸습니다.'

평식이 집 사랑방에는 도로 할머니가 들어앉고, 간판을 떼어간 곁에는 '이웃에 오신 손님 간첩인가 다시 보자' 같은 방첩 포스터만 붙어 있었다.

섶섬에는 얼마 안 가서 아담하게 학교가 지어졌다. 학교 이름도 '장도초등학교화도분교실'에서 '장도초등학교시도분교실'로 바뀌었다.

'그동안 아무 일도 없이 여러해가 지났습니다. 섶섬 근처에 간첩

선이 나타났다고, 군함과 비행기가 한밤중에 총을 쏘고 폭탄을 던지는 무서운 일이 있었습니다.'

이 근래에는 진섬에 뿌리박고 있던 고정간첩이 적발되어 발칵 뒤집힌 일도 있었다. 그뒤부터 선생님은 조금이라도 수상한 일이 있으면 무엇이든 선생님한테 알려야 한다고 했다.

오랜만에 고기잡이 갔던 아버지들이 또 돌아왔던 날이었다. 아침잠이 깬 평식이 할머니는 어찌 된 일인지 주룩주룩 눈물을 흘렸다. 며느리가 무슨 일이냐고 물어도 대답을 하지 않고 넋 나간 사람처럼 눈물만 흘렸다. 웬일이냐고 여러번 물어서야 꿈에 할아버지를 보았다고 했다. 그만한 일을 가지고 뭘 그러느냐고, 무슨 좋은 일이 있을 모양이라며 어머니는 할머니를 위로했다. 그런데 그날 아버지들이 온 것이다. 어머니는 거 보라며 할머니를 웃기려 했지만, 할머니는 오랜만에 집에 온 아들을 봐도 별로 반가워하지 않았다.

"어마니, 어디 편찮으시요?"

아버지가 물었다.

"느그 아범이 죽었다. 흑흑."

엉뚱한 말에 아버지는 뭐라 말을 잇지 못하고 눈만 말똥거렸다.

"무슨 말씀이요?"

아버지가 다시 묻자 할머니는 눈물을 훔치며 말을 이었다.

"요새는 통 안 뵈던 느그 아범이 헐레벌떡 집으로 들어오등마는 얼른 두루마기를 내노라고 그러지 않느냐? 헌 두더기 감발하고 숨도 안 쉬고 재촉을 하더라. 방으로 들어오라 해도 갈 길이 바쁘담서 어서 옷만 내노라고 재촉을 하는구나. 그래서 두루매기랑 양말

이랑 주섬주섬 내갖고 온께 어느새 가버리고 없더라. 쫓아 나가본
께 그새 훨훨 저만큼 가고 있더라. 쫓아감서 옷이나 입고 가라고
해도 뒤도 안 돌아보고 가불더라. 펄떡 깼더니 꿈이 아니겠냐?"

할머니는 말을 그치며 먼 데만 보고 있었다.

"허허. 나는 또 무슨 말씀인가 했소."

아버지는 크게 웃었다.

"꿈은 거꾸로라 합디다. 내가 오려고 그랬던 것입니다. 하하하."

어머니도 따라 웃고 평식이도 웃었지만, 할머니는 먼 데만 보고
있었다.

"내 꿈이 보통 꿈이 아니다. 다른 때는 괴기를 잡아갖고 오든가,
무슨 짐승을 안고 오든가 그랬는디. 흑흑. 돌아가셨다. 틀림없이 돌
아가셨어. 흑흑. 사람이 워낙 숫기가 없어논께 밥이나 지대로 잡수
시다 돌아가셨는지. 흑흑흑."

할머니는 쏟아지는 눈물을 주체하지 못했다.

"허허. 별 말씀을 다 하시오. 이번에 들어봤더니, 삼팔선이 금
방 터질 것이라 합디다. 그때 오시려고 어머님 꿈에 나타나신 것
같소."

아버지는 삼팔선이 터질 거라는 대목에서는 어머니에게 힐끔 눈
짓을 했다.

"옷을 찾으셨다는 것을 보면 참말로 오실는지 모르겠소. 지난번
선거하러 가서 들어봤더니, 진섬 사람들도 삼팔선 금방 터질 것 같
다고 합디다."

어머니도 시치밀 따고 거들었다.

"돌아가신 뒤에 터지면 뭣 하겠냐?"

여태까지 영감이 죽었을 것이라고는 한번도 말한 일이 없는 할머니였다. 꼭 살아 있을 거라며 지금 나이가 몇이고, 몸이 워낙 강단져서 환갑이 넘었어도 정정할 것이라고 했었다. 칠성단과 당신 치성을 믿어 그런지 그만큼 굳게 믿고 있는 것 같았는데, 생각을 한번 바꿔 갖자 무슨 말을 해도 귓결로 흘려버렸다.

"황천길에 오름서 옷을 갈아입으러 왔던 것을, 조금만 일찍 옷을 가지고 나갔더라면 입혀서 보낼 것을, 내가 꾸물거리는 통에 가져버렸다. 그렇게 험하게 저승에 가면 저승에서도 천대를 받는다던데, 아이고 아이고."

할머니는 금방 목을 놓고 울었다. 어머니도 눈물을 찔끔거리며 부엌으로 나갔다. 아버지도 어쩌지 못하고 담배만 빨고 계셨다. 아버지가 사온 쇠고기를 끓이려 하자 할머니가 울음을 그치고 말렸다.

"놔둬라. 그것으로 물밥이라도 해놓자. 그렇게 천하게 가셨는디, 어디서 찬밥 한덩어리라도 얻어묵겠냐?"

아버지도 말리지 않았다. 떡도 하고 부침개도 부쳤다. 오랜만에 하얀 쌀밥도 했다. 말린 홍합을 쇠고기와 함께 넣어 미역국도 끓이고, 설보다 더 걸게 제사상을 차렸다.

사립문 밖에서 훨훨 불을 피우고 할아버지 물건들을 내다 죄다 살랐다. 두루마기며 저고리 바지, 선거 때 몫 지어 두었던 양말이며 수건까지 모두 태웠다. 옛날 할아버지가 보냈다는 편지도, 한장씩 불속에 던지며 할머니는 큰 소리로 울었다. 한쪽에서는 둘레 할머니가 비손을 했다. 어머니도 울고 동네 사람들도 눈시울을 적셨다.

아버지는 울지는 않았지만, 침울한 표정으로 담배만 빨고 있었다. 정말 장례라도 치르는 것 같았다.

'그렇게 무엇이든 불에다 태워주면 죽은 사람이 그걸 가지고 가는 셈이 된다고 했습니다. 선생님은 이런 것을 미신이라고 말씀하시겠지만, 할머니가 꼭 그렇게 믿고 계시니 할 수 없었습니다. 나는 선생님이 이런 일을 모르고 계시는 것이 다행스러웠습니다.'

다음 날, 어머니는 선생님께 갖다 드리라고 떡이며 고기를 싸주었다.

"이게 무슨 떡이지?"

선생님은 어린이들 앞에 떡을 펴놓으시며 물었다.

"어제저녁이 우리 할아버지 제삿날이었습니다."

"너의 할아버지는 이북에 계신다던데?"

선생님은 어린이들에게 떡을 한조각씩 나눠주며 물었다. 평식이는 얼른 대답을 못했다.

"거기서 돌아가셨나? 그럼 그걸 어떻게 알았지?"

선생님은 떡을 입으로 가져가려다 말고 갑자기 놀라는 표정이었다. 평식이는 골이 붉어졌다. 선생님은 늘 미신을 타파해야 된다고 말씀하셨는데, 할머니 꿈이나 옷을 태워준 것은 모두 미신인 것 같아 부끄러웠다. 전에 선생님이 꽃섬에서 못 당할 꼴을 당하고 난 뒤로는, 항상 죄송한 생각뿐이라 선생님 말씀은 무엇이든지 어기지 않으려 했는데, 어른들이 한 일이지만, 꼭 자기가 선생님 말씀을 안 듣고, 미신을 지킨 것 같아 대답을 못하고 얼굴만 붉혔다.

"평식이 아부지가 그저께 왔어라우."

삼석이가 제 깐에는 변명이라고, 밑도 끝도 없는 말을 했다. 다른 아이가 삼석이에게 얼른 눈짓을 했다. 어제저녁 제사 지낸 일을 사실대로 말해버리면, 선생님이 너무 실망하실 것 같아 말하지 말라는 눈짓이었다.

"아버지가?"

선생님은 눈이 더 커지며 당황하는 평식이와 삼석이를 번갈아 보았다. 삼석이는 평식이 눈짓에 입을 다물고 말았다. 선생님은 다행히 더 캐묻지 않았다. 그러나 무슨 생각을 하는지 눈빛이 예사롭지 않았다. 평식이는 평식이대로 선생님이 그런 일을 죄다 짐작해버린 것 같아 마음이 웅크려졌다.

다음 날 아침, 학교에는 웬일인지 빨간 기가 올랐다. 그런데 점심때쯤 느닷없이 조그마한 발동선이 꽃섬에 들이닥쳤다. 순경들이 타고 있었다. 서슬이 시퍼런 순경들은 총을 들고 뛰어내려 다짜고짜 평식이 집을 둘러쌌다. 아버지를 한쪽으로 데려가고 집안을 발칵 뒤집었다. 아궁이도 들여다보고 마루 밑을 파보기까지 했다. 순경들은 옛날 할아버지가 보낸 편지 한장을 앞닫이 속에서 찾아냈다. 봉투는 없고 알맹이만 있는 편지였다. 그걸 찾아내자 순경들은 더 샅샅이 뒤졌다. 다른 집도 뒤졌다.

그렇게 북새질을 치고 나더니 아버지들을 죄다 배에 싣고 가버렸다. 동네는 날벼락을 맞은 꼴이었다. 영문을 알 수 없는 일이라 모두 넋이 나간 것 같았다. 아버지들을 싣고 가는 배가 저만치 멀어졌을 때에야 모두 울음을 터뜨렸다.

아낙네들은 밤낮으로 울기만 했다. 평식이 할머니는 그날로 몸져누워 헛소리까지 했다. 아이들은 아침부터 너럭바위에 옹송그리고 앉아, 진섬 쪽만 건너다보고 있었다. 다행히 아버지들은 이틀 만에 모두 풀려나왔다.

"아무런들, 선생이란 작자가 생사람을 간첩으로 몰아? 허허."

"그 못된 작자, 그때 앙심으로 모략을 했어. 허허. 우리들이 이북에 갔다 왔다고? 어디서 만나기만 해봐라. 가만두지 않을 것이다."

'그렇지만 우리 선생님이 그런 무서운 일을 했을 것 같지 않습니다. 아버지들이 잘못 알고 계시는 것 같았습니다. 그러나 어른들이 하도 화를 내고 있기 때문에 참견하고 나설 수도 없었습니다.'

오늘도 꽃섬 어린이들은 너럭바위에 나와 혹시 선생님이 오지 않을까, 진섬 모퉁이를 건너다보고 있다. 여객선이 섶섬 모퉁이로 하얀 물꼬리를 달고 지난 훨씬 뒤에도 그들은 오래오래 진섬을 건너다보고 있었다.

『현대문학』 1971년 8월호(통권 200호); 2007년 7월 개고

* 이 소설은 남해안 지방 어느 외딴섬 어린이 작문에 기초를 두고 있다.

어느 해
봄

이번 여행은 목적이 칙칙해서 그런지 무엇 하나 제대로 아귀가
맞는 게 없다. 낚시도구만 해도 그렇다. 선거운동 하러 가는 출장
목적을 눈가림할 수 있겠다는 가벼운 생각으로 챙겨 왔더니 그게
차츰 거추장스러워지기 시작했다. 버스가 시골길로 접어들자 그게
시골 승객들 눈을 끌기 시작한 것이다. 선반에는 짐짐이 가득하여
낚시가방을 통로에 놓고 낚싯대 케이스는 무릎에 얹고 앉았더니,
그게 무슨 별나게 소중한 물건인 줄 아는 것 같았다.
　더러 귀빠진 시골로 낚시를 가면 이런 호기심에 찬 눈초리를 자
주 느끼지만, 오래 다니는 사이 그런 호기심에는 이미 익숙해졌다.
저렇게 멋있는 것 속에는 무슨 소중한 물건이 들었을 거라 여기는
시골 사람들과, 그들 생각으로는 어이없는 낚싯대나 담고 다니는

낚시꾼들과, 이 두 부류 사이에 놓여 있는 거리는 상당히 먼 것이고, 그래서 처음에는 그 거리가 불안에 가까운 자의식으로 다가오기도 했다. 그러나 요즘은 그 거리의 멀찍한 이쪽에서 아무 거리낌 없이 유유자적 낚시를 즐길 수 있었다. 그런데 오늘은 시골 사람들 그런 눈초리가 거북하게 느껴지는 건 좀 새삼스런 일이었다.

그것은 내가 굽실거리며 국회의원 선거 표(票)를 부탁해야 할 사람들이 먼 거리의 저편에 있던 시골 사람들이란 데서 오는, 그런 차원 높은 자의식 때문이 아니고, 이걸 메고 고향 동네에 들어설 때 우리 동네 사람들 눈초리가 상상되었기 때문이었다.

가뜩이나 심심한 산골 사람들이라 아무개가 명절도 아닌데, 고향에 온다는 것만으로도 마을이 잠시 술렁거릴 것인데, 거기다 이런 별난 걸 메고 나타나면 모두 일손을 놓고 나를 바라볼 것이고, 그게 무엇인가 밝혀질 때까지 나는 그들 화제의 중심에 있게 될 것이다. 그러다가 그게 기껏 낚싯대라면 처음에는 허허 웃겠지만, 혹시 다음과 같은 사실이 밝혀지면 어안이 벙벙할 것이다. 그 낚싯대는 한개가 쌀 한가마니 값이고, 그러니까 세개면 쌀 세가마니 값이며, 그게 국산도 아닌 일제(日製)이고, 더구나 내가 가져온 미끼는 한줌에 오십원씩이나 하는 지렁이인데, 시커먼 시골 지렁이에는 붕어가 안 물리기 때문이라는 사실이 밝혀진다면 어떤 표정들을 지을 것인가? 낚시라면 할 일 없는 개구쟁이들이 막대 끝에 바느질실을 매어 개울에서 붕어 낚는 것밖에는 보지 못한 사람들이 아닌가?

낚싯대를 가져온 게 후회되었다. 선거운동의 눈가림이라 했지만, 아웅 하다 들키면 무안하기는 그편이 더할 것이다. 그것으로 덕을 보긴 했지만, 내가 낚시를 시작한 동기부터가 불순했다. 요산요수(樂山樂水)의 풍류적인 출발이 아니고 윗사람들과 가까이 할 수 있는 자연스런 기회를 얻고 싶어서였다.

차창으로 보이던 국회의원 입후보자들 벽보 얼굴들이 바뀌었다. 선거구역인 군 경계를 지난 것이다. 벽보의 얼굴들은 하나같이 개성이 없고 무표정인 얼굴들이었고, 그런 얼굴들을 멋없이 크게만 확대시켜놨다. 증명사진 찍는 중학생들처럼 딱딱하게 굳어 있을 뿐 좀 부드러운 얼굴은 하나도 없다. 그러고 보니 역대 선거에서, 그 숱하게 많았던 역대 선거의 어느 벽보에서도 여태껏 여유 있게 웃는 얼굴은 본 적이 없는 것 같다. 유권자들에게 자기의 정치적 신념과 충정을 한 커트의 표정으로 나타내려 할 때, 그 많은 정치가들이 저토록 딱딱한 표정뿐일까? 자신의 정치적 신념이 좀더 인간적인 차원에서 자신 있었던 정치가는 없었단 말인가?

버스가 산굽이를 돌아서자 벽보가 또 바뀌며 낯익은 얼굴들이 나타났다. 입후보자들 얼굴을 보자 대학 다닐 때 생각이 났다. 방학이 끝나고 개학에 맞춰 돌아가느라 이 산굽이를 돌아설 때, 더구나 그때가 이렇게 들판이 푸르러지는 초봄이면, 봄을 노래하는 시가 떠오르고 나는 그 시흥에서가 아니라, 저기 웅크린 초가집들에 찾아들었을 보릿고개가 코허리를 때려, 그런 시들이 알큰하게 역설로 씹혔었다. 지금 생각하면 다감했던 시절이었다.

큰길에서 동네로 들어가는 길은 시멘트 포장을 하고 있었다. 어디서나 볼 수 있는 선거 선심이었다. 그런 게 여태 그러려니 했는데, 정작 내 고향의 낯익은 거리들이 뒤집히는 것을 보자 새삼스러위 보이고, 갑자기 내 처지에 긴장이 느껴졌다. 나는 지금 이렇게 핏발 선 선거의 열탕 속에 아무 준비도 없이 뛰어들고 있었다. 무슨 준비랄 것이 따로 있을 턱이 없지만, 뭔가 가지고 와야 할 것을 놓고 온 것처럼 허전한 기분이었다. 어제저녁 나에게 술주정하던 신입 직원 얼굴이 떠올랐다.

"과장님, 가긴 가겠습니다. 솔직히 말하면 요새 세상에 이런 일에 찜찜한 기분을 갖는다는 것은 감정의 사치라는 걸 잘 알고 있습니다. 그렇지만, 이게 좀 우습잖습니까? 저는 엊그제까지 이런 일을 규탄했던 대학생이었거든요. 그렇다고 앞장서는 축은 아니었고, 뭐랄까, 타고난 천성이 한참 낙천적인 쪽으로 기울어진 놈이라 눈치 봐가며 적당히 건들거렸던 셈이죠. 그러니까, 이번에도 심각하게 머리 썩이지 않고 적당히 해치울 수도 있습니다. 그렇지만 정작 고향에 가서 친척들을 대상으로 득표공작을 한다고 생각하니 구역질이 날 것 같군요."

원래 말이 많은 녀석인데 술이 들어가자 더했다. 그러나 대학을 갓 나온 애송이의 푸념이 귀엽기도 해서 웃으며 들어줬다. 술이 들어갈수록 말이 점점 거칠어지고 나중에는 나한테 덤비는 투였다. 나는 그저 웃기만 했다. 순정을 빼앗기지 않으려고 앙탈하는 소녀의 귀여운 몸짓을 보는 것 같은, 잔인한 쾌감에 젖어 있었다. 직원들은 말리다가 나중에는 억지로 끌고 나갔다. 그러나 결코 불쾌한 기분은 아니었다.

그는 아침에 술이 깨면 몹시 후회할 것이다. 나한테 몹시 송구스러울 것이고, 어쩌면 자기 모가지를 어루만지며 겁을 먹을지도 모른다. 내가 아침에 일찍 집을 나서버린 것은 녀석한테 그 곤혹을 며칠간 안겨놓고 싶어서였다. 그 녀석 넉살로 보아 술이 깨면 틀림없이 나한테 죄송하다고 전화를 할 것이고, 내가 아침 일찍 고향에 갔다고 하면 몹시 당황할 것이다. 안절부절못하다가 그것으로 만회라도 하겠다는 듯 부랴부랴 고향에 가서 착실하게 임무를 수행하고 올 것이다. 그러니까 내 행동은 부하에게 괜한 부담을 주려는 관료적 행티가 아니고, 상사로서 인간미 넘치는 잔정이 아니냐고 혼자 흐뭇했다. 그런데 그 녀석처럼 고민이 없었던 나는 아무 준비도 없이 적진에 뛰어들고 있는 꼴이었다.

"야, 이 자식아!"

버스에서 막 내려서자 누가 내 등짝을 철썩 갈겼다. 우람한 손길이었다. 찔끔했다. 고등학교 친구였다.

"자식, 과장 됐다더니 수가 제법 늘었구나. 그렇지만 붕어는 쉬울지 몰라도 표는 붕어 낚듯 쉽지 않을걸!"

학교 때도 입이 걸쭉한 친구였다. 나는 멋쩍게 웃을 수밖에 없었다. 버스에서 내려 한발짝도 제대로 떼기 전에 내 어설픈 수작은 박살 난 것이다. 이런 경우를 예상 못한 건 아니었지만 이토록 무참하게 폐부를 찔릴 줄은 몰랐다.

"가자! 먼저 야당 막걸리부터 한잔해라!"

그러고 보니 녀석은 야당 운동을 하고 있는 것 같았다. 나는 도둑놈이 도둑 물건을 들고 경관에게 끌려가듯 낚시도구를 들고 술집으로 들어갔다. 낚시도구는 지금 당하고 있는 무안의 부피보다 더 커져버려 거추장스럽기는 또 배나 더했다.

"너 야당 운동 하는 거냐?"

나는 멋없이 웃으며 물었다.

"왜? 그동안 제법 틀이 잡혔다 했더니 순 민폐가다로 똥배만 났구나. 야당 술 한잔이 그렇게 겁나? 안다. 알아. 그래서 이런 못돼먹은 세상 뜯어고치자는 거니까, 겉으로는 응응 하면서도 투표소에 들어가서는 야당 찍어! 알겠냐?"

그는 내리닫이로 정부와 여당에 욕설을 퍼부었다. 곁의 술손님 눈길이 쏠렸다. 위태로워 견딜 수 없었으나 그는 거침없이 내뱉었다.

"야, 야! 나 귀 안 먹었다. 볼륨 좀 낮춰라! 선거 연설 하는 거야, 뭐야?"

"잡혀갈까 염려구나. 잡아갈 테면 잡아가라지. 백표는 오른다."

"역시 민주주의가 좋구나!"

한참 만에야 어조가 좀 수그러졌다. 고향 친구들 근황이며 모교 이야기가 오가고, 외지에 나가 있는 친구들, 특히 공무원 친구들이 요즘 많이 다녀갔다고 비꼬았다.

"영체도 왔어! 왜 온 줄 아냐?"

"영체가?"

서울 어느 대학에 교수로 있는 친구다.

"김 의원님께서 대학에 넣어줬거든."

"인마, 좀 가당한 소릴 해라! 아무리 국회의원이라고 대학교수까지 맘대로 만든단 말이냐?"

"허허. 너 꿈꾸고 있구나. 문공위원 앞에서 대학 총장들이 어쩐

줄 알아?"

"들어가는 데 좀 거들었겠지."

그사이 나는 이 작자하고 헤어질 기회만 노리고 있었다. 마침 그
에게 전화가 왔고 무슨 급한 일인지 목소리가 빨라졌다.

"미안하다. 낼 만나자."

그는 바삐 자리를 떴다. 나는 해방된 기분이었다.

나는 읍사무소에 다니다가 실직한 형님 집에다 낚시도구를 놔두
고 택시로 시골집에 갔다. 어머니는 언제나 그렇듯 반가워 못 견디
셨다. 어머니가 반기시는 걸 보자 국회의원 선거가 나를 효자로 만
들어준 것 같아 혼자 웃었다.

동네서는 내가 무슨 활동이란 걸 따로 할 만한 일은 없었다. 내가
표에 영향을 미칠 수 있는 사람들은 친척들뿐인데, 벌써 동생이 여
당 후보의 이 동네 책임을 맡고 있었다. 동생은 형님 때문에 이런
달갑잖은 일을 맡았다고 투정 비슷하게 생색을 냈다. 초등학교를
나와 농사를 짓고 있는 동생은 객기가 만만찮아 쉽게 여당 쪽에 기
울 성미는 아니었다. 그러면서도 공무원인 형의 처신에 자기 행동
이 크게 도움이 될 것이란 점에 동기로서 보람을 느끼는 것 같았다.

나는 그가 욕심내는 론손 라이터를 선뜻 주어버렸다. 사천원짜
리라고 하자, 이게 뇌물 먹은 것 아니냐고 핀잔을 주면서도 아주
만족스런 표정이었다. 그는 내 눈치 봐가며 정부와 여당을 은근히
치켜세웠고 야당 입후보의 주장을 반박했다. 비료 정책이며, 더구
나 지금은 보릿고개가 없어졌다는 걸 정부의 공적으로 내세웠다.
그리고 현직 의원인 여당 후보의 지난 사년간의 원내 활동과 사람

됨을 역시 여당 이책답게 늘어놓았다. 여기 여당 후보는 인물이 웬만하기도 했다.

나는 동생의 말에 계속 고개를 끄덕여주었다. 그의 말에 건성으로 고개만 끄덕여주고 있었지만, 내 고갯짓이 그의 마음에 상당한 변화를 주고 있다는 걸 느낄 수 있었다. 아까 그 떠름하던 태도가 어떤 확신으로 변하고 있었고, 자기가 한 일에서 단순히 형을 위한 이상의 어떤 보람을 느끼는 것 같았다.

다음 날 다시 읍내로 나갔다. 그러라고 무슨 지시가 있었던 건 아니지만, 여당 선거사무소에 들러 내가 여기 다녀갔다는 걸 알려야 할 것 같았다. 당 사무실에는 직원 둘이 전화를 받고 있었다. 한 사람은 나를 잘 아는 후배로 연신 고개를 굽실거렸다. 후보는 아침부터 밤늦게까지 현장으로 돌아다니며 유세를 하기 때문에 좀처럼 만나기 어려울 거라며, 꼭 만나겠으면 특별히 주선을 하겠지만 바쁘면 그냥 가시라고 했다. 서너번 들렀지만 못 뵙고 갔다고 둘러대겠다며 '서너번'을 두어번 강조했다. 그러라며 나는 그에게 명함을 맡기고 당사를 나왔다.

이것으로 고향에 온 일은 다 끝난 셈이다. 나머지는 동생이 잘 알아서 할 것이다. 그는 형님이 다녀갔다는 말을 기회 있을 때마다 되풀이할 것이고, 나를 빙자해서 후보와 한두번 독대를 할지도 모른다. 그러니까 나는 라이터 하나와 고갯짓과 당사에 들르는 것으로 내 임무를 거뜬히 해치워버린 것이다. 홀가분한 기분으로 사촌 형님 집으로 갔다.

"오늘은 안 가셨습니까?"

형님은 밤낚시를 했던지 부스스한 얼굴이었다.

"이제 좀 쉬어야겠다."

형수 눈치를 살피며 말했다.

"모처럼 제가 낚싯댈 가지고 왔는데 무슨 말씀입니까? 낼 한번 갑시다. 여긴 어디가 잘됩니까?"

그 처지를 알 만해서 부러 떼를 쓰듯 대들었다. 형님은 크게 하품을 한번 하고 나서 별로 관심이 없다는 투로 말했다.

"망운사 가는 데 저수지 있지? 어젯밤에 잉어 서너마리하고 붕어가 뼘치로 네댓마리쯤 되나?"

주먹으로 한쪽 어깨를 두들기며 대수롭지 않은 듯 말했다. 낚시꾼 특유의 뽐내는 가락이었다. 잉어 서너마리에 뼘치 붕어가 네댓마리라니, 명색 낚시꾼이라면 머리털이 곤두설 일이었다.

"잉어요? 잉어도 나옵니까? 커요?"

나는 바싹 대들었다.

"어이구, 모두 똑같구먼"

형수는 웃으며 눈을 흘겼다.

"저기 가봐!"

형님은 턱으로 부엌문 앞 큼직한 자배기를 가리켰다.

"야, 이렇게 큰 놈들을 어떻게 올렸지요?"

잉어도 그렇지만 붕어도 뼘치가 아니라 거의 월척(越尺)이었다.

"내일 꼭 한번 갑시다. 나는 여태 변변한 뼘치 한마리도 구경 못했습니다."

나는 그만 들뜨고 말았다. 당장 혼자라도 가고 싶었으나 오늘은 오랜만에 고향 친구들을 만나고 싶었다.

다방에 들러 약방 하는 친구에게 전화를 걸었다. 그는 깜짝 반색을 했다. 나한테서 무슨 말이 나가기도 전에 누구누구가 서울서 왔다며 곧 연락해서 이리 오겠다고 했다.

"선생님!"

전화기를 놓는 순간, 곁에 서 있던 레지가 알은체했다. 그는 벌써 나를 알아보고 지켜 서 있었던지 쟁반에 빈 찻잔을 받쳐 든 채였다.

"아이고, 임양 아니야! 여기는 웬일이야?"

"선생님이야말로 웬일이세요? 이 시골구석을!"

"나야 여기가 고향인걸!"

"아아, 그러세요."

"언제 왔어, 여긴?"

"그때 곧장 이리 온걸요. 그러니까 벌써 다섯달 됐네요."

"그래애."

나는 말꼬리를 길게 끌며 자리에 앉았다. 임양은 앞자리에 앉았다. 다방은 선거철이라 꽤 붐볐다.

"왜 이런 델 다 왔어?"

"어딘 못 가나요?"

그는 장난스럽게 웃었다. 그러나 그 웃음에는 자조의 빛이 깃들었고, 짙은 우수의 그림자마저 스치고 있었다. 발랄하고 청순했던 다섯달 전 모습은 어딘가 일그러져 있는 것 같았다.

나는 임양에게 유행가 한 구절 같은 아련한 기억을 가지고 있다. 임양은 T시에 있을 때 우리 사무실 건물 다방에 있었다. 청순한 미모 때문에 인기가 대단했다. 그런데 그가 어느날 홀연히 T시를 떠나면서 나에게 아주 깜찍한 엽서를 한장 남겼다.

과장님한테만은 인사를 하고 떠나려 했지만, 그 말을 들으신 과장님 표정이 제가 기대한 것만큼 섭섭한 표정이 아닐 때, 그 실망을 감당할 수 없을 것 같아 그냥 떠나면서 엽서를 남긴다는 것이다. 나는 가슴이 짜릿했다. 이별을 아쉬워하는 유행가의 아련한 가락 같은 감개에 젖어, T시를 떠나는 임양의 모습을 상상하며 나 혼자 쓸쓸하게 웃었다. 그런데 유행가처럼 낭만적인 먼 이국으로 떠났을 임양이, 이런 구질구질한 데 와서 구질구질한 손님들의 손길에 다섯달 동안이나 시달렸을 것이고, 그래서 그는 몹시 피곤한 것 같았다. 크게 배반이라도 당한 듯 쓸쓸한 기분이었다.

"여기도 며칠 전에 그만두었어요."

"왜?"

"오래 있었어요. 시골이면 조용할 줄 알았더니 그렇지도 않고 돈도 안 잡혀요."

"언제 떠나지?"

"수금 중이에요. 요새는 선거철이라 노는 김에 거저 봐주고 있어요."

"수금이라니? 차도 외상 놓나?"

"네, 시골은 어디든지 그래요."

그는 앞에 놓인 엽차 잔을 두 손으로 붙안고 고개를 떨어뜨렸다.

"잘 안 걷혀?"

"네."

얼굴을 그대로 숙인 채 힘없이 대답했다.

"이제 어디로 갈 거야?"

"글쎄요. 한 일년 벌어 간호보조원 양성소나 다닐까 했는데 잘 안되네요."

"서독(西獨) 가게?"

"거기 가면 벌이가 괜찮은가봐요. 외국 구경도 하고……"

고개를 들어 조금 웃었다. 나는 말없이 담배를 두어모금 빨고 나서 말머리를 돌렸다.

"망운사 구경했어?"

"말만 들었어요."

"나도 가본 지가 오래됐군. 꽤 번창하다면서?"

"그런가봐요."

읍에서 삼십리쯤 떨어져 있는 꽤나 큰 절이다. 중학교 때 한번 가본 적이 있었다.

"거기 한번 갈까? 기분도 전환할 겸."

그는 나를 얼핏 쳐다보고 다시 고개를 떨어뜨렸다.

"출장이 닷샌데 벌써 일은 다 봐버렸어. 하하."

이번 출장을 생각하면 절로 웃음이 나왔다. 평소의 서너배나 되는 출장비는 고스란히 남아 있는데 일은 다 봐버린 셈이다.

"언제 갈까? 내일 어때?"

"아무 때나 좋아요."

찻잔에 고개를 떨어뜨린 채였다.

"몇시쯤?"

"아홉시경에 전화하세요."

그때 약방 하는 친구가 다른 친구하고 들어섰다. 고향에서 크게 장사하는, 그래서 장 사장으로 통하는 친구다. 일어서는 임양에게 나는 내일 아홉시를 다시 다짐했다. 그는 귀밑이 약간 상기되며 고개를 끄덕였다.

"야, 인마! 출세했다고 정말 그러기냐? 여기 왔으면 연락을 해야할 게 아냐? 네놈한테 술 한잔 살 돈이 없을 것 같아? 돼지장사 한다고 내 돈에는 돼지 똥이라도 묻은 줄 알아?"

요사이는 트럭을 두대나 굴리며 이 근방 장판 돼지를 휩쓸어 서울로 빼고, 군납까지 한다는 소문이었다. 이쯤이면 이런 시골 규모로는 재벌급이라 할 수 있었다. 둘이 이야기하는 사이 약방 친구는 여기저기 전화를 걸었다.

"가서 보신탕이나 하자. 모두 보신탕집으로 오라고 했다."

"임양 저거, 껵쇠한테 아직 안 먹혔냐?"

"글쎄. 수금한 지가 꽤 오래되었는데 아직 안 떠난 걸 보면 호락호락 안 넘어가는 모양이지."

나는 귀가 곤두섰으나 무슨 말인지 알아들을 수가 없었다.

"저 자식, 이번에는 얼마래?"

"삼만원이 넘는다던가? 하하."

"허허, 쌍놈의 새끼 많이도 퍼마셨구나."

두 친구는 크게 웃었다.

"찻값 외상이 삼만원이야?"

"응, 찻값이야. 껵쇠, 너도 알지? 아까 우리 옆자리에 앉았던 그

시커먼 새끼 말이야."

나도 잘 아는 작자다. 이 고장 사람치고 껵쇠를 모르는 사람은 없을 것이다. 전형적인 사이비 기자로 낯 내놓고 남 등쳐먹고 사는 작자였다. 우리들이 중학교 다닐 때부터 악명이 높았으니 지금은 구렁이가 돼도 귀신 구렁이가 됐을 것이다.

"껵쇠 저 작자 임양한테 인상 쓰는 걸 보니 아직도 수청이 호락호락 않는 모양이지?"

두 친구는 한참 웃었다.

"너도 무슨 말인지 짐작 가지?"

약방 친구가 웃으며 나한테 물었다. 어지간히 짐작이 갔다. 껵쇠 올가미는 한결같이 찻값 외상이라고 했다. 새로 레지가 오면 석달이고 넉달이고 차를 계속 외상으로 마시다가 그 외상은 그 레지가 여기를 떠날 때 이른바 수청을 들어야 준다는 것이다. 외상은 레지가 책임지기 때문에 그 외상값은 그때그때 레지의 월급에서 까져버리고, 레지가 떠날 때 남는 것은 거의 외상값뿐이라는 것이다. 약방 친구도 한때 다방을 경영해본 적이 있어 그 내막을 소상히 알고 있었다. 좁은 곳이라 단골에게는 외상을 놓지 않을 수 없다는데, 껵쇠는 그걸 상습적으로 악용한 것 같았고, 임양도 별수 없이 거기 걸려든 것 같았다.

수심에 차 있던 임양 얼굴이 떠오르고, 아까 내가 임양과 이야기하고 있을 때 힐끔거리던 껵쇠 상판이 떠올랐다. 축축한 상판에 눈꼬리가 길게 처진 기분 나쁜 눈으로 우리 쪽을 자주 힐끔거렸던 것이다.

"김 교수, 너 오랜만이구나."

오랜만에 만난 친구들 인사는 짓궂고 요란스러웠다. 국세청·교육부·상공부, 수협 등 서울에 있는 친구들도 많이 오고, 여기 농협에 있는 친구며 보건소에 있는 친구도 왔다. 더 반가운 건 양 목사였다. 역시 외지에서 목회를 하는 친구였다. 모두가 여기 중학교와 고등학교 동창들이었다. 양 명절은 국정 공휴일이니까 누구든지 고향에 오지만, 이번에는 모두 국회의원 선거하러 온 것 같았다. 이곳 여당 국회의원 입후보 끗발이 어떤지 알 만했다. 잠깐 섰다판이 벌어지는 사이에 보신탕이 들어왔다. 자리를 골라 앉자 양 목사가 고개를 숙였다.

"허허. 보신탕에도 기도하냐? 하나님 아버지 감사하옵게도 우리에게 개라는 짐승을 내려주셔서 오늘은 보신탕을 먹게 되었습니다. 일용할 양식을 이렇게 두루 내려주시니 감사하고 감사합니다. 아멘. 하하."

김 교수 익살에 모두 배꼽을 쥐었다. 양 목사도 웃었다. 웃음이 그치려다 양 목사와 김 교수를 본 친구들은 다시 한바탕 크게 웃었다. 모두 공통된 연상 때문이었다.

고등학교 때 김 교수는 저런 장난 때문에 양 목사와 대판 싸움이 벌어져 정학을 당한 일이 있었다. 양 목사가 점심시간에 도시락을 놓고 기도하면 김 교수가 도시락을 채다 숨겨놓고 자기한테 기도하면 도시락 있는 데를 가르쳐주겠다고 했다. 그날도 김 교수가 양 목사 도시락을 들고 쫓기다가 장 사장한테 넘겼다. 그런데 장 사장은 그날 점심을 싸가지고 오지 않았던지 그 도시락을 들고 다른 반

교실로 가서 혼자 먹어버렸던 것이다.

"야, 양 목사, 이따 술은 네가 한잔 사라."

"내가 왜?"

"왜긴 왜야? 친구들끼리 오랜만에 만났으니 한잔 사는 거지."

"목사가 무슨 돈이 있어?"

"야 인마, 신도들한테 그 잠자리채 한번만 더 돌리면 될 거 아냐?"

모두 와 웃었다.

"하나님께는 이렇게 기도하면 용서하실 거다. 하나님 아버지, 모처럼 고향에 갔더니 아버지의 불쌍한 아들, 그러니까 제 형제들이 아직도 술이나 퍼마시고 설치는데, 만약 제가 그들의 요구대로 술을 사지 않았다가는 그 험한 입살에 아버지 위신이 엉망이 되는 것은 둘째고, 제가 온전하게 배겨날 수 없을 것 같아 할 수 없이 은총을 베풀었사옵니다. 너그러운 우리 주 예수 이름 받들어 기도하옵니다. 아멘."

모두 배를 쥐고 웃었다. 김 교수는 계속 익살을 부렸다.

"그리고 신도들한테는 이렇게 사길 치는 거야. 내용을 구체적으로 밝히기는 심히 난처하오나, 불가피한 지출이 한건 있어 오늘은 잠자리채를 한번 더 돌리겠으니 눈 질끈 감고 봐달라고, 못 믿겠으면 여기 증인이 있으니 들어보라고 나를 데리고 가. 까짓것 그런 십자가쯤 내가 질 테니까."

양 목사는 화를 내보았자 별수 없다고 생각하는지 함께 웃었다. 그런데 그 웃음은 자기의 너그러움을 보이려는 쪽으로 과장되어 있었고, 어떤 스타일을 내려는 작위적인 데가 있었다.

"야, 양 목사! 너 웃음이 그게 뭐냐? 그렇게 서툰 웃음으로 신도들한테 어떻게 사길 치지? '하하'가 뭐야? 그 길로 성공하려면 그런 가면 탁 벗고 알몸으로 덤비든지, 그렇잖음 녹음기라도 놓고 연습을 좀 해! 내 웃음소리 한번 들어봐. '허허허'"

폭소가 터졌다. 양 목사 얼굴이 잠시 일그러졌으나 얼른 감정을 수습하는 것 같았다. 농이 좀 심하다고 느꼈던지 모두 양 목사 얼굴을 보며 웃었고, 그의 감정에 굴곡이 지나가는 것도 느끼는 것 같았다.

"나도 너같이 말로 사길 쳐 먹고사는 놈이라 피나는 연습을 했어. 실력은 없지만 그래도 포옴은 제법 잡혔다고. '허허허' 이건 근엄하게 웃는 웃음, '으흐흐흐' 이건 여유 있게 웃는 웃음."

모두 배를 움켜쥐었다.

"방금 웃는 그런 웃음은 됐어. 어디 한번 더 웃어봐. 친구 좋다는 게 뭐냐? 친구니까 이런 충고도 하고 연습도 시키는 거야."

양 목사는 별수 없는 녀석들이라는 듯 체념하는 투로 소탈하게 웃었다.

친구들은 장소를 여러번 옮겨가며 밤늦게까지 마셨다. 아침에 일어나보니 어제저녁 마지막 뚱땅거렸던 집이었다. 내 곁에 누가 자고 나간 흔적이 있었다. 어제저녁 기억이 살아났다. 그러니까 김 교수하고 나만 여기서 여자를 끼고 잔 것 같았다. 모두 장 사장 배려라는 걸 알 수 있었다.

다시 이불 속으로 기어들려다가 임양과의 약속이 퍼뜩 떠올랐다. 아무렇게나 던져놨던 시계를 집어 들었다. 아홉시였다. 그러나 이렇게 찌뿌드드하고 노곤한 기분으로는 임양을 만날 수 없었다. 이대로 푹 더 자야 풀릴 것 같았다. 임양에게 전화를 걸었다.

"임양이야? 나 말이지, 일이 좀 생겨서 약속을 늦춰야겠어."

"어디 가시나요? 그럼 내일?"

"아니 내일은 아니고……"

"아, 그럼 마침 됐어요. 오늘 마담이 아파서 그렇잖아도 마감까지 봐줘야겠어요. 밤 열한시에 문을 닫거든요."

"열한시?"

"네!"

순간 내 머릿속을 휙 찬바람이 스치고 갔다.

'그러니까, 임양이 어제 말했던 아홉시란 밤 아홉시였던가?'

"아, 응. 알았어. 어, 열한시. 응."

나는 무슨 말을 더 얼버무리려다가 뚝 그쳤다. 임양이 당황하고 있다는 생각이 뒤통수를 쳤기 때문이다. 저쪽에서도 잠시 말이 없었다. 무슨 말이든 다시 얼버무려야겠다고 느끼는 순간 수화기에서 뚝 소리가 났다. 전화기에 흐른 침묵은 잠깐이었으나 꽤 긴 것 같았고, 임양의 침묵은 '아홉시'의 오해를 알아차려버린 뒤의 그것 같았다. 나는 수화기를 든 채 허탈하게 앉아 있었다. 내 가슴속에 쇳덩어리라도 떨어지는 것 같던 전화기의 뚝 소리가 가슴 저 밑바닥으로 깊숙이 가라앉는 것 같았다.

노곤했던 몸이 찬물에 들어갔다 나온 것처럼 꼿꼿해져버렸다. 임양의 얼굴이 눈앞에 아른거렸다. 얼굴을 싸쥐고 달아나는 것 같았다. 나는 후닥닥 세수를 하고 옷을 입었다. 다방으로 내달았다.

예상했던 대로 임양은 나를 보더니 골을 붉혔다. 껵쇠가 벌써 나와서 버티고 있었다. 나는 시치미를 떼고 카운터 바로 앞자리에 앉았다. 그러니까, 아까 임양은 껵쇠 앞에서 그런 말을 했던가? 껵쇠에게 치밀었던 적개심이 임양에 대한 감동으로 바뀌었다.

"모처럼 고향에 왔더니 바쁘구면."

"그러겠죠. 오랜만에 친구들도 만나고."

임양은 부러인 듯 한층 명랑하게 웃었고 말소리도 힘이 있었다. 나는 여유 있게 차를 마시고 '열한시'에 다짐을 둔 다음 일어섰다. 나를 보는 껵쇠에게 의식적으로 강렬한 시선을 던지며 다방을 나왔다.

나는 음식점에서 아침을 먹고 바삐 형님 댁으로 가서 택시를 불러 그 저수지로 갔다. 꽤나 큰 저수지였고, 한쪽에 물풀이 무성한 게 낚시터로는 그만이었다. 그러나 한참 지나도 입질이 없었다.

"어제 형님이 다 낚아버린 것 아닙니까?"

"도시 사람이 오니까 낯가림을 하는 것 같다."

한참 만에야 붙기 시작했다. 그러나 거의가 잔챙이였다.

"망운사에서 오는 막차가 몇시랬지요?"

"제 시간은 열신데 대중없어. 꼭 가야 할 일이냐? 그때는 빈 택시도 많을 거다."

해가 산꼭대기에 걸릴 때까지 이렇다 할 놈은 한마리도 올라오지 않았다. 그나마 피리 새끼들이 애를 먹였다.

"큰 것은 형님이 다 낚아버린 것 아닙니까?"

"아냐, 어제도 아홉시부터 붙더라."

카바이드 통에 물을 붓고 불을 붙이려는 참이었다. 찡. 낚싯줄이 양철 긁는 소리를 내며 낚싯대에 빠듯 힘이 찼다. 붕어라면 뼘치가 넘을 것 같았다.

"뗄라!"

"염려 마십시오."

고기는 물속에서 갈지자를 크게 그으며 휘저었고, 반원으로 휜 낚싯대는 춤을 췄다. 오분쯤 실랑이를 벌였다. 처음 기세와는 달리 쉽게 떠올랐다. 카바이드 불빛에 허연 배때기를 내놓고 끌려왔다. 월척은 못 되고 아홉치는 실해 보였다. 살림망에 넣었다. 푸닥거리지 않고 제 집에 들어간 듯 할랑거렸다.

"예쁘다."

미끼를 꿰는 손이 몹시 떨렸다. 한참 뜸했다. 그사이 형님 줄낚시에는 잉어가 올라왔다. 한자 크기였다.

"이게 뭐야?"

내가 오줌을 누는 사이 낚싯대가 갑자기 물속으로 끌려가버렸다.

"허허, 그놈들이 물속에서도 오줌 누는 걸 아느니라."

형님이 웃었다. 낚싯대는 벌써 저만큼 끌려가고 있었다. 다른 낚싯대를 뽑아 던져봤지만 어림없었다. 끌려가는 기세가 보통이 아니었다.

"깊습니까, 저 안이?"

"벗게? 허허, 너도 무던하구나. 키는 안 넘을 거다."

옷을 벗고 들어갔다. 물이 얼음물같이 찼다. 물이 턱밑까지 찼다. 한참 헤엄쳐 낚싯대를 붙잡았다. 낚싯대를 쳐들자 찡 소리가 났다. 내가 휙 끌려 넘어질 뻔했다. 이놈은 너무 커서 뗄 것 같았다. 낚싯대는 화살 먹은 활등처럼 힘이 찼다. 낚싯줄이 이렇게 질긴 것인가 새삼 놀라며, 버티는 데까지는 버텨보자고 줄을 늦췄다 당겼다 했다. 십분도 더 실랑이를 친 것 같았다. 그때야 한풀 수그러지는 것 같았다. 조금씩 뒷걸음을 쳤다. 고기는 여전히 요동을 치며 따라왔다.

"아직 걸려 있냐?"

둑으로 올라섰다. 낚싯대를 위로 젖혔다. 아직도 만만찮았다. 그렇지만 이제 떼지는 않을 것 같았다. 한참 만이었다. 저만치서 허연 배때기가 카바이드 불빛에 은빛으로 빛났다. 나대던 기세와는 달리 이건 또 거짓말처럼 수면으로 미끄럽게 끌려왔다. 잉어는 물가에 번듯 누워 아가미만 벌떡거렸다. 이제 처분대로 하라고 내맡기는 꼴이었다. 너무도 명확한 승부였다.

나는 낚싯대를 왼손에 옮겨 쥐고 줄을 팽팽하게 당기며 오른손 검지로 잉어 아가미를 건드렸다. 아가미를 벌렸다.

"아이쿠, 관(貫)짜리구나. 이걸로 떠라, 이걸로!"

형님이 뜰망을 내밀었다.

"염려 마십시오."

나는 지금까지 보여온 여유를 그대로 유지하며 이놈을 손으로 멋있게 잡아 올리는 모습을 형님에게 보여주고 싶었다. 낚시가 걸린 아가리에 엄지를 대고 아가미로 장지를 들이밀었다. 그 순간이었다.

—쐭.

"어!"

나는 그 자리에 펄썩 주저앉고 말았다. 낚싯줄이 받침대에 감겨 줄이 끊어진 것이다. 나는 멍청하게 잉어가 사라진 자리에 눈을 박고 있었다.

"아이고, 조심하지 않고!"

형님은 곁에서 소리를 질렀다. 나는 한참 만에 옷을 주워 입었다. 낚싯대로 그렇게 큰 놈을 끌어올린 것은 이만저만 자랑거리가 아니었을 것이다.

나는 옷을 입고 멍청하게 앉아 있었다. 망운사 쪽에서 이따금 자동차 불빛이 미끄러져 내려왔다. 아차 하는 생각이 들었다.

"아이고, 열시구나. 망운사는 내일 가지 뭐."

나는 시계를 보며 중얼거렸다. 아까 그 쇠고삐 같던 낚싯대 감각이 팔뚝 속에 남아 지금도 가슴이 뛰고 있었다. 그뒤로는 뺌치가 두어마리 올라오더니, 해가 오른 뒤로는 입을 싹 씻어버렸다. 장비를 거두어 큰길가 주막으로 나왔다.

"아이구, 우리 동네 고기는 다 잡아버렸네."

아침상을 보고 있던 주막집 여편네가 구덕을 들여다보며 호들갑을 떨었다.

"망운사에서 오는 아침 차가 몇시랬죠?"

나는 막걸리 잔을 들고 망운사 쪽을 보며 형님에게 물었다.

"첫차는 아까 나갔고, 저기 택시가 하나 내려온다마는 탄 것 같다."

남녀 한쌍이 타고 있었다. 이어서 또 한대가 내려왔다. 역시 남녀가 타고 있었다.

"모두 좋은 때다. 김 주사님도 옛날에는 저렇게 한세상 살았죠?"

여편네가 아침부터 주접을 떨었다.

"흐응, 계집질? 낚시 맛을 몰라서 하는 소리야."

형님은 소 웃음 같은 웃음을 웃으며 잔을 기울었다.

"뭐라구요오?"

여편네는 그게 어디 말이나 되는 소리냐는 듯 길게 눈을 흘겼다.

"허허, 낚시 맛을 몰라서 그래."

나는 임양을 생각하며 씁쓸하게 웃었다. 형님은 내 표정을 보며 마치 내 사정을 알고 있는 것처럼 다시 웃었다.

"사냥에 미쳐도 여편네 잊는다며요?"

"사냥? 그것도 좋답디다만 짠득한 맛이야 낚시하고 비교가 되나? 이런 놈이 하나 걸려봐요? 그놈하고 씨름하는 동안은 세상 한 귀퉁이가 무너져도 몰라. 작년 가을에 여기서 올렸던 관 반짜리 잉어 봤죠? 네시간 걸렸어. 단번에 빵 하고 끝나는 사냥이야, 그게 어디 낚시하고 비교가 돼?"

형님은 입으로 잔을 가져가다 멈췄다. 망운사에서 내려오는 택시에서 누가 손을 흔들고 있었다.

"꺽쇠 아니요?"

주모가 물었다.

"저 미친 새끼 또 계집 하나 챘구나."

꺽쇠 옆자리 여인이 고개를 돌려 이쪽을 보더니 깜짝 놀란다. 고개를 채다가 아래로 파묻었다. 임양이었다. 나는 잔을 든 채 굳어버

210

렸다. 흰 바탕에 빨강과 파랑의 방울무늬 스커프가 유리창 속에서
아득히 멀어졌다.

『현대문학』1972년 1월호(통권 205호); 2006년 8월 개고

전우

서울행 야간급행. 한잔 거나해진 사내 둘이 저쪽에서 비틀거리며 온다. 술 취한 걸 의식하고 몹시 조심하는 것 같지만, 그래도 말이 헤프다.

"여기 앉을 사람 있습니까?"

"예."

"아, 죄송합니다."

뒤따라오는 사내는 오징어 발을 씹으며, 묻고 간 자리마다 죄송하다고 고개를 굽실거린다. 앞 사내는 건성으로 묻고 가고, 오징어 발은 미안하다는 인사치레에 바쁘다. 술 취한 사람들이 대개 그렇듯 하나는 주정하고 하나는 수습을 하는 식이다. 그러나 수습하는 오징어 발 걸음걸이가 더 어지럽다.

서른대여섯살쯤 되어 보이는 이 사내들은 술을 많이 마신 것 같지만, 술을 곱게 배웠는지 하는 짓이 조금도 밉지 않다. 노래라도 한 가락 뺄라치면 썩 구성질 것 같다. 군데군데 빈자리가 있지만 두사람이 앉을 자리는 얼른 나타나지 않는다. 사내들은 한참 그렇게 묻고 굽실거리며 가다가 이윽고 맨 끝자리에 멈춘다.

"여기, 앉을 사람 있습니까?"

잠바 차림의 사내가 힐끔 쳐다보더니 냉랭하게 앉으라는 고갯짓을 해놓고, 창 쪽으로 얼굴을 가져간다. 밖에다 사람을 두고 문을 닫듯 쌀쌀한 표정이다. 지금 내 기분은 별로 좋지 않으니 미리 알려둔다는 태도다. 미간에 주름이 깊이 잡혀 아주 싸늘한 인상이다.

"앉읍시다."

잠바 눈치를 살피며 오징어 발이 앞 사내 등을 떼민다. 잠바를 힐끔 건너다보며 자리에 앉던 오징어 발 눈에 빠듯 긴장이 오른다. 잠바는 차창으로 얼굴을 돌린 채 담배를 태워 문다. 오징어 발은 고개를 갸웃거리며 다시 오징어 발을 입으로 가져가다 멈칫한다.

"저 혹시……"

잠바가 고개를 돌린다. 눈이 부딪친다. 서로 빤히 본다. 잠바 얼굴이 꽃봉오리 피어나듯 벌어진다.

"야, 너 정(鄭)?"

"히야! 너 정말 오랜만이구나!"

두 사내는 괴성을 지르며 덥석 손을 잡는다.

"너 웬일이지?"

손을 잡고 몇번씩이나 흔들며 감개무량한 표정이다.

"야, 너도 늙었구나, 늙었어, 많이 늙었어! 정말 이게 얼마 만이냐? 십이, 아니 십삼년?"

"하, 벌써 그렇게 됐구나."

두 사내는 십여년을 돌아보듯 잡은 손을 다시 흔든다.

"넌 지금 뭘 해? 나는 고등학교서 접장질한다."

"나는 그럭저럭."

잠바가 얼버무린다.

"참, 인사하지! 이분은 나하고 같은 학교에 있는 文 선생이야. 여긴 나하고 군대 친굽니다."

잠바가 文에게 손을 내민다.

"참 반갑겠습니다. 나는 군대를 못 가봐서 이런 사이를 보면 부럽습니다."

"鄭형하고는 유독 각별했지요. 훈련소에서 만나서 일선 보병중대까지 계속 붙어 다녔습니다. 나중에 제가 다른 부대로 전출되는 바람에 그만 소식이 끊겼습니다만."

"학보병이었다죠?"

"네, 그 지독한 빵빵 군번이었습니다."

"들어보니 학보병들은 고생들이 많았더군요. 그때가 자유당 말기였지요, 아마?"

"그렇지요. 빵빵 군번들은 군대 말로 뭣 늘어졌습니다."

그들은 한참 웃었다. 잠바 옆자리 유리창 곁에는 아까부터 바바리코트를 입은 사내가 혼자 웅크리고 있었다. 잔뜩 웅크리고 깊숙이 얼굴을 파묻고 있다. 부스스한 머리며 꾀죄죄한 매무새가 노름

판에서 밑천이라도 홀랑 날린 노름꾼 꼴이었다. 껴안은 팔에 힘이
져 있는 게 자고 있는 것 같지는 않았다.

"야! 여기 희한한 게 있구나!"

열차 판매원이 수레를 멈추자 鄭이 건빵 봉지를 집어 든다. 폭소
가 터졌다. 유독 잠바가 웃음을 걷잡지 못한다. 군대 생활 때의 건
빵이 생각나는 것 같았다.

"열차에서도 이런 걸 파네요."

"더러 찾는 손님이 있습니다."

"이걸 찾는 건 어린애 아니면 군대 갔다 온 친구들일걸. 하하."

건빵 한봉지를 챙겨놓고, 민어 포와 네홉들이 정종을 한병 뽑는다.

"우린 전작이 있어."

이빨로 병마개를 까서 종이컵을 잠바에게 디민다.

"안주는 건빵이다. 하하."

민어 포는 文에게 건네고 건빵 봉지를 찢는다.

"이거 추억성이 애상적인 물건입니다."

"모두들 좋아했지."

"어디 그게 좋아한 정도냐? 환장한 거지."

"그때는 배가 고파서 고생이 더 심했다더군요."

文이 잠바 잔을 받으며 거든다.

"건빵 이야기 하니까 생각난다. 거 누구더라. 너하고 같은 대학
다니다 온 친구 있잖아, 미국 놈처럼 껑충한 작자?"

"응, 지영춘이!"

"맞아. 지영춘이. 그 녀석 지금 뭘 해? 더러 만나?"

"졸업하고는 통 못 만났어."

지영춘이란 말에 잠바 곁에 앉았던 사내가 두 팔 속에 묻었던 얼굴을 들어 鄭의 얼굴을 본다. 창구멍을 들여다보듯 긴장이 오른 눈이다. 자라처럼 깊숙이 파묻힌 게 아니고 이쪽에 귀를 기울이고 있었던 모양이다. 한참 만에 고개를 돌린다. 아무도 그의 동정에 관심이 없다. 기차는 부지런히 달리고 술자리는 훈훈하다.

"그 작자는 덩치가 커서 그런지 배고픈 걸 더 못 참았어. 하하하."

"몸피가 크니 그럴 테지."

"배가 사뭇 고프니까 평소에는 병사들이 통 말이 없었어. 그 친구는 그게 더해. 네가 전출 간 뒤로 우리 부대가 휴전선 바로 아래 대성산으로 이동을 했거든. 그리 가서는 더 녹초가 되었는데, 더러 땔나무라도 하러 가면, 통 말이 없던 친구가 느닷없이 내 옆구리를 꾹 찌르며, '건빵 없냐?' 이래. 배가 고파 환장할 판에 건빵을 남겨 놨을 까닭도 없지만, 건빵이 있으면 내가 먹지 제 녀석 주겠어? 하하하."

"배가 고프니까 괜히 한번 해보는 소리겠지."

"맞아. 하루는 이 친구 말 들었다가 골탕 한번 먹었다. 일석점호 끝에 나를 한쪽으로 끌고 가더니 귀에 바싹 입을 대고 속삭이는 거야. 오늘 저녁에 보급사역 나가지 않겠느냐며, 거기 가면 뭐든 잔뜩 쌔벼 먹을 수 있다는 거야. 귀가 번쩍하데. 내가 눈을 번득이자 오늘 저녁에 잠자지 말고 기다리다가, 밤 열두시께 '보급사역병 집합' 소리만 나면 부리나케 뛰어나오란 거야. 그러고 보니 이따금 오밤중에 '보급사역병 집합' 소리만 나면 눈에 불을 켜고 뛰쳐나가던 까닭을 알겠더군. 신 신은 발을 내무반 난간에 걸치고 누워 있었어. 자지 않으려고 기를 쓰며 기다리는데, 그놈의 시간은 어쩌면 그리도 안 가는지!"

"하하하."

"그러다 까무룩 했는데, 무슨 외치는 소리가 나는 것 같았어. 스프링 튕기듯 후닥닥 뛰쳐나갔어. 그렇게 빨리 뛰었는데도 벌써 내 앞에 네댓이나 왔더군."

"하하. 그 녀석들 정말 동작 빠르구나."

"돌아보니까 삽시간에 열댓녀석이 뒤에 붙더군. 선착순으로 열 명만 남기고 나머지는 잘려버리더군. 누가 어깨를 툭 쳐서 돌아봤더니 영춘이가 내 한사람 건너 껑충하게 서서 웃고 있잖아?"

"하하하."

열차원이 차표 검사를 왔다. 잠바가 차표 두장을 내밀었다. 그 옆 사내는 그대로 궁상스런 자세로 꼼짝도 않는다. 鄭이 잠바와 그 사내를 번갈아 본다. 사내를 턱으로 가리키며 일행이냐는 눈짓을 하자, 잠바가 고개를 끄덕인다. 그럼 술 한잔 권할 거냐는 시늉을 하자 손을 젓는다. 잠바는 이상하게 생각하는 두사람 눈을 피해, 담배를 태워 물고 나서 이야기를 다그친다.

"그래서 어떻게 됐어?"

鄭은 웃으며 이야기하려다 다시 사내 쪽으로 눈이 갔다. 잠바는 사내한테로 쏠리는 분위기를 바로잡으려는 듯 자기가 이야기를 잇는다.

"사역에 찌들어 피곤하기가 걸레 꼴인데, 밤에는 또 보초까지 서야 하니 잠이 부족해서 모두 미칠 지경이지만, 먹는 것이라면 또 이렇게 기를 씁니다. 하하하."

鄭이 이야기를 받는다.

"그래서 오늘 저녁에는 한번 늘어지게 먹는가보다고 지레 군침을 삼켰어. 대학 다니다 왔다는 게 군번으로 표가 나니까 어지간하면 체면을 차려야 합니다. 그렇지만 이번에는 밤이니까 누가 누군지 알겠어요?"

"그래 많이 쌔벼 먹었어?"

"들어봐! 보급차가 멎는 대대본부까지는 이 키로미터 좀 될 거야. 가보니 보급차가 아직 안 왔더군. 새벽 세시에 올 때도 있다는 거야."

"그 자식들 보급품 팔아먹느라고 그럴 거다."

"추워서 환장하겠는데 개자식들이 와야 말이지. 어찌나 추운지 불을 피워도 방한화는 방한화대로 땅에 쩍쩍 붙어. 개자식들이 군대식으로 영두시 삼십분에야 왔어. 이제 훔쳐 먹겠구나 했는데, 보급 나눌 때 보니까 이건 또 기가 막히더군."

"왜?"

"여기저기서 몽둥이에 얻어터지는 소리가 떡 튀는 소리야. 보급품 곁에는 중대 일종계만 오라 하고 딴 놈은 얼씬도 못하게 하는데, 그 틈에 뚫고 들어가서 쌔비다가 터지는 거야. 한두대 맞아도 먹고 보자는 식이야. 꼭 돼지가 작대기에 맞으면서도 기를 쓰고 먹이에 대드는 꼴이야. 나 같은 배짱으로는 그야말로 언감생심, 일찌 감치 포기하고 저만치 바위에 올라가서 구경이나 했어. 나는 여기

220

오기만 하면 벼락 맞은 소 뜯어먹듯 마구 달려들어 퍼먹는 줄 알았던 거야."

"하하하."

"소병 난 까마귀 어물전 건너다보듯 처량한 자세로 영춘이하고 구경하고 있는데, 저쪽에서 느닷없이 꽥 고함소리와 함께 플래시 불이 우리 쪽으로 뻗쳐 오는 거야. 찔끔했는데 어떤 녀석이 우리 앞을 지나다가 불빛에 멈칫 서더군. 이리 오라고 고함을 지르자 그 녀석이 플래시 불에 끌려 그쪽으로 가며, 우리 앞에 무얼 슬쩍 떨어뜨리고 가는 거야. 달빛에 보니 두부조각이더군. 그걸 주워 먹으려고 발을 내려디디는데, 그 순간 영춘이 그 긴 다리도 성큼 내리뻗잖아?"

"하하하."

"몇분의 일초도 틀리지 않게 정확히 같은 동작이었을 거야. 줍긴 영춘이가 주워서 대강 먼지를 털고 의논 좋게 두조각으로 나눠 먹었어. 그래도 여기 온 보람은 했다고 입맛을 다시며 서 있는데, 두부 임자가 뺏다 찜을 당하고 왔어."

"어어!"

"땅바닥을 두리번거렸지만 있을 게 뭐야. 우리를 쳐다보더니, '쌍놈의 새끼들' 하고 어르잖아? 그 녀석 병장인데 알고 보니 나한테 함부로 못하는 녀석이야. 내가 제 편지를 늘 대필해주거든."

"하하. 그러니까 뺏다 찜은 곰이 당하고 두부는 되놈들이 먹었구나."

"하하하."

"나중에 알고 보니 요령은 보급품을 짊어질 때인데 그걸 몰랐어. 짊어지라고 일종계가 소릴 쳐서 가보니까, 쌀가마니나 두부통 같은 실속 있는 짐은 동작 빠른 녀석들이 다 차지해버리고 남은 것이라고는 콩나물가마니하고 장통뿐이야. 환장하겠더군."

"콩나물 담은 가마니하고, 장을 담은 장통? 하하."

"영춘이는 콩나물, 나는 장통을 짊어졌어. 스피아깡에 장이 가득한데 장이 그렇게 무거운 줄은 몰랐어. 물보다 훨씬 무거워. 생각해보니 장 담글 때 물 한말을 붓고 거기다가 소금 한말을 부으면 두말이 아니고 훨씬 적거든. 소금이 물에 용해되기 때문이겠지."

"으음. 그렇구나."

"그때가 새벽 세시 반쯤인데 네시부터는 또 불침번이야. 잠까지 완전히 공치고 도무지 말씀이 아니더군. 장통에서는 장이 쫄랑쫄랑 화를 돋우는 거야. 발걸음에 박자를 맞춰서 쫄랑쫄랑……"

"하하."

"쌀가마니 짊어진 녀석은 그걸 어떻게 빼먹습니까?"

"찔러 총을 하죠."

"찔러 총, 그게 뭡니까?"

"하하. 文 선생은 군델 안 가서 영 안 통하는군요. 곡물 공판장에서 곡물 검사하는 것 보셨지요? 대창같이 생긴 쇠꼬챙이로 가마니를 푹 쑤셔서 곡물을 빼내잖아요? 그겁니다. 여기서는 그런 기구가 없으니까 손가락으로 오비작거려 빼냅니다."

"손가락 총이군요. 하하."

"쌀가마니가 보급창에서 거기까지 오면서 찔러 총을 얼마나 많

222

이 당했는지, 쌀가마니를 땅바닥에 부려놓으면 쌀 한가마니란 게, 팔십객 할머니 밀크 탱크 꼴입니다."

"그렇게 많이 빼내요?"

"쌀가마니가 보급창에서 사단 병참중대를 거쳐, 마지막 중대 취사장 가마솥에 들어가기까지 공식적으로 여덟번인가, 아홉번 찔러 총을 당한답니다."

"한심하군. 그럼 짊어지고 가며 빼낸 건 비공식입니까?"

"하하. 그런 셈이죠."

鄭이 잔을 비우고 잠바한테 넘긴다.

"한참 가는데 철썩하는 소리가 나서 보니까, 영춘이가 일종계한 테 터지더군요. 영춘이가 두부통 진 녀석 뒤에 바짝 붙어 두부를 한모 슬쩍했던 모양입니다. 대학까지 다니다 온 녀석이 한밤중에 두부 도둑질하다가 들켰으니 그 희극성, 상상하겠지?"

"하하하."

"자식이 부대 와서 또 터졌어. 어느 틈에 또 쌀가마니에서 쌀을 빼냈던 모양인데, 포켓 검사에서 들통이 난 거야."

"하하하."

"그걸 먹어버리지 않고 뭣 때문에 담아뒀냐니까, 조금은 먹고 나 머지는 나하고 나눠 먹으려고 그랬다잖아? 나를 데리고 가서 골탕 먹인 게 미안했던 모양이야."

"하하하."

"다른 병사들 포켓 검사하는 걸 보니 이건 또 기가 막히더군. 포 켓에서 두부가 안 나오나, 김치가 안 나오나, 바짓가랑이에서 생동

태가 안 나오나."

"하아! 포켓에다 김치를 담았어요?"

"그래요. 아까 두부 훔쳤다가 얻어터진 친구 말입니다. 동태는 그 친구 바짓가랑이에서 나왔는데 그런 식으로 몇번 재밀 봤던 모양이야."

"정말, 그 친구 그 길로 도통했군요."

"도통한 놈입니다. 부대에서 무엇이든지 물건이 없어지면, 으레 일단 그에게 혐의를 걸고 조사를 합니다. 혹시 알리바이가 성립되거나 하면 모르지만, 그렇잖으면 물건이 나올 때까지 얻어터집니다. 한번은 보급창고에서 건빵이며 통조림이 감쪽같이 없어지는데, 도대체 어떻게 없어지는지 알아낼 방법이 없더랍니다. 자물쇠도 이상 없고 보초들을 닦달해봐도 그 녀석들 소행도 아닌 것 같고 귀신 곡할 노릇입니다. 견디다 못한 일종계가 하루는 밤에 창고 속에 숨어서 지켰습니다. 물론 밖에는 자물통을 채워놓고 말입니다. 자정쯤 되니까 엉뚱하게 지붕에서 수상한 기척이 나더래요. 웬 녀석이 지붕을 뚫고 내려오는 겁니다."

"하! 지붕을 뚫고?"

"예. 그때 일선 막사 지붕이라는 게 토역도 제대로 하지 않고, 댑싸리로 엮어 억새로 이었으니 엉성했습니다. 가만히 두고 보니까, 건빵이며 통조림 따위를 잔뜩 챙겨가지고 다시 올라가는 겁니다. 플래시 불을 들이대자, 새끼를 차고 나뭇가지에 매달린 늘보처럼 내려다보더래요. 늘보라는 짐승 알지요?"

모두 한참 웃었다. 그동안 술이 여러차례 돌았다.

"文 선생님, 저 친구 얘기 하나 할까요? 하하."

잠바가 文에게 잔을 넘기며 지레 웃는다.

"하하. 물론 먹는 얘기겠죠?"

"그렇습니다. 저 친구하고 한번은 식사당번을 했습니다. 연대에서 중대 배속을 기다리고 있을 땝니다."

"허허허. 그 얘기냐?"

"사단에는 보충중대란 직속중대가 있어서 보충병이나 제대병들이 거기서 대기하는데, 연대에는 보충소대가 없어 전출입자들 관리가 개판입니다. 일테면, 밥을 먹을 때는 큰 밥통에다 밥 한통하고 국 한통을 주며 나눠 먹으라고 하는데, 밥을 받아먹을 그릇도 없고 국을 받아먹을 그릇도 없습니다. 연대본부 병사들은 자기 밥그릇과 수저 젓가락을 개인이 간수하기 때문입니다. 보충병이나 제대병들은 주먹밥으로 둘둘 뭉쳐서 먹고 국은 합동으로 떠먹습니다. 숟가락은 항상 제 것을 가지고 다니지만, 더러 잃어먹은 녀석들은 맨밥만 먹다가 맨 나중에 국통째 들고 퍼마셔야 합니다."

"하하하."

그때 잠바 곁에 웅크리고 있던 사내가 컥, 재채기를 했다. 鄭과 文이 깜짝 놀라 그쪽을 본다. 팔짱 낀 손에서 철썩, 쇳소리가 났다. 수갑이었다. 사내는 다시 제 자세로 몸을 움츠린다. 두사람은 둥그런 눈으로 잠바와 사내를 본다. 鄭이 잠바에게 네가 잡아가는 거냐는 눈짓을 한다. 잠바는 멋쩍게 웃으며 고개를 끄덕인다. 鄭은 다시 사내와 잠바를 번갈아 보고 나서 이번에는 더 크게 고개를 끄덕인다. 저 사내는 범인이고, 그러니까 네 직업은 형사였구나 하는 표정이다.

잠바는 鄭에게 잔을 건네고 나서 다시 유쾌한 표정으로 분위기를 잡아 말을 잇는다. 기차는 어둠속을 씩씩거리며 달리고 있다. 다른 승객들은 대부분 잠이 들었다.

"그때, 삼십여명이 대기했는데, 여덟명이 사역을 나가서 늦게까지 돌아오지 않았습니다. 주먹밥 여덟덩어리를 밥통에 남겨놓고 저 친구하고 둘이 지키고 있었습니다. 모두가 걸신들린 놈들이라 걸핏하면 밥덩어리가 없어지거든요. 손에 묻은 밥풀을 뜯어 먹으며, 자라 알 들여다보듯 지켜보고 앉아 있습니다."

"하하하."

鄭이 잠바 곁 사내를 한번 보고 나서 말을 가로챈다.

"文 선생한테는 그 부분에 주석을 붙여줘야 해. 좀 떨어져 있어도 좋을 건데 바짝 붙어서 들여다보고 있는 건 그만큼 먹고 싶기 때문입니다."

"하하하."

"그런데 밥덩어리 하나가 제대로 뭉쳐지지 않았던가봐요. 누가 손을 댄 것도 아닌데 밥덩어리 하나가 그만 제절로 두조각으로 쪼개지는 게 아닙니까? 사과를 쪼개놓은 것처럼 똑같은 크기로 말입니다. 그때 저 친구와 나는 동시에 눈이 부딪쳤습니다. 다음 순간, 아까 그 지영춘이란 친구와 그랬듯이 저 친구 손과 내 손이 똑같은 순간에 밥으로 쑥 뻗었습니다. 두부조각을 향해 그랬듯이 말입니다."

"하하하."

"밥덩어리가 쪼개지는 순간, 무슨 계시 같은 것이 번득했던 겁니다. 그렇게 먹고 싶으면 한조각씩 먹으라는……"

"자비로우신 어떤 신의 계시가…… 하하."

"널름널름 먹어치웠습니다. 그렇지만 먹고 나니 암담했습니다. 한녀석 밥이 없어졌으니 큰일이지요. 내가 이제 어쩔 거냐는 눈으로 저 친구를 멍하게 건너다보고 있으니까, 저 친구가 주위를 한번 살피고 나서 성큼 일어섭디다. 국통에 손을 푹 담가 물기를 묻혀가지고 나머지 밥덩이를 죄다 뭉개는 거예요. 어쩌나 보고 있었더니 그걸 다시 여덟덩이로 뭉쳐놓지 않습니까?"

"하하하."

"살았다 했죠. 그렇지만 안심은 되지 않았습니다. 한덩이 양이 줄어버린데다 밥을 또 두번씩이나 주물러놨으니 어떻게 됐겠습니까? 사역 나갔던 녀석들이 우 몰려왔습니다. 저 친구는 밥풀 뜯어먹던 손을 감추며 슬쩍 변소로 사라져버렸습니다. 밥덩이를 보더니 모두 대번에 눈알을 부라립니다. 나는 대뜸 취사장 쪽을 흘겨보며, 개새끼들이 오늘은 유독 밥을 적게 줬다고, 마구 욕설을 퍼부어댔죠. 배가 잔뜩 고픈 판이라 더 따지지 않고 먹더군요. 용케 위기를 면했죠."

"하하하."

그때 판매원이 오자 어서 오라고 손을 까불었다. 술과 안주를 산다. 벌써 세번째다. 시선이 모두 술 사는 데로 쏠리자 수갑 찬 사내가 가만히 고개를 들어 그들을 살핀다. 유독 鄭을 유심히 보더니 의자에서 발을 내려 신을 신는다. 술이 거나해진 판이라 바로 앞에 앉은 鄭도 사내의 거동을 얼른 알아채지 못한다. 돈을 치르고 다시 잔이 오간다. 鄭의 눈이 힐끔 사내 쪽으로 간다. 사내는 여태 고개를 수그리고 있던 태도와는 전혀 딴판으로 鄭의 시선을 정면으로 받는다.

鄭은 못 볼 것을 본 듯 얼른 눈길을 거둬가버린다. 잔을 곁의 사람한테 돌린 鄭은 기억을 더듬는 듯 미간을 약간 찌푸리며 다시 사내를 본다. 사내는 껌껌한 유리창에 눈을 대고 있다. 그 유리창에 세사람 모습이 모두 비치고 있다. 사내 옆얼굴을 바라보던 鄭은 다시 시선이 안으로 잦아들며 다시 미간이 모아진다.

"정말 밥 나눌 땐 말입니다."

잠바가 말을 꺼낸다.

"나누는 녀석도 귀신이지만, 지켜보는 녀석들도 귀신입니다. 최전방에서는 분대별로 밥을 타다 나눠 먹었는데, 항고〔飯盒〕뚜껑에 밥을 담아 모두 늘어놓습니다. 모두 오오하니 쭈그리고 앉아 밥 나누는 걸 지켜보고 있습니다. 예사로 보는 게 아니고, 어느 그릇에 더 많이 담기나 뚫어지게 지켜보는 겁니다. 좀 많다 싶은 그릇이 있으면 그 그릇에 눈독을 들이고 있습니다. 그러다가 '먹어' 소리가 떨어지면 그 좀 많다 싶은 그릇으로 손들이 확 집중합니다."

"하하하."

"밥이 조금 많고 적은 걸, 좀 과장하면 밥풀 하나 더 있고 없는 것까지 알아낼 만큼 민감하죠."

"하하. 그렇게들 배가 고팠습니까?"

"배고프다면 모두들 한두끼 거르는 것만 생각하지만 그게 아닙니다. 사람이 하루에 필요로 하는 칼로리가 있지 않습니까? 날마다 이천오백이면 이천오백을 섭취해야 하는데, 거기서 천이나 천오백이 계속 부족해봐요. 아침부터 땔나무다, 제설작업이다, 일은 혀가 빠지는데, 그 반이 계속 부족하면 어떻게 되겠습니까? 전쟁을 할 때는 몇끼니 굶다가도 먹을 때는 늘어지게 먹으니까 보충이 될 것입니다. 밤에 누워 있으면 눈앞에 떠오르는 건 수북한 밥하고 호떡집 유리창의 빵이며, 먹는 것뿐이죠. 사람을 세뇌시킬 때, 죽음 직전 상태까지 굶겨놓고 밥을 조금씩 주면서 심리적인 방법을 쓴다는데, 나는 그 효과를 짐작하겠어요."

"제대를 서너달 남겨놨을 무렵에 학보병들이 또 배속 왔더군. 지내기가 어떠냐고 불안한 표정으로 물으며, 그래도 얼굴이 괜찮다고 하는 거야. 피글 웃으니까, 정말이라며 작은 거울을 내놓는 거야. 들여다보았더니 누르스름하게 부어 있더군. 신병들은 부어 있는 걸 그게 제대로 살결인 줄 안 거지. 눈물이 핑 돌더군."

허공에 눈길을 띄우고 있던 수갑 찬 사내가 가볍게 한숨을 깔아쉬었다.

"나는 그때 이웃 연대에 집안 형님이 중대장으로 있어 그리 전출을 갔는데, 그길로 곧장 숯굴로 파견을 나갔습니다. 가보니 숯굴은 먹는 건 좀 낫더군요."

잠바가 말했다.

"숯굴이라뇨?"

"하하. 숯을 구워서 후생사업이란 걸 합니다."

"후생사업? 높은 놈들 배때기에다 후생사업을 하는 거죠."

"나는 또 무슨 소린가 했지."

"그때, 만약 전쟁이 터졌더라면 볼만했을 거야. 네가 전출 가고 얼마 뒤에 나는 잠깐 전방 초소근무를 했어."

"거긴 좀 편하지?"

"좀 나아. 분대장이 삼팔따라진데, 하루저녁에는 무슨 얘기 끝에, 너희들은 배웠으니까 왼손 같은 건 하나 없어도 살지? 이러잖아? 뚱딴지같은 소리에 멍하고 있으니까, 여기서는 전쟁이 붙었다 하면 그대로 일보변경 되는 줄 알라며, 우릴 생각한답시고 기막힌 소릴 하는 거야."

"일보변경이라니?"

"군대는 날마다 하급부대가 상급부대로 인원보고를 합니다. 그게 일보(日報)인데, 부대원 한명이 죽으면 한명이 현재원 난에서 사망 난으로 변동이 되지 않겠습니까? 그래서 일보변경이란 죽는다는 변말입니다."

잠바가 文에게 설명했다.

"전쟁이 터지면 군소리 말고 총으로 왼손을 쏘아 후송돼버리래. 그냥 쏘는 게 아니고, 수건이나 내의 같은 면직물을 여러겹 두껍게 접어서, 지름이 십 센티쯤 되는 나무 뒤에다 대고 왼손으로 누른 다음 오른손으로 나무를 쏘란 거야. 자해(自害)를 숨기는 방법이지. 나무에다 쏘면 뒤쪽 실탄 나간 구멍이 커서 먼 데서 쏜 것처럼 보이고, 수건을 대는 건 화약을 빨아먹기 때문이야."

"그럴듯하군!"

"그 친구, 케로(KLO)부대 출신인데 사고뭉치라 그때까지 계급이 기껏 하산데, 밤에는 또 기막힌 일을 시키는 거야. 탄약고에서 실탄을 잔뜩 날라다가 그 속에서 납을 빼내는 거야. 탄알, 그러니까 탄두 말이야. 그 탄두를 빼서 화롯불에다 뒤집어놓으면 그 속에 든 납이 녹잖겠어? 그러면 나무젓가락으로 실탄을 집어서 납을 한군데다 부어놓고 실탄 껍데기는 도로 탄피에 박아놔. 하룻저녁에 주먹만 한 납덩이를 서너개 만들 때도 있어. 그 납을 팔아서 막걸리를 사다가 회식을 하지."

"허허, 그 자식 간첩 아닙니까?"

"그때 만약 전쟁이 터져 그걸 총알이라고 쐈으면 어떻게 됐겠습니까? 속이 빈 탄알이 제 길로 날아나 가겠어요?"

"그때는 어디랄 것이 없이 군대가 너무 썩었어. 높은 놈은 크게 먹고 낮은 놈들은 그런 한심한 짓을 했으니……"

"먹는 양이 다르고 방법이 다를 뿐, 피장파장 아니냐는 태도였지."

"국민방위군사건, 중석불사건, 고철사건 같은 것은 별을 단 헤비급들이 해먹는 거고."

"고철 얘기 하니까 생각나는데, 제대할 무렵 그 고철 때문에 또 험한 꼴 한번 봤다. 포탄 같은 고철은 다 해 처먹고 없지만, 이따금 우리 부대 근처에서 철조망이 발견됐어."

"철조망?"

"말뚝에 쳐놓은 게 아니고, 철조망 타래가 무더기로 쌓여 있는 게 발견된 거야. 전쟁 때 헬리콥터가 아무 데다 내던져놓고 가버렸던 거지. 그런데 어떤 바보 같은 자식이 중대장한테 철조망 타래가 무더기로 쌓여 있다고 신고를 했던 모양이야. 아침에 느닷없이 집합을 시키더니 생쌀을 항고 속 따까리로 하나씩 나눠주더군. 다꾸앙 쪼가리 몇개하고, 그걸 허리에 차고 중대원 오십여명이 철조망 타래를 찾아 눈 속을 헤쳐갔어. 눈에 허리까지 빠지는 계곡을 지나서 험한 능선을 두개 넘으니까, 이건 일년에 호랑이나 한두번 지나다닐까 말까 한 깊은 골짜기가 나오더군. 거기에 철조망이 파묻혀 있었어. 눈을 녹여 밥을 지어 먹고 한타래씩 짊어졌지. 철조망 타래 크기는 기계로 꼰 새끼타래만 해. 이걸 짊어질 때는 멜빵이 필요 없어. 양쪽에서 들어다 짊어질 놈 등에 엎으면 철조망 가시가 방한복에 찰싹 달라붙거든."

"하하하."

"처음에는 지고 갈 것 같더군. 그렇지만 웬걸. 눈에 허리까지 빠지는 계곡에서 눈을 헤치고 나오자니 미치겠더군. 짐이 무거우니까 몸은 더 깊이 빠지고 걷는다기보다 눈 속을 기는 거야. 하도 세게 힘을 쓰니까 추운 줄은 모르겠는데, 앞이 안 보여 걸을 수가 없어. 마스크처럼 얼굴을 가린 수건에 콧김이 서려 꽁꽁 얼어붙으니까, 콧김이 위로 솟아 눈썹이 따끔따끔하다가 위아래 눈썹이 붙어버려. 몇발짝 가다가 벙어리장갑을 벗고 손으로 눈썹을 비비며 몇발짝 떼고, 또 몇발짝 떼다 비비고 굼벵이 행군이야. 쉬어 앉으면 금방 몸이 선뜩거려 오래 앉아 있을 수도 없어. 숲속을 기기 때문에 나뭇가지에 엉켰던 눈이 옷에 떨어져 녹고, 속에서는 땀이 나고, 방한복이 쫄딱 젖더군. 그렇게 반도 못 왔는데 날이 어두워졌어. 발은 자꾸 헛디뎌지고, 골짜기로 굴러떨어지기라도 하면, 이건 또 우게 철조망과 사람이 따로따로 뒹굴어. 그러니까 다행히 크게 다치진 않았지."

"하하하."

"높은 절벽을 감고 돌아야 하는 데가 있었어. 절벽 중턱으로 길이 나 있는데, 거기서 뒹굴면 아래는 아득한 강이라 그대로 육해공군 되는 판이야."

"육해공군?"

"文 선생하고는 얘기가 안 통하는군. 걸어가니까 육군, 떨어져 날아가니까 공군, 물로 빠져 해군……"

"하하하."

"아무래도 오늘 한두놈 일보변경 된다 싶더군. 한사람씩 한사람씩 절벽을 감고 도는데, 나는 끄트머리쯤이었어. 모두가 용케들 간다 했더니, 웬걸 바로 내 두사람 앞에 가던 친구가 대굴 뒹굴더군. 죽었구나 하고 내려다봤어. 죽지는 않았는지 눈 속에서 꾸물거리는 게 달빛에 보이더군. 눈이 잔뜩 쌓여 무사했던 모양이야. 알고 보니 그게 또 영춘인데 맨 몸으로 절벽을 미친놈처럼 정신없이 기어오르더군. 올라오더니 그 길로 부대를 향해 마구 뛰는 거야. 선임하사가 고래고래 불러도 소용없어."

"지고 가던 철조망은?"

"철조망이 뭐야? 소대에 큰 소동이 났어. 무기고에서 엠원을 들고 중대장실로 뛰어든 거야. 차마 쏘진 못하고, 나는 지금 탈영한다. 육군 참모총장한테 가서 이 사실을 말해놓고 자살해버릴 테니 두고 보라. 이래놓고 어디로 꺼져버렸다는 거야. 찾느라고 비상이

걸리고 야단났어."

"정말 탈영했어?"

"탈영? 그 깊은 산중에서 탈영을 하면 어디로 갈 거야? 거기서
나가려면 초소가 몇개라고."

"하긴 그렇지."

"큰길로 나가는 길목부터 막고 작자를 찾느라 야단법석이었어.
새벽녘에야 찾아냈는데, 이 싱거운 작자가 이웃 중대 취사장에서
불을 쬐고 있잖아?"

"하하하."

"찾느라고 또 사병들만 또 골탕 먹었군."

"그래도 그때부터 중대장이 좀 달라졌어. 영춘이를 불러다 놓고,
저건 내가 하는 일이 아니고 위에서 시키는 일인데, 난들 어쩌겠느
냐고 통사정을 하더란 거야."

"비겁하군."

수갑 찬 사내가 잠바 쪽으로 고개를 돌린다.

"화장실에 좀!"

잠바가 사내를 앞세우고 화장실 쪽으로 갔다. 鄭과 文의 눈이 사
내의 뒷모습을 따라간다.

"절도 같은 시시한 범죄는 아닌 것 같죠?"

"글쎄, 나는 어데서 꼭 한번 본 것 같은 얼굴인데……"

"비슷한 사람도 많지요."

"아닙니다. 어데서 꼭 본 얼굴입니다. 저 친구도 나를 아는 것 같
고요."

"아는 체 마십시오."

"서로 입장만 난처하겠죠?"

그들이 돌아와 아까대로 앉는다. 술이 또 한차례 돌았다. 기차는 적막을 헤치며 숨이 가쁘다.

"또 그 원목(原木)사역은 얼마나 지겨웠는지. 죽일 놈들이 그런 짓을 해 처먹어도 꼭 눈 오는 날이나 비 오는 날만 골라서 하니까 더 죽을 지경입니다. 날씨 좋은 날 그런 짓을 시키다가 정보기관에 들키면 몫이 적어지거든요."

"아, 정말 그렇겠군. 난 또 그런 줄은 몰랐네."

"기둥감이 될 만한 나무를 베는데, 연장이라고는 야전곡괭이하고 야전삽뿐입니다."

"그것으로 어떻게 나무를 뱁니까?"

"군대서 불가능이 있습니까? 하라면 해야지."

"왜 톱으로 안 베고?"

"명색 산림 보호한다고 죄다 거둬가버렸어요. 톱같이 생긴 게 하나 있긴 했는데, 부지깽이면 몰라도 기둥감은 어림도 없었습니다."

"곡괭이 같은 걸로는?"

"흙 파듯 나무 밑동을 팝니다. 그렇게 두어시간 찍어내면 넘어져요. 특히 겨울 소나무는 나무가 얼었기 때문에 더 쉽습니다. 줄기나 끄트머리도 그렇게 발라내고 끌고 내려옵니다. 한번은 이렇게 가파른 데서 서넛이 소나무를 하나씩 눕혔습니다. 그런데 그걸 밑으로 밀어 내리다 하마터면 큰일날 뻔했습니다. 지금도 그때를 생각하면 몸서리가 쳐집니다."

"사람한테로 굴러떨어진 거야?"

"그게 아냐. 산비탈의 경사면을 이용해서 눈 위로 밀어 내려. 다른 친구 통나무는 대번에 저 아래 길가까지 미끄러져 내려갔는데, 내 통나무는 중간쯤 내려가다 덤불에 박혀버렸어. 죽을힘을 다해서 끌어냈어. 말이 쉽지 그 큰 기둥감을 눈 쌓인 숲속에서 끌어내기란 죽을 지경이야. 원목을 겨우겨우 제자리에 앉혀놓고 발로 막 밀려는 순간이야. 뒤에서 우닥탁 소리가 나잖아? 반사적으로 몸을 옆으로 홱 틀었어. 순간, 원목이 내 옆으로 휙 지나가잖니? 정말 이건 몇십분의 일초 사이야. 함께 왔던 자식이 위에서 원목을 아래로 밀어 내리려고 겨냥을 하다가 그만 놓쳐버렸던 거야. 정말 아찔하더군. 몸을 비틀지 않고 멍청하게 뒤를 돌아봤더라면 어떻게 됐겠어? 바로 얼굴이 받혀 박살이 났을 거야."

"큰일날 뻔했구나. 그 병신 같은 자식을 그냥 뒀어?"

잠바가 흥분했다.

"그게 바로 육감인 모양이야. 우닥탁 소리가 난다고 느끼는 순간 내가 몸을 홱 비틀었거든."

"바로 제가 그 장본인이었습니다."

수갑 찬 사내가 나섰다. 세사람은 깜짝 놀라 고개를 돌렸다. 모두 뒤통수라도 한대씩 얻어맞은 눈으로 멍하게 사내를 보고 있다.

"너 지금 뭐라고 했어?"

잠바가 아니꼽고 의아한 눈초리로 노려봤다. 사내는 잠바의 눈길을 가로질러 鄭을 건너다보며 입가에서 좀 일그러진 미소를 떠올린다.

"아아, 그러니까……"

鄭의 입에서 다음 말이 되어 나오다 말았다.

"예. 아까 그 거울조각을 드렸던 것도 저였습니다. 선생님과는 두어달 같이 근무했었습니다."

사내는 鄭만을 바라본다. 비굴한 표정은 아니다. 서로 감정이 엇갈리고 있는 세사람의 눈초리를 지그시 견디면서, 鄭이 손을 내밀어주기만을 담담하게 기다리고 있는 것 같다.

잠바는 밥상머리에 올라오는 강아지새끼 같은, 이 당돌한 침입자를 체면상 어쩌지 못하는 눈초리고, 鄭은 鄭대로 잠바와의 관계 때문에 자기감정을 드러내지 못한 것 같다.

"저는 그 원목사역 때 다친 다리가 지금도 간혹 도집니다."

사내는 담담하게 말한다.

"아아, 그 무렵 원목 밑에 깔려 다리뼈가 부러진 게 바로 당신이었지!"

鄭의 가라앉은 소리가 무거운 침묵 밑을 뚫는 것 같다. 鄭은 잠바와 사내를 번갈아 본다. 복잡한 감정이 뒤얽히는 표정이다. 잠바는 눈초리를 저쪽으로 거둬가버린다. 기차바퀴 소리가 유난히 크게 울린다. 잠바는 이 사내가 끼어드는 것을 끝내 용납하지 않으려는 표정이다.

"아까 그 지영춘 씨도 지금 고등학교에 근무합니다. 저하고는 동향입니다."

사내는 잠바 쪽을 한번 보고 나서 말했다.

"아아, 그래요. 그 친구 고향이 경북 어데더라?"

"경산입니다."

"음, 맞았어. 그 사과 많이 나는……"

鄭은 잔을 들고 잠바와 사내를 번갈아 보더니 잠바에게 디민다. 저쪽으로 시선을 주고 있던 잠바가 마지못해 받는다. 무얼 생각하는 듯하다가 단숨에 쭉 들이켠다. 포켓을 뒤져 열쇠를 꺼낸다. 한쪽 손의 수갑을 끌러준다.

"鄭형 체면 봐서 특별히 봐주니까, 딴생각 먹었단 없어!"

"고맙습니다."

사내가 고개를 꾸벅한다.

"고맙네."

鄭도 고개를 꾸벅하자 잠바는 조그맣게 웃는다. 분위기는 다시 누그러졌다. 鄭은 얼른 잔을 비우고 사내에게 넘긴다. 술이 반잔쯤 차다 만다.

"어어? 술이 다 됐군. 내 얼른 사올게."

열두시가 넘고부터는 판매원이 다니지 않았다. 鄭은 술 두병을 또 사왔다.

"어데서 본 듯한 얼굴인데 통 기억이 나야지. 오늘은 일진이 묘한 날인걸. 이렇게 만날 줄이야."

鄭은 사내의 잔에 거푸 술을 따랐다.

"다친 다리는 그뒤 어떻게 됐습니까?"

"두달 동안 치료를 받고 원대 복귀했습니다. 가보니 선생님과 지영춘 씨는 제대하셨더군요."

사내는 文이 권한 담배를 깊이 빨아 길게 뱉으며 대답한다.

鄭은 그 부대 소식을 이것저것 묻다가 갑자기 생각난 듯 눈을 밝혔다.

"아 참, 그 도둑질 잘하던 박 병장이던가 그 작자는 무사히 제대했습니까? 하하하."

모두 따라 웃는다. 잠바는 웃음이 조금 인색하다.

"네. 그뒤로도 한두번 더 그런 사건이 있었습니다만, 그분 맷집이 원체 좋아서 어지간히 맞아서는 끄떡없더군요."

"하하하."

"또 그 친구 얘긴데, 그 친구 말 들었다가 정말 험한 꼴 한번 봤어. 하루는 무슨 대단한 수나 있다는 듯, 내 귀에다 입을 대고 함께 중대장 숙소에 나가자는 거야. 뭣 하러 가냐니까 부식하고 땔나무 져다 주러 간다는 거야. 귀가 솔깃하더군. 답답한 부대에서 빠져나가 바람이라도 쐬일 겸 그러자고 했어. 중대장 숙소는 십리쯤 떨어진 동네에 있었는데, 이 친구가 함께 가자고 한 것은 자기 깐에는 나한테 호의를 베푼 거야. 아까도 말했지만, 내가 늘 그 친구 입맛에 맞게 편지를 대필해주거든. 도둑질은 잘해도 인사치레는 깍듯해서, 그때마다 건빵을 줬는데 이번에는 더 크게 호의를 베푼 거야."

"대학 다닌 보람 거기서 했습니다그려. 하하."

"그런데, 처음에는 편지를 써달라는 대로 써줬더니 뭔가 좀 불만스런 눈초리더군요. 그러면서 제대한 아무개는 중학교밖에 안 나왔어도 편지 쓰는 솜씨가 근사했다는 것입니다. 모욕감보다 자칫하면 건빵 한봉지가 다른 데로 날아갈 것 같아 눈을 크게 떴지요. 생각해보니 이유를 알겠어요. 그래서 '삭풍한설 휘몰아치는 엄동

지제에 부모님 기체후 일향 만강하시옵시며……' 어쩌고저쩌고 써주니까 아주 만족입디다."

"하하하."

"내용은 또 뭐라 쓰라는 줄 압니까? 지금은 계급이 부대에서 다섯번째로 높아졌기 때문에, 부하들을 여럿 거느리고 만날 뜨뜻한 아랫목에 앉아서 놀고 있으며, 부하들이 양말이며 내의 등 빨래도 해주고, 밥은 먹기가 싫어서 못 먹을 지경이니 안심하라, 이렇게 써달라는 겁니다."

"하하하."

"계급이 다섯번째란 무슨 말이지?"

"중대장이 대위니까 거기서부터 아래로 세면 그다음은 중위, 그때 우리 중대에는 소위나 상사도 없고, 중사, 하사, 그리고 병장이니까 다섯번째 아냐?"

"그런 식으로 세면 동네 동장이나 이장은 대한민국에서 몇번째지?"

"하하. 이 친구 장가는 또 일찍 들었어. 그러니까 자기 아내한테 쓰는 거지. 내용을 한문 투로 바꾸어서 이렇게 써주면 입이 헤벌어져. '본인은 국토방위의 신성한 임무를 수행 중 그동안 계급이 누진되어 작금에는 위계가 부대에서 제 오위에 이르렀는지라, 휘하에 다수의 부하를 거느리게 되어, 양말 기타 세탁물은 물론이고, 제반 잡사 일체는 부하들이 다투어 두루 보살피는 고로, 매일 포식지후에 온방에서 오수로 소일함이 일과이니 본인에 대한 염려는 일체 부질없은즉, 그대는 오로지 가사에만 전념함이 가하다고 사료

되는 바이오.'"

"우하하하."

"자식, 건빵 한봉지에 아첨 되게 떨었구나."

잠바 핀잔에 또 폭소가 터졌다. 수갑 찬 사내도 잠시 자기 처지를 잊고 크게 웃었다.

"그러니까 제 깐에는 나를 크게 생각한답시고 중대장 숙소에 데리고 간 거야."

"그런데 왜 하필 그런 도둑놈한테 부식을 지워 보내지? 고양이한테 제상 맡기는 꼴인데……"

"처음에는 나도 그게 이상했어. 그런데 묘하게 거기 가져가는 것에는 전혀 손을 안 대더군. 그리고 중대장 사모님이 자기를 좋아한다는 거야. 이건 또 묘하다 했더니 그게 아냐. 그는 쇠고기나 고등어 따위 해물이며 콩나물 따위 부식을, 나는 땔나무를 짊어지고 그 숙소란 데를 갔어. 사립문을 들어서면서 '사모니임!' 하고 자기 어머니 부르듯 은근하게 부르더군. 사모님이란 여자가 나오니까, 꼭 초등학교 일학년 학생이 선생님한테 그러듯 고개를 구십도가 아니라 백칠십도쯤 숙여 절을 하더군. 그리고 나서 나더러 사모님이야 인사드려, 하고 내 옆구리를 꾹 찌르잖아? 여태 뭘 꾸물거리고 섰느냐는 투야. 고개를 꾸벅했더니, 이제 온 신병입니다, 이래. 워낙 새카만 신병이라 제대로 인사할 줄도 모른다는 투야."

"하하하."

"부식이며 나무를 제자리에 챙겨놓더니, 오늘은 날씨가 좋으니까 빨래해야죠, 하잖아? 무슨 말인가 했더니 사모님께서 빨랫감을 한아름 마루에 내놓는 거야. 나는 중대장 군복이나 빨아주는 줄 알았고, 군복은 여자들이 빨지 못하도록 되어 있는 줄 알았어. 그런데, 내어놓는 걸 보니까 치마저고리는 말할 것도 없고 별게 다 나왔어. 그는 눈 하나 깜짝 않고 빨랫감을 둘둘 뭉쳐 바케스에 챙겨 냇가로 가서 얼음을 깨고 부지런히 빨더군. 한참 빨다가 팬티를 하나 치켜들어 보이며 씩 웃잖아. 싸이즈가 여자 거더군."

"한심하구나."

"그걸 흔들어 보이며 소같이 웃잖아?"

"허허. 꼴에 수캐라고."

"그 꼴을 보자, 문득 클레오파트라 생각이 나더군. 클레오파트라는 환관들 앞에서 거리낌 없이 알몸으로 옷을 갈아입었다거든. 환관들이 전혀 남자로, 아니 사람으로 보이지 않았기 때문에 수치감을 느끼지 않았겠지."

"환관들은 그게 직업이니까 거기다 비교할 수도 없잖아?"

"논산훈련소에서 들은 얘긴데 그 근처엔가 어디에 '각씨호'라는 호수가 있답니다. 병사들이 밤에 보초를 서 있는데, 그 앞으로 곁을 지나는 사람이 있어 '누구냐?'고 수하를 했습니다. 대답이 '중대장 각씨!' 또 '누구냐'고 내질러도 '중대장 각씨'여서 세번째는 규칙대로 쏴버렸대요. 그 시체가 그 호수에 빠져 '각시호'란 이름이 붙었다는 것입니다. 지어낸 이야긴지 윤색을 많이 했는지 모르지만, 당시 한국 군대 지휘관들의 의식 상태를 풍자한, 꽤나 리얼리티가 있는 이야깁니다. 지휘관들의 사병에 대한 태도가 부인들한테까지 그런 식으로 반영됐을 것입니다."

"그건 좀 극단적인 예고 좋은 사모님도 있어. 부대가 다시 이동해선데, 한번은 부연대장 숙소에 구들장을 새로 놓으러 사역을 나갔어. 일을 하고 나자 그 사모님이……"

"야, 그 사모님 소리 좀 빼라!"

"아냐. 그인 정말 사모님이야. 그 사모님이 고깃국에다 밥을 그득히 담아주고 또 주는 거야. 점심 저녁 두끼를 그렇게 두둑이 먹고 늦게 귀대하는데, 절로 노래가 나오더군. 전방에 가서 첨 노래가 나온 거야. 달이 떴는데 그 달도 비로소 정취가 있어 보이고……"

"하하. 배가 부르니까 비로소 노래가 나오고, 달이 아름답게 보이더라?"

"나중에 들으니까 좀 나은 사단도 있었다는데, 유독 우리 사단이 그 지경이었어."

"그때 사단장은 지금 예편해서 서울에 큰 회사를 가지고 있습니다."

"혁명바람 탔군!"

"그렇지는 않는 모양입니다. 무슨 부정사건에 걸려 떨려났다던가, 저도 애매하게 듣긴 했습니다만."

"그럼 그때 모은 것이겠지."

"정말 그때 군대는 한심했지."

"그게 군대뿐입니까? 지금도 도처에 그런 구석이 수두룩하잖아요? 부실기업 얘기 들어보세요. 기가 막히지."

수갑 찬 사내가 개탄했다. 그가 차근하게 끼어들자 잠바는 의자에 등을 대고 눈을 감아버렸다.

"차관 얻어다 공장 차려놓고 알맹이 빼먹는 것은, 아까 그 실탄에서 납덩이 빼먹는 것하고 조금도 다를 게 없습니다."

잠바가 고개를 들어 사내를 보며 피글 웃었다. 쇠고랑 찬 주제에 뭐가 잘났다고 떠드냐는 눈초리다. 사내가 입을 다문다. 鄭이 사내에게 웃으며 잔을 건넨다. 잠바는 다시 등받이에 고개를 눕히며 눈을 감는다.

"부실기업은 개인 이익 하나에 국가 재산은 백의 비율로 어긋납니다. 아까 그 실탄과 납의 가치를 비교하면 꼭 그런 비율일 것입니다. 사형을 시켜야죠."

사내는 잠바 눈치를 살피며 사형에 힘을 준다. 그때 잠바가 다시 고개를 든다.

"야, 네 횡령 액수는 사형감 아니냐? 이리 손 내!"

잠바는 사내 바른손에 채워져 있는 수갑의 다른 쪽을 잡아다 자신의 왼쪽 손에 채운다. 열쇠는 안 포켓에 간수한다.

"얘기하게. 나는 어제저녁 이 작자 덕분에 잠을 못 잤더니 몹시 졸리는군."

잠바는 잠잘 차비로 다시 고개를 뒤로 기댄다.

"산다는 것이 정말 어렵더군요. 주변에 너무 쉽게 돈을 버는 사람들이 많으니까, 더 맥이 풀리지요."

사내는 鄭이 건네는 잔을 왼손으로 받는다.

"그렇죠. 어려운 세상이죠."

鄭은 술을 따르며 건성으로 대답한다.

"분명 나보다 못한 놈들이 빽이나 돈을 써서 높은 자리에 올라앉는 걸 나 혼자는 견디겠는데, 어린 자식들이 하나는 국장 아들로 빼기고, 하나는 주사 아들로 기가 죽는 것은 견디기 어렵더군요. 돈도 마찬가집니다."

사내는 길게 한숨을 쉰다. 어느새 文도 코를 곤다.

"이제 생각하면 좋은 기회가 정말 많았는데, 다 놓치고 억지 짓하다 이 꼴이 됐습니다. 결국 재수가 없었던 거지만……"

사내는 혼잣말처럼 뇌며 자기의 지난 생애를 돌아보는 듯 잠시 허공에 눈길을 띄우고 있다. 입가에 자조적인 냉소가 지나간다. 잔을 꼴깍 비우고 鄭에게 넘긴다.

두 병 사 온 술이 반병밖에 남지 않았다.

"도대체, 성실하게 산다는 게 뭡니까? 아까 그 도둑질하는 박 병장의 경우, 그렇게 배를 곯려놓고 도둑질한다고 나무랄 수 있어요? 박 병장은 사람은 먹어야 산다는 가장 기본적인 인간조건에 소박하게 정직했던 것입니다."

"하하. 그렇지만 다 그래버리면 어떡합니까?"

鄭이 담배를 내밀며 가볍게 웃는다.

"지금 별 달고 거들먹거리는 장성 놈들이나, 장성 출신 놈들이 어떤 놈들입니까? 그때 우리 사단장 놈은 지금 어떤 자리에 앉아 있는 줄 아시지요? 아까 얘기가 모두 배곯은 얘기였는데, 힘없는 사병들이 먹을 몫을 그렇게 빼앗아 간 놈들이 누굽니까? 그놈들은 사병들의 밥그릇에서 밥을 빼앗아 그 돈으로 별 달고 출세한 더럽고 추잡하고 잔인한 놈들입니다. 나라를 지키는 군대, 아니 한참 먹는 젊은 놈들 배를 그렇게 곯려놓고, 그것으로 치부하여 출세한 작자들은 그게 사람들입니까?"

"저는 지금 큼직한 횡령사건에 연루되어 이 꼴이 됐습니다만, 수갑 찬 지금 제 심정은 어떤지 아십니까? 잘못했다는 죄책감이 아니고, 서툴렀던 후회뿐입니다. 솔직히 말씀드리면 아까 제가 뻔뻔스럽게 이 자리에 끼어들었던 것도, 어떻게든 도망칠 틈을 노리려는 것이었습니다. 지금은 다시 심경의 변화를 일으켰으니까 말씀입니다만, 제가 도망칠 마음을 계속 가지고 있었더라도 그건 선생님 때문에 안 됐겠더군요. 선생님까지 저렇게 잠을 자주셔야 할 것인데, 선생님께서는 주무실 것 같지 않으니 말씀입니다. 앞으로 한시간 남짓밖에 남지 않았는데……"

"하하하. 큰일날 뻔했군요."

두사람은 크게 웃는다.

"제가 이 말을 하는 것은 바로 이 점을 말씀드리려는 것인데, 선생님이 지금 주무시지 않는 것은, 이분이 자면서 나를 지켜달라고 부탁을 해서가 아니라, 스스로 그런 의무감을 느끼고 계시기 때문입니다. 바로 이것이 인간집단을 지탱해나가는 가장 기본적인 바탕 아닙니까? 신의(信義)라 할까요? 그것이 무너지면 어떻게 됩니까? 그 가장 극단적인 예가 아까 이야기하셨던 군대의 경웁니다. 일선에서 나라를 지키는 병사들 밥을 빼앗아 치부하고, 그 밥 빼앗는 것보다 더 쉽게 정권을 빼앗아, 국민을 병사들 다스리듯 다스리는 나라, 이때 이 수갑은 아까 박 병장에게 떨어진 빳다와 어떻게 다르며, 이걸 채우는 법이란 것은 폭력이 아니고 무엇이겠습니까?"

"하하. 너무 극단적입니다. 요사이는 그래도 교과서를 이야기하다 보면 조금씩 말하기가 쉬워져가고 있습니다. 사회가 나아져간다는 증거겠죠."

"그럴는지도 모릅니다. 그러나 그런 낙관적인 생각으로 누구와 돈거래로 현실과 부딪쳐보세요. 이쪽에서는 최소한의 체면과 신의를 지키는데, 저쪽에서는 되레 그걸 이용하려 듭니다. 그게 이등병의 밥을 빼앗아 먹던 장성들이 지배하는 나라의 윤리죠. 일테면, 제가 지금 소변이 마렵다고 여기서 이분의 포켓에 손을 넣어 열쇠를 꺼낸다 합시다. 선생님은 체면상 저지하기가 어려울 것입니다. 혹 저지했다 하더라도, 제가 사람을 그렇게 못 믿느냐고 나오면 설마 하시겠죠?"

"하하하."

"선생님 같은 분은 바로 그 점에서 손해를 봅니다. 제가 세상을 너무 안 체했습니다만, 살아보니까 윤리의 기본 바탕이 깡그리 무너졌어요."

사내는 웃으면서 잔을 넘긴다.

"가만있자! 소변 이야기를 했더니 정말 소변이 마렵습니다."

사내 손이 아래쪽으로 가며 크게 웃는다.

"서울까진 못 참겠는데 깨울까요? 너무 곤하게 주무시는걸. 어제저녁은 저 때문에 한잠도 못 주무셨습니다. 경찰이란 직업도 정말 따분하더군요."

사내는 잠시 머뭇거리다가 성큼 일어선다.

"깨우지 말고, 수고스럽지만 선생님께서 좀 따라갑시다."

사내는 쿨쿨 자고 있는 잠바 포켓을 대담하게 뒤진다. 포켓에서 열쇠를 찾아낸다. 鄭은 좀 당황한 듯하면서도 그냥 보고 있다. 수갑을 끄른다.

"갑시다!"

鄭은 멍한 눈으로 사나이를 바라보다가 등을 떠밀리듯 엉거주춤 일어선다. 鄭이 앞에 서고 사내가 뒤를 따른다. 鄭이 거꾸로 사내에게 끌려가는 꼴이다. 사내는 변소로 들어간다. 안에서 찰칵 문 잠그는 소리가 난다. 鄭은 머쓱하게 변소 문 앞에 서 있다. 기차가 속력을 늦춘다. 수원역이다.

사내는 화장실 창문에 머리를 디밀고 윗몸을 날렵하게 창턱에 걸친다. 창문 밖으로 빠져나가 창턱을 잡고 매달린다. 가볍게 뛰어내린다. 열쇠로 수갑을 끄르고 포켓에서 차표를 꺼낸다. 승객들 사이에 휩싸여 유유히 출찰구를 나간다.

『현대문학』1972년 10월호(통권 214호); 2006년 8월 개고

테러리스트

삭풍이 몰아친다. 눈보라가 암자 창을 거세게 때린다. 벌써 사흘째다. 나뭇가지에 찢기는 바람소리가 귀에 따갑다. 바람소리는 떼 몰려오는 일본 헌병들 말발굽 소리도 같고, 더러는 날카로운 호각 소리 같다.

산속에 있는 조그마한 암자 법당 밑 토굴에서 노승이 중년 사내와 촛불을 사이에 두고 앉아 있다.

"스님, 날씨가 얼른 안 풀릴 모양이죠?"

사내가 스님을 쳐다보며 묻는다. 이불 속에 몸을 반쯤 넣고 있는 사내는 얼굴에 수염이 덥수룩하다.

"그새 좀이 쑤시는가보지."

스님은 빙그레 웃는다. 스님 얼굴은 어린애 얼굴처럼 어디 한군데 맺힌 데라고는 없어 얼핏 보면 바보 같다. 가부좌를 하고 벽을 향한 스님은 말을 하면서도 얼굴은 벽을 향한 그대로다. 좌선을 할 때보다 약간 비껴 앉기는 했지만, 사내 말고 벽에 다른 사람을 하나 대하고 있는 것 같다.

"날마다 이렇게 스님만 처다보고 있으면, 저도 부처가 될 것 같아 겁이 납니다. 어디 따분해서 견디겠습니까?"

사내는 아까부터 얼굴에 어린애 같은 장난기가 서려 있다. 마치 버릇없는 손주 녀석이 응석을 부리는 투다.

"거 좋지. 집어치우고 당장 머릴 깎자고!"

스님 얼굴에 머물고 있는 미소가 조금 더 벌어진다.

"허허허."

사내는 맥없이 웃는다.

"그래도 혼자 안월(岸越)하시기가 좀 미안하신가봅니다그려. 스님한테도 그런 염치가 있었다니 달리 봐야겠습니다."

스님 얼굴에는 미소가 항상 그만치만 머물러 있다. 안월은 스님의 법호이다.

"아제아제(揭諦揭諦)는 '가자, 가자'야. 같이 가자는 거지."

"피안(彼岸)을 말이죠?"

"피안이지."

"이 압제받는 중생들의 아우성은 뒤에 두고, 우리만 가잔 말씀입니까? 대신(大神), 대명(大明), 무상(無上), 무등(無等)이라는 반야경(般若經)도 그러고 보니, 얼빠진 넋두리군요. 눈·코·귀·입, 다 틀어막고 우리들만 어서 어서 가버리자? 허허허."

사내 웃는 표정은 좀 일그러졌다.

"스님, 저는 특히 '안월'이라는 스님 법호만 생각하면 울화가 치 밉니다. 지장보살은 우선 스님 같은 스님부터 내쳐버리고 중생을 화도(化導)했어야 일이 제대로 됐을 것입니다."

스님은 이런 악담에도 얼굴에는 바보스런 미소뿐이다. 공허한 것도 같고, 어쩌면 달관의 모습도 같다.

"스님의 속향이 수원이랬죠? 혹시 제암리사건 들으셨습니까? 왜놈들이 기독교 교인들을 예배당에다 몽땅 가둬놓고, 불을 질러 버린 사건 말입니다. 기독교는 그래도 한몫하고 있어요."

"나무아미타불."

"기껏 나무아미타불입니까?"

사내는 피실 웃는다. 그는 한참 동안 스님을 보고 있다가 담배통 을 당긴다. 잎담배를 종이에 말아 물고, 등잔대에서 유황 먹인 관솔 가지를 하나 집어 화롯불에서 불을 댕긴다. 유황이 퍼런 불꽃을 내 며 비지 비직 끓는다. 유황 냄새가 코를 찌른다. 사내는 담배를 태 워 깊이 빨아 연기를 허공에 날린다. 다시 노승 옆모습을 보다가 무슨 생각을 하는지 미소를 띤다.

"스님!"

대답이 없다.

"부처님은 전생에 돼지였죠?"

스님 얼굴에 보일락 말락 미소가 스친다.

"제 말이 틀림없을 겁니다. 제 눈이 트이진 않았지만 뻔합니다. 돼지하고 닮은 데가 너무 많거든요. 돼지같이 뚱뚱하고, 돼지같이 많이 잡수시고."

　사내는 기어코 스님의 심통을 한번 건드리고 싶은 모양이다. 그러나 스님은 웃을 뿐 다른 표정은 나타나지 않는다.

　"지난번 같으면 아무리 돼지래도 배 터져 죽겠더군요. 불공드리러 오는 사람마다 마지를 올리니 그걸 다 잡수시고 어떻게 견디십니까? 열세번까지 세다 말았습니다. 하하하."

　"걱정할 것 없어. 저 양반은 천그릇 만그릇 자셔도 탈이 안 나. 무량이거든."

　"아무리 무량이라도 그렇게 무작정 잡수기만 하면 어떡합니까?"

　스님은 그냥 웃고만 있다.

　"그때 외우는 불경이란 것도 알고 보니 맹꽁이 울음소리도 아니고, 무당 푸닥거리만도 못하더군요. '내려오셔서 진지 잡수십시오. 이건 아무 데 사는 아무개가 올린 음식입니다. 이걸 잡수시고 복을 내려주십시오.' 도대체 그렇게 음식만 차려 올리면 복을 내리십니까?"

　"그걸 얻어먹고 있는 주제에 웬 잔소리야? 쫓겨나고 싶나? 식객(食客)은 밥 먹는 객, 식구(食口)는 먹는 입. 아침 잡수셨습니까, 저녁 잡수셨습니까? 먹는 일이 이렇게 중하니 공양 올리는 공덕을 덮을 게 있나?"

　"정말 너무 많이 곯아온 백성들이죠. 관리들한테 뜯기고, 일본 놈들한테 뜯기고, 부처를 파는 중들한테까지 뜯기고……"

　스님은 역시 다른 사람과 대좌한 자세로 미소만 짓고 있다.

　"아마 부처님은 누구보다 스님들을 맨 먼저 지옥에 보낼 겁니다.

하기야, 초열지옥(焦熱地獄)은 중 아니면 메울 사람이 없다면서요. 부처님을 팔아 곁에서 찌꺼기나 주워 먹으며 중생은 다 죽어가도 손발 개 없고 있으니, 지옥 두었다가 무엇에 쓰겠습니까?"

스님은 매양 그 표정일 뿐 대꾸하지 않는다.

"이제 이 나라는 앞으로 더 어려워질 것입니다. 두고 보세요. 절에 쌀 한톨 올라오지 않는 날이 닥칠 것입니다. 지금 일본 본토 농사가 엄청난 흉작인데, 그 대책을 세우지 못하고 있습니다. 그 벌충을 어디서 하겠습니까? 만만한 조선에서 갈퀴질하는 것밖에 다른 방법이 있겠어요?"

사내는 담배를 비벼 끈다.

"그래서 지금 토지조사에 극성을 부리는가? 일본 측량 기사들이 셋이나 이 아랫동네서 측량을 하다가 눈에 갇혀 있다더구면."

스님 말에 사내 눈에서 빛이 번쩍한다. 스님이 사내를 돌아본다.

"아서! 그놈들 몇 없앤다고 달라질 게 뭔가?"

사내는 찔끔한다. 놀란 눈으로 스님을 빤히 건너다본다. 스님은 다른 사람과 대좌하듯 얼굴을 벽을 향하고 있으면서도, 이쪽 마음이나 표정을 알아차려버린 것 같았다.

"여기서 푹 쉬어! 상처가 제대로 아물자면 아직도 보름은 더 있어야 하네."

노승은 마치 자식 달래듯 인자한 목소리다.

"닭이나 몇마리 푹 과주시면 모를까, 만날 산나물에 시래기 국이래야 회복은커녕 창자에 털만 나겠습니다."

사내는 이불 속으로 다리를 뻗으며 또 심통을 부린다.

"마음을 잘 다스리고 있으면, 하루에 닭 한마리 먹는 푼수는 될걸."

"닭 이야기가 나온 김에 동네 내려가서 그놈들 처치해버리고, 닭이나 몇마리 들고 올 테니 좀 고아주시겠습니까?"

사내는 시치미를 따고 능청을 떤다.

"중놈이 닭 잡아먹었다는 소문 나면 내 장사는 그만일세."

스님 미소가 좀 크게 번진다.

"그럼, 집어치우고 저하고 함께 나섭시다. 득도인들 외길뿐이겠습니까?"

"허허. 중놈 유혹하면 무슨 죄 받는 줄 아나?"

"지옥밖에 더 가겠습니까? 중생을 건지는 길이라면 부처님께서도 사정을 두시겠죠."

스님은 웃기만 한다.

"스님! 이 아래 큰절 스님들이 삼백명쯤 된다는데, 왜놈들이 지른 것처럼 불을 지르면 어떨까요? 삼백명 스님들 가슴에 불을 지르는 것입니다. 그것이 전국 사찰에 번지면 어마어마할 것입니다."

사내는 장난스럽게 말하면서도 눈은 빛을 뿜는다.

"다 죽어가는 호랑이 새끼를 살려놨더니, 절까지 말아먹겠다는 게야!"

"승산이 있습니다. 서산대사처럼 스님께서 한번 일어나보세요. 불은 제가 지르겠습니다."

서산대사란 말에 스님은 웃음이 사라지고 제 얼굴로 돌아간다.

"벽만 보고 계시지 말고 말씀 좀 해보세요. 안월이란 언덕을 넘어간다는 말 같은데, 그렇게 만날 벽만 보고 계시면 언덕인들 어떻게 넘겠습니까?"

"사방이 두루 벽이야. 나무아미타불."

"허허. 아직도 못 뚫으셨습니까? 사십년 수행이 아직도 나무아미타불이시라면 스님도 따분하십니다. 어떻습니까? 이 일은 스님이 나서기만 하면 틀림없습니다."

사내는 붕대가 감긴 한쪽 발을 끌며 스님 곁으로 다가앉는다. 사내 얼굴에는 장난기가 걸혀 있었다.

"스님들 가슴이 아무리 메말랐다 해도 스님이 나선다면 불이 붙을 것입니다."

스님은 가타부타 말이 없다. 사내는 같은 말을 되풀이하며 호소했고, 벽을 향한 스님은 글자 그대로 묵묵부답이다.

"허허허."

사내는 맥없이 실소를 날리며 다시 이불 속으로 기어든다.

"스님들 중생제도란 말은 빛 좋은 개살구더군요. 하기야 백성 뜯어먹기로는 관리들하고도 한통속이니, 도적이 도적들한테 매 들 염치 있겠습니까? 더구나, 대처(帶妻)인가 뭔가 왜놈들하고는 제대로 간통까지 하고 말았으니 말 다했지요. 중생제도? 이 땅의 중생들은 일본의 압제까지 두벌 세벌로 도탄에 빠졌는데, 그들을 건지지 않는다면 어디서 무엇을 건진단 말입니까? 우리 역사는 어쩌다가 이렇게 썩어 문드러진 절간 따위 불 질러버릴 폭군 한놈도 없었는지……"

사내는 혼잣말로 악담을 퍼부으며 다시 이불 속으로 깊이 들어

간다. 스님 얼굴에서는 미소가 걷혔다. 촛불 타는 소리만 바지직바지직 굴 안을 짓누른다.

"스님!"

천장에 시선을 꽂고 있던 사내가 부스스 윗몸을 일으키며, 가라앉은 소리로 스님을 부른다.

"왜놈들은 기독교보다 불교를 더 무서워합니다. 스님도 지난번에 개탄하셨듯이, 자기 나라처럼 계집을 넣어서 불교를 분열시키고 있습니다. 유서 깊은 조선 조계종의 그 면면한 전통은 머잖아 계집 엉덩이 밑에서 거덜날 것입니다. 불교 자체의 정화를 위해서도 지금 손을 쓰지 않으면, 법당 기둥뿌리도 남지 않을 것입니다. 이조 오백년의 핍박 속에서도 불교는 민중의 가슴 깊숙이 뿌리를 내리고 있었기 때문에 오늘까지 버텨오지 않았습니까? 그 민중의 지지를 업고 일어서면, 단기적으로는 실패하더라도 나중에 우리나라가 독립이 되면 불교는 바로 그게 중흥의 기틀이 될 것입니다. 최소한 대처승을 몰아낼 명분은 얻겠지요. 스님의 성불(成佛)을 한 생애 늦추시더라도, 일본사람 밑에서 신음하는 중생들의 고통과 불교의 정화를 외면해서는 안 됩니다. 일이란 처음과 끝이 있고 때가 있습니다."

낭랑한 사내 목소리는 흙벽 속까지 파고들 듯 간절했다.

"나를 너무 크게 보고 있구먼. 나는 그런 그릇이 못 돼!"

사내는 스님을 한참 보고 있다가 다시 입을 연다.

"겸사인 줄 압니다마는, 모두가 자기 분수만큼 자기 능력만큼 일을 하면 됩니다."

"나무아미타불."

사내는 웃으며 다시 이불 속으로 들어간다.

"스님, 공양 중에서 가장 큰 공양이 무엇이죠?"

"왜?"

"공양 가운데서 소신공양(燒身供養)이란 말을 들었습니다. 그 불이 팔도의 불제자들까지는 몰라도, 이 아래 큰절 스님들한테는 옮겨붙을 것입니다. 지금 스님들이 아무리 피가 말랐다 하더라도, 스님이 일어서면 그들 가슴에도 불이 붙을 것입니다."

"하하하."

스님은 처음으로 소리를 내어 웃었다.

"겁이 나시면 제가 해드리죠."

사내는 웃지 않고 담담하게 말한다.

"이번에는 내 차롄가? 그럼 나는 열 몇번째가 되는 거지?"

"열여덟번쨉니다."

스님은 다시 한번 웃는다. 사내가 죽인 사람 수였다. 사내는 일그러진 웃음을 띠며 스스럼없이 대꾸한다.

"전라도나 제주도 땡땡이중들도 안월스님을 알더군요. 정작 만나보니 스님 역시 허명 뒤에 숨어 계시는 것 같습니다마는, 먼 데 스님들을 속이는 데는 그 허명으로도 승산이 있습니다."

스님은 아까 그대로 그만치의 미소만 띠고 있다.

"쫓아내야겠어."

"자비(慈悲) 문중에서 축객(逐客)하는 법도 있습니까?"

"제 이로울 데서는 절 풍속을 찾는군! 하하하."

258

"아닙니다. 제 칼끝에도 불성(佛性)이 있습니다."

"하하하."

"그러고 보니, 스님보다 제가 더 깨쳤군요. 하하하."

"그럼 깎아줄까?"

"동행하시게요?"

"그래. 내가 배워야겠어."

"좋습니다."

스님은 시답잖다는 듯 웃는다.

"조건만 하나 들어주십시오."

"조건?"

"동행하시되 좀 돌아서 갑시다."

"돌아서?"

"민족의 대안(對岸)을 지나서 말입니다."

"대안을 지나고 나면, 중놈 너 언제 봤냐 할걸!"

"아닙니다. 매달리겠습니다. 함께 데리고 가달라고 애걸하겠습니다!"

사내는 간절한 어조로 말했다. 사내의 집요한 집념에 스님은 노상 마음이 잔잔하지 않은 듯, 또 얼굴에서 웃음이 걷힌다.

"나무관세음보살!"

노승은 지그시 눈을 감는다.

"그 맥 빠진 넋두리에는 진저리가 났습니다. 그만해두십시오."

사내가 버럭 역정을 냈다. 스님은 자리에서 일어선다. 거동이 표정처럼 잔잔하다.

"스님!"

스님이 토굴을 빠져나가려다가 멈춘다.

"내일 오실 때는 법방망이 하나 가져오십시오. 말로는 안 되겠습니다."

"나무관세음보살."

스님은 조용히 웃으며 굴을 빠져나간다.

밖에서는 여전히 바람소리가 요란스럽다. 사내는 반듯하게 누워 천장에다 눈을 박는다. 사내 머릿속에서 어지럽게 명멸하던 사념들이 군대가 열을 짓듯 정돈된다. 가사를 걸치고 절 아랫동네로 가서 지금 거기서 자고 있을 일본인 측량 기사들을 죽여버리면 어떨까? 틀림없이 군 소재지 헌병 분견소 헌병들이 절로 들이닥칠 것이다. 그 작자들은 평소 서슬대로 닥치는 대로 패고 부수고, 본사는 말할 것도 없고 이 암자도 수라장이 될 것이다. 헌병들이 물러가면 나는 이 절 스님과 동자를 쫓아버리고 이 암자에 불을 지른다. 내가 여기 숨어 있는 것을 아는 사람은 여기 스님과 동자밖에 없으니, 누구든지 헌병들이 한 짓으로 알 것이다.

사내는 몸을 일으켜 신문지로 담배를 말아 태워 문다. 깊숙이 빨아 길게 연기를 뿜는다. 다시 담배를 입으로 가져가던 손이 중간에서 멈춘다. 담배연기가 향불처럼 피어오르고 밖에는 바람소리가 요란스럽다. 담배를 두어번 길게 빨아 등잔대에 문질러 끈다. 벗어놨던 두터운 윗도리를 입고 허름한 가사를 걸친다. 옷가지 밑에서 칼을 집어 든다. 단검이다. 빼본다. 촛불에 하얀 날이 유난히 날카롭게 번득인다. 칼을 허리춤에 챙기고 도리우찌를 눌러쓴다.

사내는 밖으로 나간다. 사립문을 나가 무릎까지 빠지는 눈길을 뒹굴듯 헤쳐간다. 눈 속에서 허우적거리기도 하고, 주저앉기도 하며 내려간다. 하늘에는 찢겨 발겨지는 구름장 사이로 서리 머금은 별들이 차갑게 반짝인다. 문득 며칠 전에 죽은 친구 얼굴이 떠오른다. 그는 죽기 전날 마치 자기 죽음을 예감이라도 한 듯 유언 비슷한 말을 했다.

"테러리스트는 너무 독선적이다. 그런 테러리스트가 도덕적으로 나태에 빠지면 뭐가 되지? 강도보다 무서운 무뢰한이 되겠지."

그는 전에 없이 진지하게 말했다.

"조물주가 종족번식을 하라고 준 섹스를 원래 목적과는 달리 쾌락만을 분리시켜 향락하듯, 테러리스트는 살인, 방화, 약탈 등, 테러 자체의 긴장에만 탐닉하는 수가 있어. 이때 테러리스트는 광폭한 무뢰한이 되는 거지. 지금 우리들의 경우 독립이라는 명분 때문에 그런 배덕이 윤리성을 획득하는데, 이 테러를 통해서 발현하는 자신들의 존재가치를 지나치게 미화시켜 영웅화한 나머지, 객관적으로는 불요불급한 테러를 아무 거리낌 없이 자행하기 십상일 거야. 아편쟁이나 색한처럼 테러에서 오는 긴장만 추구하는 거지. 그러다가 테러의 명분이 없어지면, 우리의 경우 우리나라가 독립이 되면 어떻게 되지? 아편기 떨어진 아편쟁이처럼 반편이가 되거나, 테러의 명분을 만들기에 급급한 나머지 과거의 공적을 내세우며 궤변과 억지를 농하겠지. 그렇게 과거의 공적을 다 까먹을 때까지 사회는 그야말로 값비싼 댓가를 치를걸."

"그럼 독립이 되기 전에 모두 죽어야겠군."

"죽어야지. 혹시 살아남았으면 자살이라도 해야 하고. 하하하."

사내는 십리가 좀 못 되는 산길과 들길을 거쳐 마을에 들어선다. 사내는 아무 집에나 들어가서 주인을 깨운다.

"누, 누구여?"

겁먹은 남자 목소리다.

"밤중에 미안합니다. 집을 찾습니다."

"이 밤중에 뉘 집을?"

방에 불이 켜진다. 문이 열리며 불빛과 함께 유황 냄새가 난다. 주인은 관솔불이 무슨 무기라도 된 듯 관솔불을 문턱 너머로 내밀며, 잠이 덜 깬 눈을 씀벅인다. 사내는 관솔불 앞에 몸을 내놓는다.

"아니, 스님이? 이 밤중에 무슨 일로?"

"일본사람들이 묵고 있는 집이 어느 집입니까?"

주인은 스님으로만 알고 안심하는 눈치다. 그러나 오밤중인데다가 모자며 신발이 심상치 않은지 다시 위아래를 훑어본다.

"미안하지만, 그 집으로 좀 같이 갑시다."

위압적인 어조에 농부는 겁먹은 눈으로 앞을 선다. 동네 개들이 짖는다. 그러나 별로 요란스럽지 않다. 농부가 가리킨 집은 대문이 허술했다.

"주인을 깨울 건 없습니다. 그들은 사랑방에서 잘 것 같은데, 사랑방은 어느 쪽에 있습니까?"

농부는 음모에 동조라도 하듯 낮은 소리로 부엌 옆방이라고 속삭인다. 고맙다며 돌아가라고 하자, 농부는 도망치듯 어둠속으로 사라진다. 이 집에는 다행히 개가 없는 것 같았다.

사내는 마당으로 들어가서 잠시 집안 동정을 살핀다. 사랑방 섬돌에는 지까따비 세켤레가 가지런하다. 사내는 창문에 귀를 대고 숨을 죽인다. 한사람은 유독 크게 코를 골고 두사람은 숨소리가 낮고 고르다.

방문 고리를 잡고 가만히 잡아당긴다. 소리 없이 열린다. 방 안의 훈기가 훅 끼쳐온다. 방 안으로 몸뚱이를 들여놓고 문을 닫는다. 숨소리로 몸뚱이들 위치를 짐작할 수 있었다. 사내는 숨을 한번 깊이 들이마신다. 심장이 몹시 뛰고 있다. 몇번이나 이 짓을 해도 가슴 뛰는 것은 어쩔 수 없다. 갑자기 방안이 생소해지며 어떻게 몸을 움직여야 할지 막연했다.

—— 땡그렁

외양간 풍경 소리다. 은은한 풍경 소리가 전류처럼 가슴속을 지나가는 것 같다. 사내는 잠시 숨을 죽인다. 방 안에서 움직이는 자기 움직임이 저 풍경 소리를 타고 어디론가 은밀하게 전해지고 있는 것 같았다. 그러고 보니, 자기는 아까 대문에 들어설 때부터 무엇에 낱낱이 감시를 당하고 있는 것 같기도 했다. 허허벌판에 자기 혼자 있는 것 같은 외로움이 엄습해오며, 온몸의 신경이 바늘처럼 꼿꼿하게 일어서는 것 같다.

사내는 여태까지 어떤 위험이 닥쳐도 누구 못지않게 침착했는데, 저까짓 풍경 소리에 겁을 먹고 있다 생각하니 버럭 역정이 끓어올랐다. 지금까지 여남은명 가까이 해치웠지만, 이렇게 겁을 먹어보기는 처음이다. 이를 악물고 칼자루로 손이 갔다. 그러나 칼을 빼기만 하면 이 숨 막히는 정적이 와르르 무너지고, 숨죽였던 저 풍경 소리도 쩽그렁 깨지는 소리를 낼 것 같았다.

꽥 악을 써버리고 싶은 충동에 몸이 부르르 떨렸다. 이 세놈들을 모두 깨워놓고 마구 뒤엉켜서 미친 듯이 칼을 휘두르고 말까? 피가 밭는 고뇌에 짓눌려 구렁이 같은 동작으로 죽음 속을 기어드는 것보다, 그편이 통쾌할 것 같았다. 그렇게 마음껏 치고 박을 때 나는 또 얼마나 민첩하고 용맹스러웠던가? 그랬던 때를 생각하면 이런 짓은 정말 진저리가 났다.

가슴을 펴고 다시 길게 숨을 들이마셨다. 지금 겁을 먹고 있는 것은 상처 입은 뒤, 건강이 나빠진 탓이라 생각하며 마음을 가다듬었다. 결의를 굳히기라도 하듯 칼집에서 소리가 나게 칼을 쑥 뽑았다. 아무 변화도 없다. 풍경 소리도 나지 않는다. 자기만 혼자 움직이고 있을 뿐이다. 누워 있는 작자들은 쌕쌕 숨을 쉬고 있다. 칼 맞을 것에 대비해서 공기를 많이 마셔두겠다는 듯 숨소리가 크다.

사내는 가만히 무릎을 꿇었다. 왼손으로 어둠속을 더듬었다. 손이 이불에 닿는다. 가만가만 쓸어 올라갔다.

── 땡그렁

움찔 손을 거둬들였다. 미간을 잔뜩 찌푸리며 외양간 쪽을 노려본다. 저 소리는 자기 동작과는 아무 상관이 없다고 다짐을 두었지만, 온몸의 신경이 고슴도치처럼 곤두서는 것을 어쩔 수 없다. 발끝에서부터 머리끝, 아니 손등이나 배에 돋은 잔털 한가닥까지 서릿발처럼 날이 서서 온통 풍경 소리를 향하고 있는 것 같았다. 풍경 소리는 몸뚱이 속으로 들어와 온몸의 피를 말리는 것 같았다.

사내는 다시 이불로 손을 뻗친다. 이불이 가슴 중간까지 덮여 있다. 손을 거둬들이고 다시 숨을 몰아쉬었다. 칼 잡은 팔이 먹먹했다. 칼자루를 너무 세게 움켜쥐고 있었던 것이다. 손가락을 움직여 칼자루를 고쳐 잡으며 팔에서도 힘을 뺐다.

이쪽 녀석이 잠이 깨지 않도록 심장 부분에 정확히 칼을 꽂아야 한다. 저항할 틈을 주어서는 안 된다. 소리를 지르면 그만이다. 건넌방에는 지금 잠이 깨어 있는 사람이 있을지 모른다. 칼로 심장에 구멍을 내어 풍선에서 바람 빼듯, 저 쌕쌕거리며 들락거리고 있는 것 같은 작자의 생명을 그 칼 구멍으로 빼내야 한다.

어떻게 칼을 써야 그렇게 감쪽같을 것인지 또 그게 막막했다. 몸뚱이가 꿈틀거리는 것은 아무리 드세도 누를 수는 있을 것 같지만, 입에서 나오는 소리를 어떻게 감당해야 할지 막연했다. 한 손으로 입을 틀어막으며 찌르면, 힘이 헷갈려 칼을 깊이 꽂기가 어려울 것 같았다. 전에 죽였던 놈들은 어쨌던가? 그러나 그 작자들은 모두 살아서 펄펄 뛰는 녀석들이었다. 잠자고 있는 사람을 소리 안 나게 죽이기가 이렇게 어려울 줄은 몰랐다. 자고 있으니 송장처럼 푹푹 쑤셔버리면 될 줄 알았다. 이 녀석들은 코 고는 소리로 미루어 소리를 지르면 엄청나게 큰 소리를 지를 것 같았다.

얼굴에 주저앉아 엉덩이로 입을 틀어막고 찌를까? 그럼 번질러 오르는 몸뚱이는 어떻게 감당하지? 다시 전에 죽였던 녀석들 기억을 더듬었다. 단편적인 모습 몇가지가 스쳤지만, 여기서 알맞은 자세를 잡는 데는 도움이 되지 않았다.

배 위에서 손을 뻗어 입을 틀어막으며 내리찍기로 작정했다. 꼬치꼬치 생각하다가는 숫제 칼을 써보지도 못하고 일을 잡칠 것 같았다. 몸을 돌려 구석을 더듬었다. 녀석들이 벗어놓은 옷가지가 잡혔다. 옷을 왼손에 감아쥐고 이불을 가만히 제쳤다. 배 너머로 발 하나를 건너 디뎠다.

— 땡그렁

찔끔 멈췄다. 쫓아가서 저놈의 소부터 찔러 죽이고 싶었다. 다시 더듬어 심장 위치를 가늠했다. 거기에 칼끝을 겨누었다. 허리를 굽혀 칼자루를 가슴을 바짝 대고, 왼손은 얼굴 위로 뻗었다. 이제는 일의 성패가 문제가 아니었다. 바윗덩어리에 눌린 것 같은 여기서 빠져나가는 길은 이것뿐이었다.

방바닥까지 뚫어져라 쿡 찔렀다. 칼끝이 툭 살을 뚫고 들어갔다. 갈비뼈에 칼끝이 삐뚝 한번 비꾸러졌을 뿐 쑥 파고들어갔다. 그 순간, 하마터면 까무러질 뻔했다. 위로 푹 솟아오를 줄 알았던 몸뚱이가 되레 푹 꺼지며, 두 손으로 이쪽을 꽉 끌어안았다. 칼 맞은 심장을 향해 사지가 그렇게 오그라들었던 것이다. 입에서는 다행히 소리가 새나가지 않았다. 옆으로 뻗지르는 몸뚱이를 칼자루로 버티며, 신경을 다른 두녀석한테로 돌렸다. 그들은 그대로 코를 골고 있었다. 세상은 아무런 변화도 없는 것 같았다.

단말마의 숨소리와 꿈틀거림이 한번 있었다. 칼자루를 통해서 이쪽의 생명이 저쪽으로 쏠려 들어가는 것 같기도 하고, 거꾸로 저쪽 생명이 이쪽으로 빨려 들어오는 것도 같았다. 자신과 이 사람의 생명이 이런 은밀한 교감이 형언할 수 없이 깊고 내밀한 세계 속으로 조용히 침잠하고 있는 것 같았다.

— 땡그렁

손으로 이마를 문질렀다. 땀이 나 있다. 너무 용을 써버려 기력이 모두 빠져버린 것 같았다. 잠자는 사람을 죽이기가 이렇게 어려울 줄은 몰랐다. 창자 속에서 뱀이 꿈틀거리고 있는 것처럼 순간순간이 진저리의 연속이었다.

총으로 죽이는 것은 얼마나 간단했던가? 빵 소리 하나로 단순하게 끝나버려서만이 아니었다. 그 엄청난 총소리에는 이런 지긋지긋한 의식의 훤조(喧噪)가 없고, 죽음은 저만치 먼 데서 저 혼자 벌어진다. 더구나, 그 엄청난 총소리는 이편의 행위를 그 소리만큼 큰 당위로 온 세계를 향해 소리쳐준다. 고함소리보다 몇십배나 큰 그런 총소리 속에서는 백명이고, 천명이고 쉽게 죽일 수 있을 것 같았다. 그때는 약실에 실탄이 들어앉듯 민첩한 동작만이 전부였다. 가늠자 구멍으로 나타나는 적의 대가리를 보며 이역에서 울고 있을 그 어머니의 눈물을 생각하는 객쩍은 감상도, 그 커다란 소리는 말끔히 씻어준다. 그 소리 하나하나는 하나씩의 세계를 으깨며 새로운 세계를 창조해나가는 자기대로의 커다란 의지를 지녔으며, 거기 총 뒤에 붙어 있는 사람들은 그 총소리의 의지 밑에 그냥 그대로 있으면 되는 것이다. 셋을 다 해치웠다.

— 땡그렁

핏속에 얼음물이 떨어지는 소리 같았다. 언제나 그만큼 조심스럽고 은밀한 소리였다. 이 방 안에서는 이렇게 엄청난 세계가 들끓고 있는데, 도대체 저 한가한 풍경 소리는 뭐란 말인가? 이 방 안의 세계에 간여하고 있는 것이라면, 지금쯤 총소리같이 큰 소리를 질러야 할 게 아닌가? 은은하기만 한 소리가 안타깝게 느껴지며, 몽둥이로 대가리라도 한대 얻어맞고 싶은 충동을 느꼈다.

잠시 그대로 서 있다가 몸을 움직인다. 아까 발끝에 걸렸던 성냥을 더듬었다. 죽은 녀석 얼굴을 한번 보고 싶었다. 성냥 켜는 소리나 불빛이 창에 비치는 것쯤은 이미 아무것도 아니었다. 칼을 내리찍듯이 성냥을 칙 그었다.

세사람 몸뚱이가 눈에 들어왔다. 순간 사내는 몸서리를 쳤다. 세녀석이 모두 허옇게 눈을 뜨고 있었다. 뻔한 일인데, 그런 모습은 전혀 예상하지 못하고 성냥을 그었던 것이다. 성냥불이 타들어 손끝이 따끔했다. 성냥 꼬투리를 그대로 잡고 있었다. 이 따가운 통증으로 저 사내들이 느꼈을 아픔을 실감하고 싶었다. 그대로 한참 있었다. 몸뚱이가 뒤틀리는 것 같았다. 이 아픔으로 내가 지금 살아있다는 사실을 실감하고 싶었다. 갑자기 다리의 상처가 아려왔다.

골목을 빠져나왔다. 초가집들이 옹송그리고 있었다. 그 집들은 살인을 하지 않는 사람, 평화에 동조하는 사람들만 어미 닭이 병아리 껴안듯 꽉 웅크려 안고 있는 것 같고, 이 춥고 삭막한 어둠속에는 자기만 혼자 미아처럼 내동댕이쳐져 있는 것 같았다. 이 어둠속에는 산 것이라고는 아무것도 없는 것 같았다. 무엇이든 산 것을 붙잡고 늘어지고 싶고, 아무 집에나 들어가서 아무나 붙잡고 살을 부비며 고함을 지르고 싶었다. 그러나 지금 자신을 용납하는 곳은 죽음 속 같은 법당 아래 차디찬 동굴뿐이었다.

다음 날 아침 스님이 동굴에 들어왔다. 와락 껴안고 싶었다.

"안녕하신가요?"

스님 눈치를 살피며 농을 건다.

"셋이나 죽였다지?"

언제나 그러듯 저만치 벽을 향해 앉으며 묻는다.

"벌써 소문이 왔습니까? 세놈밖에 없는 걸 어떡합니까? 제 식성도 부처님처럼 무량입니다."

"나무관세음보살."

사내는 일그러진 웃음을 웃고, 노승은 조용히 염불을 왼다. 순간 울컥한 감정의 격랑을 느꼈다. 여태 맥 빠지게만 들렸던 염불 소리가 이처럼 가슴을 울릴 줄은 몰랐다. 그러나 감정의 파도를 삼키며, 칼을 끌어 쥐듯 아까의 위악을 더 시위하고 싶었다. 지금은 자성(自省)이 아니고, 어젯밤에 굴려놓은 사태의 중간에서 계속 행동해야 할 때라 생각했다. 이런 위악은 테러리스트의 허영이 아니고, 갑옷이라 할 수 있었다.

"발칵 뒤집힌 모양이야. 애먼 사람이 많이 다칠 것 같아!"

사내는 노승 옆모습을 보며 독기 어린 미소를 머금는다.

"제가 바라는 대로 되고 있습니다. 그 쥐새끼 같은 목숨 몇이 문제가 아닙니다. 왜놈들이 조선 놈들을 죽을 만큼 두들겨 패서 일깨워야 합니다."

쥐새끼라는 말이 발끝의 돌부리처럼 혀에 걸렸지만 걷어차듯 내뱉었다.

"나무관세음보살!"

사내는 잎담배를 말았다. 팔목 속에서는 어제저녁 칼을 잡았던 감각이 그대로 남아 있는 것 같았다. 쑤욱 살을 뚫고 들어갈 때의 감각이 마치 손으로 살 속을 후볐던 것처럼 또렷했다. 사내는 떨리는 손으로 겨우 담배를 말아 불을 붙였다.

담배연기를 뿜으며 노승 옆모습을 본다. 비통이나 고뇌 같은 감
정과는 전혀 인연이 없는 얼굴이었다. 저런 얼굴이 칼을 맞으면 어
떻게 될까? 저 뚱뚱하고 희멀건 살은 마치 돼지비계나 두부처럼 칼
이 들어가도 통증을 느끼지 못할 것 같았다. 만약 저런 스님을 죽
여야 한다면 칼날이 저 희멀건 살 속으로 들어갈 때, 두부를 찌르
는 것 같은 감각에 내장이 뒤틀리고 구역질이 날 것 같았다.

어제저녁 그들은 칼을 맞아서가 아니라, 칼을 통해서 빨려 들어
간 이쪽의 독기에 죽은 것 같았다. 세 녀석을 처치하느라 너무 용을
써서 그런지 그 독기가 모두 빠져나가버리고, 지금 자기 몸은 텅텅
비어 있는 것 같았다. 며칠 동안 푹 쉬어야 풀릴 것 같은 피로가 그
런 식으로 느껴지는 것 같았다.

하여간, 오늘 또 누구를 죽인다는 것은 감당할 수 없을 것 같았
다. 그러나 이미 굴러가기 시작한 사태는 이쪽 사정 따위는 아랑곳
없이 제 갈 대로 끌고 갈 것 같았다. 당장 헌병들이 이 암자에도 들
이닥칠는지 모른다.

"스님! 저는 살인에 도통한 놈이라고 은근히 자부해왔습니다.
그런데 어제 해보니 아직 멀었더군요."

마음속에서 살의를 되살려내기라도 하듯, 되새기고 싶지 않은
말을 태연하게 했다.

"다 죽여놓고 성냥불을 켜봤더니 모두 눈을 허옇게 까뒤집고 있
지 않겠습니까? 깜짝 놀랐습니다. 너무도 뻔한 것을 예상 못한 데
서 더러 큰일이 산통 깨지거든요. 제가 놀란 것은 제가 겁을 먹고

있기 때문이 아니라, 그걸 예상 못했다는 불찰 때문이었습니다. 원래 우발적인 살인은 겁쟁이가 하고, 계획적인 살인은 독종이 아니면 못한다는데, 그러고 보면 저는 본래 아주 선량한 놈이었던가보죠. 하하하."

"나무관세음보살!"

점심을 먹은 뒤였다. 어느새 까무룩 했는데, 법당 문이 벼락을 쳤다. 마룻장에 군홧발 소리가 우르르 몰려들었다. 사내는 벌떡 일어나며 반사적으로 단검을 빼들었다. 우당탕 나무궤짝이 나동그라지고, 마당에서는 고함소리와 행자의 비명소리가 찢어졌다.

"이 간나새끼! 어데 숨겼어?"

"아이구, 아이구."

발자국 소리가 앞뒤로 떼몰려 쓸고 다닌다. 그러나 법당 아래 이 토굴이 발견될 리는 없다. 스님도 유래를 모른다는 이 토굴은, 누가 이 사내를 위해서 만들어놓기라도 한 것처럼 불상이 앉은 연화대 밑으로 교묘하게 문이 나 있어 발견될 염려는 거의 없었다.

스님도 함부로 닦달하는 듯, 일본말이 꽥꽥 악을 썼으나 스님 말은 들리지 않는다. 그래도 노승이라 차마 때리지는 않는 것 같았다. 행자만 곱빼기로 얻어맞는지 계속 비명이다. 그러나 어지간해서는 저 녀석도 불지 않을 것이다. 예사로 영악한 녀석이 아니었다. 그는 처음 독립투사란 한마디에 눈에 빛이 번쩍하며, 제 녀석도 그런 일에 뛰어들고 싶어하는 소년다운 순진성이 있었다.

"중놈의 새끼들, 그 작자를 숨겨줬단 봐라. 절에 칵 불을 지르고 말 것이다."

오냐, 네놈들 아니더라도 불 지를 사람 여기 있다. 작자들이 물러가는 척하고 숨어서 지켜볼 위험이 있었지만, 그걸로 시간을 끌 수는 없었다. 본사까지는 이십여분 거리, 작자들이 거기 도착하기 훨씬 전에 불길이 올라야 한다.

사내가 법당을 나서자 혼자 넋 나간 꼴로 마루에 앉았던 행자가 깜짝 놀란다. 지금이 얼씬거릴 때냐는 표정이다. 그렇게 얻어맞았으면서도, 되레 이쪽을 염려해주는 천진스런 표정이 가슴을 쳤다.

사내는 사립께로 나가 아래를 내려다봤다. 헌병들이 미끄러지듯 눈을 헤치며 내려가고 있었다. 사내는 스님 방문 앞으로 갔다. 행자는 말똥거리는 눈으로 사내의 수상한 거동을 보고 있다.

사내는 슬그머니 스님 방문을 연다. 사내는 방 안으로 밋밋이 몸을 들여놓고 가만히 문을 닫는다. 스님은 아무 일도 없었던 듯 예사 때처럼 면벽한 자세가 한껏 호젓하다. 퀴퀴하나 조금은 구수한 방 냄새가 코에 몰려들었다. 노승은 이미 작자의 속내를 빤히 알고, 자기한테 들어올 칼을 이대로 받겠다는 듯 목을 늘인 패장처럼 다소곳이 앉아 있다. 시렁에 올라앉은 궤짝들이며 이불들이 모두 숨을 죽인 듯 스님처럼 고즈넉하다.

사내는 스님 등을 향한 채 잠시 그대로 서 있다. 스님은 보릿자루가 하나 거기 그렇게 웅크리고 있는 것 같았다. 숨 막히는 침묵이 흐른다. 스님은 미동도 없다. 찌를 테면 한번 찔러보라고 버티고 있는 것 같았다. 순간, 작자는 조롱당하고 있다는 생각이 머리를 쳤다.

순간, 칼집에서 소리가 나게 칼을 쑥 뽑았다. 마치 도전을 받고 칼을 빼는 기사처럼 허공에 반원을 그으며 자세를 잡았다. 스님은 까닥도 않는다. 홱 이쪽으로 몸을 돌릴 줄 알았는데 오산이었다. 스님이 몸을 돌리는 순간 칼로 심장을 찌르려 했던 것이다. 되도록 쇳소리가 크게 나도록 칼을 뽑았던 것은 그 때문이었다. 그런 결정적인 계기를 맞아 의식의 괴로운 개입 없이 일을 간단히 해치우자는 계산이었다. 그런 야수적인 감정의 격발 없이는 또 어제저녁 같은 고뇌에 짓눌려, 이 중요한 대목에서 일을 망쳐버릴 것 같았다. 지금 자기를 지탱하고 있는 의지는 그러지 않아도 가뜩이나 흐늘흐늘해서, 자칫하면 허리뼈가 부러지듯 폭삭 내려앉을 지경이라 그런 격정을 유발시켜 미친 듯이 날뛰지 않고는, 더구나 살인 같은 일은 다시 해낼 수가 없을 것 같았다.

칼을 겨눈 사내는 그대로 굳어버렸다. 두개의 석상이 괴상스런 자세로 방 안에 세워져 있는 꼴이었다. 사내는 이렇게 엉뚱한 사태까지는 짐작 못하고, 이런 일은 밤보다 낮이 훨씬 쉬울 것이라 생각하며, 제대로 칼을 내두를 일에만 골몰했었다.

사내 칼끝이 파르르 떤다. 이마에 땀방울이 맺힌다. 시뻘겋게 충혈된 눈은 사천왕 눈보다 더 튀어나온 것 같다. 사내는 다시 이를 악문다. 이 칼자루 뒤에는 얼마나 많은 백성들의 울부짖음과 아우성이 들끓고 있는가? 이따위 돼지 같은 중놈 하나가 뭐냐? 내가 여기서 이 작자를 처치하지 못하면, 단순히 이 계획 하나가 수포로 돌아가는 게 아니다. 나는 영영 칼을 쓰지 못할 것이다.

"으윽!"

혼신의 힘을 다해서 내리찍으려 했다. 그러나 가위눌린 것처럼 손을 까닥도 할 수가 없었다. 꼭 누가 꽉 붙잡고 있는 것 같았다. 이 스님이 같잖은 법력으로 자기를 꼼짝 못하게 하는지도 모른다는 데에 생각이 미치자 대번에 난도질을 하고 싶었다. 그렇지만 마음뿐 어찌 된 일인지 용을 쓰면 쓸수록 손발이 굳어버렸다.

사내의 사천왕 상판이 스르르 허물어졌다. 문을 열고 힘없이 나왔다. 마루에 풀썩 주저앉는다. 얼굴에는 땀이 흐르고 있다. 행자는 겁먹은 눈으로 멍청하게 보고 있다. 행자가 얼른 일어나 냉수를 떠 가지고 간다. 벌컥벌컥 들이켠다. 사내는 고개를 들어 하늘을 쳐다본다. 한참 만에 자리에서 일어선다. 스님이 계신 문 앞에서 합장을 하고 정중하게 고개를 숙이고 돌아선다.

"잘 있어라."

사내는 행자 등을 두들겨주고 사립을 나선다. 행자는 아래를 내려다보고 있다. 스님도 방에서 나왔다. 행자 곁에서 아래를 내려다본다. 저 아래 숲이 한군데 트인 곳에서 사내의 힘없는 뒷모습이 나타난다. 노승과 행자는 그대로 내려다보고 있다. 조그마한 고개를 넘으려다가 사내가 뒤를 돌아본다. 멀리서 서로 한참 보고 있다.

이내 사내가 등을 돌리고 고개를 넘는다. 고개를 넘는 사내를 보며 스님은 중얼거린다.

"아무리 독립운동이라도 독기를 너무 깊이 품으면, 몸도 상하고 일도 그르치는 것을."

『월간문학』 1972년 10월호(통권 5권 10호); 2006년 8월 개고

재수 없는
동행자

같이 여행을 하려던 친구 K가 버스에서 내려버리자 나는 머리가 땅한 감정의 혼란에 빠지고 말았다. 불길한 사건 두가지가 묘하게 조우하며, 순간 나는 허공에서 발판이 무너진 것 같은 불안에 휩싸여버린 것이다.

　병원에 입원 중인 그의 장인의 병세가 오늘밤을 넘길 수 없을 것 같다는 다급한 전갈에 K는 출발을 오분 남겨놓고 여행을 포기하지 않을 수 없었다. 친구들끼리 일년에 한번씩 모이는 계 비슷한 모임에 참석하러 가는 길인데다 연말의 들뜬 기분까지 겹쳐, 우리는 미리 술까지 한잔 거나하게 걸치고 한껏 기분이 부풀었던 참이라 둘은 섭섭해 못 견디었다.

　가서 효자 사위 되라는 내 핀잔을 꼼짝없이 견디며, 미안하다는 말을 거푸 남기고 돌아서던 K가 그 자리에 우뚝 멈춰 서고 말았다. 그 앞에 하얀 소복으로 말쑥하게 차려입은 여인 하나가 버스 문을 막 올라서다가 K와 눈을 마주치고 있었다. 여인의 입가에 엷은 미소가 지나갔다. 약간 수척해 뵈는 여인의 얼굴은 짙은 애수를 머금고 있었다. 그 애수의 그늘 밑을 스쳐가는 미소는 어찌 보면 자조인 것도 같고 냉소 같기도 했다. 선입견에서 오는 내 감정의 투영인지는 몰라도 상당히 복잡한 감정의 표출인 것만은 틀림없다.

나는 이 여인이 누구란 걸 대번에 알 수 있었다. 이야기만 들었지 아직 한번도 본 적은 없지만 내 직감에 의문의 여지가 없다고 생각했다. 그는 K를 애타게 짝사랑하고 있는 여자다.

K는 약간 어색하게 웃으며 자기가 앉았던 자리로 여인을 안내했다. 내가 누구란 걸 소개하지는 않았다. 자기도 이 차를 타고 가려다 갑자기 급한 일이 생겨 못 간다는 걸, 큰 잘못이라도 변명하듯 말하고 나서 도망치듯 나가버렸다.

사건이란 이뿐이다. 친구가 여행을 포기하고, 그다음에 이 여인이 탔다는 것, 이것이 어떻게 '사건'일 수가 있겠느냐겠지만 이 일의 배후에 도사려 있는 사실들 때문에 이 묘한 우연이 내 감정적 현실에서는 사건이 아닐 수 없다.

이야기를 어떻게 해야 할지 모르겠다. 표면적인 사실만으로는, 나는 어처구니없이 소심한 겁쟁이로 웃음거리가 되고 말 것이기 때문이다.

이 여인과 내 친구의 관계는 그들 두사람 사이에서는 심각했지만 그걸 바라보는 우리 친구들 사이에서는 한낱 웃음거리에 불과했다.

눈물 흘리는 사랑이란 당사자들은 가슴이 미어져도 구경하는 편에서는 아름답게 보이는 법인데, 이들의 관계는 아름답게 보일 중요한 요소, 즉 심각성이 우리들한테는 전혀 심각하게 느껴지지가 않았기 때문이다. 사실 아까 술 마실 때만 하더라도 나는 이 여인 이야기를 꺼내놓고 K를 골려주며 웃었고, 이런 일이 없이 같이 가게 됐더라면 그는 또 한번 내 혐구에 반은 병신이 됐을 것이다.

K가 여기 신문사로 직장을 옮겨오기 전에 S라는 친구한테서 나에게 온 편지만 봐도 우리가 이들의 관계를 얼마나 우습게 보고 있었는지 알 것이다.

'(⋯) 나는 딱 스물다섯살까지만 살고는 깨끗이 세상을 뜨고 말겠다는 사람이 있다면 누구나 웃을 것이네. 이런 맹물에 싱거운 왜장 한방울도 들어가지 않은 이야기를 귀담아듣고 전하는 나도 한몫으로 싱거운 사람 취급을 받아 마땅하고⋯⋯ 그런데 더 싱겁고 답답한 사나이가 있네. 그 스물다섯까지만 살고 세상을 하직하시겠다는 분이 다른 사람도 아니고 요정 접대부 아가씬데, 좋게 말해서 그런 유행가적 감상을 곧이곧대로 믿고 심각해 있는 사나이, 그가 원래 껄렁하고 어수룩한 사람이라면 또 모르겠지만, 세상 물정이나 눈치로라면 접대부 따위는 한 열명쯤 손바닥에 올려놓고 앞치고 뒤칠, 신문사 사회부장이다보니 도무지 이야기가 답답할밖에 (⋯)'

무슨 편지 끝에 K의 안부를 전해온 부분이다. 그뒤 K를 만났을 때 이 익살스런 편지 생각이 나서 나는 처음부터 한바탕 놀려줄 셈으로 농을 걸었다.

"인생을 두겹 세겹으로 포개 살겠다며 자네를 죽도록 사랑하는 아가씨가 있다는 정보를 입수했는데, 어때? 그런 애정은 미상불 뜨끈할걸!"

K는 금방 알아차리고 웃었다. 어떻게 된 거냐고 다그쳤더니, K는 어이없다는 표정을 짓고 나서 이야기를 꺼냈다.

"스물다섯에 죽건 쉰살에 죽건 그게 문제가 아냐."

문제는 자기를 정말로 좋아한 것 같다는 것이다. 원래 조용한 성격이라 아득바득 귀찮게 굴진 않는데 그 조용한 속에서 불이 활활 타고 있어, 신경을 안 쓰려 해도 그렇게 되지 않는다고 했다. 요사이는 만나지 않으려고 그 요정에도 발을 끊었는데, 자꾸 전화를 하기에 며칠 전에는 차근히 한번 타이르려고 만나줬더니 처음부터 끝까지 울기만 하는 통에 서로 말은 한마디도 못했다는 것이다.

나는 어이가 없었다. 접대부 주제에 더구나 어엿이 가정까지 가지고 있는 사내한테 그게 말이나 되는 소리냐고 정색으로 힐난했더니, 그래 자기도 답답하다고 심란한 표정이었다.

"그건 그렇다 치고 스물다섯 어쩌고 하는 건 또 무슨 소리야?"

"그것도 결국 웃기는 소리지."

"웃겨보게."

"길게 늘어놓을 흥미도 없어. 그 아버지가 고급 공무원이었던 모양인데, 큼직한 독직 사건으로 유복하던 가정이 하루아침에 거덜이 났어. 아버지는 감옥에서, 어머니는 또 화로 병을 얻어 죽고 남은 건 지금 고등학교 이학년인 남동생과 자기 둘뿐이라는군. 지금 자기가 살아 있는 건 그 남동생을 뒷바라지한다는 의미밖에 없다는 거야. 고등학교만 나오면 나이도 그렇고 자립할 수 있을 테니 그때는 자기가 사는 의미가 없어진다는 거지."

말을 해놓고 그도 어이가 없는지 웃었다. 나는 한참 소리내어 웃었다.

"사는 의미가 그렇게 단순한 인생도 있었나? 그럼 자네도 애정의 의미를 약간 적선(積善) 쪽으로 설정해서 그때까지만 적당히 귀여워해주면 되잖아? 하하."

K는 맥없이 웃기만 했다.

"그럼 그 동생이 고등학교 이학년이라니까 명년, 저 명년인가, 그 스물다섯이?"

"명년이라나."

"하하. 그 아가씨 아이큐가 얼마야? 그렇잖음 살짝 돈 게 아냐? 자네도 같이 돌고. 하하."

"에끼!"

"유유상종이라잖아? 그렇지 않고서야 이건 신파치고도 너무한 걸!"

정말 생각할수록 어처구니가 없어, 나는 또 한참 웃었다. 평소에는 그렇게 의젓하고 구수한 익살꾼이던 K가 갑자기 바보가 된 것 같은 착각이었다.

"어때, 얼굴은 반반한가? 나한테 인계하게!"

미인인데다가 대학문까지 밟아본 터라 그 요정에서는 인기가 대단한데, 그런 곳에 있는 여자치고는 처신이 헤프지 않아 단단히 눈독을 들이는 놈팡이까지 여럿 있다는 거다. 비교적 고관들이 드나

드는 일류 요정이라 K도 직업상 자주 출입하게 됐는데, 어쩌다가 술집 용어로 K가 '그 애의 손님'이 됐다. 인기 있는 여자를 차지하게 됐다는 것에 은근한 자부까지 느끼며 갈 때마다 그를 불렀고, 나중에는 마담까지도 K가 나타나기만 하면 그녀가 다른 방에 들었어도 빼다 줄 정도였단다.

K는 원체 술이 약하기 때문에 자연 구질구질한 주사(酒邪)도 없고, 더구나 격을 잃지 않는 구수한 그의 익살은 누구한테나 호감을 주는데, K의 이런 태도가 그 여자 편에서는 자기를 접대부로서가 아니고 한사람 여성으로 대해주는 결과로 비쳤거나 매력으로 느껴졌던 모양이다.

"그런데 이게 실수였던 것 같아. 한번은 쉬는 날이니 자기가 저녁을 사겠다는 거야. 나도 마침 일이 없어 나갔지."

다방에서 만났는데 평소 요정에서 대할 때와는 전혀 딴 여자로 느껴지더라고 했다. 그런 유의 여자들은 술자리에서는 어울리지만 거리에서라도 만나면 어딘지 추하게 보이는 법인데, 이 여자한테서는 전혀 그렇지가 않더라는 것이다. 연인(戀人)을 만나는 것같이 얼굴에 홍조까지 띠는 게 그렇게 순진하고 깨끗한 인상일 수가 없더라고 했다. 처음에는 남의 눈도 있고 해서 그저 호의를 무시할 수 없다는 식으로 만나준 것인데, 그렇게 한번 만나고 나니 이상하게 끌리더라고 했다. 그래서 그뒤 서너번 같이 저녁도 하고 교외로 나가기도 했단다.

K가 이 정도로 평가하는 여자라면 보통 수준을 넘는 여자 같은데 도무지 아귀가 맞지 않아 내가 또 쏘아붙였다.

"그런 여자가 하필 요정으로 빠질 건 뭐야? 더구나 몇살에 죽겠다고 수다를 떠는 건 무슨 뚱딴지같은 수작이고?"

그건 가정이 완전히 몰락한데다가 사회적으로 매장됐다고 생각됐을 것이기 때문에 그런 급격한 변화와 충격이 그를 자학으로 몰아넣었을 것이라고 했다. 고생을 모르고 자라다가, 더구나 혼기를 앞둔 여자로서는 있을 법하지 않으냐고 K는 평소 그답지 않게 자기의 잘못이라도 변명하듯 말했다.

"몇살에 죽는다는 건?"

K가 그렇게 나오면 나올수록 나는 무슨 모욕이라도 당하는 것 같아 화가 났다. 평소에는 그 짓궂은 익살 때문에 K한테는 내가 항상 끌려왔는데, 이번에는 되레 내가 심문하듯 쏘아대도 고분고분하기만 했다.

"속이 굉장히 실한 여자 같은데 쉽사리 그런 감상에서 못 빠져나올 것 같아. 처음에는 자기의 처지를 옹색하게 합리화하는 심산이니 했더니 거기서 생각을 돌릴 여유가 안 보여."

"그러니까 죽을 것 같다, 이 말이군."

"글쎄, 봐야 알겠지만……"

"하하"

아무리 생각해도 이 친구가 도깨비에 홀린 것 같아 어이가 없었다. 지난번 나한테 편지했던 S를 만났더니 이 친구는 이 사건의 귀추를 아주 엉뚱한 각도에서 익살스럽게 바라보고 있었다.

"이게 요새 그 식모들 눈물 짜는 라디오 드라마라면 말이야, 이후를 어떻게 전개하는 게 좋을까?"

나는 그 발상이 재미가 있어 한참 웃었다.

"역시 작가다운 발상이군. 그렇지만 접대부와의 관계를 저렇게 심각하게 형상(形象)하기란 어지간한 필력이 아니고는 어려울걸."

"아냐. K의 성격을 형편없이 어수룩한 놈으로 희화화시키면 될 거야."

"하하. K를 아주 병신을 만든다 이거지?"

"하하하"

"그래도 몇살에 죽겠다고 눈물을 짜는 대목에서는 청취자가 아무리 식모급이래도 반은 떨어지고 말걸."

우리는 한참 웃었다.

"그런데, 자넨 그 여잘 봤나? K는 어쩌고저쩌고 미활 시키지만 도깨비한테 홀린 소리라 신용이 안 가더군."

"미인이야. 특히 애수 어린 눈이 그만이지. 뭐랄까, 영화배우로 치면 그레타 가르보나, 제니퍼 존스 같은 배역에 알맞을 마스크야."

"자식이 그럼 적당히 어루만져주지, 그렇게 겁만 먹고 있어?"

"여자라면 처음부터 흥미 없는 녀석 아냐."

"다른 데는 대범하면서……"

"너무 심각하게 나오니까 잘못 빠져들어갔다가는 안 될 것 같은 모양이지. 그 친구 체면에는 또 오죽 세심한가, 가정에도 그렇지만."

"그런데 그 친구한테 그렇게 어수룩한 구석이 있는지 몰랐더니, 정말 그 아가씨가 그때 죽어버릴 걸로 믿고 있는 모양이야. 하하."

S도 한참 따라 웃고 나서,

"그게 접대부라 그렇지 좀 신비스런 구석이 있어. 검은 눈 속에 자기대로 깊고 굳은 세계를 따로 하나 가지고 있는 것 같아. 손님 앞에 나오면 명랑하고 싹싹하지만 그레타 가르보가 그랬다듯이 막(幕) 뒤에서는 금방 자기 세계 속으로 깊숙이 파묻혀버리는 거야. 어찌 보면 백치같이 고집스러워 보이기도 하고 여러사람 속에서도 더러는 혼자인 것 같은 호젓한 분위기를 거느리고 있어. 그러니까 예사 여자로 마주 앉는다면 그 입에서 무슨 말이 나오든 믿어질 것 같아. 더러 그렇게 조용하고 딴딴한 여자 있잖아?"

"그래애. 자네 말을 들으니까 나도 흥미가 느껴지는걸. 그럼 자네도 그렇게 죽을 거란 걸 믿나?"

"그럼 드라마는 그야말로 맹물이 되고 말게?

"하하. 자네는 드라마적으로만 보는군. 그럼 K와는 사랑이 이루어지고 K의 가정은 파탄이 난다?"

"그건 너무 통속적이잖아?"

"하하. 또 그런가. 그럼 어떻게 해야지?"

그후 K는 여기 신문사로 옮겨왔다. 나는 K를 만날 때마다 그 여인의 안부(?)를 물었는데 지금도 간혹 찾아온다며 골치 아프다는 시늉을 했다.

"곧 죽을 여자에게 그러면 쓰나? 이제 몇달 안 남았군. 너무 소박 말게. 죽어 원귀(寃鬼)가 되는 날엔 자네는 밤에 변소 길도 온전하게 못 갈 테니."

"에끼!"

이 사건은 S의 드라마로서는 그간 상당히 진전을 하고 있었다. 얼마 전 나를 만나자 대뜸 술집으로 끌면서 드라마를 이런 식으로 진행하면 어쩌겠냐고 했다.

"견유학파(犬儒學派) 철학자 가운데 뻬레끄리노스란 자가 있었어. 이 친구, 세상 사람들의 관심을 자기한테 한번 집중시켜 영웅이되어볼 방법이 없을까 궁리 했거든. 그러다가 자기 깐에는 기발한 생각을 했단 말이야. 올림픽 경기장에서, 활활 타오르는 불속으로뛰어들겠다고 소동을 피우면 필경 군중들은 깜짝 놀라 아우성을칠 것이고, 사람들이 우 몰려와 말려주겠지. 그땐 못 이긴 척 어물어물 물러나고 말자. 이렇게 생각하고 정말 요란스럽게 악을 쓰며불로 뛰어들었어. 그런데, 그 많은 사람 가운데 한사람도 나와 말리는 사람이 없었단 말이야. 큰소리를 쳐논 다음이라 체면상 안 뛰어들 수도 없고 할 수 없이 뛰어들어 죽고 말았어."

"하하. 재미있는 자살이군."

"또 한가지가 있어. 이건 좀 차원이 높은데, 교통사고 같은 걸로변사를 시키는 거야."

"그럼 어떻게 되나?"

"철학이 개입하는 거지."

"철학?"

"말하자면 실존주의적 죽음이야. 하하."

"실존주의?"

"우연 때문이지."

"허, 거창한데. 그럼 거기 같이 탔다가 또 우연히 덤으로 죽는 사람은 뭐가 되게?"

"그 점도 중요해. 거기서는 문제가 종교적으로까지 확대될 수 있거든."

"복잡해서 뭐가 뭔지 모르겠는걸."

"아냐. 드라마로는 단순해."

"그럴까? 가만있자. 그럼 이렇게 하면 어떤가? 처음에는 그 견유학판가 개똥철학잔가가 죽는 식으로 강하게 암시를 주며 나가다가, 끄트머리 가서는 방향을 홱 틀어가지고……"

"교통사고가 나게 한다?"

"그렇지!"

"하, 그것 멋있군."

우리는 유쾌하게 웃었다.

"자. 드라마의 완성을 축하하는 의미에서 한잔!"

S는 드라마로서 완성을 본 것이 정말 유쾌한 모양이었다. 우리는 이 여자의 죽음을 놓고 한참 떠들었다. 술이 거나해진 판이라 남의 죽음을 안주 삼아 시간 가는 줄 몰랐다.

"나는 꼭 그 아가씨가 그렇게 교통사고로 죽을 것 같군. 아니 꼭 그렇게 죽어야 해. 시시하게 죽긴 아까운 여자야."

"암 그렇고말고, 적어도 철학적으로 죽어야지."

"멋있는 여인의 멋있는 죽음을 위해서 마지막 축배를 드세! 하하."

"견유학파적, 실존주의적, 종교적 죽음을 위해서!"

"거 복잡하다. 그냥 간단하게 고상한 죽음을 위해서 한숨에 쭈욱!"

"우하하하."

우리는 이렇게 이 여인이 죽기를, 죽어도 꼭 교통사고로 죽어주기를 기원했는데, 바로 그 장본인이 죽겠다는 시한이 오늘내일일까 싶은 이 연말에 유령처럼 느닷없이 나타나버렸으니 그때 내 기분이 어떠했겠는가? 하얗게 소복을 하고 더구나 죽으러 가는 표정이 저러겠지 싶게 애수 어린 얼굴을 하고…… 정말 암담한 일이었다. 이 여인이 자기대로 오늘낼 새 죽을 결심인지 어떤지는 알 수 없지만 그거야 어떻든 우리가 상상한 각본대로 오늘 교통사고가 나고 말 것 같은 불길한 생각이 나를 휩싸버렸다. 그렇게 되면 나는 꼼짝없이 그가 죽는 데 덤으로 억울한 들러리 죽음을 하게 되는 거다. 들러리가 되려면 그건 응당 K가 되어야 마땅하고, 또 술김이었지만 혹시 그런 죽음을 기원한 못된 장난의 벌을 받아야 한다면 그것은 S 쪽이 죄가 더 많은데 내가 걸려들다니 이건 너무 억울한 일이었다. 또 공교롭게 나를 유리창 곁으로 몰아넣고 막아 앉아버린 것이, 마치 K란 놈은 놓쳤지만 너만은 기어코 저승길의 동반자로 끌고 가겠다는 결의를 그런 식으로 나타낸 것 같았다.

이런 내 기분은 아랑곳없이 차는 희끗희끗한 눈발을 헤치고 도심을 미끄러지듯 빠져나가고 있었다. 여기저기서 들려오는 징글벨 소리가 꼭 장송곡 같았다.

정말 이때 내 기분은 참담했다. 여태 평탄하게 진행되어오던 내 생애가 어데서 느닷없이 날아온 돌멩이에라도 맞아 와삭 중동이 부러지는 것 같은 기분이었다.

이 차는 종착지까지 고속버스처럼 논스톱으로 달리니 중간에서 내려버릴 수도 없다.

이 여인이 어떻게 여길 왔을까? K와는 미리 이 차를 타자는 약속이 있었던가? 그럼 왜 아까 나한테 그런 얘길 안 했을까? 만나러 왔다가 못 만난 걸까? 아까 그들 대화나 표정으로 보아 첨 만난 것 같았다. 그럼 이 여인이 이 차를 탄 것은 우연일까? 그런데 출발 직전에 K가 불려간 것은 또 뭔가? 정말 이 차가 교통사고로 뒤집힌다면 K는 무어 돌봐주는 것이 있어 그렇게 됐다고들 할 게 아닌가? 그러면 나는 돌봐주는 것도 뭣도 없단 말인가?

나는 마치 유령이라도 보듯 어깨 너머로 가만히 여인을 훔쳐봤다. S의 말이 생각났다.

'어찌 보면 백치같이 고집스러워 보이기도 하고 여러사람 속에서도 혼자인 것 같은 호젓한 분위기', 더구나 하얀 옷에서 그런 분위기가 싸늘한 귀기(鬼氣)로 나를 휘감았다. 무슨 원귀가 재생해서 K를 쫓다가 놓치고 나를 붙잡아버린 게 아닌가 하는 착각이 들 지경이었다.

전혀 터무니없는 생각이라고 모두들 부정해보았다. 이 여인이 소복을 한 것은 오늘이 마침 자기 부모의 제삿날이어서 저런 식으로나마 애틋한 애도를 표한지도 모른다. 저 짙은 애수도 원래 타고난 표정에 그런 일이 겹쳤으리라. 그렇지만 하필 부모 제삿날 소복까지 하고 애인을 만나러 다닌다? 혹 K를 따라 이곳으로 옮겨온 건 아닐까? 옷은 그냥 예사로 입었을지 모른다. 흰옷을 꼭 제삿날에만 입는가? 저런 청초한 얼굴에는 흰옷이 한결 어울리거든. K를 만나러 왔다가 A시에 갔다는 말을 듣고 부랴부랴 되짚어 가다가 우연히 이 차를 탔을지 모른다. K가 불려간 것도 우연이고…… 우연? S가 이 우연을 또 중시했었지. 그렇지만 드라마에서나 그런 우연이 문제지, 현실에서야 얼마든지 이런 우연이 우연으로 끝날 수 있지 않은가?

　이렇게 생각해보면 아무것도 아닐 것 같았다. 그러나 한번 틀어박힌 관념은 좀처럼 고쳐지지가 않았다. 낯선 데서 방향이 한번 잘못 잡혔을 때, 잘못 잡혔다는 걸 알고 나서도 쉽게 제대로 고쳐지지가 않듯 불길한 생각이 자꾸 교통사고라는 구체적인 실감으로 마음을 옥조이게 했다.

　차는 눈이 쌓여가는 도로를 질주하고 있었다. 매끈하게 포장된 도로 위에 흰 눈이 쌓여, 차바퀴 자국이 어지럽게 길을 가르고, 우리 차도 그 위를 위태로운 속력으로 달리고 있다. 나는 손잡이에 힘을 주고 똑바로 앞을 보며 앉아 있었다. 앞에서 달려오는 차와 교차될 때마다 간이 밭아 올랐다. 산비탈에 택시 한대가 뒤집혀 있었다.

　차가 군청 소재지인 B읍에 가까워지자 속력을 줄였다. 한사람이 내릴 차비를 한다. 이 차가 곧장 가는 논스톱인 줄 알았더니 여기 멈추는가? 나도 성큼 일어섰다. 여인이 치마 깃을 거머쥐며 길을 내준다. 꽉 버티고 안 비켜줄 줄 알았더니 싱겁게 비켜주었다.

　"왜들 나오세요?"

　"화장실에 좀!"

　앞엣사내가 말했다.

　"여긴 멈추지 않습니다. 직통입니다."

　나는 맥없이 돌아서고 말았다. 물론 화장실에 가고 싶었던 건 아니었다. 형편 보아 어물어물하다가 다음 차를 탈까 했던 것이다. 꼭 무슨 일이 일어나지 않는다 하더라도 이런 기분으로 계속 차를 타야 할 판이니 내려버리는 게 속 편할 것 같아서였다.

"안으로 앉으시죠."

여인을 유리창 곁에 앉게 했다. 좁은 곳을 비집고 들어가기 번
거롭거나, 거기가 더 나은 자리라서 양보한 건 아니다. 만약 이 차
가 뒤집힌다면 그건 모두 당신 탓이니 죽거나 상처를 입더라도 당
신이 더 입어야 할 게 아니냐는 타산에서다. 순간적이었지만 분명
이런 생각에서 자리를 바꿔 앉은 것인데, 그래놓고 나니 내 소심에
자비감(自卑感)이 들어 또 기분이 나빴다.

차는 다시 속력을 내어 질주했다. 여인의 옆모습을 이번에는 찬
찬히 봤다. 여인은 꼭 그런 표정으로 유리창 밖을 망연히 내다보고
있었다. 무엇을 생각하고 있을까? 정말 죽을 생각일까? 내가 그렇
게 비꼬아도 죽을 거란 데에 반신반의하던 K의 얼굴이 떠올랐다.
옛날이야기 속에 둔갑한 여우가 저런 모습일까, 흰옷을 입고……
예쁜 꽃무늬의 고무신마저 묘하게 애조를 띠어 보였다.

나는 여인에게 한번 말을 걸어보고 싶었다. 예상과는 달리 아까
나를 유리창 곁에서 풀어줬던 거와 같이 이야기를 해보면 전혀 엉
뚱할지 모른다는 생각에서다. 왜 여태 그런 생각을 못했을까, 얼른
말을 걸어보고 싶었으나 잔뜩 긴장했던 다음이라, 어떻게 운을 뗄
지 적당한 말이 떠오르지 않았다. 이 차의 목적지가 뻔하니 어디까
지 가느냐도 말이 안 되고, 어디서 꼭 한번 본 것 같다고 고전적인
능청을 부린달 수도 없었다. 그런 숙맥 같은 소리로 촌놈티를 보이
면 대꾸조차 않을 것 같았다. 비위가 약한 탓에 이런 경우 저쪽에
서 이야기를 걸어오면 모를까 한번도 내 편에서 먼저 수작을 걸어

본 적은 없다.

"저게 ××산이죠? 산이란 정말 무서운 거야."

여인이 고개를 돌렸다. 무슨 뚱딴지같은 소리냐고 저만치서 건너다보는, 좀 냉기가 도는 눈이었다. 그러나 그 냉기 속에 한가닥 호기심이 없는 것도 아니어서 내 화법이 그럴듯했다고 은근히 안심이 되었다.

"모르십니까, 대학생 셋이 작년 이맘때 죽은 사건?"

"아아!"

그는 가볍게 고개를 끄덕였다.

"고놈들 산을 너무 깔보다가 귀한 목숨 잃었습니다. 등산에 조금만 상식이 있었더람 안 죽는 건데. 끌끌. 혹 저 산 오르신 적 있으십니까?"

"아뇨."

"저런 산은 겨울에 오르면 더 멋있을 겁니다. 시간이 이렇게 남을 줄 알았더면 등산장비를 가져오는 건데."

"겨울에는 미끄럽지 않아요?"

여인은 내 이야기에 이미 말려들고 있었다.

"하하. 미끄럽죠. 미끄러운 길을 올라가는 것이 적설기 등산의 맛입니다. 인생도 아득바득 어렵고 미끄러운 고비를 넘기고 살아야 그게 알찬 인생이 아닐까요? 하하"

나는 신문에서 얻어들은 얘기로 프로급 알피니스트인 것처럼 멀쩡한 허풍을 떨다가, 이야기를 슬쩍 비약시켜 여인의 마음 가까이로 끌어대보았다. 어데서 사느냐, 여긴 뭣 하러 왔느냐, 직업이 뭐냐 몇가지 궁금증을 남겼으니 이쯤 해놓고 여인의 말을 기다려보기로 했다.

"아득바득, 글쎄요. 아득바득 살 만한 가치가 있을까요?"

허허. 역시 홍도(紅桃)였구나. 이 정도라면 마음대로 주무를 수 있겠다는 자신이 생기면서 이제 살았다는 안도감이 들었다.

"세상이 살 만한 가치가 있나 없나, 어머니 뱃속에서 찬찬히 내다보고 나서 어디 한번 살아볼까, 이러고 슬슬 세상에 나왔던가요? 하하. 무작정 사는 거지요. 그게 인생입니다."

나는 이상하리만치 들뜨고 있었는데, 또 본색은 숨길 수 없는 것이어서 웃기면서도 이야기가 어느새 접장 가락으로 흘러가고 있었다.

"참 재미있으신 분이군요."

"내가 재미있는 게 아니고 살아보면 인생이란 원래 재미있는 것입니다. 거창하게 목적이 어떻고 하면 되레 삭막해지고 조그마한 잔재미, 일테면 먹는 재미, 친구들과 노는 재미, 새 옷을 입는 재미, 이런 잔재미가 인생의 맛이라고 나는 생각합니다. 이런 여행 같은 것도 맨숭맨숭 그냥 앉아서만 갈 게 아니라 되도록이면 재미있게, 가령 여행 목적이나 직업 같은 것을 스무고개 식으로 알아맞혀본다든가, 하하. 어디 내가 한번 맞혀볼까요?"

그는 찔끔한지 웃으면서도 잠깐 당황한 빛이 스쳤다.

"옷차림으로 봐선 결혼하신 것도 같은데 아직 미혼인 것 같기도 하고…… 물론 대학을 나와 지금 중학교나 고등학교 선생? 선생이라면 학생들한테 인기가 대단하시겠습니다. 학생들뿐만 아니고, 친구들 사이에서도 항상 리더의 위치에서 신뢰를 받겠군요."

그는 빙그레 웃었다. 예상대로 좀 일그러진 웃음이었다.

"맞았죠? 틀림없을 것입니다."

그는 그냥 웃기만 했다.

"어디 이번에는 제 직업을 한번 알아맞혀보세요."

처음 계산과는 무관한 쪽으로 얘기가 흘러가버린 것 같았으나 이야기를 해놓고 보니 여인의 속셈보다는 이야기 자체에 스스로 끌려들고 있었다.

여인이 갑자기 얼굴로 손수건을 가져갔다. 눈물을 흘리고 있었다. 아차, 실수였구나. 나는 머리가 띵했다. 아무러면 도대체 이런 여자도 있는가?

여인은 유리창 쪽으로 얼굴을 가져다 망연히 밖을 내다보고 있었다. 나는 무슨 말을 해야 할지 금방 말문이 막혀버렸다. 가만히 있는다는 건 더 어색하기도 했지만 조바심이 나서 견딜 수가 없었다. 그러나 이제 여인의 기분을 도저히 아까대로 돌릴 수는 없을 것 같다는 생각이 들며 다시 그 절망적인 현실감이 엄습해왔다.

"내가 실례되는 말을 했던가요? 미안합니다."

"아닙니다. 되려 제가 죄송합니다."

여인은 빨간 눈을 잠깐 돌렸다가 다시 유리창 쪽으로 걸어가버렸다. 말을 해놓고 보니 가는 사람을 붙잡는 것이 아니고 안녕히 가시라고 되레 인사를 해버린 꼴이 되었다. 여인은 문을 닫고 자기 세계, 그 두려운 자기 세계 속으로 들어가버렸다. 다시 노크를 해볼까? 그러나 열리지 않을 것이다. 차는 눈발 속을 질주하고 나는 또 여인에 대한 불길한 미망(迷妄) 속에 빠져버렸다.

들판에 차가 한대 고장이 나 있었다. 우리가 탄 차와 같은 회사 차였다. 그쪽 손님이 우리 차로 옮겨 탔다. 아까 차가 멈추려 할 때 서성거려 그런지 요기(尿氣)가 있어 얼른 밖으로 나갔다. 소변을 보면서 잠시 망설였다. 여기서 내려버리나 어쩌나. 그러나 정류소도 아닌 들판 가운데서 내릴 수는 없었다.

그때 차 속이 왁자지껄했다. 여자의 앙칼진 목소리가 튀어나왔다. 올라가보니 그 여인이 새파랗게 독기가 오른 얼굴로 악을 쓰고 있었다. 그 앞에는 우람하게 어깨판이 벌어진 젊은이 하나가, 술 취한 다른 젊은이 멱살을 움켜잡고 흔들었다.

"이 새끼야, 죽고 싶어 환장했냐? 이 여자가 뭘 잘못했다고……"

순간 멱살 잡힌 놈이 휘딱 고갯짓을 했다. 윽, 얼굴을 감쌌다. 깨진 입술의 피를 한번 쓸고 나더니 이를 앙다물었다. 아무도 말릴 엄두를 못 냈다.

"이 새끼!"

우람한 주먹이 번개처럼 날았다. 이번에는 술 취한 놈이 윽 하며 나무토막처럼 쿵 쓰러졌다. 그러고는 까닥도 안 했다. 사지를 놔버렸다.

"어? 이 새끼!"

주먹 휘두른 젊은이가 눈이 휘둥그레졌다. 주위 사람들도 물을 끼얹은 듯 쓰러진 놈을 내려다보고 있었다.

"야! 야!"

젊은이가 다급하게 달려들어 상체를 붙잡아 흔들었다. 그대로 맥을 논 채 눈을 까뒤집고 있었다. 다시 다급하게 흔들었으나 고개만 힘없이 옆으로 구를 뿐이었다.

도대체 너무도 갑작스런 일에 나는 어리벙벙했다.

차가 다음 군청 소재지에 닿았을 때는 벌써 이십여분이 지났다. 때린 젊은이는 시퍼렇게 질린 얼굴로 죽은 놈을 들쳐 업고 병원으로 뛰었다. 달리는 다리가 몹시 휘청거리고, 죽은 놈의 팔다리는 짝짝이로 놀았다. 운전사가 뒤따랐다.

경위를 들으니, 그 술 취한 젊은이가 내 자리에 앉았던 모양이다. 처음에는 말이 없다가 나중에야 사람이 있다니까 시비가 붙었는데, 여인은 감정이 복잡한 참이라 말이 거칠었고, 술 취한 놈은 술 취한 김이라 언성이 높았던 모양인데 그러다가 그 친구가 댓바람에 여인의 따귀를 갈겼다. 그래 뒤에 앉았던 젊은이가 나섰다는 것이다.

좀 만에 운전사가 돌아왔다.

"누구 증인 한사람 남아줘야겠습니다."

여인이 성큼 일어섰다.

여인이 앉았던 자리에는 다른 사람이 새로 자리를 잡아 앉고 차는 아무 일도 없었던 듯 다시 달리기 시작했다. 얼떨떨한 기분이 가라앉자 나는 악몽에서 깨난 것 같은 기분이었다.

나는 혼자 웃었다.

'저 여인은 재판이 끝날 때까지는 할 수 없이 증인으로 살아남아야겠지. S의 드라마는 이후가 어떻게 전개될까?'

『백의민족』(형설출판사 1972)

지리산의
총각샘

깊은 산속 시원한 물맛을 어떻게 표현하면 좋을까? 시원한 물맛 때문에 산에 간다는 사람이 있을 지경이니 시원한 샘물 맛이 어떤 지 짐작할 만하다. 산에 갔다 오면 여러가지 풍광이 오랫동안 명멸 하는데, 그 가운데는 산뜻한 물도 한몫 낀다. 작열하는 지열이 훅훅 받치는 삼복더위에 땀으로 멱을 감으며 목이 탈 때 물통에 물이 밭 아버리면 그대로 맥이 놓인다. 그러다가 물을, 더구나 이가 시린 샘 물을 만나면 어쩌겠는가? 체신이고 뭐고 내던지고 고개를 처박고 들이켠다.

"구렁이가 허물을 벗고 났을 때 산뜻함이 이럴까요?"

유 박사가 웃으며 말했다. 일행은 한참 웃었다.

큰 산에 있는 샘은 모두 맑고 시원하다. 우리나라 산수를 산자수명(山紫水明)이라 하는데, 우리나라만큼 물이 맑은 나라도 많지 않은 것 같다. 우리나라는 산에서 흐르는 물이면 아무 데서나 마실 수 있지만, 산에서 이렇게 물을 마실 수 있는 나라는 드문 모양이다.

당장 가까운 대만이나 중국이 그렇다. 대만은 옥산(玉山)을 비롯해서 사천 미터가 넘는 산이 많은데, 그런 산들은 거의가 나무 한 그루 없는 석회석 산이고, 강물은 석회석이 흘러내린 텁텁한 흙탕물이다. 대만뿐 아니라 동남아나 유럽 여러곳이 그런 모양이다.

우리나라는 백두산에서 한라산까지 어느 산이든 강물이 맑고, 등산길에는 쉬기 알맞은 곳마다 시원한 샘이 있다. 지리산만 하더라도 천왕봉에서 노고단까지 사십여 킬로미터나 되는 산맥에 이름 붙은 산봉우리만 열대여섯개나 되는데, 그 봉우리들 아래는 거의 샘이 있다. 천왕봉을 비롯해서 반야봉·노고단·하봉·중봉·칠선봉·덕평봉·제석봉·촛대봉·써리봉·형제봉·명선봉·종석대·고리봉·만복대·연하봉·토끼봉 등이다. 그러니까 지리산 줄기 사십 킬로미터는 물통 없이도 종주할 수 있다는 이야기도 된다.

한라산도 개미등 한곳 말고는 모두 알맞은 곳에 샘이 있다. 물이 없는 등산길이 얼마나 삭막하고 답답할 것인가 생각하면, 산수의 구색이 더할 나위 없는 우리는 그 천혜가 얼마나 고마운지 모를 일이다. 금수강산이란 말이 그냥 과장이 아니다.

내 등산 경력은 보잘 것이 없지만, 등산길에 있는 샘이라면 지리산의 총각샘을 잊을 수 없다. 해발 천오백이란 고도 탓도 있지만, 지리산의 다른 샘들과는 달리 높이 솟은 시커먼 바위 밑에서 흘러나온 석간수가 우선 시원하기가 형용할 수 없을 지경이다. 그 샘은 길에서 조그마한 등성이를 넘어 있는데다가 또 천막 자리가 좋아 야영장소로도 더 바랄 것이 없다.

우리 일행은 이런 곳도 있느냐고 감탄을 거듭했다. 그러다가 너무 욕심을 부린 바람에 평생 씻지 못할 실수를 했다. 지금도 그때 일을 생각하면 절로 골이 붉어지고, 하마터면 얼마나 참담한 사건이 벌어졌을까 생각하면 소름이 끼친다. 그러니까 이 샘은 물맛과 천막 자리에 너무 욕심을 부리다가 빚은 실수 때문에 오래 잊혀지지 않는다.

그날 우리 일행 네사람이 총각샘에 도착한 것은 오후 여섯시가 조금 지나서였다. 우리들은 그날 웬만한 사람들은 잘 다니지 않는 천왕봉 남쪽 유평리에서 천왕봉으로 올라 노고단으로 종주하는 삼일째 야영지가 이 총각샘이었다.

우리들이 처음 계획한 야영지는 총각샘 못미처 연하천이었는데, 세석 산장 관리인이 연하천에서 사 킬로미터만 더 가면, 네댓달 전에 아주 근사한 야영지가 발견되었다며 거기서 야영을 한번 해보라 했다. 관리인 말에 우리들은 잠시 어리둥절했다. 나는 지리산 종주가 세번째인데 그런 샘 이름은 처음 들었고, 더구나 학생 때부터 지리산을 문턱 밟듯 했던 유 박사도 그런 샘을 모르고 있었다. 새로 발견되었다는 말이 실감났다.

지리산을 종주할 때는 연하천과 임걸령 사이가 한나절 길이 빠듯했지만, 그 사이에 물이 없어 아쉬웠는데, 어느 산악단체가 최근에야 그 샘을 발견했다는 것이다. 유 박사는 그때야 들은 기억이 난다며 그럼 오늘은 거기서 야영을 하자고 예정을 바꾸었다. 산에 미치다시피 한 유 박사가, 지리산의 중심 등산로에서 새로 샘이 발견됐다니 흥분하는 것은 당연한 일이었다.

오만분의 일 지도에는 처음부터 샘 표시가 없지만, 작년에 나온 비교적 자세한 등산안내 지도에도 나와 있지 않은 걸 보니 최근에 발견되었다는 말에 실감이 갔다.

"총각샘이라! 처음 발견됐대서 총각샘인가? 그렇지만 이름을 잘못 지었는걸!"

지도를 놓고 산장 관리인과 총각샘 위치를 어림잡고 있는데, 강 선생이 여태 일행을 웃기던 익살스런 어조로 고개를 갸웃거렸다.

"잘못 지었다니요?"

"잘못 짓지 않고? 첨 발견됐대서 붙인 이름이라면 처녀샘이라야지, 왜 총각이야, 총각이?"

"처녀나 총각이나 마찬가지 아닙니까?"

"허허. 아무도 발 안 댄 곳은 처녀지, 미답봉은 처녀봉, 처음 항해는 처녀항해, 처녀비행, 처녀림, 처녀작, 처녀출판, 이렇게 말짱 처녀지, 총각은 어디 하나나 있나 봐요."

지도를 들여다보고 있던 이들도 이쪽을 보며 한바탕 웃었다.

"유 박사! 그 샘 이름 아직도 지도에 안 올랐습니까? 그럼 얼른 이름을 고쳐 넣고 지도 만드는 데다 우리가 먼저 보고를 해버립시다."

강 선생의 수선에 또 한바탕 웃음이 터졌다.

"샘 이름은 더구나 상냥한 처녀라야지 딱딱한 총각이라면 어디 물맛이 제대로 나겠어? 다방에서 어글어글한 사내놈이 차를 날라다 준다고 생각해봐요. 차 맛이 나겠나?"

딴은 강 선생 말이 그럴듯했다.

"그렇지만 당장 여기 지리산에도 선비샘이 있잖습니까?"

산줄기만 그려놓은 초심자용 안내지도를 내가 짚어 보였다. 벽소령 못미처 샘 표시가 있고 선비샘이라 쓰여 있었다.

"이건 또 무슨 변괴야. 지리산 샘 이름은 방정맞게 과부들이 모여서 지었는가? 이런 고얀 일이 있나?"

길을 걸으며 강 선생과 나는 샘 이름을 놓고 또 한참 입씨름을 했다. 총각샘을 처녀샘이라 해야 한다면 선비샘은 숙녀샘이나 부인샘이라 해야 하느냐는 것이고, 강 선생은 다른 것은 몰라도 샘 이름만은 그 이미지도 여자에 가까우니 꼭 여자 쪽으로 붙여야 한다는 것이다. 이미지 어쩌고 나오는 게 잘못 하다가는 또 강 선생의 그 현란한 현학 취미가 발동할 것 같아, 그럼 과부샘, 할망구샘도 있어야 하느냐고 뚱딴지같은 소리로 김을 빼며 웃었다.

한바탕 웃고 나자 여태 듣고만 있던 유 박사가 끼어들었다.

"강 선생, 다른 것은 몰라도 샘 이름만은 처녀샘, 숙녀샘이 아니고 총각샘이고 선비샘이어야 할 것 같습니다."

"왜 그래요?"

고름이나 짜는 사람이 뭘 알아 참견이냐는 투다.

"그걸 꼭 손에다 쥐여줘야만 아시겠습니까? 하하하."

유 박사가 민망스러운 듯 크게 웃으며 손을 저었다. 무슨 소린가 했던 일행은 그때야 폭소를 터뜨렸다. 여태까지 별로 말이 없던 김 부장도 소리내어 웃었다.

"예끼 순! 하하하."

일격에 자기 주장이 무너져버리자 강 선생도 크게 웃었다.

오늘은 유독 날씨도 좋고 바람도 살랑거려 등산길이 하루 종일 유쾌했다. 강 선생은 오십대 나이면서도 피로한 기색이 조금도 없이 일행을 웃겼고 총각샘에 다다를 때도 맨 앞장을 섰다.

이 총각샘은 선비샘이나 연하천처럼 길가에 있는 게 아니었다. 등산길 조금 위쪽으로 조그마한 산등성이를 사이에 두고 그 등성이 너머에 아늑하게 자리를 잡고 있었다. 지금은 그 샘으로 넘어가는 길이 크게 나 있지만, 샘이 발견되기 전에는 아무도 그 등성이를 넘어가보지 않았을 것 같았다. 일행이 등성이를 넘자 샘은 커다란 바위 밑에 아늑하게 들어앉아 있었다.

"하! 이렇게 수줍게 숨어 있었으니까 여태 몰랐었구나."

강 선생이 감탄했다.

대학생들로 보이는 남녀 학생 대여섯이 물을 마시고 쉬고 있다가 우리들이 달려들자 여학생들이 얼른 물을 떠서 우리한테 내밀었다.

"아주 시원합니다."

하얀 양은그릇이 더욱 시원해 보인다.

"아이고, 고마워라."

"으으, 시원하다."

여학생들은 다투어 물을 거듭 떠주었다. 일행은 한참 벌컥벌컥 들이켰다.

"총각샘에서 선녀 같은 아가씨들이 물을 떠주다. 이것 시적인 걸. 하하."

강 선생이 큰 소리로 한마디 했다. 강 선생은 여학생들의 깍듯한 친절에 한결 기분이 좋은 것 같았다.

"어머, 그리고 보니 우리가 갑자기 선녀가 된 것 같네요. 깔깔."

여학생들도 소리내어 웃었다.

"하하, 그렇다. 그렇다. 이건 총각샘도 아니고, 처녀샘도 아니고 선녀샘이다, 선녀샘! 이번에는 이의 없죠?"

강 선생이 큰 소리로 호들갑을 떨었다. 큰 목소리에 학생들도 모두 웃었다. 우리는 따로 연상이 있었지만 학생들은 그들대로 강 선생의 익살이 우스운 모양이었다.

강 선생은 여태 얼치기들만 만나면, 기타는 산에까지 무엇 하러 가져오느냐, 산에는 기타 소리보다 더 아름다운 새소리 물소리 바람소리가 있지 않느냐, 나일론은 자외선에 약하니 자일을 륙색에 집어넣어라, 이러고 극성을 부리더니, 이 패는 맘에 드는지 한참 농을 주고받았다. 그들은 연하천에다 천막을 칠 거라며 자리를 떴다.

"샘도 샘이지만 천막 자리도 그만입니다. 더구나 저 나무 좀 봐. 오랜만에 모닥불도 한번 제대로 피워보겠구먼."

유 박사는 리더답게 천막 자리를 둘러보며 감탄했다. 군데군데 말라죽은 나무도 있고, 텐트 자리를 만들며 베어놓은 나무도 말라 있었다. 한군데는 꽤 높직하게 축대까지 쌓고 언덕을 까뭉개서 어지간한 집터 구색을 갖춰놨다.

"여기는 좋게 한나절 일은 했겠는걸. 하룻밤을 자려고 만리장성을 쌓는다더니 정말 극성이 대단했구먼. 하하."

천막 자리는 네댓군데나 됐는데 자리마다 이만저만 공을 들여

만든 게 아니었다. 큰 나무를 잘라내고 생땅을 파서 바닥을 고르고, 한두시간 가지고는 어림도 없을 작업량이었다.

등산객들이 들끓는 큰길가에 이런 자리가 있었다니 앞으로는 여기가 야영 자리로는 명소가 될 것 같았다. 무엇보다 울창한 숲이 마음에 들었다. 다른 야영장은 근처에 거의 숲이 없다. 멋대로들 잘라 민둥산을 만들어놓은 것이다. 여기는 아직 손이 덜 타 나무가 울창한데다 가파르게 치솟은 바위 밑이라 아늑하기가 태풍이 불어도 끄떡없을 것 같았다.

"텐트 자리는 저 숲속이 최곤데 역시 본부의 입지조건은 여기여야겠군."

강 선생이 높은 데 올라서서 능청을 떨었다. 거기는 이미 내가 자리를 잡아 배낭을 부려놨는데, 리더인 유 박사와 한조인 것을 빙자해서 그 자리를 자기가 차지해야겠다고 능청을 떤 것이다.

"배낭을 먼저 놓은 사람이 임자지, 입으로 맞추기만 하면 장땡인 줄 아슈?"

내 말에 와 웃음이 터졌다. 어제저녁 세석에서도 잠깐 자리다툼이 벌어졌었는데, 그때 강 선생이 나한테 들이댄 논법으로 이번에는 내가 역습을 한 것이다.

"그건 하나만 알고 둘은 모르는 소리! 본부석이란 언제나 이렇게 높은 곳에 버티고 있어야 통솔상의 권위가 서는 것은 물론, 제반 명령 하달이며 기타 지시사항 일체가 신속 정확하게 전달이 될 거 아닌가?"

한참 입씨름을 하다가 '제반 명령과 지시사항'은 이쪽에서 수령 하러 다니겠다는 조건으로 강 선생이 물러섰다. 바로 곁에도 자리가 있었으나 좀 비좁아 건너편 숲속으로 배낭을 들고 갔다.

그때 고등학생들 한패가 몰려들었다. 강 선생은 잔뜩 찌푸린 상판으로 노려보고 있었다. 첫눈에 한심한 녀석들이었다. 강 선생이 두고 쓰는 말마따나 하나를 보면 열을 안다는 말이 등산만큼 맞는 경우도 드물었다. 나도 천막 치던 손을 멈추고 그들을 보고 있었다. 그냥 지나간다면 모르지만, 여기서 야영을 한다면 오늘 저녁도 잡칠 것 같아 조마조마했다. 우리 일행 모두 눈에 그런 불안이 감돌고 있었다. 어제, 그제 이틀 저녁은 산속이 아니고 어디 시장 바닥에다 천막을 친 꼴이었다. 더구나 어제저녁 세석에서는 기타를 뚱땅거리며 새벽까지 악을 쓰는 바람에 강 선생이 두번이나 쫓아 나갔지만 소용없었다.

그들은 요란스런 차림만큼 떠들며 물을 마셨다. 서두는 품이 다행히 목표가 여기는 아닌 것 같았다. 그러나 저런 팀일수록 계획이 뒤죽박죽이라 기분 내키는 대로 움직인다. 허리에 두른 군용 권총 요대에는 보조자일, 손전등, 색안경 등 액세서리가 요란스러웠다. 아니나 다를까, 리더인 듯한 학생이 이쪽으로 오고 있었다. 뒤에는 또 강 선생이 제일 질색인 기타를 둘러멘 녀석이 호위병처럼 따르고 있었다.

"여기서 자려고?"

강 선생이 물었다. 강 선생 서슬이 좀 위태로웠으나 성깔을 꾹 누르는지 표정에 비해 담담한 목소리다.

"연하천까지 가려고 했는데 시간이 좀 부족할 것 같습니다."

"여기선 안 되겠는걸!"

"왜요?"

"우리 후속부대가 금방 와. 수가 많아서 자리가 남지 않겠어."

강 선생은 시치미를 뚝 따고 둘러댔다.

"연하천까지는 늦지 않을까요?"

그는 시계를 보며 물었다.

"빨리 가면 너끈할걸."

녀석들은 생각했던 것보다 싱겁게 물러섰다. 우리는 무슨 공모라도 한 것처럼 강 선생을 보며 빙그레 웃었다.

이 녀석들은 용케 따돌렸지만 또다른 패가 닥치면 큰일이었다. 방금 그들은 빠듯하게나마 연하천까지 갈 수 있지만, 어두워서 몰려오면 별수 없이 어젯밤 꼴이 날 판이다. 그런 패들일수록 얼치기들이었다.

"또 오면 어쩌죠?"

내가 물었다.

"또 쫓지 뭐!"

강 선생은 단호하게 내쏘았다.

"설마 이 시간에 연하천 쪽에서 오는 녀석들은 없겠죠?"

"글쎄, 미친놈들이 하도 많으니까."

이 시간에 여기 온 녀석들은 연하천을 두고 여기까지 올 리는 없고, 노고단 쪽에서 건들거리며 오다 늦은 패들일 테니 사정 두지 말고 연하천으로 쫓아버리라는 은근한 충동질이었다.

오늘밤이 산에서는 마지막이라 어떻게든 오늘밤은 좀 편하게 보내고 싶었다. 더구나 이런 아늑한 곳에서 모닥불까지 피우면 얼마나 아늑하겠는가! 이렇게 넓은 자리를 독차지하겠다는 것은 지나친 욕심이라 생각하면서도, 이틀 저녁이나 시달린 걸 생각을 하면 오늘 저녁까지 시달리기는 너무 억울했다.

강 선생은 밥을 안쳐 나한테 불을 맡겨놓고 삽을 챙겨 들었다. 유 박사와 김 부장은 불 피울 나무를 주우러 가다가 강 선생을 돌아보며 웃었다.

"허허. 벌써 새마을사업입니까?"

"하하."

강 선생은 어디를 가나 주변 청소부터 했다. 샘을 비롯해서 야영장 근처를 개운하게 치웠다.

"등산 공해야, 등산 공해!"

침을 뱉다, 혀를 차다, 뭐라고 혼자 고시랑거리며 샘에서 물을 퍼내고, 휴지를 파묻었다. 그때였다.

"야아! 듣던 대로 기막힌 데도 있구나."

십여 명이 몰려들며 환성을 질렀다. 강 선생은 삽질하던 손을 멈추고 넋 나간 꼴로 보고 있었다. 고등학교를 갓 나왔을까 한 남녀가 다섯쌍으로 짝이 딱 맞았다. 더구나 이 녀석들은 기타를 셋이나 메고 있었다.

"자, 잠깐! 리더가 누구야? 리더가!"

강 선생이 벌떡 일어서며 소리를 질렀다.

"여기는 천막 칠 자리가 없어. 금방 우리 후속부대가 오거든."

강 선생은 손사래를 활활 치며 딱 잘랐다.

"해가 금방 넘어가는데 어떻게 더 갑니까? 여학생들은 발까지
부르텄습니다."

"이건 꼭 버스 칸에서 자리 잡아놓는 식 아냐? 먼저 온 것이 임자
지 이게 뭐야!"

한녀석이 감때사납게 나왔다.

"여보게 학생! 먼저 온 게 임자니까 우리가 먼저 와서 자릴 잡아
놨단 말이야!"

강 선생은 눈알을 부라리고 나서 다시 리더에게 타일렀다.

"연하천이 여기서 금방 아닌가? 사십분이면 너끈해."

학생들은 입술을 빨며 고개를 갸웃거리더니 슬그머니 물러섰다.

"방불해야 샌님하고 벗한다고, 기타가 셋이나 뚱땅거리면 우리
들은 어쩌란 말이야. 못된 자식들!"

너무 매몰스럽게 쫓고 나니 안됐다 싶었는지, 강 선생은 그들이
사라진 데를 노려보며 구시렁거렸다.

"에잇, 산엘 와도 이렇게 속상한 꼴이 많으니."

강 선생은 삽을 탕 내던지고 담배를 태워 물었다. 나도 처음에는
학생들에게 빠듯 저항을 느꼈으나, 수굿하게 돌아서는 꼴을 보니
기분이 좋지 않았다.

"강 선생, 어서 오시오. 새마을사업 하시느라 수고하셨으니 한잔
드시오."

나는 비상용으로 가져왔던 배갈 병을 들어 보였다. 강 선생은 얼
굴이 얼른 펴지지 않았다. 유 박사와 김 부장은 불 피울 나무를 한
아름씩 안고 왔다.

"또 쫓아버렸습니까?"

"에이, 시원합니다. 설마 이 시간에 오는 녀석들은 없겠지요."

저녁을 먹고 불 가에 둘러앉자 어둠이 깔리기 시작했다. 아까 여기서 쫓겨 나간 패들은 반도 못 가서 어두워졌을 것 같았다.

"정말 오랜만에 불을 피워보는군. 불은 언제 봐도 반가워."

"이렇게 활활 타는 불은 신도 나지요. 크게 화재가 나봐요. 주인은 기가 막히지만 구경하는 사람은 불구경만큼 신나는 구경거리도 없지요. 하하하."

"그러고 보면 사람들은 모두 네로 같은 심보를 타고난 모양이지."

"그러게 불구경 않는 군자 없다는 속담도 있지 않습니까?"

모두 웃었다.

"역시 불은 이런 모닥불이 제일이지요."

"그렇죠. 난방장치 같은 문명의 세련을 거친 불이야 어디 이런 구수하고 오붓한 맛이 납니까?"

"그러게 캠프파이어가 산에 오는 재미 중에서 으뜸이지요."

"그러고 보면 원시인들은, 신나는 맛은 그들이 다 봤을 것 같아요. 만날 뛰어다니며 사냥을 해다가 이런 모닥불에 구워 먹고, 또 이 곁에서 춤추고 노래하고……"

"그들은 조명 따로, 난방 따로, 취사 따로 아니고, 이 모닥불 하나로 전부 했을 테니 불이 이만저만 소중하지 않았을 거라."

"그렇죠. 불은 맹수를 쫓는 방어무기도 됐을 거고……"

"아 참, 아까 세석에서 들은 얘기 정말일까요? 어제저녁 임걸령에 늑대가 나타났다는 소리 말입니다."

"이런 깊은 산속에 그런 짐승이 없다면 되레 이상하지요."

어젯밤 임걸령에서는 늑대가 으르렁거리고 다니는 바람에 거기서 야영하던 사람들은 잠을 설쳤다는 것이다. 사람들한테 달려들지는 않았지만, 그 흉물스런 울음소리에 꼬박 뜬눈으로 밤을 새운 사람도 있었다고 했다.

"맹수 중에서도 그놈은 정말 기분 나빠. 생김새만 흉물스런 게 아니라 하는 짓도 이만저만이 흉물스런 게 아니래요. 밤에는 사냥꾼들도 그놈들을 잘못 건드렸다간 큰일난답디다."

유 박사 말에 강 선생은 어둠속을 돌아보며 불 곁으로 바짝 다가앉았다.

"하하. 무섭습니까? 안심하십시오. 산짐승은 불을 무서워하기 때문에 불 곁에는 얼씬도 못한답디다."

겁먹은 강 선생 얼굴을 보며 우리는 한바탕 웃었다. 그러나 나도 으스스해서 뒤를 돌아봤다.

"깊은 산골에서 사는 사람들은 밤길을 갈 때는 긴 작대기를 가지고 다닌다고 합디다. 늑대가 나타나면 그 작대기로 후려갈기는 게 아니고 머리 위에다 세우고 간다는 거예요."

"작대기를 머리 위에다 세우고 가다니?"

"그놈들이 사람 머리 위로 훌쩍훌쩍 뛰어넘어 혼을 빼기 때문에 그런다는 겁니다."

"그거, 잘못 아신 것 아닙니까? 늑대가 아니고 여우가 그런다고 하던걸요."

"그러던가? 하여간, 늑대나 여우는 산짐승 가운데서도 흉물스런 짐승이야."

"여자들한테는 낮에도 덤빈다고 하던데?"

"그놈들 눈에도 여자는 션찮아 보이는 모양이죠."

"요새는 그런 짐승도 많이 없어졌다는 것 같아요. 우리 고향은 깊은 산골인데, 내가 어렸을 때만 해도 동네 앞산에서 늑대가 어슬 렁거리는 걸 봤습니다. 그렇지만 지금은 늑대가 거의 없어졌다고 하더군요."

"유 박사가 산을 좋아하는 까닭이 산골 태생이라 그런가보군."

"그런지도 모르겠습니다."

"김 부장, 어떻습니까? 산에 초행이라도 잘 타십다. 어때요? 산에 오신 기분이!"

강 선생은 은근히 자기 관록을 과시하는 가락으로 여태 별로 말 이 없는 김 부장에게 말을 걸었다.

김 부장은 과묵한 편이지만, 처음 산에 들어서면서부터 여기까 지 오는 동안 거의 말이 없었다. 그저 묻는 말에나 한두마디로 대 답하고, 강 선생의 익살에도 분위기에서 층이 지지 않을 만큼 담담 하게 웃었다.

"사실은 나는 이 지리산이 초행이 아닙니다."

김 부장이 조용히 웃으며 입을 열었다.

"그럼 전에도 더러 산행을 하셨던가요?"

"아닙니다. 이런 격식 차린 등산은 이번이 처음입니다. 이 지리 산에서는 6·25 때 군인으로 팔개월 동안 전투를 했지요."

"아아!"

모두 아 소리를 길게 빼며 고개를 끄덕였다.

"흠. 그러니까 김 부장은 그렇게 일찍부터 군인이셨던가요. 그럼 계급이?"

"대위 승진을 이 지리산에서 했지요."

"그랬었던가요."

유 박사는 코펠에서 커피 따르던 손을 멈추고 연방 감탄을 했다.

"감개가 무량하시겠습니다. 그럼 몇년 만에 오셨습니까?"

"꼭 이십년 만이군요."

"벌써 그렇게 됐겠군요. 그때는 살벌했겠지요?"

유 박사는 커피를 따라 김 부장한테 먼저 내밀었다. 그는 한모금 마시고 나서 담담하게 이야기를 계속했다.

"이십년 만에 와보니 정말 감개가 무량합니다. 오면서 내려다보인 골짜기들이 모두 피비린내와 포성으로 살벌하기만 했었지요. 세석 아래 쌍계사 골짜기도 그렇고, 그때 싸웠던 기억이 꼭 어제 같습니다. 그런데 지금은 온 산이 풍경화처럼 아름답기만 하니 좀 허망하기도 하고. 하하하."

모두 넋 나간 표정으로 김 부장을 보고 있었다.

그가 산에 들어설 때부터 지켜온 침묵과, 더러는 망연자실, 먼 데를 건너다보던 모습들이 새로운 의미를 띠고 되살아났다. 그 호젓한 분위기에는 이십년 저쪽을 돌아보는 착잡한 감개가 도사리고 있었던가 생각하면, 여태 구지레한 농이나 했던 우리들 꼴이 갑자기 잔졸하게 느껴졌다.

김 부장은 차근하게 전투 회고담을 늘어놨다. 이십년 전에 벌어졌던 처절한 이야기가 지금 눈앞에서 일어나는 사건처럼 생생하게 안겨왔다. 자연이 어떻고, 물맛이 어떻고, 알은체했던 우리들의 산악 취미가 그의 비장한 감개 앞에서 얼마나 잔졸했던가 싶었다.

"좀 우스운 얘깁니다만 어제저녁 세석에서 학생들 떠드는 소리 말입니다. 그 소리가 나한테는 시끄럽기보다 친근하달까, 하여간 결코 귀찮게 느껴지지 않았습니다. 무슨 분노를 내뱉은 악다구니 같기도 하고, 환호의 함성 같기도 하고, 하하하."

그는 잔잔하게 소리내어 웃었다.

"이 산에 대한 내 인상이 피와 주검, 비명으로 너무 살벌했기 때문에 그런 것과는 딴판인 소리들이라 그렇게 들렸던 것인지 모르겠습니다. 젊은 녀석들이 배낭을 지고 이 지리산을 즐겁게 헐떡거리고 다니는 것이 대견스럽고 흐뭇하기도 하고……"

그는 우리들보다 저만치 더 높은 데서 산을 내려다보았던 것 같았고, 우리와는 다른 눈으로 산과 등산객들을 보았던 것 같았다. 그래서 그 난잡한 악다구니 소리마저 그에게는 은성스럽고 흥겨운 함성으로 들렸던 것 같았다.

"가만!"

갑자기 유 박사가 손을 들었다. 어디서 어슴푸레 야호 소리가 나는 것 같았다. 다급한 야호 소리가 연달았다. 모두 놀란 눈을 맞대며 귀를 모았다. 야호 소리가 점점 가까이 오고 있었다. 분명 위급을 알리는 긴박한 소리였다.

"저쪽이죠?"

유 박사가 연하천 쪽을 가리켰다.

"그렇습니다. 웬일일까요?"

아까 쫓겨난 학생들 생각이 났으나 그들은 진즉 연하천을 가고도 남았을 시간이었다.

"가봅시다."

유 박사가 플래시를 들고 성큼 일어섰다. 모두 신발 끈을 조여 매고 손전등을 들었다. 야호 소리가 점점 가까워지더니, 전등불 하나가 산등성이를 성큼 넘어왔다.

"아저씨들! 혹시 여기 누구 안 왔습니까? 여학생들 말입니다!"

가까이 보니 아까 맨 나중에 여기서 쫓겨났던 학생들이었다. 나는 가슴에서 쿵 소리가 나는 것 같았다. 아까 여기서 쫓겨난 게 원인이 되어, 무슨 사고가 난 것 같았기 때문이다. 그러나 그러기에는 시간이 너무 오래되었다.

"안 왔어. 어찌 된 일이지?"

유 박사가 되물었다.

"산속으로 잘못 들어간 거야."

"그럴 만한 데가 없었잖아? 큰길을 놔두고 산속으로 들어가겠어? 더구나 길이 계속 외길이잖아?"

"그럼 어디로 갔지?"

자기들끼리 티격이었다.

"어떻게 된 거야? 우리가 도와줄 테니 첨부터 이야길 해봐!"

유 박사가 차근하게 다그쳤다.

"아까 여기서 출발할 때 금방 어두워질 것 같아 우리 사내들이 먼저 가서 텐트도 치고 밥도 하려고 먼저 뛰어갔거든요. 그런데 오래 기다려도 오지 않아서 마중을 나왔는데 여기까지 와도 없어요. 셋이나 되는데……"

처음에는 피곤해서 천천히 오는 줄 알았는데, 너무 오래 오지 않아 마중을 나왔더니 여기까지 오도록 종적이 없다는 것이다.

우리들은 모두 얻어맞은 꼴로 멍청하게 서로 얼굴을 돌아보았다. 특히 강 선생 얼굴은 새파랗게 질려버렸다. 나는 늑대가 생각나 진저리를 쳤다. 그때 유 박사가 한참 뭘 생각하는 것 같더니 뭐가 짚이는 게 있는 듯 혼자 고개를 끄덕였다.

"여학생들하고 마지막 헤어진 곳이 어디지?"

"여기서 저쪽으로 가는 산꼭대깁니다. 그때는 벌써 어두워졌어요. 아까 아저씨들이 말씀하신 대로라면 텐트 자리까지는 이십분도 안 걸리는 거리였습니다. 그래서 천천히 오라며 먼저 갔어요."

저쪽에서는 계속 다급한 야호 소리가 아스라하게 들려왔다.

"아침하고 점심은 제대로 먹었어?"

"점심은 빵만 먹었어요."

"아침에 출발은 화엄사?"

"네!"

"그 여학생들 등산 경험 있나?"

"첨입니다."

"야! 빨리 가서 찾아보자!"

이 급한 판에 별것을 다 묻는다는 듯, 한녀석이 재촉했다.

"가만있어!"

유 박사가 낮으나 힘진 소리로 제지했다.

"그들 손전등 있어?"

"하나 있을 겁니다."

유 박사는 사태가 어느만치 짐작이 가는지 우리 쪽으로 얼굴을 돌렸다.

"그들은 틀림없이 왔던 길을 되돌아갔을 것입니다. 바로 여기 이 고개 옆을 지나면서도 어둠속이라 왔던 길인지 모르고 그대로 임걸령 쪽으로 갔을 거요. 그렇게 가다가 잘하면 되돌아올지도 모릅니다."

유 박사는 자기가 보기라도 한 듯 자신 있게 말했다.

"여태 왔던 길을 그대로 오지 않고 돌아서서 갔다고요? 왜 돌아가지요?"

그들은 유 박사를 빤히 건너다보며 물었다.

"나는 6·25 때 군인으로 별의별 경험을 다 했어. 잔뜩 피로하면 방향을 엉뚱하게 착각하는 수가 있어. 나도 군대 시절에 지쳐빠져 쉬려 앉았다가 일어나서 왔던 길로 다시 갔던 경험이 있어. 피로하면 방향감각부터 무뎌져"

그들도 잔뜩 피로하여 아무 데나 털썩 주저앉았다가 일어나서 간다는 게 지금까지 왔던 것과는 반대 방향으로 갔을 것 같다는 것이다.

"그러지 않고서야 외길인데 어디로 갔겠어? 이쪽으로 가보자!"

학생들은 반신반의하는 표정이었으나 모두 따라나섰다. 나도 안 갯속에서 대낮에 그런 엉뚱한 착각을 한 적이 있어 유 박사 말에 수긍이 갔다. 그러나 자꾸 불길한 생각이 꼬리를 물었다. 길이 맞다거니 그렇지 않다거니 싸우다가 두패로 갈릴 수도 있겠지만, 다행히 수가 셋이라 갈라지지는 않을 것 같았다. 그러나 지칠 대로 지친데다 이 깊은 산중에서 밤이 아닌가? 나뭇잎이 바스락거리는 소리에도 겁을 먹을 것인데, 거기다 금방 나타날 것으로 알았던 목적지가 나타나지 않으면 얼마나 당황하겠는가? 공포에 싸인 그들에게 정상적인 사고를 기대할 수 없을 것 같았다. 정신을 잃고 뛰다가 까무러칠 수도 있고 뿔뿔이 흩어져 산속을 헤맬지도 모른다. 더구나 산에는 늑대가 있다.

계속 소리를 지르며 이십분 가까이 갔으나 기척이 없었다. 강 선생 발부리에 자꾸 돌이 채었다. 만약 최악의 사태가 발생했다면 강 선생과 나는 어디까지 책임을 져야 할까? 학생들의 목멘 야호 소리 뒤에서 이런 생각을 하며 따라갔다. 그때였다.

"아아!"

바로 몇발짝 앞에서 쌔지는 비명소리와 함께 우닥탁 소리가 났다.

"명자냐?"

일행은 퉁기듯 뛰었다. 내 앞에 달리던 강 선생이 앞으로 나가떨어졌다. 그 위에 내가 덮쳤다. 나는 벌떡 일어섰다. 강 선생을 일으켜놓고 다시 내달았다.

"이게 뭐야?"

학생 하나는 까무러쳤는지 길에 누워 있고, 둘은 맨땅에 주저앉아 엉엉 울고 있었다. 그러나 늑대에게 당한 건 아닌 것 같았다. 한쪽 다리를 절며 강 선생이 다가왔다.

"아이고, 무사했구나. 으흠."

강 선생은 학생들을 보더니 으흠 신음소리를 내뱉으며 그 자리에 풀썩 주저앉았다. 일행은 강 선생까지 네사람을 부축하여 우선 우리 천막까지 갔다. 우리는 우유를 끓였다.

"도대체 어떻게 된 거야?"

정신이 좀 들자 그들은 악몽을 되새기듯 띄엄띄엄 말했다. 오던 길을 되돌아가는 줄은 몰랐지만, 길을 잘못 든 것 같아 되돌아갈까 하면서도 조금만 더 조금만 더 하고 계속 갔다는 것이다.

"한참 가니까 길에 수건이 하나 떨어져 있었습니다. 이상해서 집어봤더니 제 수건이었어요. 저도 모르게 길에 떨어뜨리고 온 수건이 우리보다 먼저 거기 와 있었던 것입니다. 오싹 소름이 끼쳤습니다."

왔던 길이란 건 상상도 못했기 때문에 그들은 엉뚱한 곳에 떨어진 수건에서 까무러칠 것 같은 귀기를 느꼈던 같았다.

"수건에서 미적미적 뒷걸음질을 치는데 무슨 짐승 소리가 나는 것 같았습니다. 우리들은 길 위쪽 숲속으로 달려가 서로 고개를 처박고 부둥켜안았어요."

얼마나 지났는지, 야호 소리가 아스라하게 들려왔지만, 몸이 굳어 소리를 지르기는 고사하고 손끝 하나 꼼짝할 수 없었다는 것이다. 야호 소리가 점점 가까워오는 것을 들으면서도 숨소리만 크게 내도 뭐가 덜미를 낚아챌 것 같아 그대로 부둥켜안고 있었다는 것이다. 사람들이 바로 아래까지 왔을 때야 소리를 지르며 뛰어나올 수 있었다고 했다.

"아 참! 아저씨들 후속부대도 아직 안 오셨군요?"

학생 하나가 깜짝 놀라 물었다.

"어어? 연하천에도 그런 사람들 안 보였는데요."

그들은 놀란 눈으로 우리를 봤고 우리는 멍청하게 그들만 보고 있었다. 학생들보다 김 부장 앞에 더 왜소해지는 것 같았다.

『현대문학』 1973년 1월호(통권 217호); 2006년 8월 개고

갈머리
방울새

맹그럼한 냉기에 싸인 갈머리 섬에서 어둠이 벗겨져나갔다. 이틀간의 심한 폭풍이 잦아지자 이건 또 죽은 듯이 바람 한점 없는 속에 겨울 아침의 냉기만이 안개처럼 희부연 앙금으로 가라앉아 섬을 누르고 있었다. 물이 물체를 싸안고 얼어버리듯 냉기가 이 섬을 쪼그맣게 싸안고, 밤 사이에 꽁꽁 얼어버렸다가 아침이 되자 거기서 어둠이란 검은 색소만 스르르 빠져나가버린 것 같았다.

― 통통 토동토동 통통 푹푹 푸우 푸우.

여객선이라기보다 똑딱선이라고 해야 걸맞은 연락선이 시동을 걸고 있었다. 갈머리 아침에 처음으로 생기를 느끼게 하는 소리였다. 피스톤이 압축을 발작적으로 몇번 차고 넘으려다 맥없이 가쁜 숨을 내뱉고 말았다. 벌써 두번째였다.

여기 갈머리 사람들이, 그것이 사람 사는 것이라고 살아가는 것만큼이나 답답하고 낡아빠진 발동선이, 바람에 묶였다가 사흘 만에 기지개를 켜듯 발동을 거는 것인데 갑갑하게 가쁜 숨만 내쉬고 있었다. 고장이 아닌가 싶어 성준(成俊)은 이불 속에 몸을 넣은 채 문을 열고 내다보았다. 기관실에 서성거리던 사람들이 다시 불을 붙여 프으으, 엔진 대가리를 굽기 시작했다.

성준은 난생처음으로 저런 답답한 똑딱선을 타고 무려 다섯시간이나 파도에 시달리며, 꿈에도 와본 일이 없는 이 외딴섬에 왔다가 사흘 동안이나 여기 발이 묶여버렸다. 연락선이 끊긴 섬사람들의 고독이 어떤 것인가를 알 수 있었다.

"일어나셨소?"

소리나는 쪽으로 얼풋 고개를 돌리던 성준은 그대로 굳어버렸다. 이 집 딸 윤심이가 손발에 잔뜩 개뻘을 묻힌 채 역시 뻘 묻은 바구니를 끼고 웃고 있었다. 뻘 묻은 다리통과 얼굴이 추위에 벌겋게 익어 있었다. 대가리 비틀린 풍뎅이처럼 비꼬인 성준의 머리가 베개에서 쳐들린 채로 한참 그렇게 멈춰 있었다. 목줄이 튀어나올 만큼 불안하게 쳐들린 고개는 윤심이한테 박힌 두줄기 시선 때문에 그렇게 버텨지고 있는 것 같았다.

"배가 떠날라 그래 이것밖이 못 잡았그만이라우."

뻘 붙은 바구니를 재껴 보인다. 어른의 주먹 두개를 합친 것만한 새고막(피조개) 두개가 역시 뻘을 뒤집어쓰고 대굴 구른다. 성준은 바구니 속에서 구른 새고막처럼 화닥 몸뚱이를 굴려, 튕기듯 일어났다. 헤죽헤죽 웃고 섰던 윤심이가 부엌으로 사라져버렸다. 쥐

본 고양이처럼 튕겼던 성준은 윤심이가 사라진 곳에 시선을 박고 또 그대로 멈춰 있었다. 가슴을 쩌르르 울리며 목구멍으로 올라오던 날 선 바늘뭉치 같은 것이 목구멍 한군데를 꽉 메우고 얼얼하게 쑤시고 있었다.

한참 만에 몸을 움직여 자세를 바뤄 앉았다. 대포가 꽝 터질 때 그 소리의 맨 가운데 있으면, 그 엄청난 소리를 못 듣는다는데 그렇게 먹먹한 기분이었다. 저 천진하고 불쌍한 것한테 나는 지금 얼마나 못된 짓을 저질러놓고 여기를 떠나려 하고 있는가? 그런데도 저것은 새벽밥을 지어놓고, 이 추위를 무릅쓰고 뻘에 들어가, 성준이 여기 와서 맛들인 새고막을 잡아오고 있는 것이다.

튀어나올 것 같은 눈에서, 빛살처럼 뻗질러 나온 시선을 허공에 띄운 채 성준은 움직일 줄을 몰랐다.

이 갈머리란 미지의 섬에 오기까지 성준은 그냥 미친놈이었다. 간첩 하나를 잡기 위해서 '심달모(沈達模)'란 그놈 이름 석자만을 들고 환장한 놈이 되어, 대한민국 땅덩어리 구석구석, 沈가라는 성을 가진 사람은 하나도 빼놓지 않고 뒤지고 다녔다. 허허벌판의 짙은 안개 속에서 좁쌀 한알을 찾아 미쳐 날뛰다가 마지막 한집을 쫓아 이 갈머리까지 뛰어들었던 것이다. 여덟권의 두툼한 수첩에 깨알같이 적어 넣은 이름자 밑에 마지막 ×를 하고 허탈해진 성준은, 이제 더 가볼 데도 없었지만 배가 끊겨 날개 부러진 새처럼 그 마지막 沈가 집에서 여덟달 동안의 허망을 달래고 있었다.

沈達模란 이름은 성준이가 취조하던 김민혁(金民爀)이란 놈의 입에서 동료인 박 문관이 뽑아낸 이름이었다. 같이 온 놈을 끝끝내

324

붙지 않고 있다가 죽음으로 넘어가는 경계선에서 이름만을 불어놓고 숨을 넘겼다는 거였다. 고고학자에게 쥐어진 한조각 현란한 도자기의 파편, 연대와 배경을 추정하기에는 너무도 안타까운, 그러나 버리기에는 또 너무나 아까운 그런 파편이었다.

성준이 그 이름 석자만을 달랑 추켜들고 나설 때 동료들은 또 미친 기가 동했다고 웃어버렸다. 그러나 성준은 그들과는 생각이 달랐다. 그놈이 이 땅덩어리 어딘가에 틀림없이 박혀 있을 것이니 처음부터 이 잡듯이 전국의 沈가를 말짱 뒤져버릴 생각이었다. 이와 비슷한 케이스로 구(具) 모란 놈을 그렇게 잡아낸 일이 있다니 승산이 없으란 법이 없었다. 불고 죽은 놈이 고정간첩의 임무를 띠었으므로 그놈도 틀림없이 고정간첩일 것이고 또 그놈처럼 6·25 때 월북했었거나 그후 포섭되어 올라갔다가 밀봉교육을 받고 내려온 놈일 것이어서 잡아내기만 하면 묻어날 덩어리가 클 것이다. 沈씨 종친회 족보를 뼈대로 새로 세밀한 沈씨 족보(?)를 만들어나가면서 일을 시작했다. 수백개의 가계표를 만들고 면(面)이나 동사무소의 호적부를 들춰 외톨이 沈가도 이 잡듯이 다 찾아냈다. 여기 갈머리 沈가도 그렇게 찾아냈었다. 沈가의 명단과 가계표가 여덟권의 수첩을 가득 메웠다. 그동안 수첩은 시커멓게 때가 묻고 특히 손끝에 묻어 넘어가는 책갈피의 귀퉁이 부분은 글씨가 모두 꺼멓게 지워져버릴 지경이었다. 시간을 벌기 위해서 오토바이를 한대 선금만 주고 빼앗듯이 얻어냈다. 안갯속에서 구름 잡는 이런 미친 지랄에 그런 장비는 고사하고, 여덟달 동안이나 출장비도 제대로 나올 턱이 없었다. 부대에서는 미친놈 쳐서 그렇게 놔준 것만 고마울 뿐이었다. 쥐꼬리만 한 월급 가지고는 어림도 없어, 처음에는 집에서 이삼만원씩 끌어오다가 나중에는 요령이 생겨, 沈씨 종친회 직원으로 행세를 하며 여비를 뜯어내기도 하고, 더러는 공갈을 쳐서 돈을 울궈내기도 했다.

더러 沈達模란 이름이 나타나면 그때마다 얼마나 가슴이 조였던가? 그동안 일곱명의 沈達模가 나타났으나 모두 가짜였다. 이 땅덩어리 어딘가에 틀어박혀 고정간첩의 씨를 뿌리고 있을 그놈을 생각하면 환장할 지경이어서 그동안 하루도, 아니 한참도 숨 돌릴 틈이 없이 쏘다녔다. 낭떠러지에서 오토바이가 곤두박여 일주일간 입원한 것 말고는 꼬박 여덟달하고 며칠을 숨가쁘게 뛰었다.

'개새끼 조금만 일찍 불었더라면 제 놈도 살고 沈達模도 잡는 게 아닌가?'

허망하고 분해서 눈물이 날 것 같았다. 뭐든 잔뜩 때려 부수기라도 해야 분이 풀릴 지경이었다. 부대에서라면 시내로 쏘다니며 곤죽이 되게 퍼마셨을 것이다.

간첩잡기에 미쳐 사람을 조져서 죽인 건 沈達模를 불고 죽은 金民燦이가 성준으로서는 처음이었다. 박 문관의 배려로 적당히 처리가 되어 뒤탈은 없었지만 그놈을 생각하면 지금도 이가 갈렸다.

이 녀석은 예삿놈이 아니었다. 뒈진다고 악을 쓰며 뒹구는 것이 아니고 이를 물며 매를 참아냈다. 고춧가루 물을 뒤집어쓰고 까무러쳤다가도 깨어나면 오뚝이처럼 꼭 자세를 추슬러 바로 앉았다. 성준은 이런 놈을 만나면 반 미쳐버린다. 악을 너무 쓰며 엄살을 부리는 놈은 그런 놈대로 또 밉지만 아픔을 끙끙 안으로 끌어안아 쓴 것 삼키듯 하는 놈은, 처음에 그런 기색만 비쳐도 눈이 뒤집혔다. 파쭝지가 되어 맥없이 사지가 늘어지는 걸 보고야 반분이 풀렸다. 이렇게 처음 기세가 거셌던 놈일수록 입을 열기로 하면 그만큼 시원시원하고 허망한 법인데 金民爀이는 어떻게 생겨먹은 놈인지 나중에는 가죽혁대로 네댓대만 갈기면 버르적거리다가 실없이 까무러쳐버릴 뿐 끝내 입을 벌리지 않았다. 그쯤 되면 박 문관과 함께 소위 유화작전은 겸해야 하는 것이었으나 이놈만은 기어코 조져서 입을 벌려야 직성이 풀릴 것 같았다. 맞아서 죽는 것을 계수로 따져 그걸 백이라 친다면, 구십구까지 조졌다가 회복을 시키고 다시 거기까지 몰고 가고, 이런 실랑이를 거의 한달간이나 벌이는 동안 한번은 주사까지 놓았으나 허사였다. 팔년간의 경험으로 때려 조지는 수법에는 자신이 있어 별의별 짓을 다 해보았지만 그렇게 거물도 아닌 새끼가 바위벽같이 버텨 복통이 터질 지경이었다.

사람이 답답하기로 하면 이렇게도 답답한 것인가? 이놈은 처음부터 대항을 하는 그런 눈짓도 아니고 그냥 소처럼 멀쑥한 꼴로 악도 제대로 안 써 사람을 미치게 했다. 신경이 사람의 신경이 아니고 나일론 끈으로나 생겼는가, 이 새끼가 정말 사람은 사람인가, 멀거니 들여다보고 있다가 울화에 받쳐 걷어차버리면, 여기서도 사람을 환장하게 하느라고 비명도 없이 흙벽처럼 풀썩 넘어지기만 하는 거였다. 만약 칼로 심장이나 어디를 도려내서 속마음을 꺼낼 수 있는 것이라면, 그래놓고 사형을 당하는 한이 있더라도 칼질을 하고 말았을 것이다. 성준은 부나비처럼 날뛰다가 나중에는 파면을 결심하고 최후의 수단을 쓰기로 결심했다. 손톱, 발톱, 그래도 안 불면 이빨까지도 생으로 뽑아버릴 작정이었다. 이놈의 입을 벌리지 못하면 자기는 꼭 미쳐버릴 것만 같았다. 이놈이 간첩으로서가 아니고 자기의 인생을 바위벽처럼 가둬 안고 있는, 무슨 운명 같은 것으로 느껴지는 거여서, 그 바위벽을 깨트리듯 이놈의 입을 벌려야지 그러지 못하면 자기의 인생이 거기서 끝장이 날 것 같은 비장한 감개에 젖어버렸다. 그런 엉뚱한 관념이 한번 들어박히자 그게 너무도 확실한 현실적인 사실로 믿어져버리는 거였는데, 그는 타고난 성미가 본시 그래서 그런 관념에 한번 붙잡혀버리면 전혀 반성이라고는 없이 그 외길로만 들소처럼 돌진할 뿐이었다. 이 경우에는 그것이 한층 구체적인 실감으로 가슴을 옥조여왔다. 그놈 생각만 하면 제대로 잠도 잘 수가 없어 이불을 붙안고 며칠을 끙끙 앓다가 옛날 어떤 영화에서 신부(神父)를 고문할 때 손톱을 뽑던 장면이 퍼뜩 떠올랐던 것이다.

아침에 철물점에 들러 크고 단단한 펜치를 하나 사 들고 오늘이 마지막이라는 야릇한 비감에 젖어 부대에 들어섰다. 그런 잔인한 짓이 탄로나면 자기 신상이 어쩐다는 생각 같은 것은 이미 머리에 없었고, 이 개새끼가 입만 좀 벌려주면 숨통이 터져 사람이 살 것 같은데 꽉 다물고 있는 것이 야속하고 안타까워 일어나는 비감이었다. 여태 경험해보지 못한 감상이었다.

놈을 끌어내다 마주보고 앉았다. 놈은 언제나 그러듯 할 수 있는 데까지는 안간힘을 써서 자세를 바로 했다. 척추가 부러져 상체가 저절로 허물어져버리지 않는 한 그럴 것이다. 그 꼴을 보니 또 바위벽이 가슴에 다가드는 답답증과 함께 버럭 울화가 치밀었다. 소처럼 거칠어지려는 숨을 눌러 쉬며 먹이를 노리는 맹수의 눈으로 놈을 노려봤다. 다 죽어가는 놈이 정말 바윗덩어리처럼 엄청난 부피와 무게로 차츰 자기를 압도해오고 있었다. 이 바윗덩어리에는 펜치도 소용이 없을 것 같은 절망감이 들었다. 정말 이 방법도 듣지 않는다면 자기는 그대로 파멸이라는 생각과 함께 정체 모를 공포감에 몸서리가 쳐졌다. 입만 벌려준다면, 놈을 얼싸안고 엉엉 울어버릴 것 같은 심정이었다. 그 내용을 너만 알고 있으라면 죽을 때까지 자기 혼자만 알고 있겠고, 도망을 치겠다면 설사 월북을 한다 하더라도 놔줘버릴 것 같은 기분이었다. 정말 입만 열어준다면 설사 자기더러 저쪽 간첩이 되라고 하더라도 되어주고 싶었다. 간첩을 취조하는 목적이 엉뚱하게도 이렇게까지 도착이 되어 있었는데 이것 역시 처음 느껴본 감정이었다.

"民燦이! 이건 정말이야. 거짓말같이 들리겠지만 이것은 정말이야. 나 혼자 알고 말 테니 불기만 해! 불기만 하면 내 생명을 걸어놓고……"

성준은 애원하듯 자기의 간절한 심정을 털어놓았다. 주먹을 쥐고 이를 악물어 생명을 걸겠다는 자기의 결심을 그렇게 보였다. 그러나 놈은 제대로 듣고 있는 것 같지도 않았다. 사실 총한 정신으로 들을 때 이건 어린애 달래는 소리도 아닌, 그야말로 싱겁고 유치한 수작일 수밖에 없었다. 그것을 혼자만 알고 있겠다니 말이나 되는 소리겠는가? 너 혼자만 알고 있을 말을 알아내려고 여태까지 이토록 사람을 조겼더냐?

말이란 것이 공허하고 무력하기로 하면 도대체 이렇게도 공허하고 무력한 것인가, 아까와는 또다른 절망감에 맥이 풀렸다. '정말로'와 '생명을 걸고'를 몇번이나 힘주어 간절하게 뇌어도 이 '말'이란 것은 이쪽의 진실을 저쪽으로 운반해가지 못했다. 이럴 경우 사람과 사람 사이에 진실이란 것이 통할 다른 방법은 없는 것일까? 말로는 뚫을 수 없는 저 바위벽을 뚫고 이쪽의 진실을 집어넣을 방법이 없는 것인가? 오죽 답답했으면 그 자신이 바로 진실의 알맹이인 예수도 '진실로, 진실로'를 되풀이했겠느냐고 누군가가 웃으며 하던 얘기가 떠올라 허탈한 심정으로 놈의 얼굴을 물끄러미 바라보고 있었다.

"개새끼야! 이제 너도 마지막이고 나도 마지막이다. 이것이 무엇인 줄 아느냐? 네놈 입에서 말을 찝어 빼낼 뻰찌다. 손톱도 뽑고 발톱도 낱낱이 뽑아버리겠다. 이빨도 뽑아내고 혓바닥까지 뽑겠어. 겪어봤으니 내 성질 알지?"

펜치를 쳐들어 놈의 코앞에 들이대고 뽑는 시늉을 하며 이를 갈아붙였다. 놈은 부어 일그러졌으나 그래도 아직 빛을 발하고 있는 눈길을 허공에 띄우고 소처럼 표정이 없었다. 또 버럭 역정이 끓어올랐다. 마지막이니 이번만은 흥분을 말자고 마음을 다졌던 것이나 놈의 표정을 보자 어느새 자기는 또 미쳐가고 있었다. 담배를 한대 태워 물고 마음을 가라앉혔다. 바위벽에 갇혀 아무리 벽을 두들기고 발버둥을 쳐도 소용이 없을 것 같은 이 갑갑증은 그냥 단순한 갑갑증이 아니었다. 고독이었다. 수천길의 심연 속에나 있을 그런 고독이었다.

이 새끼가 손톱이 뽑힐 때의 아픔을 상상해보았다. 손톱에 살이 묻어나고 거기서 뚝뚝 피가 들 것을 상상하자, 자기의 손톱이 간질 간질해오며 저놈이 그 아픔에 못 견디어 악을 쓰는 소리를 듣고 싶은 감미로운 유혹에 가슴이 미리 떨려왔다. 바위벽이 아닌 인간으로 악을 쓰는 이놈의 모습을 보면 어느만큼 위안을 받을 것 같았다. 사랑을 받아주지 않을 때 강간이라도 해버리고 죽여버리고 싶은 파괴적인 감정, 아니 자신을 물어뜯고 싶은 악마적인 충동이었다.

"개새끼!"

담배를 재떨이에 짓이겨 끄고 펜치를 고쳐 잡았다. 벌써 눈이 뒤집혔다.

'이제는 네가 분다 해도 소용없다.'

놈을 부둥켜안고 같이 절벽에서라도 떨어지듯, 피차 마지막이라는 절망감을 느끼며, 이를 물고 다가섰다. 놈이 한번 부르르 몸을 떨었다. 그때 누가 등을 쳤다.

"김 상사!"

박 문관이었다. 여닫힐 때 소리가 크게 나는 문이었는데 그는 그 문소리도 못 들을 만큼 광기에 싸여 있었다.

"대장이 불러!"

"왜?"

"가봐!"

"개새끼, 네가 꽈 바쳤구나!"

박 문관의 볼에서 불이 튀었다. 이를 악물고, 죽어라 한대를 더 질렀다. 박 문관은 저항 없이 맞고 있었다. 입술이 깨져 피가 옷에 튀었으나 그는 대항을 하지 않고 세번째 날아오는 주먹에는 몸만

피했다.

마지막 숨이 넘어가면서 불더라고 '沈達模'라는 쪽지를 박 문관이 내밀었을 때 성준이 느낀 것은 걷잡을 수 없는 패배감이었다. 성준도 더러 유화작전을 펴보지 않는 바가 아니었으나 언제나 최후로 부는 것은 박 문관한테였다. 이번에도 그놈한테 지고 박 문관한테 졌다.

성준은 쪽지를 챙겨 들며 이를 갈아붙였다. 어느 부대에서 具 모라는 간첩을 그런 식으로 잡아냈다는 회보가 날아든 얼마 후였고, 박 문관도 암암리에 그런 눈치를 비쳐, 이 쓰라린 패배를 만회할 길은 이뿐이다, 생각하며 다음 날부터 沈達模 탐색에 나섰던 것이다. 그런데 具 모란 놈은 다섯달 만에 잡았다는데 沈達模는 거기다 석달을 더 넘은 여덟달 동안이나, 이 잡듯이 뒤져보았으나 沈達模는 고사하고 沈가 성 가진 놈 중에는 어느 놈 하나 그럴 만한 꼬투리도 보이는 놈이 없었다. 화풀이 삼아 조져볼 놈이라도 한놈 있었으면 하겠는데 어떻게 생겨먹은 집안인지 그 속으로는 쥐꼬리만한 꼬투리도 잡히지 않았다. 이 갈머리 沈가는 이름이 達秀여서 마지막 아쉬운 희망을 품고 대들었던 것인데 허탕이었다.

성준은 이 집에 와서도 沈씨 시조부터 족보를 통 뚫어지게 꿰고, 수첩을 내보이며 어디는 누가 살고, 강원도 산골 어디에는 누구누구 하고 주워섬겨 종친회 직원임을 믿게 한 다음, 자기는 또 이 집과는 가장 가까운 일가인 걸로 친밀감을 갖게 해놓고, 약장수처럼 떠벌이며 이모저모로 퉁겨보다가, 마지막으로 자기는 약간 저쪽으로 기운 놈인 것처럼 여태 익혀온 요령으로 슬그머니 낚싯밥을 디밀어보았으나 허탕이었다. 이 沈가는 말귀도 제대로 못 알아먹는 답답한 인간이어서 이 작자가 沈達模가 아닌 것은 두말할 것도 없고, 설사 沈達模가 여기까지 왔더라도 목숨을 걸고 넘어온 놈들이 그것이 무슨 장난이라고 이따위 답답한 인간을 붙잡고 무슨 공작이란 걸 했을 것 같지가 않았다. 성준은 닭 쫓던 개 꼴로 어쭙잖은 집안 자랑에만 열이 올라 있는 이 집 沈가를 멍청하게 건너다보고 있었다. 우리 집안이 그래도 괜찮은 집안이 아니냐고, 종씨(宗氏)같이 열성 있는 사람도 절로 난 것이 아니고 집안이 될 집안이라 그게 다 선조들이 돌봐준 것이라고, 이 갈머리에서 오십 평생을 살았지만 족보 만들겠다고 이 험한 섬 구석까지 찾아온 집안은 우리 沈가밖에 못 봤다고, 심 봉사만큼이나 미련하게 생겨먹은 이 沈가는 문중에서 여기까지 찾아와준 것이 고맙고, 또 그 주제에 족보에 오를 것만 대견해서 어리총찮은 치하에만 침이 밭었던 것이다. 정말 어느 종친회의 어느 미친놈이 족보를 만들겠다고 한집을 찾아 여기까지 오겠는가? 이 沈가뿐만 아니고 도처에서 그 수많은 沈가들이 더러는 노잣돈까지 두둑이 내놓으며 치하에 침이 밭던 거였는데, 이 작자의 치하를 듣자니 그 많은 심가들의 그 요란스럽던 칭찬들이 한꺼번에 자기를 향해 홍소를 터뜨리는 것 같았다.

광기 어린 여덟달 동안의 집념이, 그 고독한 추적이 모래사장에 일었다가 부서진 물거품처럼 허망하게 부서져버린 다음 마지막 여기 구색 갖춘 주막 하나 없는 삼십여호의 삭막한 섬 구석에 갇혀, 그래도 그것이 인연이 되어 沈가네 방 하나를 빌려 오징어 발에 독한 소주로 마음을 달래자니 정말 기가 막혔다.

'개새끼, 그 개새끼가 나한테 이런 무지한 보복을 하고 죽었는가?'

소주잔을 金民爀이 대가리 틀어쥐듯 붙잡아 술을 털어 넣고, 오징어 발을 또 그놈 사지처럼 쭉 찢어 사지를 씹듯 으득으득 씹었다. 밤이 이슥하도록 이를 갈며 들이켜다가 안주가 떨어져, 큰방에다 소리를 질렀더니 이 집 딸, 그도 역시 沈가인 윤심이가 김치보시기를 디밀었다. 보시기를 받으려다 그녀의 얼굴에 눈이 멎었다. 순간 보시기가 아니고 그녀의 손목을 잡아버렸다. 윤심이는 소스라치게 놀라며 어쩔 줄을 몰랐다. 차마 소리는 지르지 못하고, 그냥 버티기만 하는 가냘픈 소녀를, 성준은 金民爀이라도 낚아채듯 우악스럽게 끌어당겼다. 경황 중에도 김치보시기를 떨어트리지 않으려고 거기 힘을 주고 있어 쉽게 끌어들일 수가 있었다. 그 자리에 쓰러뜨렸다. 그녀는 너무도 느닷없이 당한 일이라 어찌할 바를 몰랐으나 통째로 씹어버릴 것 같은 성준의 서슬에 질려 만약 소리를 지른다면 저 서슬에 너무도 엄청난 일이 벌어질 것으로 생각했던지 그냥 오들오들 떨기만 했다. 이 시골 소녀의 순진성이 안전판이 되어 모험은 숨가쁜 고비를 넘어가고 있었다. 아니, 그건 모험이 아니었다. 자포였다. 소리를 질러 누가 달려들면 권총으로 갈겨버리겠다는 각오를 그 순간 그는 너무도 쉽게 하고 있었던 것이다. 독수리한테 채인 날짐승처럼 오들오들 떨고 있는 윤심이를 내려다보는 순간, 성준은 金民爀이나 沈達模와 어디 담 모퉁이 같은 데서 갑자기 부딪쳐, 서로 노려보고 있는 것 같은 착각과 함께 어떤 운명 같은 것을 윤심이의 놀란 눈에서 느꼈다. 이런 의식의 교차 속에서 성준은 그 두놈과 자기의 운명을 한꺼번에 끌어안듯 윤심이를 끌어안으며, 또 너는 꼭 처녀여야 한다고 속으로 되뇌면서, 그놈들에게 칼을 꽂듯 우악스럽게 가냘픈 소녀의 소중한 처녀를 빼앗았다.

기대했던 대로 그녀는 처녀였다. 그 처녀가, 그녀의 얼굴에서 이를 악무는 고통으로 무너질 때, 성준은 성적인 감각보다 가슴이 푹 내려앉는 안도감을 느꼈다. 그녀를 덮치면서 이 계집년이 꼭 처녀라야 제대로 칼이 꽂히는 거라고 느끼는 다음 순간, 만약 처녀가 아닐 경우의 절망감에 미리 가슴이 떨리는 아슬아슬한 긴장을 느꼈던 것이다. 순간이었지만 이런 야수적인 광기가 너무도 분명한 실감으로 칼날처럼 희뜩였던 것인데, 횡포라고나 해야 할 그런 터무니없는 기대가 만약 충족되지 않았더라면 그는 일을 끝내고 나서 윤심이를 쏘아 죽여버렸을 것이다.

그녀는, 일은 이미 당한 것, 자기 혼자나 당하고 일이 제발 더 커지지 말았으면 하는 소망만이, 인당수에 뛰어드는 심청이의 표정이 그랬을까 싶게 그 얼굴에 간절했었다. 혼겁과 고통을 누르고 그 소망만이 너무 애절해서 어느새 성준도 그 소망에 말려들어 강도가 보물을 빼앗고 목숨을 살려 칼을 거두듯 서둘러 일을 끝내고 풀어놓자 그녀는 새장에서 풀려난 새처럼 매무새를 고칠 사이도 없이 날듯이 방을 빠져나갔다.

윤심이가 악을 썼더라면 그 어머니와 동생은 건너편 섬 외갓집 제사에 가고 없었기 때문에 그 아버지 沈가가, 팔려가는 심청이를 쫓아가는 심 봉사처럼 겁 없이 쫓아왔을 것인데, 그랬더라면 틀림없이 쏘아버렸을 것이고, 또 윤심이가 처녀가 아니었더라도 그 광기로는 일이 났을는지 모른다.

건넌방에서 들려오는 라디오 소리에 다음 날 아침 일찍 잠이 깼다. 아무리 술에 쩔어 곤죽이 되어도 아침 일찍 눈이 뜨이는 것은 여덟달 동안 눈에 불을 켜고 방방곡곡을 누비고 다니며 붙은 버릇이기도 했다. 라디오에서는 어제저녁 내린 폭풍경보가 아직도 발효 중이라는 소리가 들려왔다. 눈보라가 창을 때리는 기세가 대단했다. 하루를 더 묵을 일이 따분했다.

아침상을 들여놓으며 윤심이는 발그레 귀밑을 붉혔다. 눈을 깔았으나 토라진 표정은 아니었다. 술 취했던 놈이 자기가 저질러놓은 일을 총한 정신으로 되돌아보듯 성준은 윤심의 표정에서 그것을 살폈다. 갯바람에 그을린 바닷가 소녀 같지 않게 고운 살결의 표정이 너무도 어린애같이 순박하기만 해서 노여움 같은 것이 비집고 들 구석이 없어 보이는 얼굴이었다. 뾰족하게 예쁜 얼굴은 아니었지만 동그랗고 복스러운 그녀의 얼굴은 처음부터 짜증이나 토라짐 같은 것과는 인연이 없어 보였고, 거의 백치에 가까운 순진성뿐이었다. 감정이 어디 막히고 구긴 데가 없어 들여다보면 마음속 저 밑바닥까지 물속처럼 들여다보이게 맑게만 느껴졌다. 난생처음일 어젯밤의 그 엄청난 일도 그 맑은 순진성 속에서는 산골 개울물 맑은 웅덩이에 조약돌이 가라앉듯 이미 잔잔하게 내려앉아버린 것 같았다.

"윤심이!"

다시 문을 열고 숭늉 그릇을 디미는 그녀를 가만히 불러봤다. 무슨 일이 있어 부른 것은 아니었다. 너무 조용하면 소리를 질러보고 싶고 너무 맑으면 휘저어버리고 싶듯 너무 맑고 조용한 그녀의 마음을 한번 그렇게 건드려본 것이다. 윤심이가 아니고 자기 자신의 이름을 불렀던 것 같기도 했다. 귀가 아니고 목구멍으로 들린 것 같은 자신의 목소리는 또 이상하게 생소한 느낌이 드는 거였는데, 그러고 보니 성준은 생전 처음으로 자기의 목소리를 들어본 것 같았다. 윤심이는 똥그란 눈으로 성준을 바라보았다. 성준은 빙긋 웃었다. 윤심이는 귀밑을 좀더 붉히며 해죽이 따라 웃었다. 순간 성준은 아찔했다. 불쑥, 백치가 아닌가 하는 의문이 솟았기 때문이다. 그러나 백치는 아니었다. 어제저녁 자기가 당한 일은 저만치 밀어놓고, 성준의 그 독기 어렸던 서슬에만 가슴이 떨려, 괜히 죄지은 마음으로 가슴이 옥조여 있다가 성준의 웃음을 보자 그런 두려움에서 풀려나는 안도의 웃음이었다. 마치 심청이가 자기 몸을 던져 그랬던 것처럼 저 순박한 마음씨가 어제저녁, 그 아버지와 자기 자신과 또 이편까지 한꺼번에 세사람을 파국에서 구해냈다는 데 생각이 미치자 형언할 수 없이 신선한 감동이 몰려들며 그를 다시 끌어안아버리고 싶은 충동을 느꼈다. 어제저녁의 광기와는 전혀 다른 감정이었다.

밥상을 물리고 다시 한숨을 자고 나자 정신이 한결 개운했다. 벽에 걸린 달력의 그림이 눈에 들어왔다. 12월 막장으로 눈에 익은 반 고흐의 가을 풍경이었다. 노란 색깔이 유난히 밝게 느껴졌다. 성준은 그림이 단순히 눈에 익은 정도가 아니었다. 대학에서 그림에 미쳤을 때 특히 고흐를 좋아해서 그의 그림을 자주 모사(模寫)를 했었는데 특히 저 가을 풍경은 노란 색깔의 색조 때문에 서너번이나 모사를 했었다. 달력은 어느 제약회사의 꽤 고급품으로 지난달 치를 여러장 그대로 달고 있었다. 성준은 성큼 일어서서 달력을 땄다. 겉장까지가 고스란히 살아 있었다. 뜻밖에도 모두 고흐의 그림이었다. 귀를 싸맨 자화상도 있었다. 성준은 또 이 자화상을 좋아해서 책상머리에 붙여논 적이 있었다. 눈에서 내쏘는 그 무서운 집념과 자기 귀를 잘라버린 격정에 공감이 가고 입은 자기의 입모습과 흡사해서 친밀감이 느껴졌다. 성준은 추억을 뒤집듯 달력 장을 넘겼다. 하나하나가 잃어버렸던 것을 찾은 것처럼 대학 시절의 꿈을 연상시키며, 새로운 감동으로 가슴속을 비집고 들었다.

자기는 그때 얼마나 열심히 그림에 빠져들었던가? 이년제 사범대학의 미술과였지만 그 이년은 학교 다니는 기간이라기보다는 그림에 미쳤던 기간이었다. 다른 과목은 거의 거들떠보지도 않고 그림에만 빠져 일년간 낙제까지 했었다. 초등학교에 발령을 받아서도 그렇게 미쳐 나댔었는데 무엇에 한번 미쳐버리면 항시 그 꼴이듯 여기서는 또 자연 아이들의 수업에는 등한해질 수밖에 없었다. 교장의 주의를 묵살하고 그림에만 빠져 있다가 끝내 그것이 화근이 되어 교장을 후려쳐놓고 군에 입대해버렸던 건데 어쩌다가 방첩대에 발을 들여놓은 것이, 이번에는 간첩잡기에 미쳐 장기복무까지 지원해서 팔년 동안 이 꼴이었다.

책상 위에 크레파스가 뒹굴고 있었다. 달력을 뒤집어 크레파스를 흰 바탕에 한번 죽 그어보았다. 아트지가 아닌 고급 인쇄지여서 크레파스를 제대로 먹었다. 담백한 크레파스 색깔이 윤심이한테서 느꼈던 그 소박한 정감으로 포근하게 안겨왔다. 실로 팔년 만에 잡아본 화구라 아까 자기 목소리를 들었을 때처럼 생소하기도 했으나 추억처럼 정답기도 했다.

　백지 위에 얼핏 구도가 하나 잡혀왔다. 웃음도 울음도 아닌 백치 같은 표정으로 손을 들고 있는 소녀였다. 똑딱선에 실려 여기 갈머리를 떠나는 자기를 보고 있는 윤심이가 바다를 배경으로 손을 반쯤 올리고 있는 것이다. 되바라지게 손을 높이 치켜들어 흔드는 것이 아니고 귀 언저리 높이에서 애매하게 멈춰 있는 거다. 성준은 어느새 그림에 몰두하고 있었다. 아기자기한 디테일을 거부하는 크레파스의 단순한 색조가 은은한 정감을 한결 소박하게 표현해주었다. 상반신만을 그린 것은 표정을 클로즈업시키고 싶어서였다. 배경인 바다를 칠해 들어가다가 소녀의 손 근처에서 크레파스가 멈춰버렸다. 색깔은 파랑이 아닌 다른 색깔이든지 뭐가 다른 것이 하나 들어앉아야 할 것 같았다. 한참 동안 내려다보고 있었으나 적당한 처리 방법이 떠오르지 않았다. 다른 부분의 잔손질을 하면서 아무리 머리를 짜보아도 그럴싸한 착상이 앵겨오지 않았다. 그 손끝에서 무슨 소리가 나는 것도 같고 애절한 언어나 정감이 거기 한 덩어리 뭉쳐 있는 것같이 느껴졌다.

　턱에 손을 고이고 아무리 궁리를 해보아도 터지지 않았다.

　성준은 전에도 번번이 이 꼴이었다. 너무 욕심을 부려 구도나 주제의 가장 핵심적인 데를 자기 능력 이상으로 잡아놓고, 해결을 못해 끙끙거리다가 끝내 그림을 버리고 만 적이 한두번이 아니었다. 일테면 화룡점정의 눈 같은 부분이랄까, 그 결정적인 부분에 어떤 영감의 발동을 기대하며 막연한 대로 주변부터 옥조여들어 그 마지막 부분의 극적인 해결을 시도하는 것이었으나 그것이 제대로 해결된 적은 거의 없었다. 그 막바지에 이르면 그때부터 성준은 환장한 놈이 되어버렸다. 지웠다 그렸다 몸부림을 치다가 화폭을 갈기갈기 찢어버리고 화구를 몇번이나 짓부쉈는지 모른다. 영영 그림에서 손을 떼겠다고 맹세해놓고도 하루를 넘기지 못하고 다시 화필을 잡았다. 그러나 타고난 성격은 어쩔 수가 없어 또 그런 식으로 욕심을 부리다가 자기가 그린 그림의 마지막 좁은 공간에 갇혀 부나비처럼 날뛰는 거였다.

교장과 사건이 붙은 날도 국전 마감일을 얼마 앞두고 그런 운명적인 발버둥을 치고 있었다. 아이들한테는 거의 두달 동안이나 반이상 자습을 시켰고, 자질구레한 잡무는 그만두고라도, 방학을 하면서 학생들에게 일학기 성적표도 나누어주지 않았다. 숫제 성적표를 만들지 않고 있었던 것이다.

그 결정적인 부분에 무언가 떠오를 듯 떠오를 듯 가물가물하면서도 붙잡히지 않아 환장해 있는 참인데 교장이 쫓아와서 꽥꽥 악을 썼다. 성준은 거들떠보지도 않고 먹이를 노려보는 맹수의 눈으로 그림만 노려보고 있었다. 화가 치민 교장은 성준의 옷소매를 끌어당기며 악을 썼다. 순간, 곁에 세워놓은 이젤로 교장의 면상을 후려쳐버렸다. 그림도 갈기갈기 찢어버렸다. 그 길로 사표를 써서 집어던지고 자원입대를 해버렸다. 그는 벌써 그림에 자포적인 상태에 있던 판인데, 울고 싶자 교장이 뺨을 쳤던지도 몰랐다. 그림과 함께 인생을 자폭하는 심정으로 군대라는 감옥 속에 자기를 가둬버렸던 것이다.

성준은 담배를 태워 물고 망연히 그림을 내려다보았다. 그림 속의 소녀는 아무렇게나 얼른 마무리를 해달라고 보채는 것 같았다. 어제저녁 그녀를 덮쳤을 때, 일을 얼른 끝내 일이 더 크게 벌어지지 말기를 바라던 그 눈으로 성준을 바라보고 있었다. 제발 여기서는 더 무서운 일을 저지르지 말고 내일 배가 가면 어서 떠나라고 말하고 있었다. 자기는 눈물을 참으며 그냥 이렇게 말없이 손을 흔들어주겠으니, 자기를 아무렇게나 다루었듯 그렇게 얼른 그림을 끝내버리고 여기를 떠나라고 소녀의 동그란 눈은 간절하게 말하고 있었다.

그림을 집어던지고 이불 속으로 파고들었다. 그림을 잊어버리기라도 하려는 듯 눈을 질끈 감았다. 눈보라는 여전한 기세로 창을 때리고 있었다.

'빌어먹을 놈의 날씨.'

부엌으로 난 문이 비죽이 열렸다. 윤심이가 아까 밥상 들일 때같이 해맑은 웃음을 웃으며 소주병과 안주를 받쳐 든 쟁반을 디밀었다. 쟁반을 안으로 디민 채 서 있었다. 받아 가라는 표정이었다.

"들어와!"

귀밑을 조금 붉히며 잠시 머뭇거리더니 들어왔다. 성준은 그녀의 얼굴을 물끄러미 바라보았다. 열여덟살쯤, 어린애가 아니고야 저렇게 맑은 표정일 수가 있을까? 더구나 어제저녁 그런 일을 당한 소녀의 표정으로는 도무지 이해할 수가 없어 다시 백치가 아닌가 의심이 갈 지경이었다.

"우매, 이쁘다아."

윗목의 그림으로 다가서며 가벼운 탄성을 발했다.

그림을 집어 든 그의 눈은 맑게 빛나고 있었다.

"선상님인가라우?"

무슨 말인가 성준은 잠시 멍했다가 이내 깨달았다. 직업이 선생이냐는 뜻인 것 같다. 이런 섬 구석에 멀쩡한 어른이 돼가지고 그림이나 그리는 사람은 초등학교 선생밖에 구경을 못했을 것이다.

"응, 선생이야. 여기 갈머리 학교로 전근을 올려고 미리 이렇게 한번 와봤어."

윤심이는 금세 입이 벙그러졌다. 멀쩡한 거짓말을 해놓고 나니 절로 웃음이 나왔으나 윤심이는 이런 엉뚱한 소리를 한가닥 의심도 없이 곧이곧대로 믿어버리는 것 같았다.

"저 학교 선상님이 이 앞에 원둑을 막다가 빙이 나서 저참에 즈그 집에 갔는디, 그랑께 이참에는 선상님이 오신그만이라잉?"

성준은 짐작가는 것이 있었다. 이 집 마당가에서 바다로 석축이 조금 쌓여나가다 말았기에 무언가 했더니 그 선생이 간척사업을 벌이려 했던가? 실하게 이십여정보 푼수는 되어서 막기만 한다면 꽤 넓은 농토를 얻을 수 있겠지만 초등학교 교사 혼자의 힘으로는 어림도 없을 큰 공사였다. 상록수 교육자의 꿈에 부풀어 너무 욕심을 부리다가 몸을 망친 모양이었다. 자기 같은 미친놈이 도처에 있구나 싶어 성준은 실소를 머금었다.

"여그 오시면 나도 글 잔 갈쳐주실라요?"

윤심이는 어리광을 부리듯 귀여운 표정을 지어 보였다.

"학교 안 다녔나?"

"저 핵교는 선상님이 한나빽이 읎는 쬐깐한 핵굔디 생긴 제가 얼매 안 돼서 우리는 핵교를 못 댄겠어라우."

"그래애. 내가 오면 가르쳐주지."

어린애처럼 좋아하는 윤심이를 건너다보며 성준은 소주잔을 꼴깍 들이켰다.

"이것이 누구요?"

그림 속의 소녀를 가리켰다.

"윤심이."

그녀는 웃음 속에 좀 부끄럽다는 표정을 지어 보이며 입을 조금 비죽해 보였다.

"손은 왜 이라고 있다요?"

"윤심이니까 윤심이가 알지 내가 어떻게 아나?"

그녀는 그냥 웃기만 했다.

"이것이 뭐지?"

성준은 피가 뚝뚝 듣는 안주를 가리켰다.

"매애. 그것도 모르요오? 새꼬막인디. 깔깔."

새고막을 모르는 사람이 다 있느냐는 듯 소리내서 웃었다. 그렇게 감정대로 웃는 표정도 꼭 어린애 같았다. 성준은 윤심이의 웃음을 따라 좀 멍청하게 웃으며 담황색의 푸짐한 살점을 입에 집어넣었다. 그러고 보니 왜식집에서 몇번 먹어본 기억이 났다.

"이 기림 나 주씨요. 배람빡에다 붙애놀라요."

아까 글을 가르쳐주겠느냐고 할 때처럼 귀여운 모습을 지어 보였다.

"아직 덜 됐어. 다 그리면 주지."

그림이 제대로 완성이 될 것 같지는 않았으나 그렇게 대답해주어야 좋아할 것 같아 승낙을 해두었다. 윤심이는 좋아하며 그림을 다시 들여다보다가 저녁밥을 지어야겠다며 나갔다.

성준은 변소에 다녀오다가 부엌 한쪽에 눈이 멎었다. 서너개의 새고막이 대바구니 속에서 입을 벌리고 있었다. 성준은 바구니 곁에 쭈그려 앉으며 무슨 비밀을 훔쳐보듯 새고막 속을 들여다보았다. 담황색의 푸짐한 살이 꼭 새대가리 같은 돌기(斧足)를 정점으로 껍데기 안에 반쯤 차 있었다. 자세히 보니, 그 속살이 아주 천천히 움직이고 있었다. 이 투박한 패각 속의 비밀스런 소우주를 성준은 숨을 죽이고 들여다보았다. 껍데기 겉면에는 몽근 털이 잔 골을 타고 총총히 박혀 있었다. 이걸 한번 그려보고 싶은 생각이 들었다. 검은 털의 겉면은 크레파스라야 제대로 기분을 낼 수 있을 것 같았고 밋밋이 내보이는 속살을 중심으로 썩 재미있는 구도가 잡힐 것 같았다. 입을 벌리고 있는 순간의 긴장을 멋있게 묘사하려면 구도를 어떻게 잡아야 할까 생각하면서 이모저모로 찬찬히 뜯어보니 정물의 소재로는 이렇게 재미있는 것이 없을 것 같았다. 석류 같은 것이 입을 벌리고 있는 것보다 이것은 동적인 긴장이 있고, 투박하고 신선한 맛이며 또 색조에도 얼마든지 기교를 부릴 수 있을 것 같았다. 숨을 죽이며 이놈저놈을 뜯어보니 겉에 털이 나 있는 이놈들의 모양에서 엉뚱한 연상이 떠올라 성준은 실없이 혼자 웃었다. 뜯어볼수록 웃음을 참을 수가 없었다.

"뭣을 그렇게 보고 지시요오?"

성준은 깜짝 놀랐다. 계집을 데리고 못된 희롱을 하다가 들킨 것 같이 무안해서 멍청하게 웃었다. 윤심이는 멋모르고 천진스럽게 따라 웃었다.

"언제 잡았어?"

"그저께 잡았는디 목포 가서 폴아 오라고 줬든 것을 선상님 반찬 없다고 울 아바니가 도로 찾아왔다요."

새고막은 어느새 모두 입을 다물고 있었다. 윤심이 쪽으로 몸을 돌리다가 바구니를 건드려버렸던 것이다. 그리려면 안을 더 세밀히 뜯어봐야겠는데 이놈들이 좀처럼 입을 벌릴 기미를 보이지 않았다.

"이놈들이 입을 안 벌린다."

"카만이 놔둬사 벌례라우. 쬐까만 건드래도 안 벌리요잉."

이런 물정은 자기가 더 잘 안다는 투로 일렀다.

"이놈들아, 좀 벌려봐라!"

"완력으로 하면 새꼬막 입은 절대로 못 벌례라우."

윤심이는 '절대로'에 힘을 주어 말하며 웃었다.

"정말?"

성준은 제법 아는 척하는 윤심이가 귀여워 장난삼아 하나를 추켜들어, 손톱으로 입을 벌리는 시늉을 했다. 윤심이는 깔깔 웃었다. 성준은 엄지손가락 손톱을 악문 껍질 사이에 세워 잔뜩 힘주는 시늉을 하며, 정말 좀 힘을 주어봤다. 윤심이는 배를 움켜쥐고 소리내서 웃었다. 새고막은 그 투박하게 생긴 모양만큼이나 세게 이를 악물었다.

"새꼬막이 백년이 되면이라우……"

그놈을 들고 방으로 들어가려다 고개를 돌렸다.

"백년이 되면 그것이 속에서 새가 되아갖고 날아간다요."

"아 그래. 그래서 새고막이군."

새대가리 모양의 부족이 얼핏 보면 까이기 전 알 속의 새 같아, 딴은 그런 설화가 생겨날 법했다.

성준은 새고막을 앞문 문턱 밑 훤한 데다 놔두고 남은 술을 홀짝이며 입 벌리기를 기다렸다. 한참 만에 비죽이 입을 벌렸다. 벌리는 과정을 보고 싶어 가만가만 곁으로 기어갔다. 무슨 기미를 느꼈던지 슬며시 입을 닫아버렸다. 다시 물러앉았다. 한참 만에 다시 빼꼼히 입을 벌렸으나 삼사 밀리쯤 벌리고 그대로 있었다. 한참 동안 지켜봐도 그대로였다. 좀이 쑤셔오며 슬그머니 심술이 났다. 젓가락을 들고 가만가만 접근했다. 정확히 겨냥을 해서 입술 근처까지 젓가락을 들이댔다. 푹 쑤셔버렸다. 꽉 물었다. 으득 소리가 났다. 이 가는 소리를 내며 젓가락을 문 부분의 껍데기가 조금 일그러졌다. 공중으로 쳐들었다. 쇠젓가락을 꽉 물고 따라 올라왔다. 젓가락을 홱 비틀어버렸다. 네모지기 스텐 젓가락이 으드득 비틀리며 거기 구멍이 뚫려버렸다. 젓가락을 푹 찔러 속을 으득으득 후벼버렸다. 손톱으로 벌려보았다. 어림도 없었다. 젓가락을 집어넣어 껍데기를 젖혀보았으나 끄덕도 안 했다. 이번에는 차근히 두 발바닥으로 새고막을 붙안아 버티고 젓가락을 두 손으로 붙잡아, 속살이 난도질이 되게 으득으득 휘저어버렸다. 벌려보았다. 끄덕도 안 했다. 젓가락으로 젖혀보았다. 마찬가지였다.

—에끼 씨앙!

이를 악물며 문턱에다 탁 내리쳤다. 한쪽 껍질이 턱 깨지며 피가 주르르 흘렀다. 깨진 껍데기 한조각을 떼어보았다. 속살에 붙어 떨어지지 않았다. 으득 뜯어냈다. 살이 묻어나며 그 속에서 속살이 움직였다. 또 한조각을 떼어보았다. 안으로 당기는 힘이 있었다. 패각근이었다.

"우매애."

윤심이였다. 웃음에 섞어 좀 징그럽다는 표정을 짓고 있었다.

"인내씨요. 그렇게 하면 안 되라우, 진작 나보고 해돌라고 하재애."

윤심이는 밥상을 가져다 놓고 새고막을 들고 나갔다. 성준은 울화가 꼬약거려 견딜 수 없었다. 윤심이가 썰어 온 새고막을 金民嫌이를 씹듯 으득으득 씹었다. 아까부터 새고막이 입을 다무는 것에서 조롱당하는 것 같은 느낌이 들며 金民嫌이가 연상되었던 것이다. 밥상을 물리고 나도 그놈의 환상이 그대로 남아 있었다.

── 개새끼.

金民嫌이와 함께 박 문관의 얼굴이 떠올랐다. 박 문관한테는 늘 한풀 꿀려 지내는 처지이지만 어쩔 때는 괜히 밉살스러워 견딜 수 없을 때가 있었다.

"6·25 때 집안에서 누가 피살당한 일이라도 있었던가요?"

"그런 일은 없습니다."

"그런데 그렇게 물불을 가리지 않고 이를 갈아붙여요?"

"간첩 잡는 데 이를 갈아붙이는 건 당연하지 않습니까?

"김 상사의 극성은 그런 이유만 가지고는 설명이 안 되니까 하는 얘기지. 하하.”

金民爀이가 죽은 날 저녁, 그 뒤처리를 해놓고 술을 사면서 하던 말이었다.

“늘 하는 얘기지만 기회 봐서 얼른 옷 벗고 안정된 직업을 잡아요. 사대(師大)랬죠? 옷만 벗으면 그냥 중학교나 초등학교 선생 아닌가? 시내발령쯤 까짓것 낸들 책임 못 지겠소?”

“아뇨, 나는 옷을 벗더라도 문관으로 다시 여기 들어오겠습니다.”

박 문관은 동정 어린 시선으로 성준을 바라보았다.

“나도 대학을 나와 이 꼴입니다만 우리는 이 시대를 가장 힘하게 살아가는 놈들입니다. 누군가가 맡아서 해야 할 중요한 일이기는 하지만 이 시대의 가장 비참한 희생자는 우리들일 것이오.”

“그럼 박 문관은 왜 붙어 있습니까?”

“그래도 나는 김 상사처럼 미치지는 않거든, 하하하.”

성준은 한대 갈겨버리고 싶은 충동을 느꼈지만 낮에 맞아 부어 터진 입술을 보며 겨우 눌렀다.

‘개새끼, 미치지 않았으니까 너는 애써 잡다 논 범인을 놔줬더냐?’

성준은 이렇게 소리를 지르며 그를 갈겼을 것이다. 병보석으로 나왔다가 도망친 간첩죄명의 범인 하나가 시민의 신고로 걸려들었는데, 박 문관이 그를 탈출시켜준 일이 있었다. 그 비밀을 성준은 알고 있었다. 저쪽에서 내려온 놈은 아니고 나이가 육십이 가까운데다 사정이 딱하긴 했지만 탈출시킨 놈이 만약 박 문관이 아니고 다른 놈이었더라면 설사 그가 대장이었더라도 성준은 그 자리에서

348

요절을 냈을 것이다.

박 문관은 전에도 한두차례 비슷한 푸념을 늘어놓으며 성준더러 은근히 옷 벗기를 권유했었다. 그런데 이 꼴로 들어가자니 우선 박 문관을 대할 것이 마음에 걸렸다. 장난이었지만 그와는 이번 일을 놓고 만약 못 잡을 때 옷을 벗기로 내기까지 걸었던 것이다.

성준은 수첩을 꺼내 한장 한장 갈피를 넘겨보았다. 그때마다의 기억들이 되살아나며 만감이 교차했다. 그중 요란스런 페이지 하나에 눈이 멎었다.

화살표 끝에 다른 페이지가 기록된 것이 다섯군데, 네모 속에 '재확인'이 세군데, 6권 p.86~⑨에서 확인, 부산으로 이거(철도국에서 확인 가능), 사망, 절도로 대구교도소에 수감 중, 서울서 사업 실패 후 여기서는 거주지 확인 불능(동생, 沈×× 대전서 사업), 여비 이천원 받음……

한장 한장 넘기며 여덟권을 낱낱이 검토해보았으나 이렇다 하게 미진한 구석이 없었다. 정말 귀신이 곡할 노릇이었다. 틀림없이 지금 沈가들 사이에 끼여 새끼를 치고 있는지, 쳐놓고 월북했든지 했을 것인데 도대체가 沈達模란 이름을 가졌던 놈으로 6·25나 그후 잠적했던 놈도, 또 그랬을 만한 다른 沈가도 이 땅덩어리 위에는 없었고 그런 놈이 새끼를 쳐놓고 간 흔적도 없었다. 沈씨 족보와는 관계없는 다른 참고자료용 수첩을 뒤져보았다. 그 혼자만 알고 놔둔 사건이 두건 있었다. 남 주기는 아까웠으나 沈達模 때문에 시간이 없어 미뤄둔 사건이었다. 갈 때 이 새끼들이나 차고 들어갈까? 수첩을 만지작거리다 내던지고 다시 잔을 들었다.

'沈達模란 이름은 혹시 박 문관이 조작해낸 이름이 아니었을까?'

박 문관의 여유 있게 웃는 모습이 떠오르며 엉뚱한 생각이 퍼뜩 머리를 때렸다. 그럴 만한 무슨 근거가 있는 것이 아니고 느닷없이 떠오른 의문이었으나 그 이름을 내놓을 때 박 문관의 웃던 모습과, 자신이 있느냐고 다짐을 받던 것 등이 그렇게 생각하고 보니 예사로운 태도가 아니었던 것 같았다.

'그렇다. 제가 金民㶼이란 놈을 굴복시켰다고 뻐기기 위해서, 그리고 나를 이렇게 지쳐빠지도록 골탕을 먹여 옷을 벗게 하기 위해서……'

허공에 뜬 성준의 시선에 바위라도 뚫을 듯한 긴장이 오르며 다시 수첩을 쥔 손이 부르르 떨렸다.

"정말 그렇게 자신이 있으면 내기할까요?"

"좋소!"

"그럼 뭘 걸어야지."

"박 문관이 맘대로 거시오."

"좋아! 잡아내면 오토바이값 잔금을 내가 물었다! 김 상사는?"

"뭐든 박 문관이 원하는 대로!"

"옷을 벗으래도?"

"좋습니다. 못 잡으면 깨끗이 옷을 벗지요. 대장부끼리 약속입니다. 오토바이 잔금이랬죠? 잘 기억해주세요."

'개새끼, 틀림없다. 내 옷을 벗기려고 처음부터 꾸며낸 연극이다. 그 새끼라면 얼마든지 할 수 있는 짓이다. 죽여버려야지. 여덟달, 여덟달!'

뿌드득 이를 갈았다. 물불 가리지 않고 여덟달 동안이니 뛰어다니는 꼴을 보며 웃고 앉았었을 걸 생각하니 바다가 막히지 않았다면 지금 당장이라도 쫓아가 대가리에 권총을 갈겨버리고 싶었다. 자리 밑에서 권총을 찾아 꼬나쥐며 부르르 떨었다. 이제야말로 자기의 인생이 최후에 온 것 같은, 자폭적인 광기에 젖어들었다. 남은 소주를 물 마시듯 벌컥벌컥 들이켰다. 금방 잡혀와 우리에 갇힌 맹수처럼 권총을 틀어쥐고 숨을 씨근거렸다. 금방 총을 갈기며 뛰쳐나갈 것 같았다.

'죽여버린다. 죽여버려!'

여태 가슴속에서 들끓던 울분이 박 문관을 향해 출구를 찾아 서자, 쏘아 죽여버리겠다는 일념으로 굳어버리고 있었다. 이불을 끌어안고 소처럼 씨근거리며 이를 갈았다.

뺑, 권총이 터져나가는 바람에 소스라쳐 잠이 깼다. 성준은 잠에 취한 눈을 썸벅이다가 뱀이라도 털듯 손을 탁 털었다. 권총이 저만치 나가떨어졌다. 방아쇠에 손가락을 그대로 낀 채 권총을 쥐고 있었던 것이다. 후유 숨을 내쉬었다. 다행히 안전장치가 잠겨 있었다.

성준은 새고막에 허리통이 물려 고개를 안으로 처박고 꼼짝 못했다. 젓가락으로 속살을 후볐다가 깨뜨려버린 놈이었는데 그것이 金民燦이었다. 沈達模이기도 하고 박 문관이기도 했다. 그들은 성준의 손톱 발톱을 뽑겠다고 펜치를 들이대며 덤볐다. 엄청나게 큰 펜치를 하나씩 들고 있었다. 윤심이가 악을 쓰며 그들을 밀어내고 있고 박 문관은 그놈들 편이 되어 저만치 앉아 천연스럽게 담배를 피우며 웃고 있었다. 성준이가 대가리를 처박고 있는 새고막 속은 윤심이의 품속이었는데 윤심이는 용케 그들을 밀어내고 있었다. 성준은 권총으로 박 문관부터 쏘았으나 방아쇠가 당겨지지 않아 미칠 지경이었다. 박 문관이 큰 펜치로 권총을 집어버렸다. 윤심이가 예쁜 새 한마리를 손에 얹고 방실방실 웃고 있었다. 새고막이 백년이 되어 거기서 나온 새라고 했다. 방울새라는 것이다. 金民燦이 놈들이 이번에는 윤심이를 덮치려 했다. 놈들에게 권총을 쏘았다. 총 끝에서 웬 피만 쏟아졌다. 윤심이는 방울새와 함께 노래를 부르고 있었다. 초등학생들이 부르는 방울새 노래였다. 성준도 그 노래를 따라 부르며 윤심이 곁으로 가려 했다. 놈들이 또 펜치를 들이대며 길을 막았다. 성준을 낭떠러지로 몰아붙였다. 무시무시한 낭떠러지 끝에 아슬아슬하게 버티고 섰다. 저 밑은 시퍼런 바닷물이었다. 놈들한테 홱 밀리는 순간, 있는 힘을 다해서 권총을 당겼다. 그것은 나무뿌리 같은 것이기도 했는데 으드득 떨어져 밑으로 나가떨어지는 순간 뺑 총이 터져 나갔던 것이다.

바람이 어제보다 더 거세게 부는 것 같았다. 쏴쏴, 눈을 몰아다 창을 때리고 선착장에 부딪쳐 부서지는 파도소리가 요란스러웠다.

沈가가 밖에서 달려 들어오는 소리가 나더니 눈을 털털 털고 비죽이 방문을 열었다.

"종씨 일어나셨소? 어허, 나는 무담씨 화토 친 디서 귀겡하다가 기냥 날 샌지도 몰라부렀그만이라우."

어젯밤 노름방에 빠졌던지, 방으로 들어오며 변명이랍시고 호박에 이도 안 들어갈 소리를 했다.

"오늘도 배 못 가겠지요?"

"이로크롬 바람이 분디 어찌께 배가 갔거시오. 이왕 오셨은께 메칠간 펜안히 잘 쉬었다 가씨요그랴. 종씨 같은 이가 이런 섬 구석을 일부러 오시락 해도 어디 오시겠소? 우리 집 양석 줄어진 것은 걱정 마시고 맘을 차분하게 자시고 지시다 가씨요. 바람이 요로크롬 불어논께 저것 즈그 엄씨할차 친정에 지산가 뭣인가 지내로 간다고 가가지고는, 딱 가서 갇헤갖고 못 와분께 반찬이나 뭣이나 대접하는 것이 말이 아니요마는 양석은 걱정 없소. 어허허."

아침밥을 겸상해 먹고 沈가는 한참 떠들다가 한잠 자야겠다며 물러갔다.

성준은 그림을 끌어당겼다. 결전장에 나가는 사람이 주변 일을 정리하듯 차근한 기분으로 크레파스를 잡았다. 꿈에 보았던 대로 방울새를 윤심이 손 위에 그려 넣었다. 방울새는 정말 새고막에서 나왔음직하게 크기도 그만했고 유독 얼굴과 가슴 부분의 황색이 새고막의 색깔과 같아 더 그럴싸했다. 전에 한번 그려본 적이 있어 암황록색의 흑색 축반(軸斑)에 얼굴, 가슴, 죽지털을 황색으로 꽤 리얼하게 그려 넣었다. 어제저녁 뒤숭숭한 꿈속의 영상이 그 부분만 또렷하게 살아오며 윤심이가 부르던 방울새 노래가, 실제로 들었던 것처럼 그 멜로디가 귓결에 선했다. 그림은 처음부터 그렇게 구도를 잡았던 것같이 어울려 오랜만에 뭐가 시원스럽게 트이는 기분이었다. 방울새로 해서 그림은 동화적인 분위기를 띠며 윤심이의 어린애 같은 순진성이 제대로 살아났다. 그러고 보니 자기가 이 그림에 느꼈던 미흡감은 무엇보다 순진성이 제대로 표현되지 않는 데서 왔던 것 같았다. 박 문관의 생각을 잠시 잊고 그림에 몰두해서 거의 완성을 했다.

윤심이는 그제저녁 성준이가 덮쳤을 때의 동그랗게 놀란 눈으로 그림 속에서 이쪽을 보고 있었다. 미안하게 됐노라고 성준은 속으로 뇌었다. 한때 그런 일도 있을 수 있는 거라고, 세월이 가면 다 잊어버리는 것이라고 뇌면서 야릇한 감상에 젖어 마지막 몇군데 손질을 끝내고 크레파스를 던졌다. 벽에 붙였다.

이 그림의 완성으로, 윤심이라는 소녀는 이 그림 속의 환상적인 세계나 과거 속으로 넘어가버리는 것 같은 생각이 들었다. 그녀에 대한 부담에서도 벗어나는 느낌이어서 가뿐하면서도 뭔가 야속하고 허전했다. 애절하게 가시 찔리는 추억 같은 비감에 젖어 망연히 그림을 건너다보았다.

여객선 뱃사람들이 다 먹어버리고 이것 하나밖에 없더라며, 윤심이가 새고막 한접시를 두홉들이 소주병과 함께 쟁반에 받쳐 들고 들어왔다.

"우매애, 이쁘다아."

윤심이는 탄성을 지르며 그림 곁으로 갔다.

"뭔 새가 요렇게 이쁜 새가 있다요?"

"방울새."

술을 꼴깍 털어 넣고 나서 덤덤하게 대답했다.

"방울새. 이름도 참 이쁘요잉. 울기도 이쁘게 울겄다아아. 우매, 입을 쬐깐 벌리고 있는 것이 울고 있는갑서야."

연방 탄성을 발했다.

"그것이 새고막에서 나온 새야."

"매! 참말로라우?"

"참말."

"이런 디가 노란 것이 참말인갑서야. 그런디 요 새는 요로크롬 사람 손에도 와서 앙근다요?"

"응, 윤심이 손에는 앉어."

"피이."

성준은 웃지 않고 술잔을 든 채 윤심이의 얼굴을 황홀한 눈으로 바라보고 있었다. 정말 새라도 와서 앉을 것 같은 천진성에 새삼 가슴이 쩌르르하고 귓속에서 윙 소리가 나는 것 같았다. 윤심이의 천진스런 얼굴에서 형언할 수 없이 신선한 감동이 파도처럼 물결쳐 오며 동시에 박 문관의 모습이 떠올랐다. 그와의 운명적인 대결이, 권총을 겨누고 핏발 선 눈알을 번득이는 영상으로 눈앞에 아른거려 사랑하는 연인을 두고 결전장에라도 나가는 것 같은 비장한 감개에 싸여들고 있었다.

성준은 눈보라가 극성을 치는 속에서 박 문관과의 이 비장한 대결에만 하루 종일 가슴을 조였다. 박 문관이 정말 그런 짓을 했을까? 마음을 가라앉히고 생각을 돌려보려고도 했으나 한번 틀어박힌 의혹은 도무지 떨쳐버릴 수가 없었다.

— '이 새끼! 沈達模는 네가 조작해낸 이름이지? 바로 대! 조작을 안 했다구? 정말? 정말이냐? 이래도? 쏜다. 정말 쏘아. 개새끼! 빵.'

— '박 문관! 이제 다 지난 일이니 알고나 넘깁시다. 그놈이 정말 沈達模란 이름을 불었습니까? 정말이요? 정말입니까? 이래도?

쏘아. 쏜단 말이야. 나를 뭘로 알았나? 개새끼! 빵.'

— '이제 약속대로 옷을 벗겠소. 이 직업은 나한테 맞지 않는 것
같소. 그런데 이제 사실을 좀 말해주시오. 나를 위한 일인 줄 아니
까 탓은 않겠습니다. 사나이란 이름으로 약속하지요. 조작이었죠?
아니라고요? 정말? 이 썅, 개새끼! 빵.'

어떻든 한번 확인을 해보지 않고는 배겨날 수가 없을 것 같은데
처음부터 순리적으로는 따져볼 무슨 근거란 게 없는 일이다보니
우격다짐일 수밖에 없고 그러자면 결국 권총이었고 그것으로 파국
이었다. 말을 꺼냈다 하면 사태는 총에서 터져 나간 탄환처럼 너무
도 확실한 하나의 궤적을 타고 가서 파국에 꽂혔다.

통통통통통통.

여객선이 갈머리를 떠나고 있었다. 슬픔처럼 차디찬 냉기에 싸
인 갈머리 선창에는 꾀죄죄한 갈머리 사람들이 여럿 웅크리고 서
있고, 윤심이도 그 아버지 곁에 쪼그맣게 옹송그리고 서서 성준을
바라보고 있다.

은제 오실라요? 저실이 가고 봄이 와서 핵교가 시작하면 오실라
요. 새꼬막을 많이 잡어다가 집 앞에 뻘에다 묻어놓게라잉. 날마당
새꼬막만 잡으면 그때까장 많이 잡으껏이요. 안 오시면 으짤라냐
고라우? 매애. 꼬옥 오세사제잉. 혹시라고라우? 그래도 나는 새꼬
막을 많이 잡어다가 모태놓고 지다를라요. 지다르다 지다르다 안
오시면 새꼬막에서 저런 방울새가 나올지 몰라라우. 방울새도 항
꾸네 선상님을 지다리다가 그래도 안 오면 방울새는 날개가 있은

께 선상님한테 날아가서 선상님을 데리고 오꺼시요.

마을 사람들이 옹송그리고 들어가고 있다. 윤심이는 맨 꽁무니, 자기 아버지 뒤를 따라가며 자꾸 뒤를 돌아본다.

요것은 해웃밥이고 요것은 달괄인게 가다가 배고프면 잡수씨요잉. 요것은 새꼬막인디 썰어서 껍덕을 도로 꽉 닫헤갖고 요롷게 비니루로 꾸악꾸악 동챘은께 안 새껏이요. 요것은 또 전북 몰린 것인디 지사에 쓸라고 놔둔 것을 쬐깐 띠냈은께 심심하면 잡수시요. 우매, 가방이 너무 적어논게 다 못 들어가겄네. 뭔 책을, 요롷게 잘잘한 책을 많이 갖고 뎅기요? 이 책을 잠바 주머니에다 집어여면 이리 새꼬막이 들어가것소. 애씨요. 주머니에다 여씨요!

윤심이는 자기 집 부엌 앞에서 이쪽을 보고 있었다. 성준은 갈머리를 덮고 있는 무거운 냉기에 눌리듯 그대로 굳어 있었다. 정신없이 뛰어다니던 지층이 무너져 그 지층 밑에 눌려 있는 것같이 눌려 있는 기분이었다. 태풍이 자고 난 갈머리가 냉기 속에 얼어붙어버렸듯이 성준은 그 무거운 것에 눌려 소리를 낼 수도 없고 움직일 수도 없었다. 여기서 소리를 내는 것은 윤심이를 불러보는 것이고 움직이는 것 역시 그녀를 향해 손을 흔드는 동작뿐이었다. 그러나 윤심이를 불러 소리를 내면 그 목소리는 엊그제 그랬듯이 자기에게 들려버릴 것 같아 두려웠고, 손을 흔들면 이 배라도 뒤집어버리는 엄청난 동작이 될 것 같았다.

배가 섬 모퉁이를 돌아가고 있었다. 성준은 울컥한 격정에 손을 들었다. 순간, 깜짝 놀랐다. 포켓에서 수첩 하나가 손에 묻어나 바다에 떨어진 것이다. 바닷물에 떨어진 수첩은 배가 가르는 파도를 미끄럽게 타고 넘어 저만치 멀어져갔다. 멀어져가는 수첩을 쫓아갈 듯 바라보던 성준은, 저것은 이미 소용이 없게 되어버린 것이라고 잠깐 그렇게 생각을 해보았으나 아쉬움을 얼른 버릴 수 없었다. 수첩은 보이지 않게 멀어져버렸다. 성준은 남은 수첩을 빼 들었다. 하나를 집어 자기 마음속에 조약돌을 던져보듯 바닷물에 떨구었다. 아까처럼 미끄럽게 파도를 타고 넘어 멀어졌다. 또 하나를 떨구었다. 또 파도를 타고 넘었다. 윤심이는 그대로 쪼그맣게 서서 이쪽을 보고 있었다. 수첩을 던지듯 가볍게 손을 들어보았다. 윤심이는 팔짝 뛸 듯 손을 흔들었다. 그림 속의 소녀가 갑자기 튀어나오는 것 같았다. 윤심이는 비로소 손을 흔들라는 허락이라도 받은 듯이 애타게 손을 흔들어댔다.

성준은 뱃전에 손을 짚고 윤심이를 망연히 바라보고 있다가 다른 쪽 포켓의 수첩을 모두 뽑아 들었다. 거기에는 沈씨 족보가 아닌 다른 수사 자료의 수첩도 끼여 있었다. 이번에는 있는 힘을 다해서 공중으로 수첩을 쏘아 올렸다. 수첩들은 하얀 책갈피를 파르락거리며 바람을 타 오르는 새떼처럼 공중으로 높이 솟아올랐다가 어지럽게 바다로 쏟아져 내렸다. 윤심이는 흔들던 손을 꼭 그림 속에서처럼 멈추고 있었다. 성준이가 쏘아 올린 것이 무엇인가 싶은 모양이었다. 뱃전에 손을 짚고 윤심이를 보고 있던 성준의 눈은 윤심이 옆으로 옮겨가 있었다. 윤심이 마당가에서 쌓아가다 그친 석축이었다. 돌을 날라다 석축을 쌓고 있는 자기의 모습이 떠올랐다. 자기의 그런 모습이 현실로서가 아니고 지층 밑의 세계에서 보는 무슨 환상 같은 것으로 윤심이와 함께 어울려 있었다. 배가 둔탁한

358

기적을 울리며 섬 모퉁이를 돌아 회전을 하고 있었다. 두어번 막혔다가 터져 나오는 기적 소리는 머언 지층 밑에서 터져 나오는 무슨 나팔 소리 같았다. 그 소리를 틀림없이 오는 봄에도 여기 돌아오겠다고 윤심이를 향해 지르는 자기의 목소리로 들으며 석축에 눈을 박고 있던 성준은 놓친 것 붙잡듯 화닥 손을 들어 흔들었다. 윤심이는 끌려올 듯 손을 흔들고 배는 거센 물살을 박차고 섬 모퉁이를 돌고 있었다.

『현대문학』1973년 5월호(통권 221호); 2006년 8월 개고

권력의지의 폭력과 대결 의지

공종구(군산대 교수)

1. 실천적 지식인으로서의 송기숙의 삶과 글

'글은 바로 그 사람이다'. 송기숙의 소설을 이야기할 때 이 명제만큼이나 그의 소설적 개성이나 정체성을 극명하게 압축하는 것은 없을 것이다. 이 해설 작업을 위해 그의 소설을 통독하면서 새삼스레 느낀 생각이다.

싸르트르(Jean Paul Sartre)는 지식인을 일러 "자기와 상관도 없는 일에 참견하는 사람", "자신의 지적 영역에서 쌓은 명성을 '남용'하여 기존의 사회와 정치권력을 비판하는 사람"[1]이라고 규정하

---

1) 고종석 「지식인의 죽음, 지식인을 위한 변호」, 『코드 훔치기』, 마음산책 2000, 61면.

고 있다. 이러한 맥락에서 송기숙은 지식인의 사표가 되기에 조금
도 부족함이 없어 보인다. 고난의 역정이 강 건너 불을 보듯 뻔히
내다보이는 역사의 현장을 외면하거나 그 현장에서 도피하지 않고
자신에게 주어진 역사적 소명을 기꺼이 감당하고자 한 송기숙의
삶은 실천적 지식인의 면모를 약여하게 증명해 보이고 있기 때문
이다. 의롭지 않은 권력과는 결코 타협하는 법이 없이 항상 그리고
기꺼이 고난의 길 위에 자신의 족적을 선명하게 남기면서 뚜벅뚜
벅 걸어간 송기숙의 면모는 그의 소설에서도 여실하게 드러난다.

   1966년 「대리복무」를 통해 등단한 이후 약 40여년에 걸쳐서 송
기숙이 발표한 소설들은 대략 60편 가까이(장편 6편, 중단편 51편)에
이른다. 이들 작품에 소설적 화두라고 해도 좋을 정도로 일관되게
드러나는 키워드는 권력의지의 광기와 폭력이다. 특히, 이 작품집
에 수록된 12편의 단편들 가운데 오이디푸스콤플렉스를 서사의 핵
심 기제로 동원하고 있는 「사모곡 A단조」, '독립운동의 대의'와 그
대의를 실천하는 수단인 '살인의 정당성' 사이에서 발생하는 고뇌
와 갈등을 서사의 중심에 배치하는 「테러리스트」, 버스 안에서 발
생하는 우발적인 살인사건을 매개로 인간사에서 차지하는 우연과
필연을 통한 운명의 의미를 성찰하는 「재수 없는 동행자」를 제외
한 작품들에서 그러한 서사의 양상은 도드라진다. 이들 작품에서
반복강박의 양상을 보이면서 반복되는 권력의지의 광기와 폭력의
양상은 크게 두가지 층위로 드러난다. 하나는 반공규율 권력의 폭
력과 광기이고, 다른 하나는 국가권력의 광기와 폭력이다. 두가지
의 층위 모두 그 저변에는 권력에 대한 왜곡된 욕망과 인식이 작동

하고 있다는 점에서는 크게 다르지 않다. 송기숙은 이러한 작품들을 통해 권력의지의 광기와 폭력이 피해자에게는 물론 가해자에게도 얼마나 심각한 인간성의 파괴와 왜곡된 인식을 가져오는지를 비판적으로 심문하고 성찰한다.

2. 국가권력의 억압과 폭력의 내면화

국가권력의 억압과 폭력을 비판적인 성찰과 심문의 대상으로 소환하고 있는 작품들로는 「대리복무」「어느 해 봄」「전우」 등을 들 수 있다. 이 작품들에 드러나는 국가권력은 자신들의 권력이 주권자인 국민들로부터 위임받은 한시적이고 제한적인 것이라는 사실을 철저히 망각하고 외면하는 권력이다. 그러한 망각과 외면으로 인해 이들은 자신들이 행사하는 권력의 기원이자 원천인 주권자로서의 국민을 섬기고 받드는 게 아니라 감시와 처벌의 시선을 통한 억압과 폭력을 통해 국민 위에 군림하고 국민을 통치의 대상으로 도구화하고 타자화한다. 권력의 기원이 이처럼 철저하게 전도되는 상황이 자연으로 고착되는 과정에서 국민들 또한 자기검열의 기제를 통해 그러한 국가권력의 억압과 폭력을 자발적으로 승인하고 내면화하게 된다. 자신들의 기원을 망각하고 외면한 상태에서 국민들 위에 무소불위의 폭력을 행사하는 국가권력이 국민의 저항의 대상이 아니라 거의 신앙의 차원에서 추구해야 할 절대적인 목표로 부상하게 되는 것은 그러한 맥락에서이다. 등단작인 「대리복무」는 국가권력의 속성과 국민들이 그것을 내면화하는 심리적 메커니즘을 전형적으로 보여준다는 점에서 문제적이다.

이 작품은 자신의 기원을 망각하고 외면한 국가권력의 억압과 폭력의 실체를 직접 보여주지는 않고 있다. 대신 이 작품에서 국가권력의 억압과 폭력의 실체는 그것을 거의 신앙 차원의 절대적인 목표로 숭배하고 그것에 집착하는 현호 아버지의 증상을 통해서 드러나고 있다. 구체적으로 국가권력의 추구와 관련된 현호 아버지의 증상은 큰아들인 창호의 사법고시 합격에 대한 집착을 통해서 드러난다.

> "집안에 사람이 하나 나야 한다. 사람이 나야 우리가 사람 구실을 한다. 나도 그렇고 너도 그렇고, 네가 자식을 낳아도, 그 자식들까지 사람 구실을 하려면 집안에 사람이 나야 해, 사람이!"
>
> 「대리복무」27면)

큰아들 창호가 사법고시에 6번을 낙방한 후 더이상 군 입대 연기가 불가능한 상황에서 사법고시 응시를 위한 대리복무의 강요에 저항하는 둘째 아들 현호를 설득하는 과정에서 현호 아버지가 내세우는 논리이다. 이 논리에서 확인할 수 있는 사실은 현호 아버지의 가치체계에서 사법고시는 무소불위의 절대적인 가치를 지니는 초월적인 신앙의 대상으로 군림하고 있다는 점이다. 따라서 그에게 사법고시는 단순히 사법관료를 선발하는 시험이 아니다. 그에게 사법고시는 자신의 생명은 물론이고 가문의 명운을 걸 정도로 절대적인 가치를 지니는 대상이다. 그에게 사법고시 합격을 통해서 확보하게 될 권력의 유무는 '사람'과 '비사람'을 구분하는 절대적인 기준이 될 정도로 치명적이다. 사법고시의 합격을 위해서 군을 이미 제대한 둘째 아들 현호에게 대리복무와 같은 불법을 강요하는 것이야말로 거의 신앙의 차원에서 국가권력에 집착하는 현호 아버지의 욕망이 얼마나 왜곡되어 있는가를 선명하게 증거하는 표지가 아닐 수 없다. 또한 현호 아버지의 이러한 왜곡된 욕망과 집착은 국가권력이 일반 국민들에게 얼마나 억압적이고 폭력적인가를 선명하게 증거하는 증상으로 기능한다.

무소불위의 권력을 자행하면서 일반 국민들 위에 군림하며 일반 국민들을 통치와 지배의 대상으로 도구화하고 타자화하는 국가권력을 비판적으로 성찰하고 심문하는 문제의식은 「어느 해 봄」과 「전우」에서도 반복적인 변주를 보인다. 구체적으로 「어느 해 봄」에서 그러한 문제의식은 공권력을 전방위적으로 동원한 선거 부정을 통해서 드러나며, 「전우」에서는 군대의 부정부패와 독직을 통해서 드러나고 있다. 특히 "지금 별 달고 거들먹거리는 장성 놈들이나, 장성 출신 놈들이 어떤 놈들입니까? (⋯) 저는 지금 큼직한 횡령사건에 연루되어 이 꼴이 됐습니다만, 수갑 찬 지금 제 심정은 어떤지 아십니까? 잘못했다는 죄책감이 아니고, 서툴렀던 후회뿐입니다"(「전우」 245~46면)라는 진술을 통해 자신의 범죄행위에 대해 자책하고 반성하기는커녕 범죄행위가 발각된 사실을 아쉬워하는 횡령사건의 현행범을 군대의 부정부패와 비리의 고발 주체로 내세우는 설정을 통해서 알 수 있는 바와 같이, 군부대로 표상되는 국가권력의 폭력과 억압에 대한 작가의 비판적인 문제의식과 증언 의지는 너무나도 분명하다.

3. 반공규율 권력의 광기와 폭력

한국의 현대사에서 남북의 분단으로 인한 질곡이 가장 첨예하게 드러난 시기는 1970년대이다. 이에 대한 반동으로 분단에 대한 냉철한 인식을 바탕으로 분단을 넘어서고자 하는 운동이나 흐름이 활발하게 전개되기 시작하는 시기 또한 1970년대이다. 시대의 가장 민감한 촉수를 자임하는 문학이 이러한 시대상황이 요구하는 소명으로부터 자유롭지 않은 것은 자명한 사실이었을 것이다. "분단문학이라는 용어가 구체적인 내포를 갖고 문학사에 정착된 것은 1970년대 이후이다"[2]라는 진술이 적실성을 확보하게 되는 것 또한 그러한 맥락에서이다. 이 시기에 집중적으로 발표되는 송기숙의 분단소설 또한 이러한 맥락의 연장선에 놓인다. 이 시기에 발표된 송기숙의 분단소설에서 분단의식은 반공규율 권력의 광기와 폭력을 통해서 드러난다. 반공규율 권력의 광기와 폭력을 비판적인 성찰과 심문의 대상으로 소환하고 있는 작품들로는 「어떤 완충지대」 「백의민족·1968년」 「영감은 불속으로」 「휴전선 소식」 「갈머리 방울새」 등을 들 수 있다.

---

2) 강진호 「분단 현실과 문학적 대응의 양상」, 『현대소설과 분단의 트라우마』, 소명출판 2013, 213면.

이 작품들의 서사를 추동하는 핵심 모티프로 기능하는 반공규율 권력은 크게 두가지 양상으로 드러난다. 하나는 개인을 반공규율 권력의 폭력에 기초한 국가주의 이데올로기의 도구나 소모품으로 타자화하는 양상이다. 다른 하나는 반공규율 권력을 내면화하는 과정에서 개인들의 심성이나 인간성이 왜곡되는 양상이다. 후자의 양상과 관련하여 절대적 타자로서의 '빨갱이' 표상은 특별한 주목을 요한다.

먼저 한 개인을 반공규율 권력의 폭력에 기초한 국가주의 이데올로기의 도구나 소모품으로 타자화하는 양상과 관련해서 주목할 만한 작품은 「어떤 완충지대」이다. 이 작품의 서사 주체로 기능하는 여인과 강 대위는 당사자들의 의사나 의지와는 전혀 상관없이 국가의 필요에 의해 위장 부부의 역할을 강요당한다. "실패하면 죽는 연극"(「어떤 완충지대」 57면)인 북파 공작원의 밀명을 수행하기 위해서이다. "어떤 곤경에 처하더라도 최후까지 되새겨야 할 것은 '조국'입니다"(같은 곳)라는 공작 수행의 설계자인 김 소령의 주문에서 확인할 수 있는 바와 같이, 이 공작을 수행하는 과정에서 중요한 것은 오직 국가이데올로기일 뿐이다. 개인의 생명이나 안전은 치지도외, 아무런 의미조차 지니지 못한다.

반공규율 권력의 폭력에 기초한 국가주의 이데올로기의 도구나 소모품으로 개인이 타자화되는 양상과 관련해서는 「휴전선 소식」 또한 주목을 요한다. 작품 첫머리에 '이 소설은 남해안 지방 어느 외딴섬 어린이 작문에 기초를 두고 있다'는 설명을 부연하고 있는 이 작품에서 반공규율 권력의 폭력에 기초한 국가주의 이데올로기는 섬에 편재(遍在)하는 감시와 처벌의 시선을 통해서 드러나고 있다. '이웃에 오신 손님 간첩인가 다시 보자'와 같은 포스터를 통해 자신의 존재를 증명하는, 섬에 편재하는 반공규율 권력의 감시와 처벌의 시선은 자신의 목적을 위해서라면 무소불위, 못하는 게 없다. 반공규율 권력의 필요에 의해서라면, 섬 소년들의 순진무구한 진술은 언제든지 간첩을 색출하는 정보 가치로 전유가 가능하고 선생님은 정보원으로 활용되고 그리고 순박한 섬 주민들조차도 간첩으로 누명을 쓰고 고초를 당하는 일이 가능하다. 분단규율 권력의 필요에 의해서라면 감시와 처벌의 시선으로부터 자유로울 수 있는 대상은 어디에도 존재할 수가 없다.

한편, 반공규율 권력을 내면화하는 과정에서 개인들의 심성이나 인간성이 왜곡되는 양상과 관련된 증상으로서의 '빨갱이' 표상과 관련해서 주목할 만한 작품으로는 「백의민족·1968년」 「영감은 불속으로」 「휴전선 소식」 등을 들 수 있다. 이들 작품에서 반공규율 권력의 광기와 폭력을 드러내는 모티프로 기능하는 '빨갱이' 표상은 곳곳에서 어렵지 않게 발견된다.

"이것이 보통 훈장인 줄 아쇼? 이래 봬도 화랑무공훈장입니다. 지리산 공비토벌 작전 때 한꺼번에 빨갱이 열놈을 생포하고 두놈을 드르륵한 무공으로 탄 것입니다. 꼭 두사람이 열두놈을 잡았지라." (「백의민족·1968년」 92면)

"꼼짝하면 쏜다잉, 이라고 총을 겨눈께 새끼들이 모두 손을 들고 야코가 팩 죽읍디다. 나는 총을 대고 있고 갱상도 치가 전선

줄로 요놈의 새끼들을 괴기두름 엮으대끼, 한놈씩 한놈씩 꽝꽝 때려 뭉 껬지라."(「백의민족·1968년」 94면)

"국가백년대계를 내다보는 육영사업을 기화로 돈벌이하려는 네놈들은 **빨갱이**보다 더 악질이다. 어디 한번 나서봐라. 이 가운데 는 틀림없이 **빨갱이**들 사주를 받은 김일성이 간첩이 있다. 내 결 단코 추려내서 처넣고 말겠다."(「영감은 불속으로」 110면)

몽둥이로 승리한 학장은 **교수 십여명**을 **빨갱이**로 몰아 이사회의 **결의도 없이 파면**시키고, 학생들도 수십명 제적시켰다.(「영감은 불속 으로」 113면, 이상 강조는 인용자)

분단규율 권력의 폭력과 광기를 내면화하는 과정에서 인간성이 파괴되고 심성이 왜곡된 이들의 의식 안에서 빨갱이는 시종일관 그리고 한결같이 절대적 타자로서의 호모 싸케르(homo sacer)로 표상된다. 아감벤(Giorgio Agamben)에게 호모 싸케르란 '희생 불 가능한 형태로 신에게 바쳐지며 공동체에서 살해당하는 형태로 공 동체에 포함되는 존재, 내부와 외부가 구별 불가능한 지대를 자신 이 존재하는 위상학적 자리로 선택당하는 존재, 오직 생존이라는 최소치로 밀려 내려간 삶, 혹은 그 생존마저도 보장되지 않은 삶, 인간이 짐승을 부리는 방식이고 짐승을 대하는 방식의 대상'[3]이 되는 존재들이다. "현대에 들어와 질서정연한 주권 영역을 생산하 는 과정에서 배출된 인간 쓰레기의 일차적 범주"[4]에 속하는 호모

---

3) 이진경 『외부, 사유의 정치학』, 그린비 2009, 206~14면 참조.
4) 지그문트 바우만 『쓰레기가 되는 삶들』, 정일준 옮김, 새물결 2008, 68면.

싸케르란 한마디로 타자들과의 관계에서 발생할 수밖에 없는 내면의 분노나 공격적인 감정이나 욕구를 무차별적으로 투사하거나 분출하는 하수구나 종말처리장이다. '두사람'과 '열두놈'의 호칭의 차이, 그리고 '괴기두름'이라는 표현에서 극명하게 드러나는 바와 같이 반공규율 권력의 광기나 폭력을 내면화한 이들의 인식체계에서 빨갱이는 사람의 범주 자체에서 배제되고 소외된다. 이와 같이 사람의 몸을 지니면서도 사람으로 인정받지 못하고 동물 취급을 당하는 빨갱이는 정확하게 호모 싸케르의 전형에 부합한다. 일단 빨갱이라는 부정적인 낙인이 이들에게 각인되면, 그 당사자들은 이사회의 결의도 없이 파면을 당하는 대상으로 몰리거나 비교 대상이 없는 최고의 악질로 규정되는 등 최소한의 주권적인 권리조차도 봉쇄당한 채 인격살인에 가까운 폭력과 광기의 희생양의 처지로 몰릴 수밖에 없게 되는 것도 그러한 맥락에서이다.

4. 모성성의 세계를 통한 분단극복 의지의 투사

분단문학의 궁극적인 지향은 분단극복의 의지를 드러내는 데 있을 것이다. 실천적 지식인이자 작가로서 치열한 대결의지를 통해 1970년대 한국사회의 분단문제를 탐색하고 천착하고자 했던 송기숙 또한 분단문학의 궁극적인 지향에 대해 남다른 관심을 보여준다. 그의 분단소설에서 분단극복의 의지는 모성성의 세계를 통해 투사되고 있다. 모성성의 세계를 통한 분단극복 의지의 투사와 관련해서 주목할 만한 작품으로는 「어떤 완충지대」와 「갈머리 방울새」를 들 수 있다.

 이 두 작품에서 분단극복 의지의 투사체로 기능하는 모성성은 모성 일반이 지닌 타자 지향적인 특성을 전형적으로 보여주고 있다. 이 두 작품에서 드러나는 모성성은 교환의 비대칭으로서의 환대의 윤리와 무조건적인 희생과 헌신의 가치이다. 구체적으로 강 대위와 함께 북파 공작에 참여하는 여인의 극단적인 선택을 통해서 분단극복 의지를 드러내는 「어떤 완충지대」에서는 희생과 헌신의 가치가, 그리고 윤심이라는 순진무구한 섬 여성의 증여를 통해 분단극복 의지를 드러내는 「갈머리 방울새」에서는 환대의 윤리가 더 부각되고 있다. 그러한 맥락에서 "초기작 「어떤 완충지대」에서 분단 치유 가능성으로 제시된 '모성' 탐색의 행로가 「갈머리 방울새」에서는 '윤심'이라는 섬 소녀를 형상화하여 변형된 여성성으로 나타나고 있다"[5]는 지적은 적절해 보인다.

 「어떤 완충지대」의 서사를 추동하는 인물로 기능하는 강 대위와 여인은 이념과 체제를 달리하면서 남북으로 분단된 국가폭력의 강제의 의해 북파 공작의 밀명을 수행하기 위해 부부로 위장한다. 이 어처구니가 없을 정도로 부조리한 인연으로 엮이는 과정에 두사람의 의사나 의지가 개입할 여지는 조금도 없다. 오직 국가의 일방적인 명령과 폭력적인 지시만 존재할 뿐이다. '국가의 권위'와 '가족의 생명'을 두고 극도의 긴장과 고뇌를 반추하며 자신들을 북으로

---

5) 조은숙 「분단 이데올로기의 허위성」, 『송기숙의 삶과 문학』, 역락 2009, 120면.

데려다 줄 호송선을 기다리는 바위 동굴 안에서 여인은 자신의 목숨을 담보로 가족의 안위와 생명을 선택한다.

"염려할 것 없습니다. 이것은 이쪽 시간도 저쪽 시간도 아니고, 우리 두사람의 시간입니다. 이 때문에 무슨 일이 생기더라도 그 책임은 모두 제가 지겠습니다."(…)

"저쪽으로 가더라도 좀 차근하게 정리하고 가야 할 것이 있습니다. 강 대위님은 아내와 세살 난 딸이 있다죠? 양친도 계시고요. 국가는 국가대로 우리에게 요구가 있지만, 우리 개개인은 그에 앞서 그보다 더 소중한 개인의 사정이 있습니다."(…)

"결국, 세 길 가운데 하나도 택할 수가 없습니다. 제 생명만이라면 모르겠는데, 모두 다른 사람들의 생명이 줄레줄레 매달려 있습니다. (…) 저는 어느 깃발 아래도 끌어넣지 말고, 한사람 평범한 주부로 놔달라는 간절한 소망이 그렇게 만든 것 같습니다."(…)

여인의 얼굴이 유난히 희다. 볼에 손을 댔다. 차다. 등골이 오싹했다. 코에 손을 대려다 흠칫 물러앉았다. 맹수한테 쫓기다 막바지에 다다른 사람처럼 겁에 질린 눈을 여인의 얼굴에 꽂은 채 행동을 잃었다. (「어떤 완충지대」 59~68면, 강조는 인용자)

호송선과의 접선 도구인 플래시라이트의 전구를 소거함과 동시에 극단적인 선택을 통해 국가폭력의 강제에 의한 북파 공작 자체를 완전히 거부하는 과정에서 주도적인 역할을 담당하는 주체는 여인이다. 강 대위는 보조자나 방관자적 지위에 머물러 있을 뿐이다. '국가는 국가대로 우리에게 요구가 있지만, 우리 개개인은 그에 앞서 그보다 더 소중한 개인의 사정이 있습니다, 어느 깃발 아래도 끌어넣지 말고, 한사람 평범한 주부로 놔달라는 간절한 소망이 그렇게 만든 것 같습니다'라는 여인의 절절한 주장에서 확인할 수 있는 바와 같이, 살신성인의 실천을 통해 국가폭력에 저항하는 여인이 내세우는 논리는 개인의 자유의지 및 그것에 기초한 가족의 생명과 안위가 국가보다도 더 소중하고 가치가 있다는 것이다. 분단극복 의지의 투사와 관련하여 여성을 주도적 행위자로 내세우는 서사의 설정은 「갈머리 방울새」에서도 반복적으로 변주된다.

여태 발표했던 소설만을 모았다. 문장을 손질하거나 부분적으로 조금씩 첨삭을 했다. 「어떤 완충지대」는 뒷부분의 구성을 바꿔봤고─ 좀 개운할 줄 알았더니 어떤 것은 처음부터 심한 거리감이 느껴진다. 문장이 뜨고, 톤이 거칠고, 더러는 주제가 무리했던 것 같고……

더 고치고 싶으나 두고 견뎌보기로 했다. 이제부터 좀 양산을 해볼 작정이다.

출판을 맡아 주신 형설출판사 장지익 사장의 후의에 감사한다.

1972년 10월

송기숙

1935년   7월 4일(음력) 전남 완도군 금일면 육산리 산9번지에
                 서 부 송복도 씨와 모 박본단 씨 사이에서 출생.

1939년(5세)   외할아버지가 동학농민운동에 참가했다는 것을 들음.

1942년(8세)   외할아버지 사망. 진도 산립초등학교 입학. 초등학교
                 입학 당시 이름은 송귀식(宋貴植)이었음.

1947년(13세)   4학년 때 전남 장흥군 용산면에 위치한 계산초등학교
                 로 전학. 글쓰기를 잘해서 선생님께 칭찬받고 소설가
                 의 꿈을 키움.

1950년(16세)   5월 4일 계산초등학교 졸업. 6월 3일 장흥중학교 입학.

1951년(17세)   송기숙(宋基琡)으로 개명.

1952년(18세)   문학에 흥미를 가졌으며, 소설을 창작.

1953년(19세)   3월 31일 중학교 졸업. 4월 10일 장흥고등학교 입학.
                 소설 창작에 많은 영향을 준 국어교사 김용술을 만남.

1954년(20세)   꽁뜨 「야경」(『학원』) 발표.(심사 최정희)

1955년(21세)   장흥고등학교 문예부 활동. 3학년 들어 문예부장을

하면서 교지 『억불』을 창간. 교지에 단편소설 「물쌈」과 장흥 보림사 사찰에 대한 글을 발표.

1956년(22세) 3월 10일 장흥고등학교 졸업. 4월 8일 전남대학교 문리대학 국어국문학과 입학(인문계 수석).

1957년(23세) 8월 22일 휴학. 8월 29일 학적보유병(학보병)으로 육군에 입대.

1959년(25세) 4월 30일 복학. 군대 내 비리를 고발하는 「진공지대」(『국문학보』창간호) 발표.

1960년(26세) 4·19혁명 시위에 참가. 작가 손창섭, 황순원 등과 함께 앙드레 말로, 알베르 까뮈 등의 작품을 읽으며 본격적으로 소설 창작.

1961년(27세) 5월 10일 전남대 대학신문사에 입사해 전임기자로 편집업무에 종사함(~1965. 3. 31). 8월 30일 전남대 졸업.

1962년(28세) 2월 8일 전남대 대학원 국문과에 입학. 3월 3일 장흥군 장흥읍 평화리 출신 김영애(金永愛)와 결혼.

1964년(30세) 2월 26일 전남대 대학원 졸업(석사학위논문 「이상론 서설」). 9월 1일 전남대 국문과 시간강사로 '소설론' 강의. 조연현의 추천을 받아 「창작과정을 통해 본 손창섭」을 『현대문학』 9월호에 발표.

1965년(31세) 4월 9일 목포교육대학 전임강사 부임. 석사학위논문을 수정한 「이상 서설」(『현대문학』9월호)로 추천완료 되어 평론가로 등단.

1966년(32세) 「진공지대」를 수정하여 「대리복무」(『현대문학』11월호)

발표.

1968년(34세) 「어떤 완충지대」(『현대문학』 12월호) 발표.

1969년(35세) 「백의민족·1968년」(『현대문학』 7월호) 발표.

1970년(36세) 평론 「이상(오감도)」(『월간문학』 6월호) 발표.

1971년(37세) 「영감님 빠이빠이」(『월간문학』 3월호, 이듬해 「영감은 불속으로」로 개고해 『백의민족』에 수록), 「사모곡 A단조」(『현대문학』 4월호), 「휴전선 소식」(『현대문학』 8월호) 발표.

1972년(38세) 「어느 해 봄」(『현대문학』 1월호), 「낙제한 교수」(『월간문학』 8월호), 「전우」(『현대문학』 10월호), 「테러리스트」(『월간문학』 10월호), 「재수 없는 동행자」(소설집 『백의민족』) 발표. 첫 소설집 『백의민족』(형설출판사) 출간.

1973년(39세) 3월 16일 단편집 『백의민족』으로 제18회 현대문학 소설부문 신인문학상 수상. 6월 1일 전남대 교양학부 조교수로 인사 발령받아 목포에서 광주로 이사. 「지리산의 총각샘」(『현대문학』 1월호), 「갈머리 방울새」(『현대문학』 5월호), 「전설의 시대」(『문학사상』 9월호), 「어느 여름날」(『월간문학』 9월호) 발표. 「흰 구름 저 멀리」 집필.

1974년(40세) 귀속재산 처리의 문제점을 제기한 『자랏골의 비가』 연재(『현대문학』 1974년 2월호~1975년 6월호).

1975년(41세) 「추적」(『창작과비평』 가을호) 발표.

1976년(42세) 「불패자」(『문학사상』 9월호), 「재수 없는 금의환향」(『현대문학』 9월호, 「김복만 사장님 금의환향」으로 개고해 본 전집에 수록), 「귀향하는 여인들」(『월간중앙』 10월호) 발표.

1977년(43세) 「가남 약전」(『월간문학』 9월호~11월호 연재), 「칠일야화」 (『현대문학』 10월호) 발표, 『자랏골의 비가』(전2권, 창비) 출 간으로 민중문학의 거봉으로 주목받음.

1978년(44세) 5월 1일 자유실천문인협의회 단식농성 참가를 위해 상경을 시도했으나 경찰 방해로 참석하지 못함. 6월 27일 전남대 교수 10명과 함께 교육민주화 선언문인 「우리의 교육지표」를 발표. 「국민교육헌장」 비판으로 대통령 긴급조치 9호를 위반한 혐의로 체포, 중앙정 보부로 압송. 7월 4일 구속 기소. 8월 12일 광주지법에 서 첫 공판. 8월 17일 교육공무원법 55조 위반 혐의로 교수직에서 파면당함. 8월 28일 선고 공판에서 징역 4 년, 자격정지 4년 선고. 「만복이」(『문예중앙』 봄호), 「도깨 비 잔치」(『현대문학』 6월호), 「몽기미 풍경」(『한국문학』 7월 호), 「물 품는 영감」(『월간문학』 8월호, 1986년 「똥바우 영감」 으로 개고해 『테러리스트』에 수록) 발표, 두번째 소설집 『도 깨비 잔치』(백제출판사) 출간.

1979년(45세) 7월 17일 제헌절 특별사면으로 출소. 한승원을 주축 으로 광주에 있는 소설가 9명이 참여한 『소설문학』의 동인으로 활동. 파면 후 복직되지 않아 전남대 농과대 학 시간강사로 교양국어 강의. 청주교도소에서 나무 젓가락 사이에 샤프심을 끼워 실로 고정한 연필로 국 어사전 아래 여백에 한줄씩 써내려갔던 장편 『암태 도』를 3회 분재(『창작과비평』 1979년 겨울호~1980년 여름호).

지리산 화엄사에 12월부터 석달 기거. 「청개구리」(『소설문학』 2월호), 「유채꽃 피는 동네」(『재수 없는 금의환향』), 「낙화」(『현대문학』 12월호) 발표. 세번째 소설집 『재수 없는 금의환향』(시인사) 출간.

1980년(46세) 광주 5·18민주화운동 기간에 시민수습위원회 참여, 학생수습위원회 조직. 6월 27일 '수습을 빙자한 폭동 지휘자'의 누명을 쓰고 체포, 형법 87조 '내란중요임무종사 위반' 죄명으로 징역 10년 구형받고 1981년 3월 31일 5년형 확정. 광주교도소에서 복역. 「사형장 부근」(『실천문학』 봄호), 「살구꽃이 필 때까지」(『한국문학』 6월호) 발표.

1981년(47세) 1월 12일 송기숙(宋基琡)에서 송기숙(宋基淑)으로 개명. 4월 3일 대법원 확정판결 후 관할관 확인과정에서 형집행정지 출감. 대하소설 『녹두장군』(『현대문학』 1981년 8월호~1982년 10월호) 1부 전반부 연재, 암태도 소작쟁의를 소재로 한 『암태도』(창작과비평사) 출간.

1982년(48세) 3월 민중문화운동협의회 상임고문으로 재야와 연계하여 반정부 활동. 박석무, 고은, 황석영, 박현채, 김지하 등과 교류. 12월부터 『녹두장군』 집필을 위해 지리산 피아골(전남 구례군 토지면 평도리)에 들어가 이듬해 8월까지 칩거.

1983년(49세) 8월 15일 내란중요임무종사 위반 등의 선고에 대한 복권. 김지하와 동학농민운동 배경지를 탐방하며 숙식 함께함. 12월 20일 해직교수아카데미 조직, 전국 강연.「오늘의 시각으로 고쳐 쓴 옛 이야기」연재(『마당』1983년 1월호~1984년 7월호).「당제」(『공동체문화』6월호),「개는 왜 짖는가」(『현대문학』7월호) 발표.

1984년(50세) 3월부터『정경문화』에『녹두장군』재연재 시작. 8월 17일 해직 7년 만에 전남대에 특별 신규임용(조교수)으로 복직.「어머니의 깃발」(『한국문학』1월호),「백포동자」(14인 소설집『지 알고 내 알고 하늘이 알건만』, 창비) 발표. 네 번째 소설집『개는 왜 짖는가』(한진출판사) 출간.

1985년(51세) 8월 9일 부산 가톨릭센터에서 민중문학에 대한 강의. 8월 17일 '학원안정법' 제정 반대 투쟁.「신 농가월령가」(소설집『그리고 기타 여러분』, 사회발전연구소) 발표. 첫 산문집『녹두꽃이 떨어지면』(한길사) 출간.

1986년(52세) 4월 18일 시국선언 서명에 적극 참여. 다섯번째 소설집『테러리스트』(흐겨레출판사) 출간.

1987년(53세) 6월 18일 한국인권문제연구소 위원 자격으로 시국선언문「현 시국에 대한 우리의 견해」시국 선언문 발표. 7월 23일 '민주화를위한전국교수협의회' 창립, 초대 공동의장(1987~89년). 전남 승주군 선암사 해천당에 집필실을 마련해 이후 매주 나흘씩 7년간『녹두장군』집필. 10월 1일 부교수 승진. 12월 30일 독일학술교류처(DAAD)의 초청으로 출국해 석달간 유럽 체류.「부르는 소리」(13인 소설집『매운 바람 부는 날』, 창비),

「파랑새」(『한국문학』9월호) 발표.

1988년(54세) 전남대 인문과학대학 국어국문학과장(1988. 3. 1~1989.
2. 28). 「우투리 — 산 자여 따르라 1」(『창작과비평』여름
호)로 5·18민주화운동에 대한 연작을 시작하였으나,
쓸 엄두가 나지 않아 더이상 집필하지 못함. 5월 23일
'한국현대사사료연구소' 설립, 초대 소장. 5·18민주
화운동에 대한 본격적인 자료 조사와 연구 시작. 리
영희, 강만길, 백낙청, 김진균, 이수인 등 이사로 참여.
「제7공화국」(『한국문학』12월호) 발표. 여섯번째 소설집
『어머니의 깃발』(심지), 두번째 산문집『교수와 죄수
사이』(심지), 일곱번째 소설집『파랑새』(전예원) 출간.

1989년(55세) 3월 15일 성명서「현대 노동자들의 생존권 확보 투쟁
을 지지하며」발표 주도. 4월 30일 전남대에서 한국현
대사사료연구소, 4월혁명연구소, 전남사회문제연구
소 공동 주관 '5·18민중항쟁 9주년 학술토론회' 개최.
민담집『보쌈』(실천문학사) 출간.

1990년(56세) 5월 30~31일 '광주 5월 민중항쟁 10주년 기념 전국 학
술대회' 개최. 한국현대사사료연구소『광주오월 민중
항쟁 사료전집』(풀빛) 발간.

1991년(57세) 민족문학작가회의 부회장(~1994년).

1992년(58세) 어린이와 청소년을 위한 소년 역사소설『이야기 동학
농민전쟁』(창비) 출간.

1993년(59세) 6월 12일 '균형 사회를 여는 모임' 공동대표(1993~95

년). 7월 8일 민주평화통일자문위원 위촉.

1994년(60세)　12년 만에 대하소설『녹두장군』(전12권, 창비) 완간.『녹
두장군』으로 제9회 만해문학상 수상. 민족문학작가회
의 회장 및 이사장(1994~96년).

1995년(61세)　제12회 금호예술상 수상.

1996년(62세)　민족문학작가회의 이사장직 사임. 제13회 요산문학
상 수상. '문학의 해 조직위원회' 위원. 한국현대사
사료연구소 해체. 전남대 5·18연구소 설립 주도, 자
료 및 재산 이양. 5·18연구소 초대 소장(1996. 12. 10
~1998. 5. 31).「고향 사람들」(16인 소설집『작은 이야기 큰 세
상』, 창비),「산새들의 합창」(『내일을 여는 작가』 9월호,「보리
피리」로 개고해 본 전집에 수록),「가라앉는 땅」(『실천문학』 가
을호) 발표. 장편소설『은내골 기행』(창비) 출간.

1997년(63세)　8월 20일 전남 화순군 화순읍 대리 산18-2번지로 이
사. 12월 22일 칼럼「전·노씨 사면, 역사의 후퇴라 생
각」을『한겨레신문』에 특별기고.

1998년(64세)　민족문학작가회의 상임고문.

2000년(66세)　총선연대에 관여. 8월 31일 전남대 정년퇴임. 장편소
설『오월의 미소』(창비) 출간.

2001년(67세)　「길 아래서」(『창작과비평』 가을호),「들국화 송이송이」(『실
천문학』 여름호) 발표.

2002년(68세)　「북소리 둥둥」(『문학동네』 봄호),「성묘」(『문학과경계』 여름
호),「꿈의 궁전」(『실천문학』 가을호),「돗돔이 오는 계절」

(『현대문학』11월호) 발표.

2003년(69세) 여덟번째 소설집『들국화 송이송이』(문학과경계) 출간.

2004년(70세) 2월 문화중심도시조성위원회 위원장(총리급).

2005년(71세) 세번째 산문집『마을, 그 아름다운 공화국』(화남) 출간.

2006년(72세) 11월 30일 순천대학교 학술문학상 시상식 초청강연
회 강연.

2007년(73세) 6월 용봉인 명예대상 수상. 8월 남북정상회담 자문위
원단 참여. 설화 총 53편을 정리한 설화집『거짓말 잘
하는 사윗감 구함』『제 불알 물어 버린 호랑이』『모주
꾼이 조카 혼사에 옷을 홀랑 벗고』『정승 장인과 건달
사위』『보쌈 당해서 장가간 홀아비』『아전들 골탕 먹
인 나졸 최환락』(창비)을 출간.

2008년(74세) 『녹두장군』개정판(전12권, 시대의창) 출간. 『오월의 미
소』가 일본에서 번역 출간(『光州の五月』, 藤原書店).

2009년(75세) 한국작가회의에서 주관한 '독재 회귀 우려' 시국 선
언에 참여. 광주시교육감 시민추대위 활동.

2010년(76세) 6월 광주 YMCA 무진관에서 열린 '교육지표 사건' 32
주년 기념식 참석.

2013년(79세) 교육지표 사건, 재심에서 35년 만에 무죄판결 받음.

2014년(80세) 교육지표 사건 무죄판결로 받은 형사보상금 전액을
전남대 장학금으로 기부.

2015년(81세) 『녹두장군』으로 제5회 동학농민혁명 대상 수상.

2018년(84세) 5·18민주화운동으로 인한 고문 후유증으로 투병 중.

송기숙 중단편전집 1
백의민족

초판 발행 • 2018년 2월 9일

지은이 / 송기숙
펴낸이 / 강일우
엮은이 / 조은숙
책임편집 / 박주용 신채용
조판 / 황숙화 박지현
펴낸곳 / (주)창비
등록 / 1986년 8월 5일 제85호
주소 / 10881 경기도 파주시 회동길 184
전화 / 031-955-3333
팩시밀리 / 영업 031-955-3399 · 편집 031-955-3400
홈페이지 / www.changbi.com
전자우편 / lit@changbi.com

ⓒ 송기숙 2018
ISBN 978-89-364-6038-9 04810
　　　 978-89-364-6987-0 (세트)